REBECCA FORSTER

TĒMOIN HOSTILE

PÔLE
ROMAN

Immeuble Régus
88 ter, avenue du Général-Leclerc
92100 Boulogne-Billancourt

Première édition française Mars 2013

Auteur : Rebecca Forster
Traducteur : Guillaume Le Pennec

Titre original : *Hostile Witness* © 2004 Rebecca Forster

ISBN : 978-2-822-401920

« La Californie enterre aujourd'hui Fritz Rayburn, juge de la Cour suprême. Le gouverneur Joe Davidson, qui prononçait l'éloge funèbre, a décrit le juge comme un ami, un confident et un frère au service de l'État de Californie. Il a dressé de Fritz Rayburn le portrait d'un homme extraordinairement intègre, continuellement en quête de justice, qui redonnait courage à ceux qui en avaient besoin et, par-dessus tout, protégeait les plus vulnérables.

La mort du juge Rayburn est survenue il y a une semaine durant un incendie qui a ravagé son domicile de Pacific Palisades au petit matin.

Aucune annonce officielle n'a eu lieu quant au remplacement du juge Rayburn mais certains s'attendent à voir le gouverneur Davidson nommer le fils du défunt, Kip Rayburn, à ce poste crucial au sein de la Cour suprême de Californie. »

Journal de 9 heures de la chaîne KABC.

1

— Déshabille-toi.

— Non.

Hannah regardait droit devant elle, les yeux braqués sur deux rangées de pommeaux de douche rouillés fixés sur des murs en vis-à-vis. Elle en comptait seize en tout.

La salle était dallée de carreaux blancs abîmés et jaunis par le temps et l'usure. Le plafond, le sol, les parois : tout était nettoyé à grand renfort de désinfectant, puis souillé deux fois par jour par la crasse et la peur. Les lumières fluorescentes projetaient sur la scène une ombre jaunâtre. L'air humide des douches sentait le moisi et la misère. Les cris d'âmes perdues résonnaient entre les murs.

Hannah était arrivée dans un car plein de femmes. D'un nom, elle était devenue un matricule. Les autres retiraient leurs vêtements. Leurs corps étaient laids, leurs traits usés. Elles affichaient leur laideur comme s'il s'agissait d'une blague cruelle, non à leurs dépens mais à l'encontre de ceux qui les regardaient. Hannah était tout ce que ces femmes n'étaient pas. Belle. Jeune. Elle refusait de se retrouver nue dans cette pièce avec elles.

Elle cligna des yeux et serra les bras autour de son corps, le souffle court. D'un simple pas en arrière, elle parvint presque à se convaincre qu'il était possible de faire volte-face et de quitter les lieux. Elle crut entendre glousser la gardienne dans son dos.

— Enlève tout, Sheraton, ou c'est moi qui m'en charge.

Hannah se crispa ; elle détestait qu'on lui donne des ordres. Elle maintint son regard droit devant elle. Une leçon qu'elle avait vite retenue.

— Il y a un homme là-bas. Je l'ai vu.

— Notre employeur croit à l'égalité des chances, mon chou, répondit la gardienne avec un accent traînant. Si des femmes peuvent superviser les prisonniers masculins, des hommes peuvent bien surveiller les femmes. Alors, qui va devoir s'occuper de toi ? Lui ou moi ?

La gardienne toucha Hannah, qui eut un mouvement de recul. Elle hocha la tête de haut en bas, un geste à peine visible, seul moyen pour elle de contrôler son effroi. Elle compta le nombre de fois où son menton se redressait. *Dix fois.* Elle avait quitté son chemisier. Son menton redescendit. Dix mouvements de plus et elle retira le jean qui lui avait coûté une fortune.

— On enlève tout, mignonne, insista la gardienne.

Hannah ferma les yeux. *Le string en dentelle blanche.* Sa dernière protection. Elle s'avança rapidement sous une pomme de douche et ferma les yeux. Une larme s'échappa entre ses cils avant d'être emportée par un jet d'eau aussi brutal que soudain. Sa tête partit en arrière comme sous l'effet d'une gifle, puis Hannah s'abandonna à l'eau chaude. Elle inclina le visage vers le plafond, les bras plaqués contre ses seins, et se dit que le rideau liquide la dissimulait à la manière d'une cape. Le jet s'arrêta aussi brusquement qu'il s'était déclenché. Plus rien ne la cachait. Ces femmes affreuses l'épiaient par-dessus leurs épaules, détaillaient son anatomie. Une sorte de flou envahit son esprit. Elle se sécha à l'aide d'une petite serviette, enfila la combinaison trop grande pour elle. Elle eut l'impression de s'y noyer, se prit les pieds dedans. Ses vêtements – ses beaux habits – avaient disparu. Elle ne demanda pas où.

Les autres prisonnières se comportaient comme si l'endroit leur était devenu familier à force de visites répétées. Hannah fut séparée du groupe et escortée le long d'un corridor. Elle longea rapidement de grandes salles aux murs de verre où des lits de camp s'alignaient de façon toute militaire. Elle les observa à la dérobée : tous étaient occupés. Certaines femmes dormaient sous les couvertures, oublieuses de ce qui les entourait. D'autres ressemblaient à des ombres qui se redressaient sur le coude, tels des spectres, pour regarder passer Hannah, sans un mot. Serrant draps et couverture contre elle, celle-ci mettait un pied devant l'autre, tête baissée, en comptant ses pas pour ne pas être tentée de regarder toutes ces femmes. Mais les pas furent trop nombreux. Elle perdit le compte et recommença. *Un. Deux...*

— Ici.

Hannah s'immobilisa. La gardienne la contourna largement par la droite, comme si elle était dangereuse. C'était ridicule. Elle était incapable de faire du mal à qui que ce soit, du moins pas réellement. La femme poussa sur une porte pour l'ouvrir. Une inclinaison de la tête fit comprendre à Hannah qu'elle était arrivée. Une pièce unique, moins de deux mètres sur deux mètres cinquante. Un lit en métal et un matelas taché. Une cuvette des toilettes dénuée de lunette. Un lavabo métallique. Pas de miroir. Hannah serra un peu plus ses draps contre elle et fit volte-face alors que la femme posait les mains sur la porte pour la refermer.

— Attendez ! Vous devez me laisser appeler ma mère. Conduisez-moi toute de suite à un téléphone, je veux vérifier qu'elle va bien.

Hannah s'exprimait de façon saccadée. Une gouttelette d'eau s'écoula depuis sa chevelure sur sa poitrine avant de glisser sur sa peau nue. Elle frissonna. C'était si froid. Tout ici était si froid, si dur. La gardienne demeura impassible.

— Fais ton lit, Sheraton, dit-elle sur un ton catégorique.

Hannah fit un autre pas vers elle.

— Je viens de vous dire que je veux juste vérifier comment elle va ! Laissez-moi voir si elle va bien. Je ne serai pas longue.

— Et moi je t'ai dit de faire ton lit.

La gardienne sortit de la pièce. La porte allait se refermer. Hannah était sur le point d'ajouter quelque chose quand la femme en uniforme bleu, avec son épaisse matraque à la ceinture, décida de lui donner un conseil.

— À ta place je ne m'attendrais pas à la moindre faveur, Sheraton. Le juge Rayburn était l'un des nôtres, si tu vois ce que je veux dire. Peu importe que tu sois transférée ici ou ailleurs. Tout le monde saura qui tu es. Maintenant, fais ton lit.

La porte se referma. Hannah ravala un sanglot en étendant les draps sur le maigre matelas. À peine l'avait-elle bordé qu'elle le retira complètement pour recommencer, encore et encore. Quand enfin elle fut satisfaite, elle étala la couverture, s'allongea et tendit l'oreille. Des bruits de pas lents résonnaient à travers le complexe. Quelqu'un pleurait. Une autre femme poussa un cri, suivi d'un second. Puis elle se mit à hurler. Hannah ne fit pas un geste ; elle osait à peine respirer. Ils lui avaient pris ses vêtements. Ils l'avaient touchée là où personne ne l'avait jamais touchée. Ils lui avaient donné des ordres, l'avaient forcée à marcher, à s'arrêter, à se tenir à tel ou tel endroit. Mais à présent Hannah n'était plus capable de dire qui avait fait tout cela. Tous ceux qui n'étaient pas vêtus d'orange portaient du bleu. Les gens en bleu avaient des armes à feu et des ceinturons où étaient glissées balles et matraques qu'ils caressaient comme autant de fidèles animaux de compagnie. Ces gens semblaient à la fois lassés de leur tâche et réjouis à l'idée d'exercer leur pouvoir. Ils détestaient Hannah alors qu'elle ne connaissait même pas leur nom.

Hannah aurait voulu que sa mère soit là. Elle aurait voulu retrouver sa chambre. N'importe où ailleurs que cet endroit. Elle aurait même préféré que Fritz ne soit pas mort si cela avait pu permettre de la ramener chez elle. Elle était en train de perdre la raison. Peut-être même était-ce déjà fait.

Elle se leva. Les yeux baissés vers le sol, elle conçut un plan. Elle allait de nouveau demander à appeler sa mère. Elle le ferait poliment, parce que la manière dont elle s'y était prise auparavant n'avait rien donné. Hannah s'approcha de la porte de sa… *cellule.*

Il lui était difficile d'employer ce mot en pensée ; elle doutait d'être un jour capable de le dire à voix haute. Elle posa les mains sur la porte. Surface froide. Métallique. Une petite fenêtre au milieu du panneau qui laissait filtrer une lumière blafarde. Hannah leva la main pour taper au carreau. *Une fois, deux fois, trois fois, dix fois.* Quelqu'un finirait par l'entendre. *Quinze fois. Vingt fois.* Quelqu'un viendrait voir et elle expliquerait qu'elle n'avait pas simplement envie de parler à sa mère, mais qu'elle en avait absolument besoin. Cette fois, elle dirait « s'il vous plaît ».

Soudain, quelque chose heurta le verre. Hannah recula vivement. Elle trébucha sur la couchette et atterrit près des toilettes dans le coin. Elle était loin de sa chambre de Palisades. Cet endroit était minuscule, étroit. Hannah s'agrippa à la couverture râpeuse, qu'elle arracha du lit en retombant au sol. Son cœur battait la chamade. Recroquevillée dans le coin sombre, elle avait l'impression que ses yeux luisaient comme ceux d'un animal nocturne. Et elle demeurait comme hypnotisée par ce qu'elle voyait. De l'autre côté de la vitre, un homme la regardait comme si elle n'était rien. Mon Dieu, il pouvait la voir même dans l'obscurité. Hannah ramena ses genoux contre elle et regarda discrètement en direction de l'homme qui l'observait.

Il avait le teint terreux, des yeux ordinaires. Une marque de naissance rouge s'étalait de sa tempe droite jusqu'à la moitié de sa paupière avant de redescendre vers le coin de son nez.

L'homme leva sa matraque, noire et contondante, et tapota le carreau. Puis il désigna le lit. Elle devait faire ce qu'il ordonnait. Hannah ouvrit la bouche pour lui hurler quelque chose. Au lieu de quoi elle se hissa maladroitement sur la couchette. Ses pieds touchaient toujours le sol. Elle avait remonté la couverture sur sa poitrine, jusqu'à son menton.

Le garde l'observait, la détaillait intégralement. Il n'en voyait pas souvent des comme elle. Si jeune. Si jolie. Il contemplait Hannah comme si elle lui appartenait. Plus loin, des voix s'élevèrent. L'homme ne parut pas les entendre. Il se contenta de regarder Hannah jusqu'à ce qu'elle crie « allez-vous-en ! » en jetant son petit oreiller dur dans sa direction.

Ce geste pathétique ne le fit même pas rire. Il disparut sans un mot.

Une fois certaine qu'il était parti, Hannah se mit à faire les cent pas. Serrant sa main droite dans sa main gauche, elle arpenta la cellule de long en large en comptant les minutes qui la séparaient du moment où sa mère viendrait la chercher.

Elle compta, compta, et compta encore.

⁂

À l'abri derrière les vitres fumées de sa Lexus, la femme jeta un coup d'œil dans son rétroviseur. Saletés d'autoroutes. Il était 9 heures du soir et elle était encore obligée de slalomer au milieu d'un flot régulier de voitures. De plus en plus angoissée, elle appuya sur l'accélérateur.

Cent soixante.

Hannah aurait dû être auprès d'elle.

Cent quatre-vingts.

Hannah devait être terrifiée.

La Lexus oscillait sous l'effet de la vitesse. La conductrice leva le pied, redescendit à cent cinquante kilomètres/heure.

Ils ne l'avaient même pas laissée voir sa fille. Elle n'avait pas eu la possibilité de lui dire de ne parler à personne. Mais Hannah était intelligente. Elle attendrait qu'on vienne l'aider. Elle n'allait pas faire de bêtise, n'est-ce pas ? *Oh, je t'en supplie, Hannah. Je t'en prie, s'il te plaît, montre-toi intelligente.*

Devant elle, les voitures resserraient les rangs à l'approche de Martin Luther King Boulevard. Une pensée folle lui vint à l'esprit : les véhicules ressemblaient à un alignement de quilles de bowling. Non pas qu'elle fréquentât encore les bowlings mais elle avait naturellement fait le lien.

Ce serait tellement simple d'en finir ici, maintenant. De continuer tout droit comme une boule de bowling et de les emporter tous dans un *strike* magnifique. Clairement, cela réglerait tous ses problèmes. Peut-être même que ce serait mieux pour Hannah. D'un autre côté, les gens assis dans ces voitures n'avaient pas forcément envie de régler leurs soucis de façon aussi définitive.

La femme n'était pas du genre à causer des dommages collatéraux si elle pouvait l'éviter. Elle dirigea sa voiture vers le bas-côté, frôlant la paroi de béton qui l'empêchait de foncer dans le trafic arrivant en sens inverse. La voie était de nouveau libre et elle reprit sa course folle, laissant plusieurs conducteurs terrifiés dans son sillage.

La Lexus emprunta l'autoroute 105. Le chemin demeura dégagé jusqu'à Imperial Highway, où l'autoroute prit brutalement fin pour la recracher au sein d'une large intersection sans qu'elle y soit préparée. Les pneus crissèrent avec une odeur acide de gomme brûlée. La Lexus oscilla et les roues arrière perdirent leur adhérence tandis que la femme luttait pour garder le contrôle du véhicule. Finalement, la voiture s'immobilisa en travers de deux voies.

La conductrice avait le souffle court. Elle renifla, battit des paupières et écouta les battements de son cœur. Jusqu'à cet instant, elle n'avait pas eu conscience de la vitesse à laquelle elle roulait. Elle tourna vivement la tête d'un côté puis de l'autre. *Pas de circulation.* Une zone déserte au sein du labyrinthe d'autoroutes, de rues, de ronds-points et de sorties qui faisaient Los Angeles. Ses mains paraissaient soudées au volant. *Dieu merci, pas de flics.* C'était la dernière chose dont elle avait besoin ce soir. Ce soir et pour toujours.

Soudain, son téléphone sonna. Elle sursauta et regarda autour d'elle, incapable de se souvenir où elle l'avait rangé. Dans son sac ? Dans le vide-poche central ? Oui, le vide-poche. Elle l'ouvrit brusquement et appuya sur le bouton pour faire taire la petite musique joyeuse qui, en temps normal, signalait un appel de son coiffeur ou une invitation à déjeuner.

— Quoi ?

— Lexus Link à l'appareil. J'appelle pour voir si vous avez besoin d'assistance.

— Quoi ?

— Tout va bien, madame ? Notre système de suivi indique que vous avez été impliquée dans un accident.

La femme laissa son front retomber sur le volant ; le téléphone était toujours contre son oreille. Elle faillit éclater de rire. Un idiot payé au SMIC s'inquiétait pour elle.

— Non, ça va. Tout va bien, murmura-t-elle avant de couper la communication.

Son bras retomba contre son flanc et le téléphone glissa à terre. Quelques minutes plus tard, elle se redressa et repoussa ses cheveux en arrière. Elle avait déjà traversé des moments difficiles. Tout se passerait bien si elle gardait son sang-froid et atteignait sa destination. Elle prit une profonde inspiration puis reposa les deux mains sur le volant. Elle allait finir ce qu'elle avait commencé, comme toujours. Tant qu'Hannah ne faisait pas de bêtise, tout le monde s'en sortirait.

La conductrice retira son pied de la pédale de frein et effectua un demi-tour pour remettre la Lexus sur la voie de droite. Elle avait l'adresse ; il ne lui restait plus qu'à trouver le chemin pour rejoindre cette satanée Hermosa Beach.

*
**

— Bon Dieu, Josie, il adore étaler son bazar, voilà tout. Je ne comprends pas pourquoi vous vous obstinez à venir me voir avec toujours cette même ligne de défense. Vous en voulez un autre morceau ?

Le juge Crawford poussa la boîte à pizza en direction de Josie. Il était presque 21 heures et, tout en dévorant l'essentiel d'une grande pizza, ils avaient eu le temps d'aborder le parrainage du juge auprès du festival de surf ainsi qu'une simulation de procès pour laquelle ils s'étaient portés volontaires. Josie en profitait à présent pour argumenter en faveur d'un jugement clément à l'égard de l'un de ses clients.

Elle déclina la proposition de pizza. Le juge Crawford reprit une part. C'était un type bien, décontracté, un autochtone resté fidèle à ses racines au sein de la ville balnéaire durant ses trente ans de carrière. Sa robe de magistrat était nonchalamment posée sur le canapé derrière eux. Son bureau lui servait à la fois pour travailler et prendre ses repas. Dans un coin de la pièce se dressait sa première planche de surf. Les nouveaux avocats convoqués dans son cabinet étaient soumis à un récit de trois quarts d'heure durant lequel le juge revivait ses moments de gloire, du temps où il était l'un des meilleurs surfeurs de la côte. Trois ans plus tôt, quand Josie était arrivée à Hermosa Beach, elle avait eu droit à la totale pendant deux heures. Mais c'était parce qu'elle avait vécu un temps à Hawaï et appris deux ou trois choses sur le surf. Puis elle avait passé l'heure suivante en compagnie de Crawford parce que lui-même connaissait deux ou trois trucs sur le volleyball.

Josie Baylor-Bates avait fait sensation durant ses matchs universitaires en Californie, mais elle était carrément devenue une légende en arrivant dans le circuit balnéaire. Tout le monde voulait battre cette femme d'un mètre quatre-vingts qui jouait comme une professionnelle et gagnait comme une championne. Rares étaient ceux qui y parvenaient mais tous essayaient dès l'installation des premiers filets de l'été. Évidemment, le sport universitaire et le passé de surfeur du juge Crawford remontaient à un certain nombre d'années, mais leurs anciens exploits sur les plages les rapprochaient, participaient à leur bonne entente et leur autorisaient un certain relâchement vis-à-vis du protocole. Comme le fait pour le juge de donner son avis sincère à propos du client actuel de Josie, un dénommé Billy Zuni, ado au sourire espiègle qui passait son temps à la plage et était un peu trop prompt à se soulager dans les bosquets appartenant à la mairie.

— Une expression franchement dégoûtante ! lança Josie, comme si elle n'avait jamais entendu parler d'« étaler son bazar ». Et qui ne s'applique pas à cette situation. Je dispose de documents remis par le médecin de la famille qui attestent que Billy a un problème physique. Il a tenté d'utiliser les toilettes dans les magasins de la promenade, mais tous lui en ont refusé l'accès.

— C'est parce que Billy semble oublier qu'il est censé baisser son short *après* être entré dans les toilettes, pas avant, lui rappela le juge. Non, cette fois il va rester au trou. Mais bon, c'est de la prison d'Hermosa Beach qu'il s'agit. Cinq cellules, toutes vides. Billy aura l'endroit pour lui tout seul. Ça ne va pas le tuer et ça lui fera peut-être même du bien. J'en ai assez de voir le dossier de ce gamin repasser sur mon bureau tous les trois mois.

— Votre Honneur, il est évident que vous avez un préjugé négatif envers mon client, objecta Josie en écartant la boîte de pizza.

— On se calme, Josie. Qu'est-ce que vous allez faire ? Me coller un procès pour injure ?

Le juge Crawford éclata d'un grand rire. Sa petite bedaine tressauta. Il était difficile de l'imaginer sur une planche de longboard, ou même n'importe quel type de planche.

— Écoutez, reprit-il, je sais bien que ce gamin a des soucis. Ça ne rate jamais, vous revenez à chaque fois me jurer qu'il va être supervisé. Je sais que vous gardez un œil sur lui. Tout le monde sur la plage le sait. Mais vous ne réussirez pas là où sa propre mère échoue.

— C'est exactement là où je veux en venir. La peine de prison ne servira à rien. Et si je trouvais quelqu'un qui l'accueille pour la semaine ? Vous envisageriez une assignation à résidence ?

— Avec vous ? demanda le juge, sourcils froncés.

— Avec Archer, répondit immédiatement Josie.

Le juge laissa échapper un gloussement.

— L'idée n'est pas mauvaise. Un peu comme si on installait un camp d'entraînement de bleusaille au paradis. Billy serait forcé d'arrêter son numéro, de réfléchir un peu. N'importe qui reviendrait sur le droit chemin juste pour ne plus avoir Archer sur le dos !

Josie porta la main à ses lèvres pour dissimuler un sourire. Le juge Crawford se tenait à l'écart d'Archer depuis un vigoureux débat au sujet des décisions malheureuses que prenaient les juges en quête de réélection. Dans le souvenir de Josie, des mots tels que « dégonflés » et « vendus » avaient fusé librement. Le problème n'était pas tant qu'Archer avait tort, c'était plutôt que cette opinion émanait d'un flic à la retraite qui n'avait peur de rien, qui se bonifiait avec l'âge et pouvait encore monter sur une planche tandis que le juge… Eh bien, disons que le juge était resté un peu trop longtemps sur son banc.

— Archer pourrait avoir une bonne influence sur Billy, insista Josie.

— Ou le traumatiser à vie.

Crawford secoua la tête et s'écarta de son bureau.

— Désolé, Josie. Cette fois, ce sera quarante-huit heures de cellule et travaux d'intérêt général. Je ne peux pas faire mieux.

— Je vais faire appel. Tous les matins, il y a des centaines de surfeurs sur la plage qui retirent leurs combinaisons pour enfiler des vêtements secs. La moitié d'entre eux ne se donnent même pas la peine de cacher leur derrière sous une serviette. Si Billy se fait attraper, c'est parce qu'il est stupide. Il pense que tout le monde devrait vivre à la coule, y compris la police.

Crawford se leva, rangea le reste de pizza dans son petit réfrigérateur et, tout en parlant, récupéra son coupe-vent à bandes réfléchissantes sur le crochet de la porte.

— Mignon tout plein. Vous vous croyez encore parmi les requins de la grande ville ? Josie, Josie… dit-il avec un claquement de langue. Ça fait, quoi, trois ans ? Et vous n'avez pas encore saisi que Billy Zuni et son petit zizi ne valent même pas la paperasse nécessaire pour un appel. Laissez-le à son sort. Il sera bien nourri à Hermosa.

Josie haussa les épaules et se leva à son tour.

— Bon, je vois que je ne peux pas vous faire peur.

— Seulement quand vous êtes de l'autre côté d'un filet de volley, mademoiselle Bates. Seulement dans ce cas.

D'un petit geste, le juge Crawford lui fit signe de passer devant lui. Elle patienta sur la passerelle de bois tandis qu'il refermait la porte.

Le tribunal de Redondo était composé d'une série de bâtiments trapus blanchis à la chaux dans le style de Cape Cod, avec des finitions bleu marine. Toutes les villes balnéaires réglaient leurs affaires ici. On était à cent lieues des imposants tribunaux de Los Angeles et des odeurs de la ville. La cour de Redondo Beach était nichée près du port de King Harbor où l'air sentait le sel et le soleil. Les avocats du centre-ville se livraient à d'authentiques guerres saintes, pour des questions de vie ou de mort, au cœur de salles d'audience tout en marbre et en lambris. Ici, se rendre au tribunal donnait l'impression d'aller chez le coiffeur du coin pour tailler le bout de gras avec le maire. Parfois, Josie avait envie de reprendre la croisade. L'idée d'avoir à gérer une énième affaire locale, un nouveau client du coin, la rendait nostalgique de ce qu'elle avait été autrefois : une célébrité à la une des journaux, une dure à cuire, une avocate dont l'ambition et le futur semblaient sans limite. Mais cela n'arrivait que de temps en temps. Le plus souvent, Josie Baylor-Bates était reconnaissante de ne plus avoir à représenter quelqu'un d'assez riche pour payer ses honoraires. Elle avait appris que le diable en personne disposait du plus gros compte en banque et du visage le plus innocent. Elle ne se laisserait plus séduire ni par l'un ni par l'autre.

— Vous repartez à pied ? lui lança le juge Crawford depuis

l'extrémité de la promenade.

— Non, répondit Josie en s'avançant vers lui.

— Je vous raccompagne à votre voiture ? proposa-t-il.

— Ne vous en faites pas. On ne peut pas dire que cette ville soit dangereuse et si un autre Billy Zuni traîne dans le coin, ça me fera un nouveau client.

— D'accord. Faites-moi savoir si Faye et vous décidez de sponsoriser le festival de surf.

— Sans faute, répondit Josie.

Elle prit la direction du parking mais le juge l'arrêta.

— Oh, Josie, j'allais oublier. Félicitations ! C'est génial que vous jouiez les chasseuses de têtes pour Faye.

Josie se mit à rire.

— Nous allons être associées, juge. Je ne crois pas qu'il y ait beaucoup de têtes à chasser par ici.

— Eh bien, ça fait quand même plaisir à entendre. Baxter & Bates, ça sonne bien. Et Faye est une femme remarquable.

— Aucun doute là-dessus, répondit Josie.

Faye Baxter était plus qu'une amie ; c'était une protectrice, une oreille attentive, un cœur d'or qui s'était associée avec son mari jusqu'à la mort de celui-ci. Josie était honorée que Faye veuille d'elle à présent et elle était bien décidée à devenir la meilleure partenaire possible.

Après un dernier signe de la main à l'intention du juge, Josie traversa la place désertée, descendit l'escalier jusqu'au parking du niveau inférieur et laissa tomber ses affaires à l'arrière de sa Jeep. Elle était sur le point de sauter dans le véhicule quand elle capta des effluves de crabes en train de cuire et la cacophonie de la salle de jeux voisine, typiques des vendredis soir animés du port de Redondo. Elle décida de s'accorder une minute et traversa le parking couvert pour ressortir au niveau le plus bas du complexe portuaire haut de deux étages.

Le soleil était couché depuis des heures mais la chaleur restait caniculaire. À sa droite, les tables de pique-nique des restaurants à ciel ouvert étaient toutes occupées. Les gens ouvraient leurs crabes à l'aide de petits marteaux argentés et aspiraient la chair hors des carapaces, en laissant derrière eux des montagnes de débris. Sur sa gauche, c'était la salle de jeux pleine de bruit, de fureur et d'éclats de rire tonitruants. Trois enfants sortis de nulle part passèrent brusquement devant elle en lançant quelques mots inintelligibles en espagnol mâtinés de gloussements universellement compréhensibles. Josie s'écarta d'un pas mais ce ne fut pas suffisant : un nuage de barbe à papa bleue lui effleura la hanche. Elle s'en débarrassa d'un geste de la main puis reprit sa marche, attirée non par le bruit mais par les embarcations en dessous du quai.

Il s'agissait de bateaux de pêche qui transportaient les visiteurs dans le port avant d'aller remonter les filets tard le soir. Ils avaient connu des jours meilleurs et portaient des noms de femmes ou de rêves pas toujours exaucés. Les navires étaient amarrés à des cales qui grinçaient au fil des mouvements de l'eau et oscillaient à la verticale au-dessus de rochers constellés de bernaches. Josie adorait cette ambiance silencieuse, l'impression que chaque bateau recelait des secrets, la dignité qui émanait même du plus petit d'entre eux. Les cordages qui maintenaient ces navires en place pouvaient aisément se rompre en cas de tempête imprévue. Ils dériveraient alors au loin comme le faisaient les gens lorsqu'ils n'avaient rien pour les ancrer et les retenir.

Josie s'appuya contre la rambarde rouillée par les embruns et abandonna ses pensées à la chaleur, aux bruits environnants et à l'aspect huileux de cette eau sombre et fraîche. Apaisée, elle fut prise de court quand quelque chose – une brise soudaine, le choc entre deux coques – réveilla un sentiment familier qui la transporta vers le passé. Soudain, Emily Baylor-Bates était là. Une vision dans l'eau. La Dame du Lac. Sauf qu'à la place de l'épée sacrée, l'image de la mère de Josie brandissait des souvenirs douloureusement acérés. Josie aurait dû s'éloigner mais elle ne fuyait jamais quand sa mère lui rendait visite.

Même après toutes ces années, elle distinguait clairement les traits de sa mère dans l'eau. Les yeux d'Emily étaient comme ceux de Josie mais en plus bleus, plus grands, plus clairs. Les deux femmes partageaient la même mâchoire carrée et les pommettes hautes, mais le visage d'Emily était d'une beauté à couper le souffle là où celui de sa fille attirait simplement les regards. Sa mère avait des cheveux d'un brun sombre aux reflets rouges et or. Josie était châtain. Emily affichait une expression aussi déterminée que celle de Josie mais… mais quoi ?

Mais vers quoi était tournée cette détermination ? Qu'est-ce qui avait pu être plus important qu'un mari et une fille ? *Une fille sans problème, bon sang*. Pourquoi sa mère l'avait-elle… (Même après toutes ces années, elle arrivait à peine à énoncer ce mot en pensée.) … *abandonnée* ? Pourquoi une femme se séparerait-elle d'une enfant de quatorze ans sans un mot, sans un geste ? Présente la nuit d'avant, disparue la suivante.

Soudain, le miroir de l'eau fut dérangé. Le visage d'Emily Baylor-Bates disparut au sein de cercles concentriques de plus en plus larges. Surprise, Josie se redressa vivement. Au-dessus de sa tête, un groupe d'adolescents s'était suspendu à la rampe pour faire tomber des choses dans l'eau. Ils eurent un rire cruel, persuadés d'avoir effrayé Josie, sans savoir qu'elle leur était reconnaissante. La surface de l'eau était hypnotique et les souvenirs aussi dangereux que le contre-courant. Cela faisait vingt-six ans qu'Emily était partie. *Vingt-six ans*, se rappela Josie en repartant d'un pas vif vers le parking. Elle bondit dans sa Jeep, mit le contact et fit une marche arrière. Les roues crissèrent sur le béton lisse. Elle savait qu'un siècle de plus ne changerait rien à l'affaire pour elle. Le temps n'apaiserait pas la douleur, ne l'empêcherait pas d'avoir envie de revoir Emily. Sur son lit de mort, Josie se demanderait encore où était sa mère, pourquoi elle était partie, si elle était morte ou se fichait complètement de sa fille. Mais ce soir-là, durant les onze minutes qu'il lui fallut pour rejoindre Hermosa Beach depuis Redondo Beach, Josie remisa ces questions dans une boîte rangée au plus profond de son esprit. Lorsqu'elle posa ses clefs sur la table et caressa la bouille de ce bon vieux Max-le-chien, la boîte était soigneusement refermée.

Le chien récompensa Josie en lui humant le visage avant de lui lécher la joue. Il lui fallut cinq minutes pour aller au bout de son rituel du soir : vêtements de travail retirés, pantalon de survêtement et tee-shirt enfilés, courrier vérifié. Faye avait déposé les papiers destinés à officialiser son statut d'associée avant de partir pour San Diego rendre visite à son nouveau petit-fils. Le carreleur avait empilé une tonne de carreaux de style espagnol près de la porte de derrière afin que Josie puisse les poser à son rythme. Les rénovations de la maison de ses rêves – un bungalow californien sur la promenade – avançaient à une allure d'escargot, mais Josie était bien décidée à faire le travail elle-même. Elle bâtirait sa propre maison, un endroit d'où aucun invité n'aurait jamais envie de repartir.

Dans la cuisine, Josie inspecta le contenu du réfrigérateur presque vide tout en composant le numéro d'Archer. Il était tard mais s'il était chez lui, il ne faudrait pas grand-chose pour le convaincre de nourrir la jeune femme. Josie était sur le point d'ajouter le dernier chiffre du numéro d'Archer quand Max se frotta contre sa jambe. Le chien poussa un aboiement discret, son museau grisonnant tourné vers la porte d'entrée. Josie jeta un coup d'œil par-dessus son épaule et lui tapota gentiment la tête, mais Max aboya de nouveau. Elle s'apprêtait à lui murmurer quelques paroles rassurantes quand la maison parut vaciller. Avec un grondement, Max posa son postérieur au sol. Josie laissa échapper un cri. Quelqu'un s'était jeté contre la porte d'entrée ; qui que ce puisse être, il était visiblement décidé. La porte, récemment installée, était solide, le verrou impossible à briser.

Mais le bruit avait fichu une peur bleue à Josie. La poignée de porte s'agita frénétiquement pendant une seconde avant que le silence ne retombe. On n'entendait plus rien… à l'exception des battements du cœur de Josie et du grognement guttural de Max.

Josie s'accroupit et passa une main entre les poils et les replis de peau sur le crâne du chien. De l'autre elle saisit un marteau arrache-clou sur la pile d'outils posés par terre. Elle se releva et sourit à Max. Les sourcils du chien ondulèrent, manière silencieuse de demander à sa maîtresse si tout allait bien à présent. L'espace d'une seconde, Josie crut que ce serait le cas, jusqu'à ce que l'inconnu au-dehors abatte ses deux poings contre la porte.

— Purée !

Josie avait sursauté. Max se raidit de nouveau, ponctuant son grondement de quelques aboiements.

Les doigts serrés sur son marteau, Josie se rapprocha discrètement de la porte. Elle glissa deux doigts sous le rideau qui recouvrait l'étroite fenêtre latérale et écarta le tissu d'à peine un centimètre. Une femme tournait sur elle-même près de la haie. Sa tête pivotait de gauche à droite tandis qu'elle cherchait un moyen d'entrer dans la maison. Elle portait un pantalon blanc aussi moulant qu'une seconde peau et les pans d'un chemisier en mousseline de soie s'entrecroisaient par-dessus une impressionnante poitrine. Une ceinture beige claire ceignait sa taille étroite. Ses sandales sexy étaient dotées de talons aussi fins que hauts. Cette nana n'était pas d'Hermosa Beach et Josie avait deux possibilités : appeler les flics ou découvrir à quel genre de problème l'inconnue était mêlée. Le choix fut vite fait. Josie tira le verrou et ouvrit la porte.

La femme se figea, tremblante ; elle semblait surprise que quelqu'un soit effectivement venu ouvrir. Elle s'avança, leva la main, trébucha et s'effondra. D'instinct, Josie tendit les bras vers elle. Le marteau tomba à terre tandis que la femme agrippait le bras de Josie.

— Tu es là, souffla-t-elle.

D'aussi près, Josie la vit plus nettement. La chevelure noire était plus longue que dans son souvenir. Le visage en forme de cœur était toujours parfait, à l'exception de la minuscule cicatrice au coin de ses larges lèvres. Les doigts aux ongles longs qui tenaient Josie étaient aussi forts que par le passé. Mais la courbure accentuée des sourcils de la femme et ses petits yeux d'un vert magnifique firent plus que titiller la mémoire de Josie ; ils la transpercèrent d'une flèche en plein cœur. Cela faisait près de vingt ans que Josie n'avait pas vu ces yeux et ce visage qui ressemblait à celui d'une héroïne de saga révolutionnaire russe.

— Linda ? Linda Sheraton ?

— Oh mon Dieu, Josie, je t'en prie, aide-moi !

2

La dernière fois que Josie Baylor-Bates avait vu Linda Sheraton, elles avaient vingt ans et partageaient un appartement bon marché au cœur de Los Angeles. Toutes deux bénéficiaient d'une bourse sportive à l'université de Californie du Sud et toutes deux étaient pauvres comme Job. Dans les faits, Josie était pratiquement orpheline. Linda venait d'un lotissement de caravanes, élevée par une mère qui se fichait de savoir si sa fille terminait à Princeton ou dans le caniveau. Mais les similitudes s'arrêtaient là.

Pour joindre les deux bouts, Josie faisait le ménage dans les résidences étudiantes masculines ; Linda préférait sortir avec ceux qui y habitaient. Linda toujours plus prompte à danser toute la nuit qu'à ouvrir un bouquin. Josie, elle, savait que faire la tournée des bars n'était pas une discipline reconnue par la faculté de droit. Linda vivait à cent à l'heure ; elle était sûre d'elle, directe et vive comme l'éclair. Mais un éclair qui n'illuminait le monde académique que lorsqu'il le fallait vraiment.

Elle pouvait convaincre n'importe qui de faire n'importe quoi : les professeurs de remonter sa note, les garçons de la vénérer, les hommes de lui faire des cadeaux et Josie de faire en sorte qu'elle, Linda, ait l'air d'une star sur le terrain de volley. Il n'était pas difficile de comprendre pourquoi les hommes succombaient au charme de Linda. Il y avait chez elle une beauté puissante, animale. Une beauté qui promettait plus que ce qu'elle avait l'intention d'offrir. La seule chose qui laissait Josie perplexe était la raison pour laquelle elle-même s'était laissé avoir. Peut-être était-ce parce que Linda Sheraton vous donnait l'impression qu'elle méritait vraiment une faveur, qu'elle vous le rendrait doublement si vous pouviez l'aider juste cette fois. Josie avait tiré Linda d'un pétrin après l'autre, en remerciant sa bonne étoile que sa colocataire ne lui ait jamais demandé de faire quoi que ce soit d'illégal ou d'immoral. Par chance, deux choses s'étaient produites avant que cela n'arrive : Josie avait pris conscience de ce qui se passait et Linda s'était tirée.

Trois mois après la rentrée de leur première année, Linda était sortie avec un type venu de France, laissant Josie seule dans un appartement qu'elle ne pouvait pas se payer, avec une collection de factures de téléphone et deux ou trois jeans. Josie avait porté les jeans, trouvé un second boulot pour payer le loyer et fait couper le téléphone. Parfois, Josie repensait à Linda en observant les belles plantes qui faisaient ami-ami avec des hommes susceptibles de jouer les ascenseurs sociaux. Mais Josie n'avait plus besoin de se demander ce qui était arrivé à Linda Sheraton. Quelque chose, ou quelqu'un, l'avait rattrapée. Malgré les vêtements, les bijoux et le maquillage, elle était dans un sale état et morte de peur.

D'un claquement de doigts, Josie ordonna à Max de rejoindre son coussin dans le coin de la pièce. Au milieu d'un méli-mélo de questions et de réponses, elle installa Linda sur le canapé, s'assura qu'elle n'était ni blessée ni immédiatement en danger, puis la laissa sur place le temps d'aller chercher une bouteille de scotch et un verre dans la cuisine. Elle versa deux doigts d'alcool et tendit le verre à Linda.

— Merci.

D'une main peu assurée, Linda avala la moitié de son scotch puis s'enfonça dans le canapé et tenta de recouvrer son calme. Josie s'assit sur le fauteuil en cuir et laissa la bouteille sur la table entre elles.

— Tu aurais un cendrier ?

La voix profonde et rauque de Linda tremblait. Son regard

passa le salon en revue. Il n'y avait pas beaucoup de meubles ; des plans et des schémas s'étalaient sur le bureau dans le coin, près de la baie vitrée. Linda ne semblait rien voir de tout cela ; ses doigts s'acharnaient sur la boucle de sa ceinture et les coutures du coussin du canapé. Josie se leva, dégota une canette de bière vide dans la poubelle et la posa sur la table basse.

— Ça ne te dérange pas ?

Linda mit son verre de côté pour fouiller dans son sac. Elle trouva son paquet, fit sortir une cigarette d'une petite tape et la coinça entre ses lèvres. Son rouge à lèvres avait disparu, ne laissant qu'un léger contour tracé au crayon bordeaux. Sa main, et donc la cigarette qu'elle tenait entre ses doigts, tremblaient toujours quand elle fit basculer le capuchon de son briquet en argent. Il lui fallut trois tentatives, mais elle finit par obtenir une flamme. Linda aspira profondément et l'extrémité se mit à rougeoyer. Elle tendit le bras et souffla une volute de fumée sous le regard attentif de Josie. Trois des phalanges de Linda étaient écorchées, sans toutefois saigner. Ses vêtements étaient froissés mais pas déchirés. Elle semblait frissonner d'indignation plutôt que de peur.

Linda finit par remettre le briquet dans son sac puis saisit son verre et avala le reste de scotch. Après une bouffée supplémentaire, elle laissa retomber la cigarette dans la cannette. Le bout incandescent au contact de la dernière gorgée de bière s'éteignit.

— J'ai bien failli ne pas te reconnaître. Ça fait un bail, dit Josie.

Linda étudia d'un œil critique le pantalon de survêtement et le tee-shirt sans manches « Gold Gym » que Josie avait enfilé par-dessus son soutien-gorge de sport.

— Ouais, eh bien toi tu n'as pas changé. J'aurais dû deviner que je te trouverais dans un coin de ce genre. Tu dois encore jouer au volley.

— Des matchs improvisés, répondit Josie.

Elle ne demanda pas si Linda jouait toujours. Le style de ses vêtements, la longueur de ses ongles et la pâleur de sa peau étaient révélateurs. Linda n'était pas vraiment intéressée, de toute manière. Son observation n'était que pure réaction ; Josie était la manifestation physique d'une association d'idées. Linda se passa la langue sur les lèvres, comme si elle avait la bouche sèche. Josie désigna le verre du menton. Linda se pencha en avant pour le pousser vers l'autre côté de la table. Josie s'en saisit.

— Encore une situation qui te dépasse ? demanda-t-elle en remplissant le verre.

— Tu n'as pas idée, souffla Linda.

Tenant son verre à deux mains, elle ne croisa pas le regard de Josie au moment d'annoncer :

— Ma gamine. Ma fille… Elle a été arrêtée pour meurtre, Josie.

— Où ça ?

— À Santa Monica.

— Merde.

Josie tendit la main pour toucher le bras de Linda. Un geste que faisaient les femmes durant une épreuve. Mais cette fois la connexion ne se fit pas. Ni l'une ni l'autre n'étaient ce genre de femmes. Josie procédait à la manière de son père. Découvrir la nature du problème puis y faire face. Linda, pour sa part, restait distante jusqu'à ce qu'elle ait découvert qui était avec elle et qui était contre elle.

— Qui est-elle accusée d'avoir tué ?

— Fritz Rayburn, répondit Linda.

— Le juge Rayburn ? Le juge de la Cour suprême de Californie ?

Choquer Josie était devenu difficile mais elle ne put cacher son étonnement. Rien n'avait laissé penser que l'incendie était suspect, et encore moins la mort de l'homme de loi. Linda se servit un autre double scotch, qui fut englouti avant que Josie ait eu le temps de dire ouf. Linda reprit son souffle et plongea son regard dans le verre comme s'il s'agissait d'une boule de cristal.

— Le seul, le vrai, l'unique Fritz Rayburn. Le copain du gouverneur. Adoré de tous les avocats. Défenseur des petits. Posé, plein d'assurance, intrépide, spirituel, brillant. Fritz Rayburn, le juge parfait de la Cour suprême de Californie.

Linda leva son verre pour un toast sans joie.

— Voilà qui ma gamine est accusée d'avoir tué, termina-t-elle.

— Mon Dieu, souffla Josie.

— Je n'aurais pas dit mieux.

Linda inclina la tête sur le côté et décocha à Josie un petit sourire triste.

— Ça représente de très gros ennuis, Josie. Merde, même le vice-président a assisté aux funérailles de Fritz. Il était question de le nommer à la Cour suprême des États-Unis si l'un de ces vieux croûtons venait à mourir. C'est le cardinal qui a dit la messe. Il y avait un millier de personnes dans cette cathédrale, et je ne parle que de ceux qui étaient invités.

— Quel rapport avec ta fille ?

Josie se leva pour aller chercher une bière au frais, qu'elle ouvrit en revenant s'asseoir. Linda s'était déjà lancée dans sa réponse.

— Fritz Rayburn était mon beau-père. Il était descendu depuis San Francisco pour les congés d'été. Quand il venait ici, il s'installait dans un appartement de la maison de Palisades ou dans sa résidence de Malibu. Nous étions tous à Palisades la nuit de l'incendie.

Linda fit remonter ses doigts le long de l'échancrure profonde de son chemisier jusqu'à son menton. Elle s'appuya nonchalamment au creux de sa main, une posture qui offrait un contraste étrange avec les palpitations nerveuses d'une de ses paupières et la tension extrême des muscles de son cou.

— Hannah – c'est ma fille – ne se plaisait pas à Palisades. Une citadine jusqu'au bout des ongles. Indépendante. Elle n'aimait pas spécialement Fritz, mais dire qu'elle l'a tué est carrément ridicule.

Josie prit une longue gorgée mais le goût de la bière lui parut bizarre.

— Quand a-t-elle été arrêtée ?

— Là, maintenant. Ce soir. Nous sommes rentrés des funérailles. Je me suis changée. Mon mari et moi allions sortir dîner pour… pour discuter de quelque chose d'important.

Linda frotta le dos de sa main sous son nez. Elle secoua la tête pour libérer sa chevelure. C'était la façon dont elle se comportait autrefois au moment de rassembler son énergie pour faire face à la compétition. C'était sous la pression qu'elle donnait les meilleurs résultats. Les larmes aux yeux avaient disparu ; le visage qu'elle tourna vers Josie n'exprimait plus qu'une détermination sans faille.

— Il faut que tu la sortes de là, Josie. Hannah a seize ans, elle a peur et elle est innocente. Je veux que tu la fasses sortir de cette putain de prison dès ce soir.

Josie posa les coudes sur ses genoux, la cannette de bière entre ses jambes. Elle se souvenait de ce qu'elle n'aimait pas chez Linda Sheraton-Rayburn. Elle exigeait. Elle réclamait. Elle voulait. Dans n'importe quelles autres circonstances, Josie lui aurait indiqué la porte. Mais, que sa fille soit coupable ou non, Linda allait devoir faire face à beaucoup de souffrances. Et Josie en était sincèrement navrée, désolée de ne pas pouvoir l'aider.

— Il n'y a rien que je puisse faire, Linda. Ta fille suit le circuit normal après une arrestation. Elle devra y passer la nuit.

— Ne me dis pas ça. Je me suis donné un mal de chien pour te trouver ce soir, parce que je savais que si quelqu'un pouvait nous aider, c'était bien toi.

— On n'est plus à l'université, Linda. Ce genre de problème ne se règle pas par le bagou. Du reste, ajouta-t-elle en posant sa bière sur la table à côté d'elle, je ne travaille pas avec les mineurs. Il te faut quelqu'un spécialisé dans…

— Ne me dis pas ce qu'il me faut !

Linda abattit les deux mains sur la table basse. Le bruit résonna à travers la maison. Max releva la tête. Le visage de Linda était blême de fureur.

— Hé ! l'avertit Josie. Soit tu te calmes, soit tu vas faire une scène ailleurs.

Linda avait peut-être des ennuis, mais elle était sur le territoire de Josie. Un territoire pas forcément aussi étendu qu'autrefois, mais personne ne lui donnerait d'ordre chez elle. Linda, cependant, n'abandonnait pas facilement. Elle écarta vivement le verre, la bouteille et le cendrier improvisé, comme si elle dégageait le champ de bataille en vue du combat.

— D'accord. D'accord. Aux dernières nouvelles, tu étais une pointure. Tu as quand même fait libérer cette bonne femme il y a deux ou trois ans, alors qu'elle était clairement coupable. Ma gamine est innocente et j'ai besoin de quelqu'un en qui je peux avoir confiance, merde ! À moins que tu ne sois devenue trop importante pour aider une vieille amie dans le besoin, c'est ça ?

— Je ne suis pas trop importante pour quoi que ce soit, Linda. Je ne m'occupe simplement pas du genre d'affaire dont tu me parles.

Josie détourna les yeux. Linda inclina la tête pour tenter de maintenir le contact visuel. Elle adopta un ton cajoleur, persuasif.

— Mais tu pourrais, non ? Je veux dire, il n'y a pas de règle qui l'interdise, n'est-ce pas ?

— Non. Rien de ce genre.

— Alors dis-moi ton prix, Josie. L'argent n'est pas un problème. J'ai assez d'argent pour t'acheter et te revendre ensuite. J'ai… J'ai…

Linda n'alla pas plus loin. Ce qu'elle vit dans les yeux de Josie – vérité ou pitié – fut suffisant pour la faire taire. Sa voix se brisa. Lorsqu'elle reprit la parole, ce fut pour supplier.

— Je t'en prie. Je n'ai personne d'autre. Mon bébé n'a pas fait ça. Je te le jure. Elle n'a rien fait.

3

Les souvenirs de Josie tourbillonnaient dans son esprit, réduits à l'état d'extraits de journaux et de phrases d'accroche.

Affaire majeure. Accusée terrifiée qui jure de son innocence. Josie comme championne. Caméras de télévision. Photos de la scène de crime. Interviews. Interprétations audacieuses de la loi. Témoignage angoissé. Des enfants attendant après leur mère et le monde suspendu à la décision du jury.

Le pire de tout : la victoire.

À l'époque, Josie était persuadée que tout le monde méritait d'être défendu. Puis elle avait rencontré la femme qui ne le méritait pas. Kristin Davis s'était jouée de Josie comme l'on joue d'un beau violon, jusqu'à ce que chaque corde se brise. Josie, convaincue qu'une mère ne pouvait pas faire de mal ; Josie qui avait regardé les enfants de Kristin droit dans les yeux et promis de leur ramener leur mère. Elle aurait dû voir au travers du jeu de Kristin Davis. Mais c'était le passé, et le présent offrait son propre lot de raccourcis tentants et de conséquences.

Une ado de seize ans en prison pour meurtre. Une mère désespérée. Une vieille amie. Innocence. Culpabilité. Qui pouvait le dire ? Incendie. Gloire. Fortune. Les yeux d'un État – peut-être même du pays – tournés vers elle au travers de l'objectif d'une caméra de télévision. Josie n'avait aucune envie d'être évaluée, critiquée ou jugée pour s'être tenue sous les projecteurs alors qu'un crime devenait un divertissement pour les masses.

Elle ne voulait pas représenter quelqu'un qui aurait pu ou qui avait peut-être commis l'impensable. Josie y avait suffisamment eu droit pour le restant de sa vie.

— Tu es la belle-fille de Fritz Rayburn, Linda. Appelle son cabinet. Parles-en à tes amis. C'est de ce genre d'influence dont tu as besoin.

La jeune femme secoua la tête.

— C'est déjà fait. J'ai discuté avec Ian Frank, le partenaire historique de Fritz. Le cabinet est plein de spécialistes du droit civil. Ils gèrent de très grosses sommes. Et il y a… des problèmes, des circonstances compliquées.

— Et le père d'Hannah ?

Josie défiait Linda d'écarter aussi cette possibilité.

— Quoi ?

— Il connaît forcément de bons avocats pénalistes par l'entremise de son père, non ? insista Josie.

— Le père d'Hannah s'est tiré avant que j'aie eu le temps de prononcer le mot « enceinte ». J'ai épousé Kip Rayburn il y a deux ans. C'est le beau-père d'Hannah. Même moi, je sais que ce n'est pas le bon moment pour lui demander d'intercéder pour elle.

La lèvre inférieure de Linda disparut sous ses dents de devant. Elle appuya une main contre le mur près de la fenêtre et regarda au-dehors, comme si elle attendait quelqu'un. Ce n'était pas une personne qu'elle cherchait du regard, mais une décision qu'elle devait prendre. Finalement, elle se tourna vers Josie.

— D'accord. Je vais être honnête. Il y a des considérations financières et stratégiques en jeu, des carrières, et Hannah est un petit rouage dans une très grosse machine. Quand Fritz a accepté son siège, il a dû se désengager de son cabinet afin d'éviter les conflits d'intérêts. Ça n'a pas empêché la firme de faire des affaires sur la réputation de Fritz. Ils ont décroché des clients prestigieux simplement parce que l'un des fondateurs du cabinet était un juge de la Cour suprême californienne.

Linda posa les mains sur le dossier d'une chaise rembourrée. Ses ongles s'enfoncèrent dans le tissu. Sa voix baissa d'une octave.

— Avant les funérailles, nous avons découvert que le gouverneur va nommer Kip au siège de son père au sein de la Cour suprême de Californie. Il avait prévu de l'annoncer durant les jours à venir, de profiter de la vive émotion qui entourait la mort de Fritz. Un héritage familial perdure, tu vois le genre. Le cabinet peut continuer à miser sur son association avec la plus haute cour de l'État, l'argent continue de couler à flots et le pouvoir est consolidé au sein de leur petite dynastie. Donc on est arrivés à l'enterrement. Le gouverneur surveillait du coin de l'œil la façon dont Kip tenait le choc. Tout s'est bien passé. Et puis Hannah a été arrêtée et, là, c'est devenu chacun pour soi.

» Quand je demande de l'aide, ils disent qu'ils doivent réfléchir. Quelles seront les conséquences sur la nomination de Kip, sur le bilan du cabinet ? Ils prennent leurs distances. Hannah et moi nous retrouvons livrées à nous-mêmes. Je comprends le fonctionnement du monde des affaires et j'aime mon mari, Josie. Je respecte la situation difficile dans laquelle il se retrouve. Mais ma fille est une enfant et elle a besoin d'aide, tout de suite. Alors je fais ce que j'ai à faire.

— Et ça ne dérange pas ton mari que le cabinet vous traite de cette façon ? demanda Josie.

Linda secoua la tête, l'air épuisé.

— À cet instant, je n'ai aucune idée de ce qu'il pense. Tout s'est passé si vite. Il n'arrêtait pas de demander comment ils savaient que son père avait été assassiné. Comment savaient-ils ? Lui, il pensait que la mort de son paternel était un accident. C'était comme si quelqu'un avait coincé Kip sur un grand huit sans ceinture de sécurité. En plein deuil, il se retrouve désigné pour siéger à la cour puis découvre que les flics pensent que quelqu'un a délibérément mis fin aux jours de son père. Un vrai bordel. C'est chacun pour sa pomme. Je n'ai pas beaucoup de temps pour découvrir ce qu'un inconnu sera en mesure de faire pour ma fille. Tu n'es pas une inconnue ; je veux que tu l'aides.

Josie se leva et se dirigea vers sa chambre à coucher.

— D'accord. Il va falloir que je réclame quelques faveurs. Je vais chercher mon carnet.

Mais Linda se précipita pour s'interposer et tirer Josie en arrièrc.

— Non ! Je veux que ce soit toi. Toi, je te connais. Tu ne la laisseras pas souffrir. Tu sais ce que c'est d'être une gamine qui a peur. Tu sais ce que c'est d'être toute seule…

— Ce n'est pas la même chose, Linda. Tu aides ta fille, tu n'es pas en train de l'abandonner. Par ailleurs, pour ce que j'en sais, elle est peut-être coupable.

Josie s'écarta. Une partie d'elle-même était flattée par la confiance que lui manifestait Linda, une autre méfiante.

— Et alors, qu'est-ce que ça change ? lança Linda avec un mouvement de frustration. Elle a quand même le droit d'être défendue. C'est la loi, pas vrai ?

— La loi ne dit pas qu'elle a droit à *mon* aide, répondit catégoriquement Josie.

— Mais elle n'a rien fait, Josie. Personne n'y est pour rien. C'était un accident. Quelqu'un est en train de faire une horrible bourde. Josie, je ne t'ai jamais vue te montrer méchante ni cruelle. Ne commence pas maintenant. Ma famille entière est en plein bouleversement… Hannah est mon bébé ! s'écria-t-elle.

Elle se mit à bredouiller pour tenter de trouver la formule magique qui forcerait Josie à changer d'avis.

— Elle était terrifiée quand il a fallu monter dans ce car, être emportée loin de moi. Je les ai suivis sur tout le trajet jusqu'au pénitencier de Sybil Brand et ils n'ont pas voulu me laisser rentrer. Elle est toute seule. Aide-la. Arrête de te trouver des excuses et aide-nous, bon sang !

Les doigts de Linda serrèrent de nouveau le bras de Josie. Ses ongles longs étaient toujours aussi acérés mais sa détermination vacillait. Sa voix grave se brisa. Elle se mit à chuchoter de manière presque paniquée, comme seule une mère peut le faire.

— Juste pour cette fois, Josie ! Va simplement voir Hannah. C'est tout ce que je demande. Si tu la voyais, tu l'aiderais. Je sais que tu ne voudrais pas qu'une enfant reste seule et terrifiée.

Elles se tenaient face à face, toutes deux plus grandes que beaucoup d'hommes, toutes deux dotées d'une beauté fascinante et toutes deux aux prises avec de puissantes émotions contradictoires.

— Ils l'ont emmenée à Sybil Brand ? demanda prudemment Josie.

Linda hocha lentement la tête, son visage était un masque d'inquiétude et d'interrogations.

— Ils ont dit qu'elle ne pourrait pas être libérée avant de passer une audience de mise en liberté sous caution. À cause des chefs d'accusation. Et que ça serait lundi au plus tôt... Josie, qu'est-ce qui ne va pas ?

— Les suspectes mineures sont emmenées à East Lake, Linda, pas à Sybil Brand. Ta fille est dans la prison pour femmes. Le procureur va la faire juger comme une adulte.

— Qu'est-ce que ça veut dire ?

— Ça veut dire que si elle est jugée coupable, elle sera traitée à la dure. La prison de Chowchilla ou un endroit du même genre. Pas de scellés sur son casier. Pas de peine raccourcie dans une institution pour mineurs.

Josie puisa au plus profond d'elle-même pour trouver le courage d'évoquer le pire des scénarios.

— Si le procureur y ajoute des circonstances aggravantes, il est envisageable qu'il réclame la peine de mort.

***

Linda partit vers 23 heures, non sans laisser son numéro de téléphone, son adresse et un acompte. Josie rangea le chèque dans le tiroir du haut de son bureau. Elle pouvait le déchirer aussi bien que l'encaisser mais, pour le moment, elle n'avait pas envie de le voir. Elle voulait réfléchir.

Elle prit Max en laisse et ils marchèrent jusqu'à la promenade, traversèrent la piste cyclable et s'avancèrent sur le sable. Josie se dirigea vers le nord. Elle se demandait pourquoi elle avait accepté de rencontrer Hannah Sheraton, tout en sachant qu'il n'était pas nécessaire d'être un génie pour trouver la réponse.

Demain, une enfant de seize ans se réveillerait sous l'emprise de la peur et resterait terrifiée jusqu'à la fin de cette histoire. Hannah Sheraton risquait de ne jamais se remettre de ce qui lui arrivait, mais Josie pouvait au moins s'assurer que cette épreuve aurait une fin. Si Linda seule avait eu besoin d'aide, Josie lui aurait recommandé quelqu'un. Mais il s'agissait ici d'une gamine. Et Josie ne pouvait pas lui tourner le dos.

Max avait envie de se promener un peu ; il tira Josie vers la gauche. La lune était haute, la marée basse et la chaleur pesante. Au loin, une musique festive se mêlait à des gémissements de sirènes. La musique provenait d'Hermosa, les sirènes d'un lieu plus vaste, plus impersonnel, plus dangereux. Dieu merci Josie n'appartenait plus à l'univers des sirènes. Josie reporta son attention sur l'endroit qui était désormais sa ville d'adoption. Hermosa signifiait « belle plage ». Autrefois, le paysage était constitué de collines couvertes de moutons et de champs d'orge qui s'étendaient jusqu'au Pacifique. À présent, c'était un peu plus de deux kilomètres de petits hôtels, de maisons, de restaurants et de gens persuadés qu'il fallait laisser les autres vivre en paix. En matière de crime, Billy Zuni représentait le summum du mauvais garçon que cette ville pouvait produire. En décembre, on organisait un concours de bonhomme de neige en sable, en août un festival de surf. Dans les années 1960, la ville s'était désignée comme sanctuaire pour les oiseaux sauvages. Les pères fondateurs n'avaient pas eu conscience que les oiseaux sauvages ne seraient pas les seuls à trouver refuge à Hermosa.

Josie donna un coup de pied dans le sable et tira sur la vieille laisse de Max. Elle était d'un rose foncé, tout élimée. Cette même laisse était encore accrochée au collier du chien quand elle l'avait découvert, à moitié mort de faim, sous l'embarcadère. Josie se refusait à en acheter une nouvelle. Cette laisse pouvait avoir de la valeur pour Max, tout comme Josie elle-même tenait aux assiettes décorées de danseuses de hula héritées de sa mère. Elle tira une deuxième fois sur la laisse. Il était temps de partir, mais pas de rentrer. Le récit de Linda avait obscurci l'esprit de Josie et elle avait besoin de quelqu'un d'autre pour y voir plus clair. Et elle ne connaissait qu'une seule personne dotée d'un œil sans faille lorsqu'il s'agissait de naviguer au cœur des tempêtes de l'indécision.

Elle prit la direction de chez Archer.

***

Il fallut quarante-sept minutes à Linda Rayburn pour rallier la maison de Malibu. Elle gara sa voiture, récupéra ses chaussures et son sac du côté passager, ne s'embarrassa pas de verrouiller les portes et ne se soucia pas de savoir si le bas de son pantalon hors de prix allait se salir.

Elle s'avança à pied vers le portail sans prêter attention à l'impressionnante entrée. Celle-ci lui paraissait désormais ordinaire, comme tant d'autres choses que Linda avait autrefois trouvées intimidantes et fascinantes dans l'univers des Rayburn. Non pas qu'elle ait désiré autre chose, ou que cela lui déplaise. Toutes ces choses étaient comme l'air : essentiel et attendu jusqu'au moment où on vous le retirait.

Elle entra dans la maison. Toutes les lumières étaient allumées et l'endroit était aussi silencieux qu'un mausolée. Elle abandonna les chaussures et le sac par terre ; la gouvernante les ramasserait au matin.

Linda jeta un coup d'œil dans la cuisine, tout en doutant d'y trouver Kip. Elle vérifia ensuite le salon. L'éclairage puissant lui donnait l'impression d'être un cadavre ambulant. Tout en marchant, elle défit sa ceinture et retira son chemisier de son pantalon.

L'éclairage de la piscine était activé, de même que les projecteurs de sécurité. La salle à manger, avec sa longue table en verre et ses douze chaises d'acier inoxydable garnies de soie, scintillait sous l'effet des multiples reflets.

Ayant parcouru le rez-de-chaussée, Linda n'avait d'autre choix que de se rendre à l'étage. Repoussant son désir de se mettre au lit, de fermer les yeux et tout oublier, elle monta l'escalier et emprunta le long couloir. Les immenses huiles dénuées de cadre dont Fritz était si friand lui paraissaient désormais grossières et ridicules. Tout ce noir traversé de zébrures rouges aléatoires, comme autant de blessures ouvertes sur la peau sombre de la toile. Fritz était sans doute un expert en matière juridique mais ses goûts artistiques craignaient. Qu'est-ce qu'il lui avait pris de suspendre ces trucs sur les murs blancs et lisses de la maison de Malibu ? Les peintures d'Hannah y auraient eu plus leur place. Elle au moins utilisait plus de deux couleurs. À cet instant, pour tout dire, Linda aurait volontiers jeté au feu toutes ces grandes toiles laides et prétentieuses en échange d'un peu de la présence d'Hannah.

Linda avait atteint l'extrémité du couloir, juste devant *la Salle*. C'était comme ça qu'ils l'appelaient. Pas la chambre de Fritz ou la bibliothèque, simplement *la Salle*. C'était ici qu'étaient conservées les chroniques de la vie de Fritz : des photos de Fritz en compagnie de gouverneurs, de sénateurs et même d'un ou deux présidents. Fritz et des avocats célèbres. Fritz et des enfants placés. Fritz, Fritz, Fritz. Des stylos et des plaques commémoratives, des portfolios en papier gaufré. Fritz, Fritz, toute une pièce dédiée à Fritz. De petites sculptures de juges en bronze et en bois. Des marteaux de magistrats alignés sur leurs socles de bois poli. Cela faisait des années qu'il n'avait pas utilisé cet endroit mais celui-ci demeurait intact. C'était un autel à sa gloire de son vivant ; Dieu savait ce que cet endroit deviendrait à présent qu'il était mort, à présent que Kip allait prendre sa place.

Linda se ressaisit. Il n'y avait pas de porte pour accéder à la pièce, seulement un petit hall qui s'élargissait jusqu'à former un large espace. Linda entra et resta quelques instants sur place. La pièce était plongée dans la pénombre ; seule la lampe du bureau était allumée. Deux des murs de la pièce étaient en verre. La demi-lune lumineuse était suspendue, telle une œuvre d'art, au centre de l'un d'eux. Kip était assis dans le fauteuil de Fritz ; il donnait l'impression d'être sorti d'une toile de Norman Rockwell pour pénétrer dans un paysage dessiné par Dali.

Linda frissonna. Elle n'aimait ni Rockwell ni Dali. Elle aimait Kip tel qu'il était auparavant. Avant tout cela, il était sa propre toile noire. Elle aimait le Kip qui s'appuyait sur elle et sur Fritz pour se définir. Mais Fritz n'était plus là, le gouverneur tendait à Kip ce qu'il désirait – pouvoir, attention, notoriété – et Linda n'était plus la femme qui avait quitté la maison plus tôt dans la soirée. Pour la première fois, la prochaine étape de sa vie n'était pas claire.

Kip n'avait pas relevé les yeux vers elle en l'entendant entrer. Il était pratiquement immobile, se contentant de gestes secs pour soulever, examiner puis ranger les affaires de son père dans une boîte posée sur le bord du bureau. Linda percevait sans mal toute la frustration et la colère qui émanaient de lui et se déversaient à travers la pièce.

— Je n'ai pas envie de parler Linda, dit-il d'une voix tremblante.

— Il le faut.

Kip leva la main.

— Non, c'est faux.

— Qu'est-ce que tu veux faire, alors ? Rester assis là à

patienter jusqu'à ce que nous sachions ce qu'ils ont appris ? Tu veux attendre que d'autres avancent leurs pions avant nous ? Prétendre que tout cela n'est pas en train de se produire ?

Linda s'avança vers le bureau puis s'immobilisa. Ses petits soins habitucls n'apaiscraicnt pas Kip. Il ne voulait pas qu'on le touche. Elle ne pourrait pas le pousser à rejoindre le lit. Depuis la mort de Fritz, il subissait une transformation. Rien de problématique ou d'indésirable… jusqu'à maintenant. Linda garda une distance prudente. Elle allait devoir agir avec précaution en attendant d'avoir une vision précise de la situation. Elle reprit la parole, en improvisant.

— Tu as raison. Pardon. Je suis désolée. Je n'arrive pas à croire à ce qui se passe. Tout se déroulait tellement bien.

Elle tendit les mains pour empêcher Kip de l'interrompre.

— Mais on peut contrôler cette situation, reprit-elle. Je suis allée voir une avocate pour Hannah. C'est une vieille amie. Elle va sortir Hannah de prison. Quand ce sera fait, on l'enverra dans une école loin d'ici. Beaucoup de gens ont des enfants à problèmes. Ça n'étonnera personne. Mon avocate ne te mêlera pas à tout ça, ni toi ni le cabinet. Elle s'occupera de tout, discrètement.

— Discrètement ?

En un clin d'œil, Kip fut debout, dressé de toute sa taille derrière le bureau, ses traits déformés par la fureur et l'incrédulité. Il saisit une photo encadrée de son père et la projeta à travers la pièce. Mais pas vers Linda. Une chance.

— Et comment diable penses-tu que le meurtre d'un juge de la Cour suprême de Californie puisse se régler discrètement ? Quand ils pensaient que c'était un accident, déjà personne ne s'est montré discret. Nous n'allons pas pouvoir ne serait-ce qu'éternuer sans que tout le monde se demande ce qui se passe dans cette maison. Ils vont vouloir connaître la raison de l'arrestation d'Hannah et s'ils n'y parviennent pas, ils en inventeront une. Hannah a causé des problèmes dès son arrivée ici. Pour mon père. Pour moi. Et même pour toi. Mais là elle s'apprête à ruiner mon existence !

— D'accord. Très bien ! cria Linda.

Elle recula d'un pas. Pour la première fois depuis leur rencontre, elle avait peur de son mari. Mais elle n'allait pas le lui montrer.

— Tu as toujours voulu l'éloigner. Tu veux que je parte, moi aussi ? Tu es un mec tellement important maintenant que tu n'as plus besoin de moi ? Si c'est ce que tu veux dire, alors je m'en vais. Je ferai ce que j'ai à faire pour survivre et je me fous bien de savoir qui tombera s'ils poursuivent ma gamine en justice.

Kip posa les mains sur l'un des trophées de Fritz, un objet lourd en cristal et en bois. Même dans la pénombre, Linda vit que ses bras tremblaient sous l'effet de puissantes émotions contenues. Il luttait contre lui-même, contre son envie de soulever le trophée pour le lancer, ou de le serrer contre sa poitrine.

— Ce moment était censé être le mien. J'ai fait en sorte qu'il le soit. J'étais à la hauteur… et je faisais tout ça pour toi et moi.

Linda Rayburn vit son mari imploser. Lentement, il se laissa retomber dans le fauteuil, les doigts toujours refermés sur la masse de verre et de bois. Il inclina la tête jusqu'à ce que son front touche le triangle de cristal froid. Linda aussi baissa les yeux, épaules tombantes, des mèches de cheveux devant son visage. Peut-être étaient-ils tous égarés. Finalement, Linda redressa la tête. Son regard s'étrécit ; un éclat d'acier y brillait encore. Un petit cadeau de sa mère, qui faisait de Linda ce qu'elle était dans le fond : une survivante coriace. Linda allait partager ce cadeau avec Kip, parce que partir était la dernière chose dont elle avait envie.

Avec lenteur, elle s'approcha de son mari et lui enveloppa la tête de ses bras. Puis elle l'attira contre elle. Les bras de Kip se refermèrent sur sa taille tandis qu'elle enfouissait ses lèvres dans ses cheveux.

— Je sais ce que tu as fait pour moi, chuchota-t-elle. Je sais ce que ça t'a coûté.

— Vraiment ?

— Oui, et j'étais fière de toi. Maintenant, il faut rester courageux et que tu ailles au bout de tout cela.

— J'en suis capable, mais il va falloir que tu m'aides, bredouilla Kip. Tu me dois bien ça… après tout ce que j'ai fait. Après tous les risques que j'ai pris pour toi. C'est envers moi que tu as une dette, pas envers elle. Je la déteste. C'est mon tour à présent.

Le cœur de Linda était lourd comme une pierre. À l'instant même où elle avait cru que la vie allait devenir simple, celle-ci lui jouait le tour le plus cruel qui soit. Elle n'en avait jamais voulu et voilà qu'elle se retrouvait avec deux enfants qui la pointaient du doigt, faisant d'elle à la fois une excuse, une raison et une inspiration pour leurs actes. Ce n'était pas juste.

Linda soupira en caressant les cheveux de Kip. Elle ferait ce qu'elle pourrait. Elle pousserait Kip dans ses derniers retranchements pour le forcer à reprendre courage. Elle se montrerait maligne, observerait, patienterait et n'agirait que lorsque ce serait nécessaire. Mais au final, si Hannah ne jouait pas sa partition, ils étaient tous foutus.

4

Josie se réveilla vers 6 heures, le soleil dans les yeux et l'odeur d'Archer tout autour d'elle. Son parfum se nichait dans les draps, sur son corps, dans l'odeur du café noir qui avait ses faveurs ou les effluves des produits chimiques qu'il utilisait dans sa chambre noire. Sa personnalité transparaissait partout. Dans la précision avec laquelle ses vêtements étaient suspendus à l'intérieur du placard, tout comme dans le livre de techniques médicolégales posé ouvert sur sa table de nuit. Flic un jour, flic toujours. Sur l'étagère, un rosaire était suspendu autour du col d'une bouteille vide de tequila. C'était une longue histoire. En résumé : Archer avait trouvé la foi, un soir, alors qu'un ami avait perdu la sienne. Il affirmait qu'il conservait le rosaire pour lui rappeler de ne jouer au sauveur que quand le résultat était garanti. Josie ne le croyait pas. Jamais il ne se montrerait aussi calculateur. Il l'avait sauvée, elle, sans qu'elle lui garantisse quoi que ce soit.

Josie se plaqua un bras sur les yeux pendant quelques secondes avant de rouler sur le côté pour toucher l'emplacement où Archer avait dormi. Les draps étaient froids. Il était levé depuis un moment.

Josie sortit du lit et entreprit de récupérer ses vêtements. Elle retrouva son tee-shirt sans manches et sa culotte mais le pantalon de survêtement et le soutien-gorge de sport étaient portés disparus. Elle enfila ce qu'elle put dégoter, jeta un coup d'œil à la photo de Lexi, l'épouse décédée d'Archer, puis se mit en quête de l'homme qu'elles partageaient. Elle le retrouva sur le balcon du toit ; l'un des avantages d'être propriétaire de l'immeuble.

— Bonjour.

Josie se rapprocha dans son dos et referma ses bras autour de la taille d'Archer. Son côté massif donnait à Josie l'impression d'être une petite chose fragile. Elle adorait l'odeur de sa chemise. Amidonnée et repassée par celui-là même qui la portait.

— Ne bouge pas, ordonna-t-il.

Josie obtempéra, mais seulement parce qu'elle en avait envie. Elle retint son souffle, profitant de l'excitation qu'elle ressentait en lui lorsqu'il s'enthousiasmait pour ce qu'il voyait dans l'objectif. Sous ses doigts, elle sentit le ventre d'Archer se contracter. Un muscle unique se tendit, vif comme un serpent. Un clic. Il poussa un soupir de satisfaction et se releva avec lenteur en scrutant une dernière fois la plage du regard avant de se retourner pour embrasser Josie. Elle lui rendit son baiser, juste assez longuement pour qu'ils soient tous les deux satisfaits. Quand elle se glissa hors de son étreinte, il la laissa partir. Pas de conflit, pas de jalousie, pas de dépendance. Respect. Affection. Bien-être. Alchimie. C'était le genre de relation qui réussissait aux gens capables de se gérer seuls.

Pour Archer et Josie, la réussite était éclatante.

Ils s'étaient rencontrés un an plus tôt. Archer l'avait prise en photo durant le tournoi de volley pro-am. Elle avait une main sur la hanche, sa casquette de baseball à l'envers et ses lunettes de soleil sur le nez. En découvrant la photo imprimée, Josie s'était sentie satisfaite. On y voyait ses tablettes de chocolat, les muscles sinueux de ses jambes et ses biceps bien dessinés. Archer affirmait qu'il y voyait autre chose. Il devinait son regard noir derrière ses verres teintés, déçue qu'elle était d'avoir perdu un point important et déterminée à ne pas perdre le suivant. Il avait su qu'ils deviendraient plus que de bons amis. Josie avait eu besoin d'un mois supplémentaire pour s'en rendre compte.

— Tu reprends du café ?

Josie attrapa le thermos pour se verser une tasse. Archer secoua la tête. Josie et son café le rejoignirent contre la rambarde du balcon.

— J'ai pu prendre le soleil qui se levait. Et une femme qui se baignait nue vers 5 heures du matin, dit Archer en désignant les vagues du menton.

Josie l'observait. Il avait un merveilleux profil, ressemblait à un boxeur irlandais : mâchoire puissante, nez court et droit, yeux sombres et rapprochés. Des yeux qui ne lâchaient jamais ceux qui se trouvaient dans leur ligne de mire. Il avait un visage d'homme, un corps d'homme. Archer n'avait pas de costume dans sa penderie. Il était aussi différent des hommes avec qui Josie était sortie par le passé que Baxter & Associés pouvait l'être de son ancien cabinet.

Qu'avait-elle bien pu trouver à ces types en costume griffé ? Josie se pencha vers lui et lui décocha un coup d'épaule taquin.

— Un de ces jours, tu vas te retrouver avec un procès sur le dos quand quelqu'un se reconnaîtra sur une carte postale ou dans un magazine.

— Je connais une bonne avocate. Elle ne me laisserait pas tomber.

Il lui donna à son tour un coup d'épaule. Sans l'ombre d'un sourire. Ce n'était pas sa façon de faire. Il souriait avec les yeux, par sa façon de la toucher. Josie savait quand Archer était heureux. Il manifestait de la même façon la souffrance, la colère ou la compassion : par le regard, par le toucher.

— Je ne compterais pas là-dessus, répondit Josie, pince-sans-rire. Un de ces jours, je pourrais décider que tu ne mérites pas tant d'attention.

Archer passa une main derrière la nuque de Josie, puis l'embrassa de nouveau. Il l'attira contre lui, un bras en travers de ses épaules.

— Une mise en garde de la part d'une femme qui s'introduit

chez moi pour abuser de mon corps en plein milieu de la nuit ? Je crois que je peux continuer à compter sur elle.

Toujours blottie contre lui, Josie but une gorgée de café. Il attendit juste le temps qu'il fallait avant de lui donner l'impulsion qu'cllc scmblait attcndrc.

— Alors ? On ne peut pas dire que tu aies été très bavarde hier soir.

Josie émit un petit gloussement. À vrai dire, ils n'avaient pas échangé deux mots. Archer lui avait dit un jour qu'il pouvait sentir ce dont elle avait besoin à sa façon d'entrer dans le lit. Si elle avait envie de parler, elle s'y glissait en ayant déjà lancé le débat. Quand elle avait besoin d'autre chose – quelque chose de plus personnel – elle s'allongeait sans rien dire et restait près de lui. Il l'entendait presque penser. Il semblait même savoir si la source de ses tracas était ancienne ou récente.

Et puis il y avait les nuits comme la nuit dernière. Elle n'avait pas envie de dormir, ni de parler. Josie avait besoin de faire le vide dans son esprit pour pouvoir se reposer et Archer avait une façon bien à lui de l'y aider.

— J'ai reçu de la visite hier soir..., commença Josie.

Elle garda les yeux braqués sur l'étendue de sable et l'immensité bleue de l'océan tout en lui racontant les événements de la veille.

Vingt minutes plus tard, ils étaient assis sur deux chaises longues du balcon et partageaient un bagel. Le café de Josie était froid et son récit terminé. Archer savait tout : Linda, leur histoire passée, la fille, l'accusation, la victime, l'acompte – substantiel – et le fait que la balle était dans le camp de Josie.

— Tu lui as dit que tu allais te renseigner sur l'affaire. Alors renseigne-toi.

— Bon Dieu, Archer. Tu sais ce que ça me fait quand il s'agit d'un meurtre. De femmes impliquées dans un meurtre. Ce n'est pas si évident.

Josie mordit dans le bagel. Elle n'avait pas faim ; elle n'avait simplement aucune envie d'expliquer une nouvelle fois en quoi la situation était difficile pour elle. Mais Archer avait autrefois gagné sa vie en enquêtant sur des criminels ; les avocats ne constituaient pas vraiment un challenge pour lui.

— Et pourquoi ça ?

Il se passa les mains derrière la tête et la regarda droit dans les yeux.

La plupart des gens avaient du mal à soutenir le regard d'Archer. Ils disaient que ses yeux étaient dénués d'émotion, froids, inquisiteurs. Pour Josie, ce regard les mettait plutôt sur un pied d'égalité.

— Parce que c'est un vrai guêpier. Si elle est innocente, elle va devoir faire face à beaucoup d'obstacles : la presse et le procureur qui vont vouloir une punition exemplaire, sans parler de l'influence que le bureau du gouverneur pourrait avoir sur tout ça. Et si elle est coupable et que je la fais acquitter, je crois que je ne pourrai plus jamais me regarder dans une glace. C'est un peu comme d'être une ex-nonne. Je crois toujours en Dieu, je pense simplement qu'Il n'est pas omnipotent. Par ailleurs, ça fait longtemps que je n'ai pas monté une défense comme celle-ci.

Josie avait porté ses doigts à sa bouche. Elle ne se rongeait pas tout à fait les ongles, mais n'en était pas loin.

— Tu as géré de très grosses affaires pendant seize ans avant de t'installer ici, lui rappela Archer.

— Linda est une amie, rétorqua Josie.

— Une connaissance. Si c'était une amie, j'en aurais entendu parler.

— D'accord. C'est vrai. Mais il y a aussi le fait qu'il s'agit d'une mineure. Et avant que tu ne dises quoi que ce soit sur le fait qu'elle va être jugée comme une adulte, poursuivit Josie en levant une main, nous parlons bel et bien d'une enfant. Je ne sais pas comment m'y prendre avec une gamine.

— Tu sais comment t'y prendre avec une cliente, Josie.

Archer fit tournoyer la pédale du vélo de course noir qu'il conservait sur le toit plutôt que dans le garage. Celui-ci était occupé par les dossiers d'affaires passées, les souvenirs de la maison qu'il avait partagée avec Lexi et un énorme Hummer. Archer y voyait un véhicule capable de l'emmener partout où se cachaient un coupable à appréhender ou une belle photo à prendre.

L'ex-flic regarda la pédale tournoyer pendant une petite minute avant de se tourner vers Josie.

— Quand Lexi est morte, je ne voulais même plus regarder une autre femme. Et puis tu t'es retrouvée là, devant moi. Je n'ai pas pu faire comme si tu n'existais pas et ça a été très dur, Jo. J'ai dû décider si je serais plus heureux avec une femme bien vivante ou avec les souvenirs d'une morte. Tu penses que ce que tu faisais avant ne te manque pas ? Peut-être que cette histoire est un test. Va voir cette fille. Si ça te paraît louche, prends tes distances. Fais-le parce que c'est le bon choix.

— C'est ça, Archer, donne-moi l'impression d'être nulle. Je n'ai pas peur, si c'est ce que tu penses. Je pourrais aller là-bas. Rencontrer cette fille et me faire mon idée de la situation.

— Alors fais-le. C'est tout ce que demande sa mère.

— Non. Tu ne connais pas Linda. Elle attend que je règle définitivement le problème, objecta Josie.

— Quelle importance, ce qu'elle attend ? Je dis simplement que si tu tournes le dos à cette affaire maintenant, tu ne te regarderas plus jamais de la même façon dans le miroir.

— C'est toi qui le dis.

Josie se leva de sa chaise longue. Elle aurait dû être sur la plage en train de disputer un match, surveiller ce que faisait Billy ou encore poser des dalles chez elle. Elle aurait dû faire une promenade en vélo jusqu'à Santa Monica avec Archer. Elle n'avait pas à se préoccuper de ces histoires de victimes et de meurtriers, d'innocence et de culpabilité et des mille et une manières de présenter les preuves afin que son histoire sonne comme la vérité divine. Et Archer aurait dû se montrer un peu plus à l'écoute. Il aurait au moins pu admettre qu'elle avait une raison de se montrer prudente. Comme il n'en faisait rien, Josie décida de partir.

— Je rentre.

Alors qu'elle passait devant lui, Archer tendit la main pour lui prendre le bras.

— Tu dois savoir de quelle étoffe tu es faite, Josie. C'est quelque chose que tout le monde devrait savoir.

— À demain, répondit Josie en l'embrassant sur le crâne. Ou alors à la semaine prochaine.

Elle récupéra le reste de ses vêtements dans la chambre à coucher, s'habilla puis alla chercher Max. Seule, Josie aurait descendu les trois étages à toute vitesse. Avec Max, cela prit un peu plus longtemps. Sur la promenade, Hermosa reprenait vie. Des gens en rollers, des promeneurs, une mère avec sa poussette, des badauds buvant leur café un journal à la main, des surfeurs assis à califourchon sur leurs planches dans l'attente de la vague qu'ils pourraient chevaucher, ou de celle qui viendrait les noyer.

Josie ne prit pas le temps de s'arrêter pour voir laquelle arriverait en premier. Elle pressentait l'arrivée de sa vague personnelle… et elle n'était pas prête.

Sur le toit, Archer s'était appuyé contre la balustrade pour observer le départ de Josie. Il ne prit pas la peine d'orienter le trépied dans sa direction pour faire un cliché. Il n'avait jamais aimé prendre en photo les gens qui s'éloignaient ; il se contenta donc de la regarder faire tourner les têtes dans son sillage. Elle était si grande et si remarquable, bronzée et pleine d'assurance. Il constata également qu'elle marchait un peu trop vite pour une simple promenade mais pas assez pour que cela soit considéré comme de l'exercice. Et elle gardait Max auprès d'elle, comme un ami venu l'aider à trouver son chemin dans un endroit inconnu.

Mais Hermosa n'était pas en cause. Josie Baylor-Bates était nerveuse parce qu'elle entendait résonner l'appel d'un passé ancien, effrayant et fascinant à la fois. Archer aurait pu continuer à parler avec elle, disséquer les moindres détails, l'inciter à voir au-delà de la problématique immédiate ou au contraire à s'en extraire. Mais il n'en avait rien fait. Cela faisait trop longtemps que la jeune femme se racontait des histoires. Josie pensait avoir choisi de vivre près de la plage à Hermosa et de travailler dans un cabinet du coin parce qu'elle avait perdu ses illusions. C'était un mensonge. Josie avait fui vers Hermosa et enfoui sa tête dans le sable de la petite entreprise de Faye Baxter. Et voilà que quelqu'un tirait sur sa tête et qu'elle tentait de la maintenir enfoncée dans le sable.

Archer prit une profonde inspiration et détourna les yeux. Elle avait presque disparu de sa vue et il ne pouvait rien faire pour elle désormais, si ce n'était attendre qu'elle revienne. Il mourait d'envie de l'accompagner, de monter la garde quand elle se retrouverait face à face avec cette gamine, mais il n'en ferait rien.

Au lieu de quoi Archer reprit sa place derrière l'objectif et le tourna vers la mer. Un geste révélateur de tout l'amour qu'il portait à Josie.

*
**

— Propositions.

Le gouverneur Joe Davidson versa son lait écrémé dans son bol à demi rempli de son d'avoine, déposa la petite assiette de fruits à sa gauche et le grand verre d'eau citronnée à sa droite. Même s'il était encore tôt et si les rayons du soleil à l'extérieur de sa chambre d'hôtel de Santa Monica invitaient à la détente, il n'avait d'yeux que pour son frugal petit-déjeuner et d'oreilles que pour les idées quant à la façon de gérer le problème Rayburn. Alex Schaeffer, le chef de cabinet du gouverneur, et Cheryl Winston, sa directrice de campagne, n'avaient que cette question en tête depuis qu'ils avaient appris la nouvelle de l'arrestation d'Hannah Sheraton la nuit précédente.

— À vrai dire, commença Cheryl, je l'ai un peu mauvaise que le procureur ne nous ait pas prévenus un peu à l'avance. Dans la mesure où c'est lié à la mort d'un juge de la Cour suprême, je me serais attendue à ce qu'il nous tienne informés.

— Cooper est un crétin, déclara sèchement Davidson. Il s'imagine que cette petite démonstration d'autonomie sera suffisamment impressionnante pour lui donner une chance d'accéder au siège de Rayburn. Mauvais calcul, comme d'habitude. L'arrestation comme la supposition.

Le gouverneur termina ses céréales, décala le bol d'exactement quinze centimètres sur la gauche et tira l'assiette de fruits sur la même distance jusqu'à ce qu'elle soit en face de lui. Il se mit à manger méthodiquement, en mâchant d'un air songeur, attentif.

— Je ne crois pas que ça change quoi que ce soit, intervint Alex. Il s'agit de la belle-fille de Kip Rayburn. Ce n'est pas comme si c'était son propre enfant qui avait commis un crime à la Médée.

Le regard du gouverneur se braqua vers son employé.

— C'est plutôt au roi Lear qu'il faudrait faire référence, et même dans ce cas, l'analogie n'est pas la bonne.

— Passons. Il n'est marié que depuis deux ans. La gamine a posé problème dès le premier jour. Leur relation est inexistante.

— Je me moque de l'aspect émotionnel, dit le gouverneur avant de boire une gorgée de son eau citronnée. Va-t-il y avoir une baisse dans l'opinion publique susceptible de menacer ma position si nous maintenons la nomination ? À l'inverse, ce maintien peut-il renforcer ma position ?

— Je pense qu'il faut continuer comme prévu avec Kip, déclara Cheryl. Une bonne moitié de la Californie peut s'identifier aux difficultés d'une famille recomposée. Ça ne changera rien pour Kip Rayburn si nous profitons de l'occasion pour montrer à quel point vous êtes sensible aux épreuves que traversent les foyers modernes. Le genre de situation qui prouve bien la nécessité d'une oreille dévouée et compatissante du côté des juges. Bla, bla, bla…

Le gouverneur l'interrompit d'un mouvement sec de la main.

— D'accord. L'élection n'est que dans quatre mois. Je veux être certain qu'il sera approuvé et que la dot en vaut la peine. Kip n'est pas son père. Comme individu, il n'est pas franchement impressionnant.

— Son esprit fonctionne correctement. Une fois en place, il ne fera pas de vagues. Il ne s'est pas fait d'ennemis ; il n'a aucun squelette dans ses placards, affirma Alex.

— Mieux encore, financièrement parlant il rapporte autant que son père, renchérit Cheryl. Écoutez, soyons réalistes. Fritz étant mort, Kip devient associé-gérant avec Ian Frank. À eux deux, ils représentent trois corporations californiennes majeures qui financent votre campagne uniquement parce qu'elles apprécient de vous voir associé à un juge de la Cour suprême de Californie. Cela pourra continuer grâce à Kip. Une sorte de version simplifiée du scénario des Kennedy.

Alex leva la main.

— Pour jouer l'avocat du diable : est-ce qu'on ne peut pas collecter ces mêmes dollars ailleurs ? Auprès de l'un des syndicats, par exemple ? On serait alors libres de chercher quelqu'un de plus brillant pour ce siège au sein de la cour.

Davidson lui-même écarta l'idée.

— Ça chauffe un peu trop pour ponctionner encore les syndicats. Je ne veux plus de ces articles à propos des « lois votées à coups de dollars ». L'argent que rapporte Kip ne fait pas parler de lui. La nomination de Kip ne donnera pas l'impression d'un retour de manivelle.

— Nous tournons autour du pot du véritable bénéfice : Kip est président de l'AAC, leur rappela Cheryl.

— Et c'est un sacré administrateur, admit Alex. L'Association des avocats-conseils de Californie est très contente de lui. Ces types ont les poches pleines et c'est Kip qui les représente. Il est facile à imposer auprès du public et il rapporte gros, tout ça sans revers de la médaille. Alors je dis qu'on devrait annoncer sa nomination demain et minimiser la couverture médiatique de l'arrestation de la fille.

Le gouverneur faisait tourner le verre entre ses doigts. Son visage était allongé, pâle, son expression indéchiffrable. Finalement, il prit la parole :

— Kip comprend que nous attendons beaucoup de lui en termes de soutien durant l'élection et avant qu'il n'occupe son siège, n'est-ce pas ?

Alex opina du chef.

— Absolument. Il lèvera des fonds jusqu'au moment de prêter serment. Après cela, plus rien d'inconvenant, juste son association avec nous.

— Exactement. Il est important de respecter la loi à la lettre, souffla le gouverneur. Juste par sécurité, appelez Kip. Dites-lui que nous aimerions prendre quelques jours avant l'annonce. Apportez-moi les résultats d'un sondage d'ici, disons, lundi après-midi. S'ils sont bons, je ferai l'annonce.

Cheryl et Alex hochèrent la tête. Cheryl organiserait un sondage vite fait bien fait, s'assurerait que Kip savait ce qu'il avait à faire et rédigerait un communiqué de presse prêt à la publication. Alex contacterait les donateurs pour avoir une idée de leur position. Si tout le monde était content, la nomination de Kip pourrait avoir lieu.

Cheryl hésita avant de sortir de la chambre d'hôtel.

— Une dernière chose…

— Quoi ?

Son petit-déjeuner terminé, le gouverneur était plongé dans le carnet de notes qui ne le quittait jamais.

— La fille ? Devrait-on dire quelque chose à propos de la fille ?

— Dans quel but ? voulut savoir le gouverneur.

— Elle n'a que seize ans. Ils s'attendront à ce que vous disiez quelque chose à son sujet, suggéra Cheryl.

— Quelle est notre position sur les délinquants juvéniles mis en examen pour un crime ? demanda négligemment Davidson.

— Cela fait partie de notre position ferme sur le respect de la loi et de l'ordre. Combattre durement le crime, sur tous les fronts, répondit Alex.

— Alors nous soutiendrons le fait qu'elle soit poursuivie et reçoive la peine maximale prévue par la loi. Nous avons une foi profonde dans la justice de notre État et plus profonde encore dans ceux que nous nommons pour la faire respecter.

Davidson secoua légèrement la tête, comme s'il était déçu de devoir tout faire lui-même.

— Mais la situation est différente, suggéra Cheryl. Cette fille est loin d'être une criminelle endurcie, il s'agit de la fille de Kip Rayburn.

— Elle n'a aucune importance, excepté en tant que concept, maugréa Davidson.

— Un concept…, répéta Cheryl.

Elle échangea un coup d'œil avec Alex, qui haussa les épaules. Un instant plus tard, Davidson releva la tête.

— D'autres questions ?

— Non.

Cheryl et Alex laissèrent le gouverneur à ses notes et se séparèrent. Tous deux espéraient que s'ils se retrouvaient un jour dans l'illégalité, le gouverneur verrait en eux autre chose qu'un concept. Tous deux savaient que ce n'était qu'un vœu pieux.

5

« Que quelqu'un puisse ôter la vie à un homme comme Fritz Rayburn... Que dire face à un tel acte ? Je dois me contenter d'espérer que le responsable, quelle que soit son identité, subira toutes les foudres de la justice. Je promets que la personne que je nommerai au siège laissé vacant par le juge Rayburn s'engagera autant que moi pour le maintien de l'ordre ; et peut-être même avec plus de vigueur encore. »

Gouverneur Joe Davidson, interview dans Good Day LA.

*
**

— Hannah Sheraton.

Tout en énonçant le but de sa visite, Josie inscrivit son nom sur le registre de la prison.

— Salle trois, maître. Ça prendra quelques minutes.

Derrière la vitre, la femme officier inclina brièvement la tête vers la gauche puis termina de fouiller le porte-documents et le sac à main de Josie et les poussa dans sa direction. Josie la remercia d'un hochement de tête et fit un pas de côté pour ne pas heurter le type debout derrière elle en se retournant pour sortir.

— Sale endroit, maugréa-t-il en tirant le registre à lui pour signer. Qui voudrait être ici par cette chaleur ?

— Ou à n'importe quel autre moment ? répondit Josie, mais personne ne l'entendit.

Elle se trouvait déjà face à la porte qui menait aux salles réservées aux entrevues avec les détenues de Sybil Brand. Elle attendit que la sonnerie résonne pour pousser la première porte, marqua un temps d'arrêt, attendit la deuxième sonnerie, puis passa la seconde porte. Celle-ci se referma derrière elle alors qu'elle se demandait si elle n'aurait pas dû laisser tomber toute l'affaire. Une fois dans la salle trois, Josie lâcha son porte-documents sur la table, s'assit et contempla la prison pour femmes du comté de Los Angeles au travers de la paroi de verre.

C'était un vaste complexe de bâtiments anciens qui abritaient des femmes ayant commis de vrais crimes : meurtre, incendie criminel, cambriolage, agression. Hannah serait une « isolée », séparée du reste de la population pour son propre bien, du fait de son âge. Si elle était condamnée, par contre, l'endroit deviendrait sa nouvelle maison. Une prison aux murs décorés de papillons pastel censés encourager les détenues à émerger grandies, améliorées, plus fortes, du cocon de Sybil Brand. Mais c'était aussi une prison dont les sols étaient marqués d'empreintes de pas jaunes sur lesquels chaque prisonnière devait calquer les siens, comme un funambule sur son fil. Interdit de s'écarter du chemin. Interdit de regarder en arrière.

Josie se cala sur la chaise de bois pour essayer de trouver une position confortable. Cela faisait longtemps qu'elle n'était pas venue ici. Vingt minutes pouvaient s'écouler avant qu'ils ne ramènent Hannah. Josie ferma les yeux, appuya sa tête contre le mur de béton froid et rejoua mentalement sa conversation avec Linda Rayburn.

Linda avait entremêlé sa propre histoire avec celle de sa fille. Josie avait cherché à la canaliser mais Linda savait la façon dont elle voulait mener son récit. Une chose était claire : Linda et Hannah n'existaient pas l'une sans l'autre.

Hannah Sheraton. Seize ans. Elle avait été transbahutée à travers le monde aux côtés de Linda et de ses amants, avait passé le stade de la puberté avec éclat et commencé les bêtises dès ses douze ans. Rien de grave. Rien que Linda elle-même n'avait pas fait. Rien qu'elle ne puisse gérer. Sécher les cours, fumer un peu d'herbe. Tester la cigarette. Fréquenter des garçons trop vieux pour avoir de bonnes intentions. La digne fille de sa mère. Une gamine ayant bon fond, cela dit, juste un peu délurée. Et qui avait grandi trop vite.

Linda avait vidé la bouteille de scotch comme si c'était de l'eau. Et sa diction n'avait pas changé d'un iota. Elle tenait vraiment bien l'alcool. Et, toujours, en revenait à Hannah.

Une enfant intelligente en classe. Elle avait connu beaucoup d'écoles mais tout le monde disait la même chose. Une gamine très, très talentueuse. Des huiles, surtout. Quelques acryliques. Et des expériences avec d'autres médias. Hannah avait un avenir en tant qu'artiste si elle parvenait à se poser. Un bel avenir. Digne de Picasso.

Josie avait dressé le sourcil. Linda s'en était rendu compte, mais sans chercher à vraiment faire machine arrière.

D'accord, peut-être pas comme Picasso, mais un sacré talent quand même. Linda avait montré les peintures d'Hannah à un type de Beverly Hills. Il en avait acheté une pour cinq cents dollars. Une belle somme avant que Linda ne rencontre Kip, quand elle était entre deux petits amis. Hannah était tellement heureuse que ses peintures puissent donner un coup de pouce. Une gamine si désintéressée. Mais pour elle, le travail n'avait rien de difficile. Hannah n'était heureuse qu'un pinceau à la main.

Josie était arrivée à court de scotch. Mais Linda n'était pas à court d'informations.

L'incendie. Il s'était déclaré dans le studio d'Hannah. Bon, ce n'était pas à proprement parler un studio mais Fritz la laissait se servir de l'ancienne aile ouest pour peindre. Elle utilisait le rez-de-chaussée. Quand Fritz était en ville, il dormait dans la suite à l'étage. C'est là qu'il était mort. Là que le feu s'était déclaré. Hannah adorait ce studio. Bon Dieu, si Josie avait pu la voir quand elles étaient venues vivre dans cette grande maison. C'était comme d'être une princesse…

Josie avait touché le bras de Linda et celle-ci s'était reprise. Elle s'était mise à bouger les mains comme pour arranger les pièces d'un puzzle.

Hannah était devenue bizarre. Les Rayburn ne la trouvaient pas franchement attachante, mais que pouvait-on attendre de deux hommes ? L'un était veuf depuis une éternité et l'autre ne s'était pas marié avant l'âge de cinquante ans. Ils étaient figés dans leurs petites habitudes et avaient eu du mal à s'habituer à la présence de Linda, et plus encore à celle d'Hannah. Ils n'aimaient pas du tout son look. Pourtant, Hannah était belle. Linda tenait à ce que Josie le sache. Oh, et Fritz s'était pris d'un réel intérêt pour les peintures de la jeune fille. Mais les Rayburn affirmaient aussi qu'elle avait besoin de discipline. Les rares fois où il lui prêtait attention, Kip se montrait impatient. Il trouvait qu'Hannah nuisait à l'image de leur famille.

Puis les choses avaient empiré. Hannah leur avait joué de nouveaux tours. Elle dormait mal. Elle faisait tourner son monde en bourrique avec toutes ses petites bizarreries. Hé, elles étaient passées du studio au manoir. De mère et fille seules à partie prenante d'une famille. C'était difficile. Il leur fallait du temps pour trouver leurs marques. Fritz n'était pas d'accord. Il avait fait entamer une thérapie à Hannah et passait des heures à lui parler quand il était à la maison. Il téléphonait pour voir comment elle allait. En ce sens, c'était un type bien. Étant la mère d'Hannah, Linda estimait que c'était à elle de prendre les décisions concernant sa fille. Mais Kip et elle étaient mariés depuis trop peu de temps pour qu'elle ose protester. Linda ne voulait pas apparaître ingrate alors que personne ne s'était jamais montré aussi gentil envers elle auparavant. Quel dommage qu'Hannah se soit comportée ainsi. Il fallait toujours qu'elle rende les gens dingues. Pour l'amour de Dieu, elle ne se rendait pas compte de sa chance – de leur chance – d'être entrées dans la famille Rayburn.

Josie était donc en train de réfléchir à la dynamique au sein de la maisonnée des Rayburn quand la porte s'ouvrit. Elle était là, en chair et en os. Hannah Sheraton, belle à tomber et aussi nerveuse qu'un animal pris au piège.

Même sous l'uniforme orange, Josie devinait que son corps était parfait : mince mais doté d'une opulente poitrine et d'épaules larges. Ses longs cheveux noirs retombaient dans son dos et encadraient son visage de leurs épaisses boucles brunes. Sa peau était sombre, lisse, luminescente, mais ses yeux étaient du même vert printanier que ceux de sa mère. Elle aurait pu se tenir devant le Taj Mahal dans un sari doré ou danser sur les plages de Bali sans dépareiller. Hannah était une créature exotique, menue et féminine, là où Linda était grande et féline. Hannah était une enfant du vaste monde et Josie ne put s'empêcher de penser que l'autre moitié de son équation génétique devait être magnifique à regarder.

La matonne, pour sa part, n'avait pas l'air impressionnée par Hannah. Elle posa la main sur l'épaule de la jeune fille et la houspilla.

— On se bouge, Sheraton !

Hannah leva un pied mais, avant de le reposer, sa main gauche vint toucher le jambage de la porte. Le toucha une fois. Deux fois. Trois, quatre, cinq fois.

— Allez, Sheraton, j'ai pas toute la journée.

Interrompue, Hannah s'avança dans la pièce, ses traits raidis de colère. Avant que la fille ne puisse rétorquer quoi que ce soit à la gardienne, Josie se leva.

— Merci. Nous vous appellerons quand nous aurons terminé.

La femme eut un bref hochement de tête mais son regard s'arrêta sur Josie. Trois ans avaient passé mais tout le monde n'avait pas la mémoire courte. Josie avait pratiquement vécu à Sybil Brand durant le procès de Kristin Davis. Elle était devenue la représentante parfaite des avocats de la défense : « Sortez-les de prison qu'ils le méritent ou non. » Les forces de l'ordre n'aimaient pas beaucoup la façon dont Josie exerçait son métier à l'époque. Et Josie elle-même non plus, après Kristin.

— J'ai dit que je vous préviendrai quand nous aurons fini, reprit-elle.

La gardienne sortit. Hannah ne bougeait pas. Elle avait passé les bras dans son dos et ses épaules tressautaient comme si elle agitait ses mains de haut en bas.

— Où est ma mère ?

La voix pleine de colère d'Hannah était loin d'être aussi séduisante que le reste de sa personne. Le sourire de Josie disparut. Elle s'était préparée à devoir apaiser une jeune fille effrayée, pas à se battre avec une nana énervée.

C'était une erreur, Archer.

— Ta mère est à la maison, répondit simplement Josie.

Elle désigna la seule autre chaise dans la pièce.

— Assieds-toi.

— Vous avez vérifié ?

Hannah fit un pas en avant puis repartit en arrière ; elle se moquait de Josie.

— Je l'ai vue hier soir.

— Non, je veux dire : Vous l'avez appelée ce matin ? Vous êtes sûre qu'elle y est ?

La voix d'Hannah montait dans les aigus sous l'effet de son agitation.

— Oui, ta mère est à la maison. Elle m'a envoyée ici pour t'aider…

— Vous êtes médecin ? Je n'ai pas besoin d'un médecin.

Hannah avait interrompu Josie, son expression était un mélange d'arrogance, de colère et d'un soupçon d'espoir enfantin. Les gamins comme Hannah pensaient que personne ne voyait cette lueur d'espoir.

Josie secoua la tête.

— Je m'appelle Josie Baylor-Bates. Je suis avocate. Maintenant, est-ce que tu vas t'asseoir ou est-ce que je vais devoir appeler la matonne pour t'y forcer ?

Hannah plissa ses yeux verts. Elle n'allait pas céder d'un pouce et plus vite Josie prendrait le contrôle, mieux ce serait. Elle pointa de nouveau le doigt vers la chaise.

— Tu as une minute, après quoi je m'en vais.

Hannah ferma brièvement les paupières. Elle ramena ses épaules en arrière et reprit son étrange mouvement de bras, puis ce fut terminé. Son corps se détendit et une sorte de soulagement s'afficha sur ses traits. Elle repoussa sa chevelure en arrière et tendit la main vers la chaise. Josie vit la brûlure : Hannah capta le regard surpris de l'avocate.

De l'extrémité de ses doigts jusqu'au poignet, la peau de la main d'Hannah était enflée et marbrée de rouge et de blanc. Quelques filaments de pigments plus sombres constituaient la seule trace de l'apparence passée de cette main. La mort de Fritz Rayburn remontait à plus d'une semaine. La blessure avait dû être terrible pour avoir encore un tel aspect.

— Ça fait toujours mal ?

Hannah fronça les sourcils et fit pivoter sa main vers la droite, puis la gauche, puis de nouveau à droite, tout en s'asseyant. Elle posa sa main blessée sur la table, paume vers le haut, et la contempla.

— Je ne crois pas.

Josie s'assit à son tour.

— Tu n'es pas sûre ?

Hannah leva les yeux sans redresser la tête. Elle avait l'air d'un lutin démoniaque avec ces yeux, cette peau, sa chevelure en désordre et les piercings dans son nez et ses oreilles. Ses lèvres pulpeuses s'enroulèrent autour des mots, comme si elle lançait un sortilège.

— Certaines personnes ne supportent pas quand le vent

souffle trop fort. Il y a une gradation dans tout. Je ne reconnais pas la douleur. Je ne me souviens même pas que ça m'ait fait mal quand c'est arrivé. Je n'ai même pas pleuré.

Josie sortit un bloc-notes de son porte-documents.

— Je ne sais pas s'il y a de quoi en être fière.

Elle nota la date et l'heure en haut de la feuille en tâchant d'ignorer le nœud d'avertissement qui se formait dans son estomac.

— Je n'ai pas dit que je l'étais, si ?

Hannah porta sa main brûlée à ses cheveux et saisit une longue mèche. Elle la passa derrière son oreille, la tira en avant, l'enroula un peu plus, tira de nouveau dessus puis s'arrêta aussi brusquement qu'elle avait commencé. Elle rangea ses mains sous la table et regarda Josie droit dans les yeux.

— Tu pourras continuer à peindre ? demanda celle-ci.

— Si je ne peux plus peindre, je me suiciderai.

— J'en doute. Tu es en détention préventive, souffla Josie. (Hannah ne parut pas saisir l'allusion à son impuissance.) Tu ne peux même pas respirer tranquille sans avoir quelqu'un qui te surveille. Mais ça ne répond pas à ma question. Ta mère m'a parlé de tes peintures et du fait que le feu qui a tué ton grand-père a commencé dans…

— Non, l'interrompit. Fritz était mon grand-père *par alliance*.

La soudaine hostilité de la jeune fille à la mention de Fritz Rayburn n'avait pas échappé à Josie. Elle reformula son propos.

— L'incendie qui a tué Fritz Rayburn aurait eu son origine dans l'endroit que tu utilisais comme studio. Tu sais quelque chose là-dessus ?

— Pourquoi vous ne me demandez pas si j'ai mis le feu ? rétorqua immédiatement Hannah. Pourquoi me demander si je « sais quelque chose » ?

— Parce que j'ai besoin de savoir ce que tu sais, répondit Josie. Quand j'en viendrai à me demander si tu as fait le coup, je te poserai la question.

— Je sais que l'endroit était en flammes. Je sais que si j'avais voulu brûler la maison, je n'aurais pas essayé d'éteindre le feu, d'accord ? Mes peintures étaient à l'intérieur.

De sous la table provenait désormais un martèlement discret, rythmique. Hannah se pencha vers la surface de bois, ses cheveux étalés autour d'elle, sa colère dirigée vers Josie.

— Je ne sais pas pourquoi vous êtes ici. Kip va me sortir de prison et s'occuper de tout. Il m'a fait réintégrer l'école quand on m'a virée. Il s'est arrangé pour que ma mère puisse entrer dans un club ultra-sélectif. Kip et Fritz arrangent toujours tout, dit-elle avec une lueur de défi dans le regard.

— Pas cette fois, Hannah.

Josie faisait tournoyer son stylo entre ses doigts tout en écoutant Hannah décrire la vision qu'elle avait de son univers. La vérité était que parfois sauver les gens n'était pas simple, que parfois les sauveurs n'étaient pas ceux auxquels on s'attendait, que tous ne sont pas toujours sauvés et que tout le monde ne mérite pas de l'être. Il était temps pour Hannah de faire face à ces réalités.

— Écoute, Hannah, Fritz est mort et si Kip devait t'aider, il l'aurait déjà fait. Ta mère en a conscience et c'est pour ça qu'elle m'envoie.

Josie se pencha à son tour, bras croisés sur la table, pour rendre son regard au beau visage de l'ado rebelle.

— Tu es dans un sacré merdier. Alors maintenant, si tu veux avoir une chance de rentrer chez toi pour retrouver ta mère, tu vas me parler, m'écouter et arrêter les conneries. Parce que, crois-moi, cette prison est le dernier endroit au monde où j'ai envie de me trouver.

Hannah se mordit la lèvre inférieure ; une parfaite imitation de la façon de faire de sa mère. Ses doigts brûlés s'étaient de nouveau emparés d'une mèche de cheveux. En avant. En arrière.

En avant. En arrière. Puis passage par-dessus l'oreille avant d'entamer un nouveau cycle. Ses lèvres bougeaient en même temps qu'elle tirait sur sa chevelure. Son regard dérivait à travers la pièce, comme si Josie n'était guère plus intéressante qu'un moucheron.

Agacée, perturbée par son retour dans cet endroit, saisie d'un ras-le-bol vis-à-vis des délires égocentriques de cette gamine, Josie se releva d'un bond. Ses cuisses firent bouger la table comme elle tendait le bras pour refermer ses doigts sur le poignet d'Hannah.

— Arrête ça ! gronda-t-elle.

Les yeux de la jeune fille s'étrécirent. Elle tenta de se dégager. Josie tint bon et Hannah montra les dents.

— Je ne peux pas arrêter. Vous en tirez quelles conclusions ?

6

Josie battit en retraite et relâcha lentement le poignet d'Hannah. Elle tremblait, choquée par sa propre colère et l'aveu de la jeune fille.

— Non, je n'en tire pas de conclusions.

Josie se laissa retomber sur sa chaise. Des femmes adultes se retrouvaient brisées au bout d'une heure passée dans cet endroit. Hannah Sheraton, elle, était prête à se battre. Elle avait du cran, Josie devait bien l'admettre.

— Alors pas la peine de m'emmerder là-dessus.

Hannah s'affala dans son siège, pleine de ressentiment. Son uniforme s'entrouvrit. Josie aperçut un sein à la forme parfaite, sans soutien-gorge. Le téton en était percé et un tatouage s'étendait sur son épaule, noir, bleu et rouge. La main d'Hannah continuait de battre la mesure sous la table avec un bruit exaspérant. Tout chez elle témoignait qu'elle était une dure à cuire mais Josie n'y croyait pas. Il y avait quelque chose au-delà de la colère qui l'intriguait ; quelque chose dans la façon dont Hannah se tenait prête à se battre qui forçait l'admiration de Josie.

— Alors parle-moi de ce que tu fais. Ce n'est pas le moment pour moi d'essayer de deviner et tu n'as pas envie que le ministère public en sache plus que ta propre avocate.

Hannah baissa les paupières et garda les yeux fermés.

— Je fais ça, c'est comme ça. Je touche les choses vingt fois de suite. Ça me rassure. J'ai des troubles obsessionnels compulsifs. C'est ce que disent tous les médecins.

Les cils d'Hannah papillonnèrent. Elle entrouvrit les

paupières ; son expression était méfiante, circonspecte.

— Dépenses inutiles. En quoi toucher ce qui m'entoure pose un problème ? Ça ne fait de mal à personne. Même pas à moi.

— Je pense que j'attendrai de voir tes médecins pour qu'ils me disent si tu as de sérieux problèmes de comportement, répondit Josie.

— Pas très malin. Ils ne savent que ce que je leur dis.

Hannah fit mine d'ignorer Josie avant de s'agacer du silence insistant qui suivit. Elle décida de le remplir.

— Je gère mieux les portes qu'avant. Je vous ai vue me regarder quand j'ai touché le chambranle. C'est pour ça que j'ai cru que vous étiez médecin. Vous ressemblez au genre de docteurs qui plaisent à ma mère.

— C'est-à-dire ?

— Ma mère préfère les femmes médecins. Des femmes un peu extrêmes.

Hannah porta sa main brûlée à sa gorge et laissa ses doigts redescendre jusqu'à l'ouverture de sa combinaison. Un geste typique de Linda. Hannah était comme un jeune chiot qui aurait appris tout ce qu'il ne fallait pas avant d'être sevré. Percevant le malaise de Josie, Hannah devint moqueuse.

— Le genre de femmes qui plaisent à ma mère déteste baiser ou baise beaucoup trop. Quand je dis « extrêmes », c'est de ça que je parle. Elle apprécie sans doute la même chose chez les avocates. Vous êtes dans quelle catégorie ?

Josie secoua la tête.

— J'ai déjà entendu parler de baise auparavant, Hannah. Alors pourquoi tu ne me dirais pas plutôt quelque chose que j'ai vraiment envie de savoir ? Comme le genre de médecins qui plaisaient à Fritz.

Comme Hannah se murait dans le silence, Josie insista :

— Ta mère m'a dit que Fritz Rayburn s'était pris d'intérêt pour toi. Qu'il avait payé les honoraires de certaines cliniques et de tes médecins.

Josie refusait de jouer le jeu d'Hannah et Hannah ne s'intéressait pas à celui de Josie.

— C'étaient juste des endroits, des gens. Je crois pas qu'il ait rencontré un seul de ces médecins. Il m'envoyait là-bas, c'est tout.

— Et quelle impression ça te faisait ?

— L'impression qu'il fourrait son nez là où il n'avait rien à y faire. Qu'il me punissait quand je ne faisais rien.

La mèche de cheveux avait repris son mouvement d'avant en arrière mais plus lentement, comme si elle voyait Fritz, l'entendait. Et lui en voulait. Tout en parlant, Hannah murmurait son décompte. Au bout de vingt entortillements, elle s'arrêta et posa sa main brûlée sur la table, toujours au même endroit. Elle avait terminé.

— Je n'ai rien à dire sur Fritz. Il était à la maison de temps en temps, c'est tout. C'était un putain d'hypocrite, toujours à parler de loi, de justice, d'art. Et tout le monde qui lui faisait de la lèche comme s'il était mieux que les autres. Eh bien, il n'était pas mieux et il n'était pas souvent là. Alors ne parlons pas de Fritz.

— En quoi ça faisait de lui un hypocrite, Hannah ?

Josie avait besoin de plus d'informations. Elle voulait atteindre l'origine du ressentiment d'Hannah. Celle-ci haussa les épaules.

— Je sais pas. Il se croyait au-dessus des autres. Laissez tomber. Laissez tomber.

— Tu ferais bien de t'habituer à l'idée que c'est ce dont tout le monde va vouloir parler. Tu vas être jugée comme une adulte. Il serait temps que tu te comportes comme telle.

Hannah s'agita sur son siège. Elle se redressa, toujours méfiante mais soudain attentive.

— D'accord. Je vais être adulte. J'ai des questions. Comment ça se fait que ma mère vous envoie vous, et pas un type ?

— Nous étions à l'université ensemble, répondit Josie. Je lui ai dit que je m'occuperais de toi jusqu'à l'audience de mise en liberté sous caution puis que je trouverais quelqu'un pour t'aider si le procès a lieu.

— Pourquoi ce serait pas vous ?

— Ça fait longtemps que je ne me suis pas chargée d'un dossier criminel, répondit Josie en évitant de croiser son regard. Pas de ce genre, en tout cas.

— Comment ça se fait ?

— Parce que c'est comme ça, dit Josie, agacée par l'insistance de cette gamine.

— Mais pourquoi ? s'obstina Hannah.

— Parce que j'étais très douée pour ça et que parfois j'ai fait libérer des gens qui auraient dû aller en prison. Et qu'ils ont parfois fait d'autres victimes. Voilà pourquoi.

— Oh, alors vous flippez, conclut Hannah.

— J'ai simplement pris la décision de ne plus m'occuper d'affaires criminelles importantes, rétorqua Josie.

— Vous n'avez pas choisi, vous avez démissionné. Vous aviez peur de refaire une bourde.

Hannah sourit, comme si elles avaient soudain trouvé un terrain d'entente. Maintenant elles pouvaient être amies.

— C'est vous que je voudrais pour m'aider. Les gens qui ont peur réfléchissent mieux. Et puis, quand on a choisi de ne pas faire quelque chose, on peut toujours décider de s'y remettre, non ? Si la personne est innocente.

Josie n'écoutait plus Hannah. Une autre voix émanait des murs et embrumait son cerveau de murmures tentateurs. Elle avait autrefois été dans cette pièce, à cet endroit, à écouter une autre cliente proférer les mêmes paroles. *Choisissez-moi. Aidez-moi. Je suis innocente. Vraiment.*

— J'ai pas raison ? Vous pouvez faire ce choix, non ? demanda Hannah.

Josie cligna des paupières.

— On ne fermera aucune porte, répondit-elle. Tu as d'autres questions ?

Hannah observa attentivement Josie, prête à saisir le moindre tressaillement, la moindre esquive, la moindre réponse évasive. Puis elle entreprit de la sonder.

— Vous connaissez bien ma mère ?

— C'était le cas, il y a longtemps.

— Vous saviez qu'elle avait abandonné ses chances d'être une joueuse pro de volleyball pour m'avoir ?

Josie inclina la tête. Cette réécriture fictionnelle du passé n'avait pas d'importance mais elle en comprit le sens : Hannah l'enfant se voulait assez importante pour avoir changé la vie de sa mère. C'était quelque chose que Josie comprenait mieux que n'importe qui au monde. En ce qui concernait Hannah, c'était sans doute le cas, mais pas de la manière dont elle l'imaginait.

— Sinon, vous êtes sûre que Kip ne va rien faire pour moi ? voulut brusquement savoir Hannah.

— Oui, j'en suis sûre.

Hannah hocha la tête. Ses doigts s'étaient remis à tapoter. *Vingt.* Puis sa main gauche recouvrit la droite et caressa la peau marbrée. *Vingt.* Josie sentit qu'elle se contractait sous l'effet de l'agacement. Une telle absence de maîtrise de soi était pénible à observer.

— J'ai une autre question, dit enfin Hannah. Je veux savoir si vous pensez que je suis folle.

Josie la regarda sans sourciller et répondit honnêtement.

— Je ne sais pas. Je n'ai pas parlé à ton médecin.

— Je veux dire à partir de ce que vous avez pu voir. Le fait que je compte et que je touche des trucs. Vous pensez que c'est un signe de folie ?

Elle s'était remise à tambouriner.

— Non, ça ne correspond pas à la description légale de la

démence si c'est ce que tu veux savoir.

— Vous êtes sûre ?

Hannah était agitée, troublée. Ses mains se déplaçaient à toute vitesse.

— Pourquoi voudrais-tu que je te juge folle, Hannah ? Pourquoi voudrais-tu que quiconque croie ça ? demanda Josie pour tenter de lire entre les lignes des propos de la jeune fille.

— Parce que si j'étais dingue, ils ne pourraient pas dire que j'ai assassiné Fritz, si ?

Josie comprenait enfin. L'ado essayait d'anticiper, de trouver un moyen de se tirer de cette situation difficile. Son raisonnement était faussé, mais Josie jugea qu'elle faisait preuve d'idées remarquablement claires pour quelqu'un d'aussi jeune.

Elle avait fait la même chose après la disparition de sa mère : planifié son propre destin, la manière dont elle retrouverait Emily. Pour finir, Josie avait échoué à retrouver sa mère et appris que le destin était doté d'une volonté propre. Au moins Josie comprenait-elle ce qui animait Hannah Sheraton. Lorsqu'elle reprit la parole, Josie s'engagea plus profondément qu'elle n'en avait eu l'intention.

— Hannah, dit-elle d'une voix posée, écoute-moi très attentivement. Je peux examiner les informations dont dispose le procureur et tenter de faire abandonner les charges. Si je n'y parviens pas, tu seras inculpée pour meurtre. Alors tu auras un choix à faire : plaider coupable, plaider en vue d'obtenir une charge moins grave, ou nous pouvons nous battre.

» Si nous nous battons, ne pense pas à ma place. N'essaye pas de triompher seule du système, car c'est impossible. Pianoter sur le bois et t'entortiller les cheveux ne suffira pas à plaider la folie. Est-ce que tu comprends ?

Hannah écoutait, le front plissé, cherchant à évaluer la valeur des conseils de Josie par rapport aux autres adultes qu'elle connaissait. Finalement, elle prit sa décision. Lentement, elle retira ses mains de dessous la table, déboutonna les manches de son uniforme et entreprit d'enrouler les manches sur elles-mêmes. Dix fois chacune. Vingt fois en tout.

Hannah tendit les bras. Au départ, les yeux de Josie s'arrêtèrent sur ses mains. Puis elle vit ce qu'Hannah lui montrait. Sur la peau délicate de ses avant-bras s'étalait une dentelle de marques et de cicatrices, d'égratignures rouges et de coupures profondes, dont certaines terriblement récentes. Josie prit une profonde inspiration et se força à ne pas détourner le regard.

— Est-ce que ça, ça compte comme de la folie ? demanda Hannah en exposant ce qu'elle considérait comme son ticket vers la liberté.

— Non, Hannah. Ça ne compte pas comme une preuve de folie, murmura Josie.

L'expression d'Hannah changea. Dans son regard, la lueur d'espoir avait disparu. Elle ne semblait pas tant déçue que tristement résignée. Baissant les bras, elle déroula ses manches, reboutonna les poignets, passa les mains sous la table et se remit à tambouriner sous la surface en bois.

Un, deux, trois... dix... vingt.

7

Archer. — Alors, comment ça s'est passé ?

Josie. — Elle a besoin d'aide.

Archer. — Et ?

Josie. — L'audience de mise en liberté est pour demain.

Archer. — Tu y seras ?

Josie. — Ouais.

Archer. — Ça me paraît bien, Jo. Bonne nuit, chérie.

Josie. — Bonne nuit, Archer.

***

Il n'y avait pas de salle d'audience dans le bureau mobile C, département 32 de la Cour supérieure, sous la houlette de l'honorable juge Judith Davenport. À vrai dire, ce n'était même pas vraiment une salle.

Hannah était censée être traduite en justice à Santa Monica mais le tribunal proprement dit était surpeuplé. L'affaire devait se régler dans l'une des unités modulaires que l'État avait installées au milieu du parking dans une tentative pour régler le problème. Malheureusement, si l'initiative faisait preuve d'un certain sens pratique, elle nuisait sérieusement à la solennité de la cour.

Mais c'était ce que le sort avait réservé à Hannah. Josie ne doutait pas que si elles en arrivaient à un véritable procès – le ministère public contre Hannah Sheraton inculpée d'incendie volontaire et de meurtre –, l'affaire se jouerait sur une scène bien plus rutilante.

Il était tôt. Une demi-douzaine de voitures étaient éparpillées sur l'asphalte du parking. De l'autre côté de la grille qui séparait la cour de fortune du commissariat de West L.A., des flics venaient relayer leurs collègues. Des voitures noires et blanches entraient et sortaient. Des policiers fatigués rentraient chez eux ; d'autres, reposés, démarraient leur journée dans la rue. Un restaurateur ambulant faisait des affaires en proposant des burritos matinaux et du mauvais café.

Tout en regardant sa montre, Josie dépassa rapidement une femme qui tirait un petit enfant de deux ans derrière elle, un duo d'avocats en grande discussion près d'une Mercedes verte et deux marshals avant d'ouvrir la porte métallique du département 32. Celle-ci se referma avec un bruit lourd. Les murs frémirent. Ce lotissement judiciaire n'attendait qu'une chose : qu'une tornade bureaucratique vienne et l'emporte. Pourtant, certains éléments rapprochaient le département 32 de n'importe quelle autre salle d'audience : une caméra de la chaîne Court TV, un bocal de bonbons sur le comptoir de la réceptionniste, un banc des jurés désert et le sceau officiel de l'État suspendu derrière le bureau du magistrat. Une chose, toutefois, manquait : les gens. Josie aurait cru que l'endroit serait plein à craquer. Au lieu de quoi elle ne repéra que les reporters de l'Associated Press et du *L.A. Times*. Un jeune homme blond était assis dans le fond. Il était trop bien habillé pour être un simple observateur et trop détendu pour qu'il s'agisse du procureur. Linda se tenait au premier rang, seule. Si le procureur n'avait pas été en mesure d'attirer plus d'attention sur cette affaire, la chose s'annonçait bien.

Josie rajusta sa veste d'un mouvement d'épaules puis se dirigea vers Linda. Elles avaient passé plus d'une heure au téléphone la veille au soir pour discuter du passé d'Hannah et de ce que la famille était prête à faire pour assurer sa libération sous caution. Josie toucha l'épaule de Linda et lui fit signe d'approcher. Linda releva la tête ; la gratitude s'étalait sur son visage comme une couche de maquillage supplémentaire.

— Je m'inquiétais. J'ai eu peur d'être au mauvais endroit, dit-elle à voix basse.

— Tu es là depuis combien de temps ? demanda Josie.

— Une demi-heure. Ça m'a paru durer une éternité.

Avec un geste emprunté, Linda leva la main pour toucher ses cheveux relevés en un chignon élégant sur le dessus de sa tête. Des anneaux sertis de diamants pendaient à ses oreilles. Elle était nerveuse mais sous contrôle, bien loin de la femme qui avait débarqué chez Josie quelques jours plus tôt.

Il faudrait qu'elles parlent vêtements si l'affaire allait jusqu'au procès. Josie ne voulait surtout pas qu'Hannah et Linda aient l'air de sortir d'une séance de shopping dans les boutiques de luxe.

— Ton mari sera là ?

— Non, il n'a pas pu venir. Il avait une réunion. Mais il voulait. Vraiment.

Josie hocha la tête. De toute évidence, il était inutile d'espérer voir Kip Rayburn soutenir Hannah. Josie se rapprocha un peu plus de Linda.

— Il y a une caméra au fond de la salle. Ne réagis à rien de ce que tu pourrais entendre au cours de la procédure. Si tu as une question, tu m'en parleras quand on sera sorties, d'accord ?

Linda opina du chef. Josie s'apprêtait à se relever quand Linda la saisit par la main.

— Et toi ? Ça va ? Je sais que tu ne voulais pas avoir à faire tout ça.

Josie retira sa main de celle de Linda.

— Tout va bien, dit-elle. Ne t'inquiète pas.

Au même instant, la porte du fond s'ouvrit. Rudy Klein, procureur adjoint, venait d'arriver. Il était temps d'y aller. Rudy et Josie passèrent ensemble devant la barre.

— Ça faisait longtemps, Rudy, dit-elle.

— Mais pas encore assez, marmonna-t-il.

Ils s’installèrent à leurs tables respectives, après quoi tout s’accéléra. La porte du cabinet du juge s’ouvrit et la juge Judith Davenport fut annoncée. Tous se levèrent. La séance fut déclarée ouverte. Il y eut une milliseconde de silence avant qu’Hannah Sheraton, toujours vêtue d’orange, soit escortée dans la pièce.

Cette fois, elle avait boutonné son uniforme jusqu’au menton.

8

L'apparence d'Hannah était exactement celle que Josie avait espérée : abasourdie, vulnérable et innocente. Une bonne chose. La peur pouvait s'avérer bénéfique quand votre cliente était au départ arrogante, jeune et perturbée.

La jeune fille avait des menottes aux poignets, ce qui l'empêchait de s'entortiller les cheveux. L'espace réservé aux accusés était trop large pour lui permettre de toucher une paroi. Hannah levait et abaissait les mains sous l'effet de la frustration ; elle n'avait rien à quoi se connecter. La panique se lisait dans sa manière de s'humecter les lèvres. Son regard inquiet se mit en quête de sa mère et finit par la trouver.

Josie jeta un coup d'œil vers Rudy Klein, à temps pour voir une ombre de regret passer sur son visage. Leurs regards se croisèrent. Il était plus jeune qu'elle, mais de peu. Lorsqu'il s'était fait les dents sur l'affaire Kristin Davis en tant que second violon de l'accusation, Rudy avait donné du fil à retordre à Josie. Aujourd'hui, il représentait une surprise, un défi. Elle aurait préféré que le procureur soit un inconnu.

Josie détourna les yeux. Ses paumes étaient moites, ses battements de cœur audibles. Cela faisait trop longtemps qu'elle n'avait pas été ainsi responsable de la vie d'une autre. Elle avait peur. Mais impossible de reculer à présent. Josie fit donc face à la juge. La partie allait commencer.

— Bonjour. Nous examinons l'affaire du ministère public contre Hannah Sheraton.

La juge Davenport appuya ses coudes sur son bureau, serra

les mains et donna le signal du début du match.

— Qui représente les parties ?

Rudy Klein et Josie Baylor-Bates se présentèrent. Davenport fit un signe de tête à Josie qui renonça à la lecture du détail des charges. Tous savaient pourquoi ils étaient là. Davenport pivota en direction d'Hannah. Les yeux de l'assistance firent de même.

— Comment plaidez-vous ?

— Non coupable.

Le regard d'Hannah passa sur Josie pour s'arrêter sur Linda. Un échange muet se produisit entre mère et fille. Promesses. Force. Engagement. Quoi que ce puisse être, Hannah parut bouleversée. Elle vacilla sur ses jambes, ferma brièvement les paupières, puis se tourna vers Josie. Celle-ci lui décocha un hochement de tête encourageant, consciente que, quoi qu'elle fasse, elle ne pourrait jamais égaler ce qu'une mère était en mesure d'offrir à l'adolescente.

Davenport passait déjà à la suite.

— C'est enregistré. S'il n'y a pas d'objections, je vais fixer la date de l'audience préliminaire à dans huit jours. Ce qui sera le…

— Votre Honneur, l'interrompit Rudy, le ministère public passera directement par un jury d'accusation en vue d'une inculpation.

Visage figé, Josie garda sa surprise pour elle. Une inculpation devant un jury d'accusation signifiait qu'Hannah pourrait passer en procès sans que l'avocat de la défense connaisse le détail du dossier de l'accusation. Ce qui n'était jamais bon.

— Quand le jury doit-il se réunir, monsieur Klein ?

— Dans trois jours, madame le juge, répondit Rudy. Nous l'avons déjà planifié.

— Votre Honneur, j'aimerais que le procureur présente au jury d'accusation toutes les pièces à conviction disculpatoires afin de faire économiser du temps et de l'argent à la défense, à cette cour et aux contribuables, intervint Josie.

— S'il existait des preuves susceptibles d'innocenter mademoiselle Sheraton, nous ne serions pas ici.

Rudy avait parlé avec un grand sourire. Josie ne lui prêta pas attention. Elle avait déjà vu son petit numéro auparavant : bel homme d'allure juvénile, costume élégant, capable de charmer tout l'auditoire. Ancien acteur qui s'était dit qu'être avocat était mieux que d'en interpréter un, Rudy Klein était doté d'une remarquable présence, de la conviction nécessaire à tout bon procureur et, en bonus, d'un esprit vif.

— Très bien. Faites prévenir immédiatement mon greffier si le jury d'accusation décide d'inculper la prévenue. L'un ou l'autre d'entre vous a-t-il autre chose à ajouter ?

Josie était sur le point de reprendre la parole quand Davenport fronça les sourcils et fit une moue maussade en direction du camp de l'avocate.

— Huissier, qu'est-ce que c'est que ce bruit ?

Tous les regards se portèrent sur Josie puis, ne trouvant pas la réponse, se tournèrent vers Hannah. Mue par son besoin de toucher quelque chose, elle s'était rapprochée de la cloison de verre et de bois qu'elle martelait en rythme à l'aide de ses doigts repliés. Ses lèvres pulpeuses étaient entrouvertes comme si elle s'apprêtait à souffler une bougie ; elle comptait, réconfortée par cette psalmodie qui l'éloignait de cet endroit, de ces événements.

Embarrassé d'avoir été surpris en train de somnoler, le greffier saisit Hannah par le bras et la tira en arrière. Celle-ci réagit comme un animal dérangé dans son sommeil. Heureusement, Josie capta son regard. Hannah fit un pas en arrière mais, incapable de se contrôler, elle ne tarda pas à repartir en avant. Le greffier la saisit fermement.

— Mes excuses, Votre Honneur, dit Josie à l'intention de la cour. Ma cliente souffre de troubles obsessionnels compulsifs et bénéficie depuis un certain temps d'un suivi psychiatrique. Pour lui permettre de poursuivre son traitement, j'aimerais mettre en place une libération sous caution dès maintenant.

Rudy intervint immédiatement.

— Madame le juge, cette femme a déclenché un incendie dévastateur qui a causé la mort de Fritz Rayburn. Nous avons ici affaire à une femme avec un lourd passif lié à l'alcool et aux stupéfiants…

Josie l'interrompit pour capter l'attention de la juge.

— Il s'agit d'une jeune fille placée sous la tutelle d'un médecin. Nous incluons la nécessité d'un suivi médical comme condition à sa remise en liberté provisoire. Par ailleurs, j'aimerais ajouter que mademoiselle Sheraton a été injustement incarcérée. La vérité est qu'elle a été brûlée durant sa tentative pour éteindre le feu qui s'est produit au domicile des Rayburn. Le procureur adjoint devrait réserver sa déclaration liminaire à un moment approprié, quand il bénéficiera d'une audience à même de l'apprécier.

— Et mademoiselle Bates devrait éviter les conclusions hâtives, Votre Honneur. L'accusée n'est pas fiable. Elle n'a pas fait preuve de bonne volonté pour le suivi de sa propre thérapie. En juillet 2002, elle s'est échappée du centre de désintoxication de Forman dans l'Oregon.

— Plaise à la cour de tenir compte que le centre de désintoxication Forman en Oregon n'est pas un établissement pénitentiaire. Elle n'était pas en détention en y arrivant ni en fuite quand elle en est partie.

Rudy continuait la liste des manquements d'Hannah comme si Davenport n'avait cessé de l'écouter depuis qu'il avait ouvert la bouche.

— En septembre 2003, mademoiselle Sheraton a disparu sans prévenir d'une autre clinique au nord de la Californie. Il y a six mois seulement, la prévenue a été appréhendée à San Diego juste avant de passer la frontière mexicaine. Elle se trouvait en compagnie d'un certain Miggy Estrada, délinquant juvénile au casier bien rempli et ayant déjà fait l'objet de deux arrestations depuis son dix-huitième anniversaire. Ils avaient volé la voiture du beau-père de l'accusée. En bref, mademoiselle Sheraton présente un vrai risque de fuite, Votre Honneur.

Josie s'immisça avec fluidité dans la discussion.

— Je peux fournir à cette cour deux bons milliers de dossiers recensant des adolescents ayant fait une virée en voiture volée. Mademoiselle Sheraton n'a pas de passeport. Son permis de conduire lui a été retiré. Au pire, on peut dire qu'elle est excessivement tendue… un peu comme monsieur le procureur, qui semble avoir un goût pour le mélodrame.

— Et l'avocat de la défense est naïve, attendrie par l'accusée. Elle sous-estime le poids des actes de sa cliente, rétorqua Rudy. Mademoiselle Bates aurait dû tirer les leçons de sa précédente expérience.

— C'est une attaque facile et hors de propos. Nous parlons ici des actions présumées de ma cliente, lesquelles restent à prouver, et ce n'est pas à moi d'endosser cette charge.

— Nous parlons ici de la mort d'un juge de la Cour suprême de Californie ! lança Rudy avant qu'elle ait terminé.

— L'identité de la victime de ce tragique incendie ne devrait en rien influencer la décision finale de cette cour. Sa seule responsabilité est de déterminer si ma cliente peut obtenir la liberté sous caution.

— Inutile de rappeler à la cour en quoi consiste son travail, s'agaça la juge. Et vous semblez tous deux plus prompts à vous critiquer mutuellement qu'à me convaincre dans l'affaire qui nous concerne. Je vous suggère de mieux vous comporter et de faire avancer le dossier. J'ai un emploi du temps chargé.

Josie prit une profonde inspiration. Ça ne lui ressemblait pas. Elle avait l'impression d'être une gamine pointant du doigt son camarade de jeu. *C'est lui qu'a commencé !* Par le passé, elle s'était montrée plus subtile, plus sûre d'elle. Et lorsqu'elle se trouvait au tribunal de la petite ville balnéaire, elle était carrément détendue.

Ici, sa nervosité la trahissait. Elle avait mal réagi là où elle aurait dû simplement recadrer le débat. Ce n'était pas bon. Lorsqu'elle reprit la parole, sa voix était maîtrisée et elle ne jeta pas un coup d'œil à Rudy.

— Je suis navrée, Votre Honneur. Mais la question de la liberté sous caution est très claire. Depuis l'incendie dans la maison de Palisades, la famille de la prévenue a déménagé vers Malibu. La fuite est rendue plus difficile par l'isolement de leur propriété. Si maître Klein s'inquiète à ce point, nous nous soumettrons à une ordonnance de surveillance à domicile. Les Rayburn paieront la somme requise et donneront accès au rapport de suivi afin que maître Klein puisse dormir la nuit.

Josie sortit de derrière le bureau réservé à la défense ; le territoire lui devenait de plus en plus familier et elle retrouvait son calme plein d'assurance.

— Je voudrais également ajouter une requête afin que la cour envisage un changement de lieu. À Los Angeles, la couverture médiatique sera telle qu'il sera difficile de sélectionner un jury. La relocalisation vers le comté de Ventura serait peut-être préférable.

— C'est une plaisanterie, Votre Honneur ! lança Rudy, les mains levées pour montrer sa stupéfaction. C'est ridicule ! Dans ce cas précis, l'identité de la victime compte. Le juge Rayburn était au service de toute la Californie et tous les médias accorderont la même importance à la couverture de cette affaire.

Judith Davenport en avait assez entendu. Son greffier lui tendit une note manuscrite. Elle y jeta un coup d'œil, la replia et mit fin à la question du ministère public contre Hannah Sheraton.

— Vous avez raison, monsieur Klein. La requête de changement de lieu est refusée. Gérez la presse comme vous le jugerez bon, mademoiselle Bates. Quant à la demande de liberté sous caution, il y a une différence entre l'individu qui quitte une institution privée et celui qui tente d'échapper à la justice. La caution est fixée à un million de dollars. Je ne demanderai pas de surveillance, mais permettez-moi d'être très claire. Si votre cliente ne fait même qu'effleurer les limites imposées à sa liberté sous caution, elle retournera immédiatement en détention. Pas de seconde chance. C'est bien compris, maître Bates ?

— Oui, Votre Honneur. Sa famille est prête à en prendre l'entière responsabilité.

— J'espère qu'ils ouvriront l'œil, et le bon, répondit Davenport en haussant un sourcil pour bien faire comprendre que dans le cas contraire, les choses s'envenimeraient vite.

Ce qui était arrivé à ce cher Fritz était présent dans l'esprit de tous les juges ces derniers jours. Aucun d'entre eux n'aurait voulu d'Hannah sous son toit.

Josie leva la main.

— Une dernière chose, Votre Honneur. Je voudrais demander que monsieur Klein nous soumette les témoins oculaires qu'il est susceptible d'avoir pour ce supposé incendie criminel.

— Ainsi ordonné par la cour, monsieur Klein, dit le juge.

— Je n'ai aucun témoin de ce genre, répondit Rudy.

— L'ordonnance demeure valable si cette situation devait changer. Informez-en la cour et organisez un tapissage pour voir s'ils reconnaissent l'accusée. En avons-nous terminé ?

C'était le cas. Rudy rassembla ses affaires et sortit sans un seul mot à l'intention de Josie. Hannah disparut avec l'huissier, remplacée par un jeune homme aux longs cheveux bruns. Linda se leva et suivit Josie au-dehors.

— Je savais que tu y arriverais, chuchota-t-elle. J'avais pas dit que tu y arriverais ?

Elle avait saisi le bras de Josie et le serrait très fort.

— Ce n'est que la première étape. Il reste encore du chemin. Le jury d'accusation…

Le regard de Josie était resté braqué sur le dos de Rudy plus longtemps qu'elle n'en avait eu conscience. La véhémence du procureur l'intriguait. Il semblait avoir un intérêt personnel dans le procès d'Hannah.

Linda tira sur le bras de Josie.

— Mais je peux la ramener à la maison avec moi, n'est-ce pas ?

L'avocate hocha la tête et reporta son attention sur Linda comme elle quittait ensemble le tribunal.

Une fois au-dehors, Linda sortit ses lunettes de soleil et se tourna vers son ancienne amie.

— Josie ? Tu penses que quelqu'un a vu qui avait mis le feu ? C'est pour ça que tu as demandé s'il y avait des témoins ?

— Non. C'est une question habituelle. Je ne pensais pas vraiment qu'ils avaient quelqu'un… Mais ils ont quelque chose, sans quoi ils ne porteraient pas l'affaire devant un jury d'accusation, poursuivit-elle tout en cherchant ses clefs.

— C'est un problème ?

— Cela veut dire qu'il n'y aura pas d'audience préliminaire. Et donc que le jury votera ou non l'inculpation en fonction de ce que Rudy va leur dire. Il n'est pas possible de présenter une défense. Je n'aime pas ça.

— Je ne pensais pas qu'ils avaient de témoin oculaire, commenta Linda, qui semblait soulagée. La maison est très en retrait par rapport à la rue. Et il était si tard. Tout le monde embauche des patrouilles de sécurité.

— À vrai dire, je préférerais un témoin. Ça me ferait quelqu'un à discréditer.

Josie prit une profonde inspiration. Puis elle sourit d'un air qui se voulait rassurant.

— Écoute, je n'admets même pas le fait qu'il s'agit d'un incendie volontaire, mais je dois considérer que le procureur a des arguments solides à ce sujet.

— Bonjour Josie !

Accaparée par son échange avec Linda, Josie n'avait pas vu

arriver la journaliste de l'Associated Press[1].

— Ravie de vous voir de retour dans la mêlée, Josie. Que pensez-vous des chefs d'accusation ?

— Vous voulez dire à part le fait que je me demande si le procureur a perdu l'esprit ? répondit Josie en riant. (Puis elle décida de donner à la journaliste un peu de matière :) Intuitivement, je dirais que le procureur porte de grosses œillères. Hannah Sheraton n'était pas seule dans la maison ce soir-là. Madame Rayburn et son mari étaient sur place. Ils avaient reçu des invités, lesquels étaient restés tard. La bonne se trouvait dans la maison. Son fils était passé un peu plus tôt. Le traiteur était accompagné de deux employés. S'il s'agit d'un incendie volontaire – et c'est un gros *si* – je pourrais sans doute faire valoir que chacun d'eux en est potentiellement responsable.

— Et qui vous semble constituer le coupable le plus probable ?

Josie agita un doigt en l'air.

— Je ne jouerai pas à ce petit jeu-là. Je dirai simplement que ma cliente n'a rien à voir avec la mort de Fritz Rayburn.

Considérant que l'interview était terminée, Josie prit Linda par le bras mais elle se figea en entendant la journaliste l'apostropher.

— Josie, que répondez-vous à ceux qui se demandent si votre opinion est fiable lorsqu'il s'agit de déterminer l'innocence de votre cliente ? Si l'on repense à l'affaire Davis, et tout ça.

Josie se retourna avec lenteur. Son regard était clair, franc. Le soleil du matin éclairait fortement une partie de son visage, si bien qu'elle paraissait comme divisée, un côté noir, un côté blanc.

— Je réponds qu'Hannah Sheraton est une jeune fille qui se doit de recevoir toute la protection accordée par la loi, y compris

1 Ou AP. *(NdT)*

une défense acharnée. J'ai bien l'intention de m'assurer qu'elle l'obtiendra, quelle que soit la personne qui parlera pour elle au procès.

— Est-ce que cela signifie que vous ne serez pas… ?

Josie avait déjà tourné les talons. Elle ne répondrait plus à aucune question de quiconque. Rudy Klein n'était pas encore parti et Josie voulait s'entretenir avec lui.

— Linda, ramène Hannah chez vous. Dis-lui qu'elle s'est bien comportée aujourd'hui.

Josie traversa le parking. Elle interpella Rudy Klein alors qu'il suspendait sa veste à l'arrière de sa voiture et tâtonnait à la recherche de ses clefs, prêt à partir vers sa prochaine audience. Il se retourna et la regarda approcher. Son beau visage demeurait impassible, l'expression de son regard aisément déchiffrable. Le message était clair : il n'appréciait pas beaucoup Josie Baylor-Bates. Cela la surprenait. Ils se connaissaient à peine. Elle n'avait pas repensé à lui depuis l'affaire Davis.

— Sacrée démonstration, toute à l'heure. Vous y êtes allé un peu fort, vous ne croyez pas ? dit Josie avec un sourire, dans l'espoir de briser la glace.

Malheureusement, celle-ci était dure comme le roc.

— J'aurais été jusqu'à invoquer des circonstances aggravantes et réclamer la peine de mort, annonça sèchement Rudy. Mais le procureur de la République ne veut pas risquer de provoquer la moindre compassion pour cette gamine.

— C'est sévère, même pour John Cooper. S'il espère s'attirer les faveurs du gouverneur Davidson en démontrant à quel point il en a dans le ventre, il risque d'être très déçu. Jamais John Cooper n'obtiendrait le poste de Rayburn, même s'il brûlait ma cliente sur le bûcher.

Rudy claqua la portière arrière de sa voiture et ouvrit celle de devant. Il s'appuya dessus pendant un bref instant et secoua la tête.

— Bon sang, vous n'avez pas changé d'un iota. Toujours à la recherche du bon angle d'attaque, hein ? John Cooper a fait juger des mineurs comme des adultes depuis sa nomination. La cruauté n'a rien à voir avec la chronologie, pas plus que la chronologie n'a de lien avec l'innocence. Ou bien vous n'avez pas retenu la leçon durant votre dernier procès ?

— Kristin Davis n'était pas mon dernier procès.

— Vraiment ? Je ne savais pas que vous étiez encore en activité. Je pensais que vous aviez filé vous cacher dans un trou et y étiez restée, rétorqua Rudy en enfilant ses lunettes de soleil. À présent que nous avons clarifié la motivation du procureur dans ses poursuites à l'encontre de cette fille, vous vouliez autre chose ?

— Un accord, répondit Josie.

Elle était étonnée qu'il prenne aussi à cœur sa défaite durant le procès Davis.

Il avait repris le dossier après que le procureur adjoint précédent eut une crise cardiaque. La partie était déjà bien avancée et Josie était proche de la victoire. Rudy avait fait de son mieux, il avait même été brillant. Mais c'était trop peu, trop tard. Josie avait gagné. Six mois plus tard, Kristin avait tué de nouveau et Josie avait pris conscience qu'elle n'avait plus les tripes nécessaires pour défendre ceux qui auraient dû être indéfendables. Rudy, semblait-il, ne portait pas un regard aussi objectif sur leur antagonisme voulu par le système. Il traînait sa déception comme un boulet à sa cheville. La victoire n'était pas toujours facile à assumer, mais c'était quelque chose que Josie savait gérer. L'amertume du jeune homme commençait à l'agacer, mais ce n'était pas vraiment le moment de s'y arrêter.

— Ne rêvez pas, dit-il.

Il entreprit de s'installer derrière le volant mais Josie l'arrêta.

— Vous êtes certain de ne pas vouloir y réfléchir ? Vous avez sorti la grosse artillerie et j'ai quand même réussi à la faire libérer sous caution. Ça devrait vous mettre la puce à l'oreille. Si vous avez l'intention de la juger comme une adulte, alors donnez-lui les mêmes possibilités qu'une adulte. Vous offrez régulièrement des accords à des prévenus, pour bien pire que ça.

Rudy se tourna lentement vers elle. La portière faisait écran entre eux.

— Très bien. Vingt-cinq ans minimum, voire jusqu'à perpétuité. Pas de possibilité de liberté conditionnelle avant dix-huit ans.

— C'est ridicule, siffla Josie. Autant demander la peine maximale pour chaque chef d'accusation et les faire se cumuler.

— C'est exactement ce que j'ai l'intention de faire. Les experts ont déterminé qu'il s'agissait d'un incendie criminel une heure à peine après avoir éteint les flammes. Elle est coupable.

— Ça ne suffit pas pour en faire un meurtre, rétorqua Josie.

Rudy croisa les bras au-dessus de la portière.

— Alors que pensez-vous de ceci, Bates : Fritz Rayburn a subi une fracture du crâne. Votre petite copine l'a cogné sous le menton, assez fort pour le projeter en arrière. Il s'est cogné la tête sur le montant du lit et s'est ouvert le crâne.

— Vous avez bien regardé ma cliente ? demanda-t-elle. Vous pensez qu'elle pourrait frapper un homme adulte avec assez de force pour faire ça ?

— J'ai déjà vu des femmes tabasser des hommes deux fois plus grands qu'elles. Et vous aussi.

— Alors j'affirme que c'est l'hémorragie interne consécutive à la chute qui l'a tué. Ce n'est pas un meurtre. Je pourrais vous concéder les violences volontaires si vous parveniez à prouver qu'Hannah l'a frappé. Mais le meurtre ? Vous pouvez oublier.

— Je pourrai certainement défendre l'hypothèse de l'assassinat, répondit Rudy. Le juge Rayburn n'est pas mort des suites de sa blessure à la tête. Il était toujours vivant quand l'incendie a été déclenché. Elle a mis le feu en sachant qu'il mourrait brûlé vif. Encore un de ces petits raffinements que vos clientes semblent apprécier.

Josie en eut le souffle coupé. Ils s'entre-regardèrent, Josie rendue muette par la rancœur du procureur adjoint. Elle avait la gorge sèche et l'impression que le soleil lui troublait la vue. Josie vacilla très légèrement, mais Rudy ne tendit pas la main pour l'aider à garder l'équilibre. Il savait ce qu'elle avait à l'esprit. Comment une ado de seize ans pouvait-elle se montrer aussi violente ? Comment cela pouvait-il de nouveau se produire ?

Retrouvant l'usage de sa voix, Josie répondit :

— Quelqu'un l'a tué, Rudy. Ne l'oubliez pas. Il pourrait y avoir quelqu'un d'autre.

— Pas cette fois, Josie. La fille s'en est prise au juge plus tôt dans la soirée. Il y a eu un témoin. Rayburn a dit au témoin qu'il aurait une discussion avec Hannah plus tard.

— Et qui est le témoin oculaire de cette discussion ? voulut savoir Josie. Vous n'avez rien d'autre que des preuves indirectes.

— Et il y a une raison qui fait que les preuves indirectes peuvent être acceptées par la cour, Bates.

Rudy s'écarta de la portière.

— Je vous communiquerai toutes les pièces. Jetez-y un coup d'œil et nous verrons ce que vous penserez de votre cliente après ça.

Il s'installa sur le siège du conducteur et fit mine de claquer la portière. Mais Josie s'y accrocha et l'ouvrit en grand pour s'interposer entre le soleil et lui. Elle n'était plus qu'une haute silhouette devant lui et il la regarda comme s'il pouvait voir à travers elle.

— Vous n'avez toujours pas répondu à la question à un million de dollars, Rudy. Pourquoi voulait-elle faire du mal à cet homme âgé ?

— Depuis quand vos clientes ont-elles besoin d'un mobile, Bates ? rétorqua-t-il en tirant sur la poignée de la portière.

Josie tira dans l'autre sens, pour la maintenir ouverte. Le métal était chaud contre sa paume.

— Attendez une minute ! Je veux comprendre ce qui se passe. Je veux savoir si vous allez charger Hannah Sheraton parce que vous m'en voulez d'avoir fait libérer Kristin Davis.

Rudy secoua la tête.

— Non, je ne suis pas furieux contre vous. Je trouve les avocats de la défense dans votre genre pitoyables. Vous êtes des vendus. Vous créez un labyrinthe de preuves et d'hypothèses pour aider les criminels, mais sans jamais tenir compte des victimes.

Il détourna le regard avant de poursuivre :

— C'est à moi que j'en veux. J'aurais dû mettre Kristin Davis à l'ombre avant qu'il ne soit trop tard. Je vais m'assurer de ne pas commettre la même erreur cette fois.

— La situation n'a rien à voir, insista Josie.

— Comment pouvez-vous en être sûre, Bates ?

Il claqua bruyamment la portière de sa voiture puis planta son regard dans le sien à travers la vitre.

— Comment pourrez-vous vous regarder dans la glace si vous avez tort une fois de plus ?

*
**

Josie retira sa veste et la laissa tomber sur le siège arrière de la Jeep. Elle jeta sa mallette à la suite.

Ce merdeux de Rudy Klein s'imaginait être le seul à avoir une conscience ? Qu'il aille au diable. Comment osait-il la juger ? Juger de ses motivations. Ou de l'innocence d'Hannah. Elle se hissa dans la Jeep et mit le contact. La radio se mit à hurler. Josie l'éteignit, passa la marche arrière et quitta rapidement sa place de parking. Elle enclencha la marche avant et prit le virage menant au portail, avant de freiner brusquement.

— Merde ! lança-t-elle en donnant un coup de poing au volant.

Un camion bloquait la sortie, le soleil brûlant ne faisait qu'ajouter à sa colère et elle n'avait qu'une envie : retourner au bureau et démêler tout ça avec Faye. Il était trop tard pour installer la capote, si bien qu'elle tendit le bras vers le siège arrière pour récupérer sa casquette de baseball.

Ses doigts trouvèrent la casquette mais ses yeux furent attirés par autre chose. Linda Rayburn se trouvait dans sa voiture. Elle avait passé un bras à l'extérieur, une cigarette à la main. Et elle parlait à quelqu'un assis à côté d'elle.

Josie regarda de plus près pour voir de qui il s'agissait. Peut-être Kip Rayburn avait-il fait une arrivée tardive, mais Josie en doutait. Cet homme était trop jeune pour être son mari. Tandis que Josie l'observait, Linda se redressa sur son siège. Elle se pencha en avant, visiblement très intéressée par ce que racontait son compagnon alors qu'elle aurait dû être partie depuis longtemps, se hâter de ramener Hannah chez elle.

La portière passager de la voiture de Linda s'ouvrit.

L'homme en sortit.

Josie plissa les yeux pour mieux voir.

C'était le jeune homme blond qui s'était tenu au fond de la salle d'audience. Il était toujours penché vers l'intérieur de la voiture, Linda tournée vers lui.

Un klaxon retentit. Surprise, Josie reporta son attention devant elle. Le camion s'était déplacé. Et plusieurs véhicules attendaient derrière elle. Josie oublia Linda, saisit sa casquette de baseball, l'enfila et posa les mains sur le volant. Puis elle se glissa dans la file de gauche et se mêla à la circulation de Santa Monica Boulevard. Il n'était pas encore 10 heures.

9

Linda Rayburn fut parcourue d'un frisson, mais cela n'avait rien à voir avec l'air conditionné dans la salle d'attente de Sybil Brand ; c'était lié à son imagination. Elle n'avait rien vu au-delà de la porte d'acier qui séparait la salle d'attente de la prison, mais Linda savait ce qui se trouvait derrière et ça la rendait malade. Pendant trois jours, Hannah s'était levée quand on le lui ordonnait, et couchée quand on le lui ordonnait ; elle avait mangé ce qu'on voulait bien lui donner, au moment où on le lui donnait. Elle portait cet affreux uniforme et dormait sous une couverture râpeuse. Le monde réel n'était pas simplement éloigné, il lui était interdit d'accès.

Linda s'imaginait elle-même derrière cette porte lorsque celle-ci s'ouvrit soudain. Elle se leva, mains jointes, des gouttes de sueur perlant sur sa lèvre supérieure. Qu'allait-elle dire à Hannah ? Comment allaient-elles faire face aux heures qui suivraient ? Mais la femme sur le seuil n'était ni jeune ni belle. Elle avait les cheveux coupés à hauteur d'oreilles, le visage grêlé et la peau tannée. Elle posa sur Linda un regard impassible, loin d'être impressionnée par cette grande femme aux vêtements luxueux. Linda détourna les yeux. Elle aurait pu être cette femme, si elle n'avait pas été assez maligne, talentueuse et tenace pour tout changer.

Secouant la tête, Linda se dirigea vers le fond de la pièce avant de se raviser et faire demi-tour. La lucarne au milieu de la porte d'acier était recouverte de grillage. Rien à voir.

Linda fit les cent pas dans la salle d'attente, vide à l'exception de la longue rangée de chaises en plastique jaune boulonnées au sol sur tout le pourtour de la pièce.

Alors même que Linda songeait qu'elle n'allait pas pouvoir tenir une minute de plus, la porte s'ouvrit à nouveau. Hannah se tenait là, habillée des vêtements qu'elle portait lors de son arrestation. Linda émit une sorte de miaulement, un son qui traduisait à la fois son inquiétude, son soulagement et son désir de se faire pardonner.

— Maman ?

Les bras d'Hannah s'agitaient de haut en bas. Linda ne bougea pas. Sous l'effet de la peur, les mouvements d'Hannah s'accélérèrent.

— Maman ? demanda-t-elle d'une voix suppliante.

Linda fit quelques pas hésitants avant de traverser la salle en courant pour serrer sa fille entre ses bras, presque jusqu'à l'écraser. Linda s'écarta d'Hannah, repoussa ses cheveux en arrière et lui toucha la joue. Puis Linda l'attira de nouveau contre elle.

Hannah s'agrippa à elle, les bras serrés autour de sa mère. Linda perçut les tapotements ; elle en compta vingt. Puis cela recommença. De nouveau, Hannah compta jusqu'à vingt. Linda serra un peu plus fort sa fille et enfouit son visage dans les boucles frisées de la chevelure d'Hannah.

— Oh, mon bébé. Tu t'es comportée comme un chef. Comme un chef.

Linda lui répéta des mots rassurants, encore et encore, mais lorsqu'elle releva les yeux, ce fut pour voir la porte. Celle-ci s'ouvrait dans les deux sens, laissant les femmes entrer et sortir. Rapidement, Linda Rayburn tira sa fille à l'écart du panneau d'acier, en direction de la sortie.

— On s'en va. Et on ne reviendra pas.

— Promis ? demanda Hannah tandis qu'elles s'avançaient, libres, sous un grand soleil.

Linda ne répondit pas. Elle avait du mal à parler en entendant ce tremblement dans la voix de sa fille, en sentant les mains d'Hannah s'accrocher à ses vêtements comme elle le faisait lorsqu'elle était petite.

Promis ?

Comment aurait-elle pu le faire ? Linda Rayburn aurait tant voulu pouvoir faire cette promesse à sa fille. Mais c'était impossible. Pas avec ce qu'elle savait.

***

— C'était Alex Schaeffer.

Ian Frank raccrocha le téléphone et s'appuya contre le dossier de sa chaise. Debout près des fenêtres faisant toute la hauteur du mur, Kip Rayburn gardait les yeux braqués vers l'extérieur. Aux yeux d'un observateur peu attentif, il aurait pu sembler plongé dans ses pensées. Mais la vérité était qu'il se sentait mal. Il avait peur d'entendre ce que voulait lui dire Alex Schaeffer. Il détestait le fait qu'un gamin jouait le rôle de porte-parole du gouverneur et qu'une autre gamine, sa belle-fille, risquait de faire obstacle à sa nomination. Mais il ne voulait surtout pas que Ian Frank perçoive sa peur. Il prit une profonde inspiration et finit par se retourner.

— Comment ? Je suis désolé, Ian. Que disiez-vous ?

Ian faillit sourire. Après toutes ces années, Kip était toujours incapable de dissimuler quoi que ce soit. Mais ça n'avait pas vraiment d'importance. Kip avait son utilité. Pour tout dire, Ian préférait presque le fils par rapport au père. Il était moins compliqué, plus malléable, intelligent mais sans excès. Et puis Kip était juste assez avide de succès pour savoir qu'il ne l'obtiendrait jamais seul.

— Je disais que c'était Alex Schaeffer au téléphone. Il était à l'audience de mise en liberté sous caution ce matin. Et il a discuté avec Linda ensuite.

Kip se dirigea vers une chaise et s'assit. Il croisa les jambes puis les bras. Il resterait dans cette position jusqu'à avoir acquis la conviction que tout se passerait bien. Il en fallait beaucoup pour inciter Kip Rayburn à se détendre.

— Qu'a-t-il dit ?

— Hannah est libérée. Linda est allée la chercher. Elles devraient être rentrées vers 15 heures. Le bureau du procureur va porter l'affaire devant un jury d'accusation, mais Alex pense qu'il n'y aura pas d'inculpation. D'après lui, la libération sous caution est un bon signe.

— Il est avocat ? voulut savoir Kip.

— Non, mais il a les yeux et les oreilles d'un politicien. Ces types-là sont sensibles aux nuances. C'est leur travail. Il a un bon pressentiment.

Kip resta assis, silencieux. Ses bras, cependant, ne reposaient plus en travers de sa poitrine mais sur les accoudoirs de son siège. Il se sentait mieux, mais Ian était conscient qu'il avait encore besoin d'être rassuré.

— Kip, tout va bien. Le gouverneur a été très clair quant au fait que les problèmes d'Hannah ne feront pas capoter la nomination si vous vous en occupez tout de suite.

— Je ne devrais pas avoir à m'en occuper du tout, grommela Kip.

Puis son regard glissa en direction d'Ian.

— Que feriez-vous ? Si vous étiez à ma place, je veux dire.

— J'imagine que la première chose que je ferais serait de découvrir si elle est coupable. J'aurais beaucoup de mal ne serait-ce qu'à poser les yeux sur quelqu'un ayant fait subir une telle chose à mon père, répondit Ian avec sincérité.

Son regard rencontra celui de Kip et il revint mentalement sur cette dernière réflexion. Car, après tout, c'était de Fritz dont il était question.

— Mais c'est quelque chose que vous allez devoir gérer personnellement. Ensuite, je pense que j'agirais de façon éminemment judiciaire.

— C'est-à-dire ?

— Réfléchissez. Comment un juge se comporte-t-il ?

— Je ne sais pas, Ian. Mais peut-être allez-vous me le dire ? s'agaça Kip.

— Eh bien, il n'agit pas comme un enfant gâté, pour commencer. Et ne vous avisez pas de me chercher des noises, répondit froidement Ian. Je ne suis pas votre père et tout ce qui me préoccupe c'est la santé de ce cabinet. Si vous voulez mon aide et mon soutien durant votre nomination, je vous suggère de m'écouter. Soyez proactif, sans quoi les ennuis d'Hannah jetteront une ombre sur vos opportunités.

Kip se leva brusquement pour faire les cent pas.

— Je ne veux pas que qui que ce soit se mêle de ma vie privée, ou de celle de Fritz. Je ne veux pas qu'on vienne fouiner dans mes affaires.

— Ne vous inquiétez pas de cela. Cela n'a rien à voir avec ce qui se passe, insista Ian. Si vous vous cachez, par contre, les gens se poseront des questions.

— Et si je me montre, ils feront de même.

Ian leva les bras en signe d'agacement.

— Allons, Kip ! Ne pensez pas à ce qui pourrait arriver, décidez plutôt de ce que vous voulez qu'il arrive. Si vous répondez aux questions alors vous contrôlez la perception des choses. Vous allez devoir mener une frappe préventive : plus vite Hannah sera écartée de la scène publique, plus vite elle sera oubliée, ainsi que votre père. Et vous pourrez reprendre le cours de votre vie. Vous seul pouvez faire en sorte que cela se produise.

Ian Frank s'autorisa un sourire en voyant une lueur s'allumer dans le regard de Kip Rayburn. Il était temps.

— Alors vous dites…

— Qu'il vous faut un plan d'action. Demandez-vous ce que vous pouvez faire pour étouffer au plus vite cette histoire. Il n'y a aucun avantage à faire durer les choses comme dans une affaire civile.

Kip s'était mis à pianoter sur son accoudoir en réfléchissant.

— S'il y a un procès ?

— Assistez l'avocate d'Hannah. Donnez-lui ce dont elle aura besoin pour conclure rapidement l'affaire.

— Et s'il n'y en a pas ?

— Envoyez la gamine en internat. Une fois qu'elle aura dix-huit ans, elle devra se débrouiller toute seule, répondit Ian, mains ouvertes comme s'il tenait le monde entre ses doigts. À moins que Linda ne soit contre.

Kip inclina la tête sur le côté comme s'il venait d'entendre quelque chose de dérangeant.

— Linda ? Linda s'est montrée très protectrice.

— D'accord. Travaillez là-dessus. Pour l'heure, affichez votre soutien. Évoquez votre foi dans la justice et faites ce que vous pouvez pour accélérer tout ça. Le mot-clé ici est « accélérer ». Agissez ainsi et Hannah Sheraton ne sera bientôt qu'un souvenir.

Ian appuya sa joue au creux de sa main et sourit.

— Accélérez, accélérez. Accélérez le départ d'Hannah Sheraton.

***

— Bonjour. Ravie de vous voir, mademoiselle Bates.

La nouvelle réceptionniste sourit largement en voyant Josie passer la porte. Cette fille était un vrai portemanteau, avec la peau sur les os et des articulations aux angles pointus. On aurait logiquement pu la croire anorexique si Tiffany n'avait pas constamment été en train de manger, mâcher, mordiller et siroter. Aujourd'hui, elle se faisait les dents sur un bagel façon pizza et un grand café frappé sucré.

— Tiffany, je voudrais que vous m'appeliez Josie. Compris ? Josie.

Tiffany sourit de nouveau en hochant la tête tandis que Josie récupérait ses messages. Il n'y en avait qu'un et Tiffany lui servit la version audio pendant que Josie lisait.

— Monsieur Fistonich a appelé pour dire qu'il était dans le quartier et qu'il pouvait passer signer son testament quand vous voulez. Sans problème.

Elle s'arrêta pour reprendre son souffle et enfourner une nouvelle bouchée.

— Je crois qu'il vous aime bien.

— Moi aussi je l'aime bien, marmonna Josie. Rappelez-le et dites-lui que le document est prêt. Vérifiez auprès d'Angie qu'elle est disponible en tant que témoin. N'importe quel moment dans l'après-midi me convient.

— D'accord.

Tiffany nota quelques mots avant de prendre une autre énorme bouchée de son bagel. Josie fronça le nez.

— Vous ne faites pas ça quand il y a quelqu'un qui attend, n'est-ce pas ? demanda-t-elle avec un geste du menton pour indiquer le bagel qui venait de disparaître entre les mâchoires de la réceptionniste.

Tiffany secoua la tête en posant deux doigts sur ses lèvres ; trop polie pour parler la bouche pleine.

— Faye est là ?

Tiffany acquiesça puis déglutit avec force pour répondre :

— Oui. Elle veut vous voir à la min…

Mais Josie était déjà partie. Elle s'arrêta dans le bureau d'Angie pour lui demander d'ouvrir un dossier sur Hannah Sheraton, posa sa mallette dans son propre bureau puis traversa le couloir jusqu'à celui de Faye et se laissa tomber sur l'un des sièges destinés aux clients.

— Ah, tu ne peux pas savoir comme je suis contente que tu sois de retour. J'ai eu une matinée affreuse.

— Bizarre, j'ai entendu dire que ta journée avait merveilleusement commencé à Santa Monica.

Faye mit son travail de côté et retira ses lunettes. Elle paraissait fatiguée… ou inquiète.

— J'ai reçu un appel de Marge Sterling de l'AP. Puis un dénommé Wobley du *Times* a téléphoné. Ils voulaient obtenir un commentaire sur le fait que tu représentais une fille accusée d'avoir assassiné Fritz Rayburn.

— Qu'est-ce que tu leur as dit ? voulut savoir Josie.

— Que le cabinet n'avait pas de commentaire à faire et qu'il publierait une déclaration le moment venu. Alors…

Faye écarta les mains, manière d'inviter Josie à lui livrer son lot d'informations.

— Que s'est-il passé entre le moment où je suis partie vendredi soir pour rendre visite à mon petit-fils et ce matin ? On ne peut pas dire que le message que tu m'as laissé disant que tu aidais une vieille amie dont la fille avait des ennuis corresponde vraiment à cette histoire.

— C'est bien ce que j'ai fait.

— Et tu n'as pas jugé bon de mentionner que ça avait un lien avec le juge Rayburn ?

— C'était une audience de mise en liberté sous caution, insista Josie.

Elle savait qu'elle aurait dû avertir Faye. Elle ne l'avait pas fait pour une seule raison : si elle échouait, elle ne voulait pas que Faye le sache.

— Ce genre d'audience ne prend pas toute la matinée, fit remarquer Faye.

— Je suis allé voir le procureur pour proposer l'idée d'un accord. Je pensais pouvoir éviter le procès.

— Et tu as réussi ?

— Non.

Josie secoua la tête et baissa les yeux vers ses ongles coupés court. L'extrémité de ses doigts était devenue calleuse à force de manipuler les dalles. Elle laissa retomber sa main et lorsqu'elle releva les yeux vers Faye, son expression laissait voir un mélange de frustration, de confusion, de colère et d'inquiétude.

— J'ai un passif avec ce procureur adjoint. On ne peut pas dire qu'il m'adore.

Josie se redressa et se pencha en avant, les coudes posés sur les genoux.

— Il s'imagine que je savais que Kristin Davis était coupable à l'époque où je l'ai défendue. Il croit que je ne pensais qu'à gagner.

— Qu'est-ce que ça a à voir avec cette fille ? demanda Faye.

Les yeux bleus de Josie se fixèrent, pensifs, sur un point situé derrière l'épaule de Faye.

— Il veut un châtiment exemplaire pour compenser l'affaire Davis.

— C'est ça que tu veux ? Te racheter à cause de Kristin ?

— Possible, admit Josie en croisant le regard de Faye. Peut-être qu'il y a en moi un désir d'expier le fait que les enfants de Kristin sont morts à cause de moi. Je ne suis pas obsédée par cette histoire comme l'est Rudy, mais j'y pense. J'en rêve, parfois. Quand il s'en est pris à moi, je me suis demandé ce que je faisais avec Hannah Sheraton. Je veux dire, est-ce qu'elle constitue simplement un défi ? Est-ce que cette affaire est un défi ? Est-ce que c'est ça que je faisais ce matin ou bien est-ce que j'essaye de faire amende honorable ?

Faye appuya sa joue au creux de sa paume pendant un instant, puis joignit les mains devant elle.

— À vrai dire, Josie, le plus important pour moi n'est pas de savoir pourquoi tu étais là-bas, mais bien que tu y sois allée, soupira-t-elle, l'air déçu. Il y a trois ans tu m'as juré que tu voulais seulement faire partie d'un paisible cabinet de proximité. Mais on dirait que ce n'est pas du tout ce que tu veux, finalement. J'ai toujours dit que tu disposais de toute la liberté pour choisir tes clients mais j'avais également pensé que tu aurais la courtoisie de me consulter si tes actes pouvaient avoir un impact sur ce cabinet.

— Tout ce que je fais a un impact sur le cabinet, Faye. Et je pense que l'impact a toujours été bon. C'est bien pour ça que tu m'as laissé les papiers à signer pour devenir associée vendredi, non ?

— Ne joue pas à ce petit jeu, Josie. Tu l'as défendue pour obtenir sa liberté sous caution et déjà deux reporters m'ont appelée pour obtenir une déclaration officielle. Je ne suis pas une péquenaude. Je sais que ce n'est que le début. Il y a trente ans, attirer ce genre d'attention aurait pu me plaire, mais plus maintenant.

Faye prit une profonde inspiration. Elle était irritée.

— Nous aidons des gens bien réels. Certains sont des femmes qui fuient des situations difficiles. Certains de nos clients sont âgés. La plupart sont ravis d'habiter dans cette petite ville. Tu penses qu'ils vont se sentir à l'aise en voyant la presse fouiner partout au sujet de cette affaire ? Tu crois que nos clients vont apprécier de te voir passer au journal télévisé ou simplement de ne pas pouvoir te joindre parce que tu seras coincée au tribunal pendant des semaines plutôt que des heures ?

Josie porta de nouveau ses doigts à sa bouche mais elle s'arrêta avant de commencer à se ronger les ongles. Une mauvaise habitude à laquelle elle n'avait plus cédé depuis l'âge de quatorze ans.

— Tu as raison. Tout s'est passé si vite…, souffla-t-elle.

— Je comprends bien l'attrait du bon vieux temps et des bons vieux défis. Écoute, Josie, tu es une athlète. Le sport n'est pas que physique. Une fois que tu seras pleinement impliquée dans cette affaire, tu n'abandonneras pas avant d'avoir gagné.

Josie agita les doigts. Elle referma le poing puis tendit de nouveau les doigts. Elle se dandinait sur sa chaise comme un boxeur refusant d'admettre qu'il n'est plus à son apogée mais désireux de voir s'il peut survivre à un combat de plus sur le ring.

— L'important, c'est la fille, dit-elle. Il y a un lien entre elle et moi que je ne pouvais tout simplement pas ignorer.

— C'est tout à fait valable mais seras-tu capable de supporter tout ce que tu t'apprêtes à faire pour elle ?

— Rudy fait passer l'affaire devant un jury d'accusation. J'ai donc au moins trois jours pour le découvrir, semble-t-il.

— Bon, alors je suppose que nous verrons ce qui se passera dans trois jours.

Faye saisit ses lunettes mais, après les avoir posées sur son nez, elle ne parut pas prête à se remettre au travail. Elle observait Josie, comme derrière une loupe.

— Je ne veux pas te voir souffrir, Josie. Et je ne veux pas voir mon cabinet mis en danger.

Josie s'inclina en arrière sur sa chaise et fit discrètement claquer ses talons sur le sol. Les questionnements de Faye l'obligeaient à s'interroger sur son timing et sur la fragilité de son engagement. Elle se leva.

— Jamais je ne ferais quoi que ce soit pour vous compromettre, toi comme le cabinet. J'abandonnerai ce dossier si c'est ce que tu souhaites, mais Hannah est une enfant de famille recomposée, coincée entre sa mère et son beau-père, le propre fils de Fritz Rayburn. Qui d'autre ira défendre quelqu'un comme ça ?

— Plein de gens, Josie, répondit sincèrement Faye.

— Pas de la même manière que moi, Faye. J'ai déjà atteint les sommets ; je me moque d'y retourner ou non, je n'ai donc pas d'attente extérieure à l'affaire. Linda s'inquiète pour son mariage. Le beau-père ne serait pas contre l'idée qu'Hannah disparaisse. Moi je ne serai là que pour elle.

Faye savait que Josie fonçait droit vers un mur, mais elle avait également conscience d'être incapable d'y changer quoi que ce soit. Elle ne pouvait ni lui donner sa bénédiction, ni exercer son veto.

— Assure-toi que ça ne fasse pas trop de bruit, Josie. C'est tout ce que je te demande.

Josie s'éloigna du bureau avec un demi-sourire. Ça n'avait

rien d'une grande déclaration de soutien, mais c'était déjà quelque chose. Elle était presque arrivée à la porte quand Faye l'interpella.

— Josie, rien de ce que tu feras pour cette fille ne pourra rattraper le passé. Ni ton passé d'avocate, ni ton passé d'enfant. Tu le sais, n'est-ce pas ?

— Bien sûr, répondit-elle.

C'était la première fois qu'elle mentait à Faye.

10

« Aujourd'hui, le jury d'accusation a inculpé Hannah Sheraton pour incendie criminel et meurtre. Elle demeurera libre sous caution. Aucune date n'a été fixée pour le procès. »

Bureau de presse de la Cour supérieure.

« J'ai le plaisir d'annoncer que je vais demander à la commission des nominations judiciaires de confirmer celle de Kip Rayburn au sein de la Cour suprême de Californie. Monsieur Rayburn fera profiter la cour de sa vaste expérience. Sur le plan personnel, monsieur Rayburn a perdu son père, Fritz Rayburn, victime d'un crime atroce. Et si la famille Rayburn a terriblement souffert, cette expérience démontre toute l'empathie et la force d'âme de monsieur Rayburn. J'ai hâte de voir confirmer la nomination de Kip Rayburn afin qu'il puisse poursuivre l'excellent travail entamé par son père. »

Joe Davidson, Gouverneur de Californie.

« Je suis honoré d'avoir été choisi par le gouverneur et j'attends avec impatience le résultat de la procédure de confirmation. D'ici là, je ferai tout mon possible pour soutenir mon épouse, ainsi que sa fille, durant les jours à venir lors du procès d'Hannah. J'espère qu'une solution judicieuse à ce triste problème sera rapidement trouvée. Non, plus de questions, désolé. »

Kip Rayburn, candidat à la Cour suprême de Californie.

Archer était au Mexique pour surveiller un jeune directeur financier, soupçonné par son conseil d'administration de faire passer de la drogue dans les gadgets que la société fabriquait sur place à Baja. Il avait confirmé les soupçons du conseil en un temps record, envoyé sa facture depuis Cabo et venait de se lancer dans un safari photo impromptu. Il campait sur une plage, sans contact avec l'extérieur, et prenait son temps avant de rentrer. Il ignorait qu'Hannah avait été inculpée, mais le reste du monde était au courant. Personne n'aurait pu garder le secret sur de tels événements. Les Californiens adoraient les triangles relationnels et, dans le genre, celui-ci se posait là. Les amateurs d'émissions de radio polémiques étaient déjà divisés : il y avait ceux qui estimaient que la belle-fille était une garce de premier ordre qui méritait la chaise électrique, ceux qui avaient de la compassion pour la situation difficile d'une gamine poussée à des actes extrêmes afin de se faire remarquer et ceux qui refusaient de croire qu'une enfant pouvait être impliquée dans la mort du juge Rayburn.

Baxter & Associés était pris dans la tourmente. Faye était mécontente et Josie maussade. Angie, habituée à gérer des documents standardisés, était désormais occupée à organiser les pièces fournies par le bureau du procureur : rapport sur l'incendie, reconstitutions de la chronologie, rapports de police, expertises médicolégales, rapport d'autopsie et entretiens avec quiconque avait approché Hannah Sheraton. Tiffany avait à peine le temps de grignoter entre deux coups de fil de journalistes en quête de déclarations et de nouveaux clients victimes de gros problèmes désireux d'obtenir une consultation.

Linda était anéantie. Elle s'était convaincue qu'il s'agissait d'une énorme erreur. Quand Josie les avait informées de l'inculpation et de ce qui s'ensuivrait, Hannah avait touché sa mère de façon répétée, peut-être dans une tentative pour les réconforter toutes les deux. Les yeux verts d'Hannah ne s'étaient jamais détournés de ceux de Josie et celle-ci n'avait pas suggéré qu'elle cherche un autre avocat en vue du procès. Devant la peur silencieuse d'Hannah, elle s'en était sentie incapable.

Sur la plage, les gens qui n'avaient pas eu conscience que Josie était une avocate la regardaient désormais différemment ; tous avaient une opinion au sujet d'Hannah Sheraton. Billy Zuni avait encouragé Josie à « tout déchirer ».

Josie n'arrivait plus à dormir, si bien que la moitié des dalles du patio furent posées au milieu de la nuit. Parfois elle prenait peur en pensant aux contre-interrogatoires, aux pièces à conviction, aux preuves ; elle se sentait soudain dépassée par une tâche qui avait autrefois été une seconde nature. Chaque minute qu'Hermosa passait sous le manteau de la nuit ravivait son désir de voir Archer revenir. Mais le soleil finissait par se lever, il y avait du travail à accomplir et Josie mettait de côté son inquiétude.

*
**

Quatre jours après l'inculpation, Linda convoqua Josie à Malibu. Il faisait encore chaud, malgré les épais nuages gris qui s'accrochaient à la côte et ajoutaient une dose d'humidité à la chaleur ambiante sur l'autoroute où roulait Josie. La maison de bord de mer des Rayburn se trouvait à deux cents mètres environ de la route. Le voisin le plus proche était à plus d'un kilomètre. L'endroit était illuminé comme un décor de cinéma et donnait l'impression d'être installé sur sa propre planète. Une large piste de pierres serpentant sur le sable tenait lieu d'accès principal. L'aménagement du paysage était volontairement spartiate : cactus, herbes marines, galets et rochers déchiquetés. Au-delà, c'était la plage. Un terrain de premier choix. Rayburn s'était bien débrouillé avant de devenir juge.

Guidant sa Jeep dans l'allée, Josie s'arrêta d'un coup de volant près d'une Mercedes. Une Lexus et une Coccinelle Volkswagen se partageaient l'espace situé devant un garage de quatre places. Josie tira sur le frein à main et jeta un coup d'œil à la Volkswagen tout en récupérant ses affaires. La Coccinelle avait bien besoin d'un lavage et un sabot ornait sa roue arrière. Hannah n'irait nulle part avec cette voiture. Josie sortit de la Jeep, abandonna sa casquette à l'arrière et contempla l'incroyable réalisation architecturale que les Rayburn considéraient comme leur chez-eux.

Si l'ouvrage paraissait simple au départ, une inspection plus poussée révélait une merveilleuse maison en origami : le verre se mariait au stuc, le stuc se transformait en cuivre, le cuivre laissait sa place aux carreaux et ceux-ci encerclaient la piscine qui accueillait les visiteurs avec une sérénité dissimulant les névroses des habitants.

Une volée de marches basses guida Josie jusqu'à une porte faisant jeu égal avec l'enceinte haute de trois mètres qui entourait la maison. L'oxydation l'avait parée de ce bleu-vert étrangement agréable du cuivre exposé aux éléments. Des reliefs anguleux évoquant un labyrinthe d'épines ornaient sa surface.

— Entre, Josie.

La voix de Linda, rendue plus grave par l'interphone, provenait d'un haut-parleur invisible. Josie chercha la caméra du regard. Elle aurait dû repérer les mesures de sécurité avant d'être vue.

— Comment ça marche ?

Il n'y avait ni poignée ni bouton sur la porte.

— Pousse.

Josie obtempéra et les deux panneaux s'ouvrirent vers l'intérieur. Un autre contact de la main et la porte pivota sur elle-même. Encore un autre et elle se referma. Un brillant mélange d'art et de génie mécanique. Elle poussa une nouvelle porte et pénétra dans une cour intérieure pavée de carreaux couleur chamois et délimitée par des murs de stuc lisse. Une piscine à courant était installée au milieu de la cour. L'eau passait sous un mur de verre qui laissait voir le cœur de la maison. Devant cette paroi transparente, au milieu du bassin, se dressait la statue d'une femme nue. Elle était crispée dans une position de douleur ou d'extase permanente, selon le point de vue que l'on adoptait. Josie y voyait une souffrance intime, humiliante. Sachant ce qu'elle savait à propos d'Hannah, elle y discernait…

— Vous entrez ?

Les yeux de Josie passèrent d'une femme torturée à une autre. Hannah se tenait dans une ouverture au sein du mur de verre. Elle portait un jean à la taille si basse qu'on s'attendait presque à le voir lui tomber au niveau des genoux. Son haut en damiers blancs et bleus à manches longues était noué sous sa poitrine. Elle portait deux piercings au nombril. Elle avait un tatouage sur la hanche droite et une traînée de sang séché maintenait sa manche collée à son bras. Le regard de Josie s'arrêta brièvement sur la blessure, puis elle reporta son attention sur la statue.

— Chouette endroit, commenta-t-elle, pince-sans-rire.

— Ouais, ouais.

Hannah s'approcha de la piscine en agitant les bras de bas en haut en comptant à voix basse tandis qu'elle contemplait la statue.

— Qu'est-ce que ça vous inspire ? demanda-t-elle.

— Je n'arrive même pas à imaginer ce qui lui arrive, répondit Josie.

— Moi si.

Hannah avait parlé d'une voix tranchante. Josie s'écarta en silence. Il serait très facile d'être aspirée dans le tourbillon des problèmes d'Hannah, réels ou imaginaires. Mais Josie n'était pas sa psy. Ni sa mère. Josie était son avocate et elle devait résister aux tentatives d'Hannah de faire d'elle quoi que ce soit d'autre.

— Ta mère m'attend.

— Kip aussi, commenta Hannah.

— C'est un bon point de départ, marmonna Josie en suivant la jeune fille à l'intérieur de la maison.

— Non, pas du tout, lui assura Hannah.

11

Kip Rayburn n'avait rien d'impressionnant. Il n'avait rien de déplaisant non plus, il n'était simplement guère inoubliable. Des cheveux brun clair et peu fournis ; un visage étroit, sans grand-chose pour lui. Son corps mince lui permettait de porter ses vêtements avec aisance mais sans style. Et pourtant, Kip Rayburn compensait son aspect ordinaire par autre chose. Son pouvoir se ressentait à la manière dont il avait de se tenir légèrement à l'écart plutôt que de se présenter de front, directement. Son pouvoir devenu palpable au travers de sa fortune. Et, désormais, de sa nomination.

— Josie, je te présente mon mari, Kip.

Linda avait touché le bras de Josie avant de se retourner pour indiquer son mari de la main. Pour un peu, on se serait cru dans une version domestique de la Roue de la fortune. Josie avait trop à faire pour jouer au même jeu ; elle traversa le gigantesque salon et tendit la main.

— C'est un plaisir de vous rencontrer enfin. Je suis ravie que nous puissions nous retrouver tous ensemble.

Kip l'examina des pieds à la tête et parut franchement déçu par ce qu'il voyait. Il n'aimait pas son côté décontracté, sa silhouette athlétique un peu garçonne et ses traits d'une beauté peu classique. Ou peut-être était-ce parce qu'elle n'avait pas l'air d'être aussi impressionnée en sa présence que la plupart des gens ces derniers temps. Il dissimula néanmoins son ressenti sous une épaisse couche d'hospitalité et la gratifia d'un sourire de pure forme.

— Certains de mes collègues ont connaissance de votre parcours. Je crois comprendre qu'il était plutôt impressionnant, dit-il en guise de salutation.

— Il l'est toujours.

Sans attendre qu'on le lui propose, elle s'assit dans un fauteuil cabriolet et posa sa serviette à ses pieds.

— Félicitations pour votre nomination, ajouta-t-elle.

— Merci. J'espère me montrer digne de cet honneur.

Kip s'installa sur le sofa en demi-lune et appuya les deux bras sur le dossier. Une pose qui ne le mettait pas en valeur.

— J'étais sur le point de prendre une part en tant qu'associé chez Rayburn & Frank mais cette opportunité de me mettre au service du public est trop belle.

— Votre père aurait été fier de vous voir choisir l'un comme l'autre, je n'en doute pas.

À ces mots, Kip Rayburn changea. Il ramena l'un de ses bras sur ses genoux et l'autre sur le canapé près de lui puis croisa les jambes. Une position fermée. La simple mention de son père nuisait à son sentiment d'être maître chez lui.

— Linda, tu veux bien nous apporter quelque chose à boire ? dit-il. Hannah n'aura qu'à t'aider.

— Bien sûr, chéri. Qu'est-ce que tu veux ? demanda Linda.

— Un verre de vin.

— Josie, qu'est-ce que je t'offre ?

— Rien, merci.

Le regard de Josie se porta vers Hannah. Linda se leva et appela sa fille.

— Hannah ?

— Je ne veux rien.

La jeune fille croisa les jambes et s'assit par terre à côté de Josie. Tout près de Josie.

— Hannah !

La voix de Linda était tranchante. Ce n'était pas une requête mais un ordre. Hannah se raidit, redressa le dos. L'un de ses doigts se mit à tapoter frénétiquement sur son genou. Finalement, à contrecœur, l'adolescente hocha la tête et suivit sa mère. Josie attendit qu'elles soient parties pour s'adresser à Kip.

— Vous ne pensez pas qu'avoir de l'alcool dans la maison est un peu dur pour Hannah ? demanda-t-elle, sourcils froncés.

— Le bar est fermé à clef. Et nous avons été très clairs quant aux conséquences si Hannah devait sortir du droit chemin.

— Je sais que les conditions de sa liberté sous caution sont très précises, commenta Josie. Mais cela pourrait l'aider si vous n'aviez tout simplement pas d'alcool chez vous.

— Je faisais référence à mes conditions, dans ma maison, mademoiselle Bates.

Le regard de Kip était inflexible, sa décision définitive. Josie l'avait sous-estimé. Peut-être Davidson avait-il fait le bon choix en nominant Kip pour remplacer son père. Elle abandonna le sujet d'Hannah pour se contenter de quelques bavardages polis. Elle s'intéressa à la maison, à l'amour que Fritz avait pour l'art, aux énormes toiles noires griffées de rouge qui avaient la faveur du juge, au sens des affaires de Fritz en matière d'immobilier, aux idées de Fritz sur…

— Nous voilà.

Linda était de retour avec des boissons, y compris un verre d'eau pour Josie, au cas où. La seule chose qui manquait était Hannah.

— Est-ce qu'il ne s'agit pas d'une réunion de famille ? demanda Josie.

— C'est bien le cas, répondit Kip.

Josie comprit : Hannah était Cendrillon, mais au lieu de cendres et de belles-sœurs, c'étaient Kip et dunes de sable.

Linda s'assit auprès de son mari. Ses longues jambes se croisaient au niveau des chevilles et sa main reposait sur la cuisse de Kip. Ses boucles d'oreille en diamant scintillèrent à plusieurs reprises tandis qu'elle tâchait de s'installer. Elle semblait avoir du mal à trouver confortablement sa place auprès de lui.

*
**

Kip fut le premier à prendre la parole.

— Mademoiselle Bates. Quoi qu'en dise la cour, Hannah est toujours une enfant, et une enfant particulièrement troublée, qui plus est. Elle est douée pour vous laisser voir ce qu'elle veut que vous voyiez. La vérité est qu'Hannah est malade et qu'elle est sous notre responsabilité. Ses problèmes sont profonds, chroniques et non résolus. Cette jeune fille a besoin d'une thérapie intensive et nous allons faire en sorte qu'elle la suive.

— Kip, nous ne devrions pas exagérer la situation, intervint Linda.

Kip raffermit sa prise sur la main de sa femme pour la faire taire. Linda s'adressa néanmoins à Josie comme si de rien n'était. Il restait encore un peu en elle de l'ancienne Linda, de la femme qui savait ce qu'elle voulait.

— Je suis navrée de ne pas t'avoir tout dit à propos d'Hannah durant notre première entrevue, Josie. Je n'aime pas admettre à quel point elle est perturbée. Les choses ont empiré depuis qu'elle a appris qu'elle allait passer en justice. Elle se mutile de plus en plus souvent.

Linda releva les yeux vers Kip et cette fois ses doigts enveloppèrent ceux de son mari. Ils étaient de nouveau unis.

— Nous pensons qu'elle ne tiendra pas jusqu'au bout du procès.

— J'ai commencé à me renseigner sur la possibilité d'une négociation de peine, annonça Kip en reprenant la main.

Josie demeura impassible ; son cœur se durcit un peu plus après chacune des paroles suivantes de Rayburn.

— Je pense que le procureur sera ouvert à cette idée. À mon avis, un arrangement de ce genre est dans l'intérêt de tous.

Le silence était devenu palpable au sein de la maison de verre aux immenses plafonds. Il se dressait tel un mur invisible dans l'espace entre Josie et les Rayburn. Une barrière glaciale, hostile.

— Vraiment ? Quelles sont les conditions de cet arrangement ? demanda finalement Josie d'une voix neutre.

— Une prise en charge médicale en lieu et place d'une incarcération. Voilà ce que nous demandons, répondit Kip.

— C'est ce que tu veux, Linda ? s'enquit Josie.

Linda se leva, incapable de croiser le regard de son ancienne amie. Elle se dirigea vers les hautes fenêtres qui s'ouvraient sur la plage. Son reflet sur les vitres avait quelque chose d'étrange. Ses mains parurent s'allonger comme elle les tordait contre sa poitrine ; son visage évoquait un masque de chagrin et son corps une colonne ondoyante de soie bleu ciel. Elle tournait le dos à Josie. Une position dangereuse : l'indignation de l'avocate était aussi aiguisée qu'un poignard. Mais sa colère était tournée vers Kip Rayburn. Il agissait comme ces gamins qui jouent à cache-cache et dénoncent tous les autres pour pouvoir gagner la partie. Quand Linda signifia à mi-voix son accord, Josie se tourna vers lui.

— Vous pensez qu'Hannah a tué votre père ?

— Non. On ne croit pas ça.

Linda avait été la plus rapide à intervenir, mais son mari tint à insister :

— Je n'ai pas dit ça.

— Alors vous n'avez aucune confiance dans ma capacité à défendre votre fille, lança Josie. C'est bien ça ?

— Non, dit Kip.

— Bien sûr que non…

Linda fit le tour du canapé, laissant sa phrase en suspens pour s'asseoir près de son mari.

— Josie, notre décision n'a rien à voir avec toi, assura-t-elle.

— Et pourtant ce doit bien être le cas si tu as le sentiment que ton mari doit se comporter comme un avocat et discuter d'un accord derrière mon dos. J'ignorais que vous étiez un avocat pénaliste, monsieur Rayburn.

— Ce n'est pas le cas. Mais je comprends qu'il existe toujours des options de ce genre dans n'importe quel procès. Je suis persuadé qu'il est possible d'accélérer les choses pour le bénéfice de toutes les parties, alors c'est ce qu'il faut faire.

— Et c'est cette belle attitude que vous allez adopter à votre nouveau poste ? lança Josie, sarcastique. Oublions la justice. Oublions les questions d'innocence ou de culpabilité. Vous vous assurerez simplement que tout le monde est content en faisant disparaître les problèmes.

— Josie, je t'en prie ! Il s'agit de faire ce qui est bon pour Hannah.

— C'est faux. À vrai dire, je ne sais pas vraiment de quoi il s'agit.

Josie s'appuya sur l'accoudoir de son siège et pointa son doigt vers Kip Rayburn.

— Et vous, si vous êtes à ce point déterminé à faire ce qui est bon pour Hannah, où étiez-vous quand elle avait besoin de votre aide ? La nuit où elle a été arrêtée, par exemple ? Ou le jour de l'audience de mise en liberté, à l'occasion de laquelle, pour votre information, j'ai déjà agité la possibilité d'une négociation de peine sous le nez de Rudy Klein. Il a refusé ne serait-ce que d'en discuter à l'époque. Où étiez-vous ?

— Je pleurais mon père, mademoiselle Bates. Et je n'apprécie pas que vous remettiez mes motivations en question. Mon souci principal est le bien-être de ma femme, le mien et, oui, celui de ma belle-fille. Si vous en doutez, alors je vous demanderais de me convaincre que vous pouvez l'emporter en cas de procès.

Josie leva les bras.

— Et pourquoi ne pas me demander de marcher sur l'eau, pendant que vous y êtes ? Je ne dispose des pièces que depuis moins d'une semaine. N'espérez pas me voir vous exposer les détails d'une défense, mais je peux déjà vous dire qu'il y a des problèmes du côté de l'accusation. Klein n'a pas souhaité envisager des charges moins lourdes. Cela signifie qu'il va devoir prouver sans l'ombre d'un doute qu'Hannah avait l'intention de tuer Fritz, et je vais lui rendre la tâche quasiment impossible.

Kip poussa un soupir de dédain.

— C'est trop simpliste. Rien n'est jamais certain dans un procès devant un jury.

— Kip a raison. Même si c'est quasi impossible, le risque existe, murmura Linda.

Ses yeux verts se décalèrent pour regarder derrière l'épaule de Josie. Celle-ci tenta de nouveau de la faire réagir.

— Mais Linda, avec cette solution Hannah ira quand même en prison !

— Ce n'est pas ce que nous voulons, dit doucement Linda. Nous ne voulons pas qu'elle fasse de prison du tout.

Josie fit marche arrière, étonnée et curieuse.

— Que crois-tu qu'il puisse se produire ? Que penses-tu qu'ils pourraient faire ? Lui taper sur les doigts en lui disant de ne pas jouer avec des allumettes ?

— Hannah pourra être placée en détention dans une unité psychiatrique afin de suivre un traitement. Elle ne contestera ni l'accusation d'incendie volontaire ni celle de mise en danger de la vie d'autrui.

Kip s'exprimait avec fermeté. Il parlait pour eux deux mais, à l'inverse de Linda, son visage était aussi neutre et transparent que la page blanche finale d'un livre.

— Ce serait préférable pour tout le monde. Linda et moi sommes d'accord.

Josie avait posé son coude sur l'accoudoir de son siège. Elle appuya son menton au creux de sa main pour les observer tous les deux. Après quelques secondes, elle secoua la tête et laissa retomber son bras.

— Non. Je ne vais pas la laisser accepter un accord qui l'enverra purger sa peine dans un établissement psychiatrique d'État. Désolée.

Josie entreprit de se lever mais Kip l'arrêta par un avertissement.

— Vous n'avez pas le choix dans cette situation, maître Bates.

— Mais j'ai voix au chapitre. Une voix que Linda m'a donnée en m'engageant. Écoutez, si vous placez Hannah dans un endroit de ce genre, jamais elle n'ira mieux. Elle sera enfermée avec des femmes déclarées légalement folles. Hannah a peut-être des problèmes mais on ne peut pas mettre des difficultés de comportement au même niveau que la schizophrénie ou les tendances hom…

Josie s'arrêta et se redressa un peu plus sur sa chaise. Elle avait failli ne pas comprendre. Son regard glissa en direction de Kip.

— Ce n'est pas Hannah qui vous préoccupe, c'est vous, n'est-ce pas ? Vous vous inquiétez pour la confirmation de votre nomination, alors vous allez sacrifier Hannah. C'est bien ça ?

— C'est blessant !

Sur le sofa, Linda s'était à moitié relevée. Kip la retint par le bras mais elle repoussa brusquement sa main.

— C'est moi qui t'ai suppliée d'accepter cette affaire, et ça devrait prouver que je me soucie de ma fille. Un procès mettrait en danger la santé mentale d'Hannah et c'est ça qui nous inquiète. Point final.

Josie s'apprêtait à répondre mais Kip la prit de vitesse en posant la question cruciale :

— Comment savez-vous qu'elle n'a pas tué mon père ? demanda-t-il d'une voix douce.

— Parce qu'elle l'a dit devant la cour, lui rappela Josie.

— Comment savez-vous qu'elle n'a pas déclenché l'incendie qui a coûté la vie à mon père ?

Josie vit où il voulait en venir. Mettre le feu sans savoir que Fritz se trouvait dans la maison serait considéré comme un moindre crime et Josie pouvait effectivement espérer trouver un accord de cette façon. Mais elle avait connaissance d'un fait qu'eux ignoraient.

— Ça n'a pas d'importance. La mort résultant d'un incendie criminel ne s'applique pas ici.

Josie regarda Kip Rayburn droit dans les yeux.

— Votre père a reçu une blessure à la tête avant que le feu ne se déclenche.

— Hannah l'a frappé ? Elle a agressé mon père ? bredouilla Kip, incrédule.

— Nous ignorons qui l'a frappé, répondit honnêtement Josie. Cela aurait pu se produire durant une chute, ce qui permettrait de plaider la mort causée par l'incendie. Mais Rudy Klein pense qu'il s'agit bien d'une agression. Raison pour laquelle il sera pratiquement impossible d'obtenir un accord satisfaisant. Votre seule solution consiste à me laisser élaborer une défense. C'est la moindre des choses auxquelles Hannah a droit.

— Ses droits, vous pouvez vous les carrer où je pense ! rétorqua Kip.

— Kip, je t'en prie ! implora Linda.

Mais son mari était lancé. Il ne lui prêta aucune attention et s'en prit à Josie comme si elle était responsable de la présence de l'enfant-démon parmi eux.

— Depuis le début nous avons été obligés de nous demander si Hannah avait mis le feu et maintenant il se pourrait qu'elle l'ait frappé ? C'en est trop, Linda. Je ne vais pas laisser cette femme se pointer ici et nous accuser d'être des égoïstes sans cœur si on ne fait pas ce qu'elle dit. Je sais que Cooper collaborera avec nous et c'est ce que je veux !

Kip s'était mis à faire les cent pas, trop en colère pour parvenir à se contenir.

— Mais il y a une bonne chance qu'elle soit acquittée, objecta Josie tandis qu'il se rasseyait lourdement à l'extrémité du canapé.

— Alors prouvez-le-moi tout de suite. Prouvez-le et nous irons jusqu'au procès. Sinon, je suis contraint de croire qu'Hannah est une meurtrière et que nous courrons un risque si vous la faites acquitter. Le fait que vous soyez assez talentueuse pour faire libérer une criminelle me glace le sang.

Josie était incrédule. Qu'est-ce que c'était que cette demande ? *Montrez-moi qui est le tueur et Hannah sera libre.* C'était consternant : une exigence manichéenne sans possibilité de manœuvre. Même en plein procès, Josie n'aurait jamais eu à désigner un autre coupable.

— Mon travail consiste à prouver qu'Hannah n'a pas assassiné votre père, pas à découvrir qui l'a fait. Vous agissez comme si Hannah était une tueuse-née. Elle ne s'est jamais montrée violente jusqu'à présent, si ?

Kip se redressa d'un coup et sa jambe heurta la table basse. Les verres tremblèrent et l'un d'eux bascula ; le vin se répandit sur la surface en verre.

— Arrêtez vos simagrées ! Elle découpe sa propre chair comme si c'était de la viande. Je vois ça comme de la violence.

— Hannah se fait du mal, mais pas aux autres.

Josie se tourna vivement vers Linda.

— Bon Dieu, Linda, il se serait forcément passé quelque chose d'important avant tout cela. Hannah aurait tué de petits animaux, arraché les ailes des papillons…

Kip pivota sur lui-même et s'appuya sur la chaise vide près de celle de Josie.

— Vous n'êtes pas psychiatre, que je sache. Nous avons eu d'innombrables conversations avec son médecin. Et que dit-il en somme ? « Je ne crois pas qu'elle soit dangereuse mais ces situations sont imprévisibles », dit Kip en imitant le médecin avec du mépris plein la voix. Si lui n'en sait rien, comment diable pourriez-vous affirmer le contraire ? ajouta-t-il, acerbe.

Les traits de son visage s'étaient durcis. C'était lui le chef. Il était décidé, déterminé à obtenir ce qu'il voulait.

— On vous explique qu'il faut que cette affaire soit résolue immédiatement. Nous sommes responsables d'elle. C'est nous qui devons cohabiter avec elle, pas vous.

Josie se leva. Kip Rayburn n'avait pas les moyens de la faire taire. Elle se moquait de savoir de qui il était le fils, ni qui il s'apprêtait à devenir.

— Je suis l'avocate d'Hannah et, en tant que telle, je suis responsable du bien-être de ma cliente. Alors laissez-moi vous dire ce que je sais. Hannah ne tiendra pas une minute si elle doit purger sa peine dans un établissement psychiatrique. Vous pensez qu'elle a des problèmes aujourd'hui ? Attendez donc le jour où ils la laisseront partir et où elle se présentera à votre porte. Je vous garantis que vous n'oserez plus éteindre les lumières la nuit. Ou bien faites-vous partie de ces bonnes âmes qui pensent que les criminels sont vraiment parqués dans ce genre d'endroit pour y recevoir un traitement qui les guérira ?

Josie ponctuait chaque mot d'un geste de la main. Son regard passait de Linda à Kip dans l'espoir que l'un d'eux défendrait Hannah à ses côtés.

— Ces endroits sont des institutions au rabais, des lieux sombres où des docteurs surmenés écrivent des rapports montés de toutes pièces et prescrivent des électrochocs et des pilules qui maintiendront Hannah dans un tel état qu'elle n'aura même pas conscience de ce qui se passera quand un agent hospitalier sans scrupule décidera qu'elle mérite toute son attention. Alors il la violera et elle n'en saura rien. Ou un autre malade fera…

— Arrête ! Josie, tais-toi ! s'écria Linda, horrifiée, avant de plaquer ses mains sur son visage.

Josie fut la première à la rejoindre. Elle prit les mains de Linda et la força à les baisser.

— Linda, écoute-moi.

— Attendez une minute !

Kip se précipita vers le sofa mais Josie en avait assez. Elle s'interposa et, d'un regard, le mit au défi d'intervenir.

— Laissez-la tranquille ! gronda-t-elle. Linda, regarde-moi. C'est de la vie de ta fille qu'il s'agit. Ce n'est pas un jeu. C'est terriblement sérieux et ce que tu vas faire maintenant affectera le reste de sa vie, Linda. Tu es sa mère, pour l'amour de Dieu ! Tu crois vraiment qu'elle a fait quelque chose pour lequel elle mérite d'aller en prison ?

Les yeux brillants de Linda erraient d'un endroit à l'autre, comme à la recherche de la bonne réponse. Elle entrouvrit les lèvres – des lèvres très, très roses – mais parler lui était difficile. La voyant tourner son regard vers son mari, Josie posa une main contre sa joue pour l'inciter à se concentrer sur la question.

— Tu veux qu'Hannah souffre ? chuchota-t-elle avec colère, insistant pour obtenir une décision.

— Je ne veux pas qu'elle aille en prison pour quelque chose qu'elle n'a pas fait.

Linda avait répondu dans un souffle, des mots secs et fragiles. Josie s'en empara, collecta les souhaits de Linda comme autant de feuilles mortes qu'elle déposa de force entre les mains de son ancienne amie.

— Alors ne te débarrasse pas d'elle. Ne l'abandonne pas. C'est la pire chose qu'une mère puisse faire !

Linda décocha un coup d'œil vers Kip. Puis elle baissa la tête et pivota vers Josie. Elles devenaient deux conspiratrices ; Kip ne faisait plus partie de l'équation. Cela allait se régler entre elles, deux femmes qui comprenaient que la vie d'une enfant était en jeu.

— Tu peux gagner ? souffla Linda.

La terreur absolue derrière ses paroles n'échappa pas à Josie. Elle ressentait la même chose.

— Je donnerai tout ce que j'ai, Linda. Ton intuition t'a dit de me faire confiance, alors fie-toi à elle maintenant.

Il y eut un instant de silence, une bulle d'appréhension qui enveloppa Josie et Linda. L'avocate resserra la prise de ses doigts avant de chuchoter de manière pressante :

— Laisse-moi essayer.

Linda retira une main de celles de Josie, puis l'autre. Elle porta les doigts à ses lèvres. Ils tremblaient. Elle appela son mari qui se tenait derrière elles, à l'écart, les paupières mi-closes, le corps tendu.

— Kip ?

— À toi de décider, Linda. C'est ta fille.

Josie ferma les yeux. Des mots cruels, absolument pas nécessaires. Elle aurait voulu que Kip Rayburn montre à sa femme qu'il la soutiendrait. Il n'en fit rien. Linda allait devoir se décider seule. Et elle le fit bien.

— Je veux que tu essayes, Josie. Je dois tant à Hannah.

Josie baissa la tête. La douleur née de l'indécision de Linda était bien réelle mais Josie avait du mal à croire qu'elle puisse se poser la question. Si Hannah avait été sa fille, Kip Rayburn se serait depuis longtemps retrouvé dans leur rétroviseur.

Épuisée mais soulagée, Josie se leva. Elle retourna jusqu'à son siège et récupéra sa mallette. En repartant, elle dut passer derrière Kip Rayburn. Elle s'arrêta près de lui ; elles auraient besoin de son aide.

— Ce sera pour le mieux, monsieur Rayburn. Je vous le promets. Personne ne pensera autrement.

— Nous devons tous faire ce qui nous paraît juste, dit-il à mi-voix sans se retourner.

Josie s'apprêtait à sortir mais il l'interpella et la rejoignit pour lui parler.

— Que les choses soient bien claires : je n'apprécie pas la façon dont vous jouez avec nos vies. Mon père est mort et je pense qu'Hannah n'y est pas étrangère. Je ne sais pas ce qui s'est passé, je ne sais pas comment elle a fait, je ne sais pas si elle a craqué l'allumette qui a déclenché le feu, mais je dis qu'elle est une source d'ennuis. Alors allez-y et préparez votre défense. Je paierai vos honoraires. Je me rendrai à la salle d'audience pour soutenir ma femme, mais ne vous attendez pas à me voir vous appuyer après ce que vous avez fait subir à notre famille ce soir. C'est compris ?

— Compris, maugréa Josie.

Mais elle avait parfaitement conscience de ne rien comprendre à cette famille, et particulièrement à la place qu'y occupait Hannah.

12

Josie inspira profondément, emplissant des poumons qui semblaient avoir été vidés de tout l'air qu'ils contenaient. L'endroit n'était pas le chef-d'œuvre d'architecture à vivre qu'elle avait cru y voir au départ. C'était un tombeau magnifique et le peu de temps qu'elle y avait passé lui donnait le sentiment d'être fragilisée intellectuellement, émotionnellement vidée. Hannah, Kip et Linda, chacun porteur de ses propres problèmes, de sa propre culpabilité, de ses propres besoins, allaient désormais s'y retrouver enfermés ensemble pour l'éternité que durerait ce procès. Tout ça parce que Josie leur avait forcé la main.

Les éléments que Josie maîtrisait en arrivant – le programme du procès, l'essence de sa stratégie – ressemblaient désormais moins aux premières pierres d'une défense merveilleusement conçue qu'à une tentative désespérée pour éblouir un jury qui partagerait les inquiétudes de Kip. Elle lui en voulait d'avoir rendu les choses aussi personnelles. Elle ignorait désormais si elle se battait parce qu'elle croyait en Hannah, parce qu'elle voulait prouver qu'elle était capable de gagner ou parce que la réticence de Kip Rayburn semblait inhumaine même dans ces circonstances.

De plus, Josie se sentait coupable de ne pas avoir admis le problème fondamental. Dans cette famille, l'accusée et le fils de la victime étaient reliés par le fil ténu que représentait Linda. L'un d'entre eux allait perdre – peut-être même tous – et Josie, elle, serait toujours debout. Quand tout serait fini, elle pourrait se retirer dans son bureau chez Baxter & Associés. Elle avait une porte de sortie. Elle ne risquait pas de perdre son mari, ni sa fille.

Avec cette prise de conscience, Josie portait un nouveau regard sur Linda. Celle-ci méritait un immense respect pour ce qu'elle avait accompli ce soir.

Josie retourna sur ses pas dans la cour aux dalles couleur chair et passa de nouveau devant la statue terriblement crue. Elle songea à Hannah, une jeune fille qui n'avait pas son mot à dire quant à son futur. Pour Fritz, Hannah était une pauvrette auprès de qui il pouvait faire la preuve de sa charité. Quant à Kip, elle n'apparaissait même pas sur son radar. Peut-être était-ce ce qui dérangeait le plus Josie. Ils parlaient d'elle comme d'une fuite d'évier ; assez visible pour que tout le monde s'en agace mais pas suffisamment pour régler le problème une bonne fois pour toutes.

Josie ouvrit l'énorme porte de cuivre pour retourner dans le monde réel.

Les étoiles étaient éclatantes. La lune presque pleine faisait briller le sable blanc et formait une allée de lumière scintillante au centre de l'océan. Josie leva le visage vers la brise étonnamment fraîche qui lui caressait les cheveux. La nuit était imprégnée des odeurs apaisantes de la mer, mais elle se sentait toujours mal à l'aise. Elle avait oublié quelque chose. C'est en découvrant Hannah assise derrière le volant de la Jeep que Josie se souvint. Elle aurait dû dire au revoir à sa cliente.

— Hé ! l'appela Hannah en voyant l'avocate approcher de la voiture.

Dans l'éclat des projecteurs de sécurité, la carrosserie noire avait l'aspect de l'onyx et Hannah celui d'une apparition.

— J'ai cru que vous alliez partir sans me dire un mot.

Elle battit plusieurs fois des cils dans un mouvement lent, languide. Puis elle tourna la tête et, lorsqu'elle reporta de nouveau son regard sur Josie, elle avait presque l'air absent.

— J'ai bien failli, avoua Josie.

Quiconque affirmait que la vérité ne fait jamais de mal à personne se trompait. C'était douloureux pour Josie. Elle n'aurait pas su dire ce que ressentait Hannah.

— Je suis navrée, reprit Josie. Je n'aurais pas dû oublier. J'ai été un peu perturbée par notre rencontre.

— Vous essayez encore de comprendre ce qui s'est passé ?

— J'imagine, admit Josie.

Elle posa une main sur l'épaule d'Hannah et la poussa en douceur.

— Décale-toi…

Hannah enjamba la boîte de vitesse pour rejoindre le siège du passager. Tandis qu'elle s'installait à sa nouvelle place, sa main droite agrippa la poignée de la portière. Josie patienta, en se forçant à ne pas compter en même temps que la jeune fille. Une fois son rituel terminé, Hannah prit la parole :

— Kip est jaloux, voilà tout. C'est lui qui était censé recevoir l'attention de tout le monde, et là c'est moi qui l'ai. Et puis il n'aime pas que les choses soient compliquées. Je suis une complication. Le procès est une complication. Et maintenant vous aussi.

— Et ta mère ? Elle ne te voit pas comme une complication, si ?

— Ma mère m'aime, murmura Hannah. Personne ne peut dire le contraire.

— Je ne sous-entendais rien de ce genre.

Josie appuya la tête contre le siège, les yeux tournés vers les étoiles. Cette façon d'être sur la défensive lui était familière. Josie avait agi pareil vis-à-vis de sa mère lorsqu'elle avait l'âge d'Hannah. La différence était que Josie n'était pas sûre de l'amour de sa mère.

— Elle veut s'assurer qu'on reste en sécurité, continua Hannah comme si elle n'avait pas entendu Josie. Elle ferait n'importe quoi pour être certaine qu'on ne prend pas de risques. Je sais qu'elle pense que ce serait mieux pour nous deux si vous pouviez simplement faire en sorte que le procureur m'envoie à l'hôpital. Kip, lui, estime simplement que ce serait plus simple.

— Et toi, qu'est-ce que tu en dis ?

— J'en dis que c'est une connerie, comme vous, lança Hannah en riant.

C'était la première fois que Josie l'entendait rire. Un son agréable, qui prit fin trop vite.

— Comment sais-tu ce que j'en pense ? demanda Josie en riant à son tour.

Cela faisait du bien durant une nuit comme celle-ci, où tout le reste semblait sombre et désespéré.

— La commande centrale de l'interphone est dans la cuisine. Je vous ai entendue me défendre. Mais je n'ai pas tout entendu, j'ai cru que ma mère arrivait. Elle pense que je ne suis pas au courant pour cette histoire d'hôpital.

Josie se redressa, récupéra sa casquette de baseball et sortit les clefs de la boîte à gants.

— Bon, maintenant qu'on est d'accord sur ce point, il y a quelque chose que tu voudrais me dire ?

— Ouais. Je suis sortie douze fois pour jeter un œil sur votre voiture. Puis je me suis assise dedans pour vous attendre, dit Hannah.

— Et… ? voulut savoir Josie.

Elle n'était pas sûre de bien comprendre et avait hâte d'être de retour chez elle.

— Douze fois. Pas vingt. Putain, douze fois !

Hannah eut un grand geste des bras. Puis elle secoua la tête sous l'effet de la colère et de la frustration. Sa main brûlée heurta violemment le tableau de bord pour donner plus de force à ses paroles.

— Merde, merde, merde ! C'est une bonne chose. Je pensais que vous comprendriez.

Josie rit de nouveau, malgré elle. Elle arrêta Hannah, la retint par le poignet avant que la jeune fille ne frappe vingt fois l'intérieur de la voiture.

— Un progrès, dit-elle à mi-voix.

— C'est pas drôle ! rétorqua Hannah en écartant la main.

— Je ne me moque pas de toi. Je suis fière de toi. Douze est mieux que vingt et deux serait mieux que douze. Hé, de l'arithmétique toute bête ! assura Josie.

— Vous pensez que je pourrais y arriver ?

Hannah regardait droit devant elle, raide comme un piquet à côté de Josie, s'attendant à s'entendre prédire un échec.

— Bien sûr, pourquoi pas ?

Josie mit le contact. Elle tourna la tête pour regarder Hannah.

— Nous avons deux semaines devant nous avant que les choses sérieuses commencent, Hannah. Si tu pouvais arriver à deux, ce serait super. Si tu pouvais ne plus compter du tout, ce serait génial.

— Peut-être. Je ne promets rien.

Malheureusement, son expression était de nouveau lointaine, toute trace d'amusement envolée. Josie aurait donné n'importe quoi pour savoir ce qui se cachait derrière ce beau masque. Des mensonges, des informations gardées secrètes. Mais l'essentiel était bien réel : Hannah voulait être défendue. C'était tout ce que Josie avait besoin de savoir.

— Aucun problème. Je sais qu'il n'est pas question de promesse, ne t'inquiète pas.

Elles restèrent assises en silence. La nuit était si vaste que Josie avait l'impression qu'elle allait engloutir tous leurs problèmes. Hannah avait quelque chose de très différent à l'esprit.

— Je ne suis pas une idiote, vous savez.

— Je n'ai jamais dit ça, soupira Josie.

C'était toujours difficile d'avoir affaire à des enfants ; ceux qui arrivaient au seuil de l'âge adulte encore plus que les autres. Peut-être avait-elle été trop difficile pour Emily. Une pensée bien triste.

— Je veux juste que vous sachiez que j'ai peur. Je serais

vraiment une imbécile si je n'avais pas peur. Je ne peux pas le montrer mais pour moi le fait de savoir que j'ai peur est une bonne chose. Un vrai progrès.

— Alors j'en suis ravie. Parce que tu as raison d'avoir peur, dit doucement Josie.

— Vous aussi vous avez peur ? voulut savoir Hannah.

— Peur ?

Josie gardait les yeux braqués vers les étoiles. La question n'était pas difficile ; elle avait simplement du mal à y répondre à voix haute.

— Ouais, murmura Josie. J'ai peur. Mais sans doute pas pour les raisons que tu imagines. Tu es si jeune. Tu as une longue vie devant toi. Et il y a toujours un risque que je ne gagne pas.

— Et puis il y a ce que vous m'avez dit à propos de cette personne que vous avez défendue, celle qui n'aurait pas dû être relâchée.

— Oui. Il y a ça aussi. Mais c'est de l'histoire ancienne, dit doucement Josie.

Elle n'avait pas envie d'accabler Hannah avec le récit de ce crime et se refusait à l'effrayer en évoquant le désir qu'avait Rudy Klein de prendre sa revanche.

— Bon. Il faut que vous pensiez à moi comme quelqu'un qui mérite de gagner, Josie. Quelqu'un de complètement, totalement innocent. Je voudrais que vous me voyiez comme ça, d'accord ?

Sur ces mots, Hannah sortit de la voiture. Elle ne fit que quelques pas avant de faire volte-face. Elle revint, toucha la Jeep et repartit.

— Bonne nuit Hannah ! lança Josie en démarrant la voiture.

Une fois de plus, Hannah revint en courant vers la Jeep, mais du côté conducteur cette fois. Josie avait une main sur le levier de vitesse, l'autre sur le volant. Hannah s'approcha si près que Josie n'aurait pas pu partir sans lui rouler dessus. À la vitesse de l'éclair, la jeune fille toucha Josie, deux fois, presque des caresses, empreintes d'une telle douceur, d'un tel espoir, d'un besoin si puissant d'intimité qu'elles mirent l'adulte mal à l'aise.

— Deux fois, souffla Hannah avant de disparaître pour de bon.

***

Kip Rayburn tira la petite chaîne qui allumait la lampe de bureau puis ouvrit le tiroir sur sa droite. À l'intérieur se trouvait son carnet d'adresses du barreau de Los Angeles. Il le sortit, tourna les pages, trouva le numéro qu'il cherchait et le composa.

Il croisa les jambes et patienta. Quelqu'un répondit dès la deuxième sonnerie et Kip demanda à parler à Rudy Klein. Sa main était moite et son cœur se mit à battre un peu plus vite. Toutes ces choses qu'il avait faites ce soir : défier des gens, se mettre en colère, se projeter dans l'avenir et prendre le risque de s'imposer. Cela ne lui ressemblait pas. C'était à la fois excitant et effrayant. Il pouvait encore raccrocher… Puis la voix de Rudy se fit entendre.

— Allo ?

— Oui. Monsieur Klein, ici Kip Rayburn.

Rudy Klein ne parut pas surpris de recevoir son appel. D'un autre côté, c'était la marque d'un bon avocat. Rien ne devait jamais surprendre un bon avocat… ni un bon criminel, d'ailleurs. Ils échangèrent de brèves politesses avant que Rudy ne demande ce qu'il pouvait faire pour Kip.

— J'ai reçu un appel de votre bureau il y a quelques jours, monsieur Klein, expliqua Kip. J'ai cru comprendre que vous souhaitiez m'interroger.

— J'espère que vous coopérerez. Je sais que ce sera difficile étant donné la nature de votre relation à mademoiselle Sheraton. Je promets de faire tout mon possible pour obtenir les informations dont j'ai besoin à partir d'autres sources, mais…

— Tout va bien, monsieur Klein. Ne vous inquiétez pas.

Vous n'aurez aucun souci avec moi. Je coopérerai à l'occasion de n'importe quelle entrevue et répondrai à une assignation à comparaître si nécessaire, l'interrompit Kip.

Rudy eut la bonne idée de ne pas poser de questions. Il remercia Kip, puis les deux hommes raccrochèrent.

Kip garda la main sur le combiné. Il envisagea de décrocher de nouveau pour dire à Klein qu'il s'agissait d'une erreur. Il n'y avait aucune nécessité de témoigner. Pas encore. Peut-être aurait-il dû attendre de voir comment les choses se passaient avant de s'exposer ainsi. Puis il se reprit. Ian Frank avait vu juste. Les frappes préventives constituaient l'arme des puissants. Seuls les idiots attendaient de se retrouver sur la sellette pour agir et Kip avait agi comme un idiot pendant des années, à attendre que la situation avec son père dégénère avant d'essayer d'y mettre un terme. Non, il avait fait ce qu'il fallait. Accélérer les choses. Accélérer.

— Kip ? Tu viens te coucher ?

Surpris, Kip retira sa main du téléphone. Linda se tenait sur le seuil – toujours aussi grande et magnifique – et l'observait avec curiosité. Elle était différente depuis l'arrestation d'Hannah. Leur relation avait évolué, et pas forcément en mal. Kip prit une profonde inspiration. Il allait devoir lui dire. Bientôt, il devrait lui dire ce qu'il préparait.

— Tu n'as pas envie d'aller au lit ? demanda-t-elle en faisant courir ses longs doigts sur le décolleté profond de son déshabillé.

Oui. Il allait devoir lui dire rapidement… mais ça pouvait sans doute attendre un peu.

***

— C'était pour les affaires, papa ?

— Oui, champion, c'était pour les affaires.

Rudy Klein attrapa son fils et le jeta en travers de son épaule. Mikey se mit à glousser à la manière des enfants de cinq ans, tandis que Rudy le faisait tournoyer sur lui-même pour faire bonne mesure.

— Oui, c'était pour les affaires et maintenant je vais m'occuper de tes petites affaires.

Mikey se mit à rire plus fort encore comme Rudy le portait dans le couloir tel un sac de pommes de terre. Rebondissant contre l'épaule de son père, l'enfant entonna une chanson à propos d'un autobus en folie. Rudy huma l'odeur de son petit garçon. Savon et talc, l'odeur de la peau douce d'un enfant qui disparaîtrait dans les quelques années à venir. Il n'existait rien de comparable. Et Rudy avait bien l'intention de ne jamais oublier le moindre détail. De la même manière qu'il n'oublierait pas le son du rire de Mikey, la sensation de ces petites mains potelées sur son dos, sa voix aussi claire que celle d'un ange, tous ces moments très précieux de l'enfance que Rudy avait l'occasion de partager quand la mère du petit le déposait chez lui.

— C'est parti !

Rudy le souleva de son épaule et lui soutint le dos de manière à transformer Mikey en avion volant à l'envers. Une seconde plus tard, l'enfant atterrit en plein milieu de son petit lit. Rudy s'assurait que les draps étaient toujours propres et le lit fait au cas où Pam lui permettrait de profiter d'un peu plus que le droit de visite accordé par la cour.

— On recommence ! s'écria Mikey.

Il avait les bras tendus vers son père ; son petit corps se tortillait d'excitation.

— Non, il est trop tard. C'est l'heure pour les grands garçons d'aller se coucher. Maman vient te chercher tôt demain matin.

— Tôt comment ? demanda Mikey pendant que Rudy le bordait et baissait l'intensité de la veilleuse.

— Trop tôt, répondit Rudy en tâchant de dissimuler la tristesse dans sa voix.

Il était capable de mettre des voyous derrière les barreaux, il pouvait combattre les criminels sur tous les fronts, mais il n'avait jamais su convaincre le juge qui gérait son divorce que venir chercher un enfant à 5 heures du matin n'était bon pour personne.

— Papa, je pourrais rester ici jusqu'à ce que tu reviennes de tes affaires, proposa sérieusement Mikey.

Il était d'accord pour se passer du plaisir d'enfiler son petit sac à dos à 5 heures du matin pour que maman puisse le conduire jusqu'à la garderie puis se dépêcher pour être à l'heure à son travail.

— Désolé champion, répondit Rudy en passant une main dans les boucles brunes de Mikey, mais maman dit qu'elle ne supporterait pas de te voir parti une minute de plus. Pas une de plus.

— Toi, tu supportes que je sois pas là une minute ? voulut savoir le petit garçon.

Rudy caressa le visage de son fils. Il sourit et lui embrassa la joue.

— Non, champion, je ne supporte pas quand tu es parti, même quelques minutes, répondit-il avec sincérité. Et c'est une bonne chose. Ça veut dire que quoi qu'il arrive, il y a toujours deux personnes dans le vaste monde qui veulent t'avoir avec elles.

Mikey sourit et se tourna sur le flanc pour s'installer confortablement dans son petit nid, une dernière pensée à l'esprit.

— Je parie qu'il y a des enfants qui ont personne qui les aime comme ça, dit-il d'un ton satisfait.

— Je parie que tu as raison, champion, chuchota Rudy en retour.

Il se leva et contempla son petit garçon ; il se sentait toujours coupable de ne pas avoir la famille idéale. Puis il songea à Hannah Sheraton et prit conscience que la situation de Mikey n'était finalement pas si terrible. Lui au moins n'avait pas dans sa vie quelqu'un prêt à se débarrasser de lui, ni de procureur décidé à le faire enfermer.

***

Hannah était assise sur un tabouret dans sa chambre.

C'était un tout petit siège, très bas, laqué de rouge. Hannah avait ramené ses jambes contre elle et se penchait de façon à appuyer sa poitrine contre ses genoux. Elle serra ses jambes entre ses bras et tourna la tête en direction de la porte vitrée qui donnait accès à la plage depuis sa chambre. Hannah pouvait regarder au-dehors, et tout le monde pouvait voir ce qui se passait à l'intérieur. Mais il n'y avait personne à voir. Kip était propriétaire de la plage comme de la maison maintenant que Fritz était mort.

À ses pieds se trouvait un petit plat de porcelaine noire au centre duquel était peint un délicat poisson argenté. Elle distinguait chacune de ses écailles sur son petit corps parfait. Une lame de rasoir était posée en travers du ventre du poisson. Personne ne comprenait comment Hannah réussissait à s'entailler. Le cuisinier gardait un œil sur les couteaux. Kip se servait d'un rasoir électrique. Linda rationnait les jetables afin qu'Hannah puisse se raser les jambes mais rien de plus. De temps en temps, Hannah rusait et en mettait un de côté. Elle brisait l'enveloppe de plastique, récupérait la minuscule lame et la cachait dans une petite pochette au fond de son placard. Il lui restait encore deux lames dans la pochette. La troisième se trouvait sur le plat au poisson.

Recroquevillée sur son canapé, Hannah contempla longuement la lame. D'où, s'interrogea-t-elle, pouvait bien provenir la lumière qui faisait scintiller le métal malgré la pénombre qui régnait dans la pièce ? Quelle taille faisait la machine qui biseautait le tranchant de cette minuscule pièce d'acier ? Qui avait inventé les lames tranchantes, un million ou un milliard d'années plus tôt ? Hannah se demanda si cette personne avait un nom ou si elle était comme elle, juste un individu inconnu.

Le temps passa lentement et Hannah finit par ramasser la lame. Celle-ci était si petite qu'Hannah était fière d'être capable de s'entailler assez profondément, juste assez loin pour faire couler assez de sang avec un instrument aussi minuscule.

Elle jeta un coup d'œil par-dessus son épaule pour s'assurer que sa mère ne risquait pas de la voir et de l'arrêter. Comme la porte de sa chambre demeurait close, Hannah traça une ligne parallèle le long d'une cicatrice ancienne. La deuxième coupure fut courte. La troisième fut constituée de trois entailles alignées. SOS. Point. Trait. Point. Hannah contempla le résultat de son travail dans la faible lumière. Il n'y avait pas beaucoup de sang. Elle n'avait pas tranché très profondément. Demain, elle irait plus loin.

Hannah déplia ses membres, se leva et ouvrit la porte vitrée. Elle se déchaussa et traversa le patio. Le sable était froid ; l'air chaud. Une brise lui agitait les cheveux. Hannah se baissa pour creuser un trou. Elle travailla sans discontinuer tandis que le sable sec s'effondrait sur lui-même, encore et encore. Une fois le trou assez profond, Hannah y enterra la lame de façon à ce qu'aucun enfant susceptible de se retrouver par erreur sur cette plage privée ne puisse se faire mal. Jamais Hannah n'aurait voulu qu'un enfant souffre. Jamais.

Cela fait, Hannah fit le tour de la maison en gardant levé son bras entaillé pour l'exposer à l'air marin. Le sel piquait et la blessure la picotait mais rien ne pouvait vraiment faire mal à Hannah. Pas grand-chose, en tout cas. Pas souvent. Il y avait eu un moment, pas si longtemps auparavant, où elle avait eu si mal qu'elle avait cru mourir. Mais ce temps-là était presque oublié. Une fois le procès passé, elle l'oublierait complètement.

Hannah tournoyait sur elle-même, bras tendus, sa longue chevelure flottant dans le vent. Elle avait les yeux fermés et, à chaque fois qu'elle entrouvrait les paupières, Hannah s'attendait à voir le jour. Mais il faisait toujours nuit. Les heures ne passaient pas et Hannah se sentait de plus en plus mal.

D'un pas maladroit, elle retourna dans sa chambre et s'assit sur son petit tabouret, recroquevillée en boule, oscillant d'avant en arrière. Elle aurait aimé pouvoir peindre mais aucun produit inflammable n'était autorisé dans son environnement. Interdit. Le juge l'avait déclaré. Si elle avait pu peindre, son malaise intérieur aurait disparu. Hannah émit une sorte de miaulement étouffé et continua à se balancer sur elle-même.

Son menton était douloureux, écrasé qu'il était contre les os de ses genoux. Elle avait l'impression que ses pommettes allaient se fendre tellement elle serrait les mâchoires. Hannah ferma les yeux et se balança. Elle repensa à Josie. *Il y a une leçon à en tirer, Hannah. Apprends quelque chose de Josie, Hannah. La vie est dure. Fais face. Bats-toi. Redresse-toi, Hannah. Fais-le pour toi.*

Puis ce ne fut plus important de savoir à qui elle pensait. Elle bondit de son tabouret, glissa une main entre son matelas et le sommier pour y trouver le reste de ce qu'elle gardait caché. Elle ouvrit la petite boîte. Il restait trois petits joints. Trois était son chiffre porte-bonheur. Trois lames. Trois joints. Trois personnes dans la maison.

Les allumettes se trouvaient dans la salle de bains, cachées dans une boîte de tampons. Ils refusaient qu'elle ait de la peinture mais personne ne vérifiait la présence d'allumettes. C'était vraiment stupide.

De retour à l'extérieur, Hannah mit ses mains en coupe, pencha la tête et approcha une allumette enflammée de l'extrémité du joint. Elle inhala profondément la fumée et la garda dans ses poumons. Le malaise ne la quittait pas. Il lui écrasait la tête et elle entreprit de faire le tour de la maison en agitant la petite boîte d'allumettes. Elle la secoua, encore, encore, tout en comptant les frottements à l'intérieur. Hannah continua de secouer la boîte, en essayant de dénombrer au son le nombre d'allumettes.

Elle atteignit l'arrière de la maison et leva la tête en direction de la chambre que sa mère partageait avec Kip. Les lumières étaient éteintes. Ils devaient dormir. Kip n'avait toujours pas posé le regard sur Hannah. Et Linda ne faisait que regarder Kip. Elle ne faisait que répéter que tout allait bien se passer. Hannah ignorait simplement à qui elle s'adressait en disant cela. Culpabilité. Culpabilité. Tel était le mot qui les reliait tous… et les maintenait séparés.

Hannah retourna vers sa partie de la maison. Tête baissée, elle entreprit de faire lentement les cent pas dans sa prison. Après avoir fait et refait dix fois le même trajet, elle fit un détour par l'intérieur du bâtiment et monta les escaliers. Hannah était comme une ombre. Personne ne savait qu'elle était là, même lorsqu'il faisait jour. La moitié de son joint s'était consumée ; elle gardait l'autre éteinte au creux de ses mains en même temps que la boîte d'allumettes. Personne ne les entendrait s'entrechoquer pendant qu'elle monterait les marches pour se poster devant la porte de la chambre de sa mère. Elle jeta un coup d'œil par le battant entrouvert. Ils étaient là. Sa mère avec ses longs cheveux et ses épaules nues et Kip qui l'enserrait en dormant. Kip qui serait bientôt un juge. Kip qui était exactement comme son père. Ils étaient là. Au lit. Ensemble.

Hannah fit volte-face et redescendit l'escalier.

Hannah remonta les marches pour se tenir de nouveau devant la porte et regarder dans la chambre.

Elle redescendit.

Elle remonta, se tint sur le seuil et regarda.

Elle tenait les allumettes et le bout du joint au creux de sa paume afin que personne n'entende, que personne ne sente la fumée, que personne ne sache qu'elle se tenait derrière la porte à observer, réfléchir et se demander si elle avait vraiment fait ce qu'il fallait la nuit de l'incendie.

*
**

Josie était assise dos au mur, une jambe pendante au-dessus du sol et l'autre posée sur le tabouret de bar à côté d'elle. Elle avait appuyé un bras contre le bar et tenait une chope de bière entre ses doigts. Celle-ci était toujours pleine mais la mousse s'était depuis longtemps dispersée. Un hamburger à moitié terminé reposait dans l'assiette devant elle. Une chanson d'Eric Clapton résonnait depuis le juke-box et deux équipes de baseball couraient silencieusement sur le grand téléviseur dans le coin de la pièce. Une femme sirotait lentement son martini à une table près de la fenêtre. Un couple se disputait dans le couloir menant aux toilettes. À part ça, c'était une soirée tranquille chez *Burt est à la plage*.

— Un problème avec ma cuisine ?

Josie tourna la tête sans la décoller du mur derrière elle. Elle sourit à Burt. Comptant autrefois parmi les meilleurs volleyeurs du circuit, il était toujours aussi séduisant malgré les pattes d'oie et le gris qui s'immisçait dans ses cheveux blonds. Il avait eu un grave accident de moto en 1994. S'était cassé à peu près tous les os du corps. Il avait toujours belle allure mais avait perdu tout ce qui faisait de lui l'un des meilleurs sur la plage : sa vitesse, son agilité et l'amplitude de ses mouvements. Burt avait passé les deux années suivantes à tenter de se suicider à coup d'alcool et de médicaments. Puis il s'était trouvé une femme formidable et avait ouvert le bar. La femme en question n'était pas aussi formidable qu'il l'avait cru mais *Burt est à la plage* restait une bénédiction. Il adorait cet endroit, de même que les gens qui se considéraient chez eux à Hermosa. On pouvait s'habiller comme on voulait, la nourriture était basique, savoureuse et vendue au bon prix, les femmes s'y sentaient bien, les hommes tentés de changer cet état de fait étaient mis à la porte et Burt connaissait chacun par son nom.

— Tu es un vrai cordon-bleu, comme d'habitude, Burt. Je n'ai simplement pas aussi faim que je le pensais. Ni aussi soif, dit

Josie en repoussant sa bière vers lui.

— Je l'ai su dès que t'es entrée. La prochaine fois, je refuserai tout bêtement de te servir. J'aime pas le gâchis.

Burt s'empara de l'assiette et la glissa sous le comptoir. Il vida la bière dans l'évier avant d'y déposer la chope. Il reporta son attention sur la femme au martini puis sur le couple qui semblait s'être rabiboché. Il appuya ensuite ses bras croisés sur le bar et ne dit rien de plus. Il attendait que Josie fasse le premier pas.

— Qu'est-ce qu'on fait quand une personne confond assistance professionnelle et intérêt personnel envers elle ?

Burt eut un léger mouvement de surprise.

— Un type te donne du fil à retordre ? Ce serait une première.

Josie laissa échapper un petit rire.

— Nan, rien de ce genre.

— Une femme ?

Burt haussa les sourcils et les remua avec un sourire. L'une de ses dents de devant était toujours fendue. Il refusait de la faire soigner car elle lui rappelait à quel point il s'était montré stupide sur sa moto.

— Une gamine, expliqua Josie. Une pauvre gamine à problèmes.

— Mince, maugréa Burt en imaginant les ramifications d'une telle situation.

— Ouais… Je ne sais pas quoi faire. Qu'est-ce que j'y connais aux enfants ?

Songeuse, Josie dessina un motif dans le cercle humide que sa chope avait laissé sur le bar.

— Ou peut-être que j'y accorde trop d'importance, ajouta-t-elle après un silence.

Finalement, Burt poussa un gros soupir. Il se redressa, décrocha le torchon glissé à sa ceinture et saisit le bras de Josie au niveau du poignet. Il lui souleva la main et essuya l'eau au bout de ses doigts puis lui donna une petite tape amicale.

— Tu fais ce que tout le monde fait en ce bas monde, Josie. Rentre chez toi. Dors un peu. Mets-toi au travail demain matin. Tout le reste se réglera naturellement. C'est toujours comme ça que ça se passe. Et puis Archer revient après-demain, non ? Ça va tout arranger, tu verras.

— Tu as raison. Je suis fatiguée. Je vais aller promener Max et puis j'irai me coucher.

Josie retira son pied du tabouret et déposa dix dollars sur le zinc. Burt récupéra le billet et la regarda partir en se demandant si Josie était assez bête pour croire à son conseil à la noix. La vérité était que ce genre de trucs personnels ne se contentait pas de rester en suspens, non, ça s'enfonçait en vous comme une tique. De quoi vous foutre en l'air si vous tombiez sur la mauvaise tique.

13

« Ma cliente n'a qu'une envie : pouvoir reprendre son existence d'enfant. »

Josie Baylor-Bates

« J'ai la plus grande foi dans la justice. »

Kip Rayburn

« Je veux que ma fille rentre à la maison. »

Linda Rayburn

⁂

Linda et Kip gravirent en hâte les marches du palais de justice. Josie Baylor-Bates les suivait de près, avec sous son aile protectrice une Hannah tendue et mal à l'aise. Des journalistes arrivaient derrière en les harcelant de questions, micros brandis dans leur direction. Les trois adultes lançaient des réponses par-dessus leurs épaules, décidés à rejoindre rapidement le calme de la salle d'audience.

Ils n'avaient guère échangé plus que des bonjours en se retrouvant dans la rue. Chacun avait fait une très courte déclaration. Kip avait rejeté les tentatives de Josie pour le remercier d'être venu, de témoigner son soutien à Hannah. Il était là pour démontrer son respect envers la cour, envers le système, envers la présomption d'innocence de sa belle-fille. C'était la position que le bras droit du gouverneur, Alex Schaeffer, lui avait recommandé d'adopter. Cela déplaisait souverainement à Kip. Tenir Linda par la main était son idée. Et Linda s'accrochait à lui. Même quand Josie leur tint la porte, Linda resta en arrière, comme si franchir le seuil la mettait en danger. C'était compréhensible. Trois ans plus tôt, Josie avait monté ces mêmes marches avec une autre cliente et connu son Waterloo. Kip était tendu, inquiet et semblait chercher des yeux une cachette où se glisser. Et Josie comprenait également. Il ne pourrait pas assister au procès. L'accusation l'avait assigné à comparaître : il devrait attendre dehors jusqu'à ce que vienne son tour de témoigner. Une manœuvre méprisable de la part de Klein mais contre laquelle Josie ne pouvait rien. Hannah était la seule à rester silencieuse, les yeux baissés. Mais elle percevait très certainement les moindres nuances au sein des brefs échanges entre ses parents et son avocate, entre celle-ci et les journalistes.

Une fois à l'intérieur, plus personne ne dit rien. Ils passèrent en file indienne sous le détecteur de métaux. Sacs à main et mallettes passèrent sur le tapis roulant. Ils tendirent les bras et un détecteur manuel fut passé le long de leurs corps. Ils attendirent l'ascenseur et y pénétrèrent ensemble. Linda fut la première à en ressortir avec son bras autour des épaules d'Hannah ; Kip se tenait de l'autre côté de l'adolescente. Ils entrèrent ainsi reliés, tendus, dans une salle d'audience pleine de spectateurs curieux mais respectueux et discrets. La greffière réglait les problèmes d'intendance de dernière minute.

La chaire du juge était largement surélevée sous l'imposant sceau officiel de l'État accroché au mur. Josie et Hannah se séparèrent des Rayburn. Ceux-ci rejoignirent la rangée de sièges derrière la barre tandis que Josie et Hannah s'installaient à la table devant. Josie y déposa sa mallette et écarta la chaise du pied. Hannah était déjà assise, les mains posées sur ses cuisses, son apparence parfaitement conforme à ce que Josie avait demandé. Elle avait rassemblé son habituelle tignasse en une longue tresse qui lui retombait dans le dos. Au niveau de ses tempes, de fines boucles de cheveux couleur caramel mettaient ses yeux en valeur. Elle portait un pull blanc dont les longues manches dissimulaient les cicatrices sur ses bras. Sa jupe, décorée de fleurs noires et bleu marine, lui descendait sous les genoux. Elle portait des chaussures plates et ses multiples piercings avaient été retirés, à l'exception de petites perles en guise de boucles d'oreille.

Josie se pencha vers Hannah et lui mit une main sur l'épaule :

— Je reviens de suite.

Hannah fut rapide : ses doigts agrippèrent de toutes ses forces la main de Josie. Sans un mot, elle la supplia du regard. *Ne partez pas. Restez avec moi.* Josie libéra sa main. Elle eut un demi-sourire, consciente qu'elle ne pourrait pas servir efficacement Hannah si elle n'exorcisait pas très rapidement le fantôme de Kristin Davis.

— Je n'en ai que pour une minute. Tu peux parler à ta mère. Ça va aller.

Prenant soin de ne croiser aucun regard, Josie repassa la porte et descendit la moitié du long corridor pour rejoindre les toilettes, où elle s'enferma dans l'un des box.

Assise entièrement habillée sur le siège des toilettes, elle se prit la tête entre les mains. Elle se sentait lourde, bloquée, avec un besoin urgent de quelque lubrifiant cosmique pour des mécanismes internes qui n'étaient plus sollicités depuis des années. Elle avait été si sûre que l'excitation spécifique du jour J chasserait les doutes et les peurs qui s'accrochaient toujours à elle comme les embruns sur la peau d'un marin. Elle s'était trompée.

— Allez. Reprends-toi !

Josie serra les dents et tenta de se rassurer. On n'était plus trois ans en arrière. Sa cliente n'avait rien d'une femme malfaisante décidée à commettre des crimes toujours plus affreux. C'était Hannah qui l'appelait et venait régulièrement lui parler pour s'assurer que Josie était toujours avec elle. C'était une gamine qui lui avait montré comment elle avait tenté d'éteindre le feu. C'était une affaire où l'accusation ne disposait que de preuves indirectes. Elle pouvait réussir. Elle pouvait gagner, et tout se passerait bien.

Josie se releva, le dos droit, et inspira profondément par le nez en conservant l'air dans ses poumons. Elle mit les mains dans les poches de son blazer et redressa les épaules. Ses doigts se refermèrent sur une photo dont elle avait presque oublié la présence. Archer était passé tôt dans la matinée. Il avait manqué Josie, sortie promener Max. Il avait scotché sa photo préférée d'elle sur la porte de sa maison : ventre plat et musclé, visage à la mâchoire carrée tourné droit vers l'objectif, la casquette à l'envers et le regard noir derrière les verres fumés. Il l'avait prise alors qu'elle venait de perdre un point ; il était évident aux yeux d'Archer qu'elle avait l'intention de remporter le suivant. Et le moment était venu. Elle avait envie qu'il soit fier d'elle. Elle voulait que tout le monde soit fier d'elle, y compris elle-même.

Elle remit la photo dans sa poche, se lava les mains pour faire bonne mesure et redescendit l'allée centrale de la salle d'audience pour s'asseoir près d'Hannah tandis que les caméras de télévision commençaient à filmer. Cyrus Norris, le juge en charge du procès, prit place. Kip Rayburn quitta la salle et Rudy Klein attaqua le dossier en commençant par Chris Keenan, chargé d'enquêter sur les causes de l'incendie.

Assez jeune pour être celui que toutes les femmes voudraient auprès d'elles pour éteindre leurs flammes, mais assez mûr pour paraître compétent, c'était le témoin parfait. Cheveux bruns, yeux bleus et vêtu avec goût, monsieur Keenan répondait clairement en s'adressant directement à Rudy.

Ils passèrent rapidement sur les préliminaires : il était arrivé sur place, avait réclamé les chiens renifleurs et fait boucler la scène en constatant la couleur suspecte de la fumée, révélatrice de l'usage d'accélérants. Rapidement, Rudy installa un large tableau sur un chevalet face au jury.

Pièce à conviction numéro un. La scène de crime. Le charmant monsieur Keenan désigna l'endroit où il avait trouvé les premiers indices de l'utilisation d'accélérants pour déclencher le feu. À deux mètres derrière les portes-fenêtres, au rez-de-chaussée.

Pièce à conviction numéro deux. Photos agrandies du sol

assombri par des marques de brûlure. *Effritement*, à en croire l'expert. Causé par une chaleur élevée ou une pression mécanique.

Keenan décocha à Rudy un sourire éclatant qui frappa les jurés au cœur.

— Ces marques ont été causées par une chaleur extrême. Un liquide inflammable à base de pétrole a été renversé sur les carreaux d'asphalte du sol, puis on y a mis le feu. Quand l'asphalte s'est racorni sous l'effet de la chaleur, le liquide s'est infiltré jusqu'au béton pour s'accumuler dans les fissures. En résumé, le feu du rez-de-chaussée a été déclenché volontairement en utilisant un liquide inflammable comme accélérant.

— Et pourriez-vous identifier l'agent employé ?

— De la térébenthine, dit le témoin.

— Et à l'étage ? demanda Rudy en pointant du doigt le plan.

— Les échantillons de vapeur correspondaient à l'essence de térébenthine, répondit Keenan. Le feu a été volontairement déclenché juste derrière la porte de la chambre où l'on a retrouvé le corps du juge Rayburn.

— Est-il inhabituel de découvrir deux points d'origine indépendants dans le cas d'un incendie criminel ?

— Non, c'est très fréquent. L'incendiaire a vu que le premier foyer ne suffirait pas. Elle en a allumé un second pour atteindre son objectif.

— Votre Honneur, l'usage du pronom féminin est préjudiciable !

Josie s'était immédiatement levée. En parlant ainsi, Keenan aurait tout aussi bien pu accrocher un panneau « coupable » autour du cou d'Hannah.

— Reformulez, monsieur Keenan, demanda le juge Norris.

Il s'exprimait avec le ton désinvolte de celui qui laisse les grandes indignations aux avocats.

— D'après mon expérience, le premier foyer est déclenché pour détruire quelque chose alors que le deuxième a plutôt pour but d'effacer les preuves de l'incendie d'origine ou un crime supplémentaire.

— Donc, dans le cas présent, l'objectif du premier feu serait de s'assurer que Fritz Rayburn meure dans…

Cette fois, Josie avait bondi hors de son siège.

— Votre Honneur ! Spéculations hautement préjudiciables !

À côté d'elle, les doigts d'Hannah tambourinaient sous la table sous le coup de l'agitation.

Le juge Norris pointa un doigt vers le procureur.

— Monsieur Klein, ce genre de choses ne sera pas toléré. Il est demandé au jury de ne pas tenir compte du commentaire de monsieur Klein. Monsieur Klein, vous connaissez les limites. Ne les outrepassez pas.

— Je ne faisais que relier logiquement les faits entre eux, Votre Honneur, expliqua Rudy.

La tromperie était évidente aux yeux de ses pairs mais, pour les jurés, son beau visage exprimait vraiment la surprise d'avoir déplu au juge.

Il battit en retraite avec un sourire d'excuse, jusqu'à ce que le jury ne puisse plus voir son visage. Quand il passa devant Josie, ses traits étaient durs comme la pierre. Il était ravi d'avoir versé le premier sang. Ils n'échangèrent pas un regard quand Josie se leva. On pouvait être deux à jouer à ce petit jeu. Il avait entaillé une veine ; elle allait viser le témoin à la jugulaire. Les épaules bien droites, Josie laissa aux jurés l'occasion de bien la regarder. Elle ne voulait pas qu'ils se demandent encore quelle taille elle faisait quand viendrait le moment de regarder le témoin de Rudy se faire descendre en flammes.

14

— Monsieur Keenan, vous affirmez dans votre témoignage que des flaques de liquide inflammable ont été trouvées dans les fissures de la dalle de béton du rez-de-chaussée. Considéreriez-vous cela comme inhabituel étant donné l'inventaire que vous avez effectué du contenu de cette pièce ?

— La concentration du liquide en question était inhabituelle, répondit le témoin.

— Mais la pièce était utilisée comme un studio d'artiste. Est-ce inhabituel de trouver de la térébenthine dans un studio de ce genre ?

— Non.

— Je ne crois pas, moi non plus, monsieur Keenan, sourit Josie, ravie qu'ils tombent ainsi immédiatement d'accord. D'ailleurs, vous avez parlé de térébenthine *renversée.* À votre avis, est-il impensable qu'un artiste renverse accidentellement de la térébenthine durant la création d'un projet ?

— Non, ça n'a rien d'impensable mais…

Josie se retourna vers lui, très professionnelle, un rien menaçante. Elle se montrait intellectuellement curieuse, rien de plus, en contraste direct avec le style plus affable de Rudy.

— Donc il est possible que dans un tel studio, une personne occupée à la création d'une œuvre d'art ait accidentellement *renversé* de l'essence de térébenthine à cet endroit particulier.

— Oui.

— Et même si l'artiste l'avait essuyé, il serait impossible de voir le liquide s'accumuler dans les creux et les fissures du sol.

Oui ou non ?

— Oui, répondit le témoin que la nécessité de répondre par un seul mot mettait mal à l'aise.

— Merci, monsieur Keenan. Maintenant, pouvez-vous me dire ce qu'est un chevauchement ?

La transition s'était faite tout en douceur. Josie laissait les sales tours à Rudy ; elle ferait preuve de finesse.

— Le chevauchement désigne un phénomène durant lequel les flammes situées à un étage donné lèchent l'étage au-dessus et allument un foyer séparé.

— Au stade deux de l'incendie, quand le feu brûle librement, est-il possible que les flammes se propagent par embrasement éclair généralisé, monsieur Keenan ? s'enquit Josie.

— Oui.

— Et par combustion spontanée ?

— Oui, sous certaines cond…

— Par convection ?

Josie le questionnait sans définir les termes employés. Son tempo rendait les mots effrayants, mystérieux, importants. Elle se sentait emportée par le rythme de l'instant présent. Un sentiment agréable.

— Oui.

— Pyrolyse ?

— Possible.

— Un feu peut-il se propager verticalement ?

Keenan eut un petit mouvement de la main qui témoignait de son exaspération.

— Oui, il pourrait se propager dans une cage d'escalier ou un conduit de tuyauterie. Mais dans ce cas…

— Quelle est cette zone indiquée sur votre croquis de la scène ? demanda Josie en désignant un carré de couleur verte.

— C'est un monte-plats.

— Le monte-plats constitue un conduit entre le rez-de-chaussée et l'étage de cette aile de la maison, n'est-ce pas monsieur Keenan ? Et l'intérieur de ce monte-plats était calciné, n'est-ce pas monsieur Keenan ?

— Oui.

— Ce qui correspondrait à un déplacement vertical accéléré des flammes ?

— Oui.

— Et cet escalier, monsieur Keenan ? (Josie pointait du doigt une zone rectangulaire.) Un autre passage vertical que le feu du rez-de-chaussée aurait pu emprunter ?

— Oui, mais cela ne tient pas compte du point éclair du feu à l'étage.

Josie pinça les lèvres. Elle prit à peine le temps d'inspirer.

— Monsieur Keenan, pouvez-vous nous dire quand l'accélérant a été répandu à l'étage ?

— En tenant compte des marques de combustion, de la vitesse de vaporisation des accélérants et de la quantité d'accélérant restante dans les échantillons de moquette, le liquide a été déversé quelques minutes avant d'être enflammé.

— Et comment le feu a-t-il été déclenché ? l'interrogea Josie.

Elle s'était penchée vers lui, comme suspendue à ses lèvres.

— Nous avons trouvé des allumettes au rez-de-chaussée. Nous examinons encore actuellement les débris du premier étage.

Josie s'avança vers le jury à pas lents. Elle se tint tout près d'eux, comme si elle faisait partie de leur groupe, comme s'ils formaient une équipe. Il émanait d'elle un scepticisme presque palpable qui se répandit parmi eux.

— Monsieur Keenan, pouvez-vous nous dire qui a utilisé cette allumette pour allumer le feu au rez-de-chaussée ?

— Non.

— Pourriez-vous nous dire si l'allumette a été lâchée là par quelqu'un ? Un fumeur ? Quelqu'un qui allumait une bougie ?

— Ça ne me paraît pas très probable.

— Mais est-ce possible ? voulut savoir Josie.

— C'est possible mais pas très probable.

— Mais c'est possible, insista Josie.

— Oui, acquiesça Keenan, le rouge aux joues.

Josie hocha la tête d'un air pensif avant de se diriger vers Hannah. Elle était presque à la table, presque aux côtés de sa cliente, quand elle regarda soudain par-dessus son épaule, un doigt levé comme si elle venait de se rappeler de quelque chose d'important.

— Monsieur Keenan ? Depuis combien de temps êtes-vous chargé d'enquêter sur les incendies ?

Si le regard du témoin avait pu tuer, Josie aurait été incinérée sur place.

— Six mois, répondit-il.

— Tant que ça ? commenta Josie d'une voix traînante. Et combien d'enquêtes avez-vous dirigées ?

— Deux, dit-il à mi-voix.

— Y compris l'incendie chez les Rayburn ? fit préciser Josie.

C'en était trop pour Rudy.

— Objection, Votre Honneur ! La défense a reconnu son statut d'expert avant que le témoin ne monte à la barre.

— Je retire ma question, dit Josie.

Elle s'exprimait d'un ton assuré, persuadée d'avoir fait passer le message.

Rudy se leva sans que le juge l'ait invité à intervenir. Il ne boutonna pas sa veste mais glissa une main dans sa poche avant de se passer l'autre dans les cheveux.

— Monsieur Keenan, avez-vous suivi la formation nécessaire pour devenir un enquêteur qualifié en matière d'incendies criminels dans l'État de Californie.

— Je suis sorti premier de ma classe.

— Que faisiez-vous avant d'exercer ce métier ?

— J'ai été pompier pendant quinze ans.

— Et pouvez-vous dire à la cour pourquoi vous ne l'êtes plus ?

— J'ai perdu une jambe en passant au travers du toit d'un immeuble en feu alors que je tentais de secourir une femme au premier étage.

Rudy se détourna de Chris Keenan, son regard braqué sur Josie tandis qu'il reprenait sa place. Son dégoût était palpable. Josie croisa son regard : elle n'avait rien à se reprocher. À sa place, Rudy aurait réduit Chris Keenan en morceaux. Il l'aurait simplement fait avec le sourire.

— Je n'ai pas d'autres questions pour ce témoin très expérimenté, Votre Honneur.

— Alors cela me semble être le bon moment pour la pause déjeuner.

Le juge Norris avait mis fin à la première passe d'armes. Rudy Klein quitta la salle d'audience. Linda et Hannah sortirent après les spectateurs. Josie resta assise pendant une minute pour regarder la chaire du juge et la barre des témoins. Les muscles de son corps étaient contractés depuis l'ouverture de la séance et, d'un seul coup, elle prit conscience qu'ils s'étaient miraculeusement détendus. Josie laissa échapper un petit rire et secoua la tête. Elle était toujours en vie.

Elle se leva, tapota le bois de la table pour se porter chance et se retourna vers la salle d'audience plongée dans le silence. Elle constata alors qu'elle n'était pas tout à fait seule. L'avocate descendit l'allée centrale et s'arrêta devant le dernier banc.

15

— Salut Faye. Tu viens t'assurer que je ne déshonore pas la réputation du cabinet ?

Josie remit son sac à main en bandoulière en passant les portes battantes. Souriante elle rejoignit Faye et elles sortirent ensemble dans le hall.

— J'étais dans le quartier, c'est tout.

— C'est ça.

Josie sourit, prit Faye par le bras et lui fit contourner un groupe d'avocats qui s'étaient rassemblés avec leurs clients à l'extérieur du département 50. Hannah et Linda n'étaient plus là. Kip n'était visible nulle part et Josie espérait qu'il se trouvait en compagnie de sa femme et de sa belle-fille.

— J'ai croisé Kip Rayburn. Je me suis présentée comme ton associée, annonça Faye avec un clin d'œil complice. Je n'ai pas l'impression qu'il apprécie tes talents.

— Il n'y a que douze personnes dont je cherche à être appréciée, répondit Josie. Et je n'ai pas envie de parler de Kip Rayburn. Viens, je t'invite à déjeuner. C'est le moins que je puisse faire pour le seul visage amical dans la foule.

— J'ai essayé de convaincre Archer de venir mais il n'a pas voulu, dit Faye en entrant dans l'ascenseur.

— Je ne m'attendais pas à ce qu'il vienne.

Josie appuya sur le bouton du rez-de-chaussée puis recula contre la paroi du fond, un petit sourire aux lèvres. Faye n'avait pas compris qu'Archer était avec elle depuis le tout début de cette histoire.

*
**

Kip Rayburn vit Josie quitter le tribunal mais ne lui accorda qu'une seconde d'attention. Dissimulé derrière les vitres teintées d'un gros 4 x 4 gouvernemental – Hannah et Linda ayant déjà été expédiées à l'écart dans une autre voiture pour le déjeuner – il se concentrait sur les propos de Cheryl Winston, la directrice de campagne du gouverneur.

— Les résultats de nos sondages indiquent un taux d'approbation de 52 % en faveur de votre nomination. Le gouverneur en est satisfait.

Kip hocha la tête. « Satisfait » ne voulait pas dire « content ». Et « content » n'était pas « ravi ». Le gouverneur était simplement satisfait des résultats et Kip savait, sans le moindre doute, que seulement deux points le séparaient de la médiocrité. Il parvint à esquisser un petit sourire tandis qu'elle continuait à parler.

— Les *focus groups* ont apprécié le fait de vous voir auprès de votre femme. Ils sont divisés sur le fait de savoir si vous devez ou non quelque chose à Hannah. On s'y attendait. Une affaire criminelle comme celle-ci génère des opinions très marquées dans un sens comme dans l'autre.

— Leur avez-vous demandé ce qu'ils penseraient si je témoignais pour l'accusation ? demanda Kip.

— De l'admiration. Vous faites un gros score sur cette question. Ils pensent que vous seriez courageux. Le public ne voit pas cela comme il verrait un mari témoignant contre sa femme. Souvenez-vous que la moitié des familles du pays sont recomposées. Il y a plein de gens qui apprécient leur nouveau conjoint mais pas spécialement ses enfants. Ou qui ont hérité d'une vraie pomme pourrie en se mariant. Pas de problème. En ce qui concerne votre nomination, ils ignorent votre position sur certains sujets mais sont prêts à vous laisser une chance eu égard à votre père. Ceux que nous avons sondés se disent qu'ils ne savent rien sur leurs juges locaux non plus, alors pourquoi pas. Globalement, monsieur Rayburn, j'estime que nous sommes sur la bonne voie. Ne changez rien. Restez tranquille durant le procès.

Cheryl referma son dossier et gratifia Kip d'un large sourire. Ce n'était qu'une gamine. Kip détestait se trouver à la merci de gamins. Mais cela ne l'empêcha pas de sourire en retour. De toute évidence, le gouverneur avait confiance en elle et Kip ne ferait rien susceptible de nuire à sa relation avec le gouverneur.

— Comptez sur moi. Ce sera difficile, mais j'ai foi dans le système.

Cheryl esquissa une grimace. Kip savait qu'il devait travailler sa façon d'être : la sincérité n'avait jamais été son fort.

— C'est admirable, répondit la jeune femme à la manière d'une prof de dessin à qui Kip aurait montré une œuvre remarquablement banale. Nous pensons organiser la confirmation dans deux mois environ. Je vais informer le gouverneur que tout a l'air de bien se passer ici. Si vous avez besoin de nous ou si vous avez la moindre question, appelez-nous, moi ou Alex.

Kip prit sa carte de visite, nota la pléthore de numéros (fax, téléphone, e-mail et mobile) et ajouta :

— Merci.

— Allez déjeuner, dit-elle en lui tapotant le bras. La journée s'annonce longue. C'est très bien que vous soyez prêt à rester sur place. Ça donne l'impression que vous vous intéressez de près à l'affaire. Oh, puisque la presse va vous voir patienter à l'extérieur de la salle d'audience, vous voudrez peut-être vous munir d'une lecture appropriée. Un titre comme *Décisions récentes de la Cour suprême* ferait très bien sur les clichés. Je peux vous en fournir un exemplaire si vous voulez, suggéra Cheryl. Et ne vous inquiétez pas : on dirait que vous avez une bonne avocate pour Hannah. J'ai l'intuition que l'affaire va se régler en un temps record. Lorsque viendra votre confirmation, ce procès ne sera plus qu'un mauvais souvenir.

Sur ces mots, la conseillère du gouverneur s'éloigna. Kip ne suivit pas son conseil à propos du déjeuner. Il n'avait pas faim.

Il retourna donc jusqu'à la salle d'audience et se prit à souhaiter pouvoir s'y asseoir et écouter. Il avait envie de savoir ce que l'accusation avait en réserve. Il voulait savoir si Hannah allait sortir une bonne fois pour toutes de sa vie. Mais il s'était lui-même proposé comme témoin. Impossible de faire les deux à la fois. Et puis, la bataille ne lui importait pas tant que ça ; il tenait surtout à gagner la guerre.

Il descendit lentement l'allée centrale, laissant son regard courir le long des câbles et des fils reliés à la caméra de Court TV. Tout le monde était parti. Personne ne reviendrait avant une bonne heure et demie. Kip passa les battants de la barre pour se tenir face à la chaire du juge. L'endroit lui était relativement familier mais la poignée de procès où il avait siégé durant sa carrière n'avaient laissé de souvenirs impérissables à personne. Désormais, s'il se montrait patient, tout cela changerait.

Oui, ça changerait.

Sans réfléchir, Kip Rayburn monta les marches et s'assit sur le siège à haut dossier du juge Norris. Il se cala à l'intérieur avant de pivoter vers la droite, puis la gauche. Il examina tout ce qui se trouvait là : l'agenda bien rempli, le petit réveil, l'ordinateur haut de gamme et le marteau de magistrat. Celui-ci retint son attention. Il s'en saisit et fit courir ses doigts le long du manche sculpté et de la lourde tête ornée d'un anneau de laiton témoignant qu'il s'agissait d'un cadeau de la part d'une équipe reconnaissante.

Kip Rayburn se pencha en avant, une multitude de pensées tourbillonnant dans son esprit. Contemplant le marteau, il le souleva et l'abattit sur le bureau du juge Cyrus Norris en murmurant :

— Coupable.

***

Josie et Faye prirent un sandwich dans le café de St. Vibiana. La nouvelle cathédrale de Los Angeles avait été érigée tel le palais d'Hérode dans le désert du centre-ville. La chose avait coûté au bon cardinal Mahoney un gros paquet de fric et une avalanche de mauvaise presse. Un journaliste inventif avait surnommé l'endroit « Taj Mahoney », stigmatisant une grandeur déplacée au cœur d'un quartier défavorisé. On aurait pu loger et nourrir pendant des années les sans domicile fixe, les familles hispaniques déplacées et les pauvres de L.A. pour la moitié du coût de la bâtisse.

Tout n'était cependant pas perdu. St. Vibiana servait à quelque chose. Elle constituait un arrêt supplémentaire sur les trajets touristiques, un cimetière pour ceux qui avaient vingt mille dollars à dépenser pour une crypte de qualité, la sandwicherie servait beaucoup de monde et la cour était une oasis. Des statues du « Buddy Christ »[2], son pouce levé en signe d'encouragement, s'alignaient dans le magasin de souvenirs. Rien de tout cela n'impressionnait Josie. Elle avait vu de plus belles églises et mangé de meilleurs sandwichs. Mais la compagnie de Faye était une bénédiction. Et un vrai miracle que celle-ci ait fait tout ce chemin pour la voir.

— Elle est plus jolie en vrai. Ses photos ne lui rendent pas justice. Ta cliente, je veux dire, déclara Faye en reposant son sandwich.

— C'est une très jolie fille.

Josie se leva le temps d'aller jeter les assiettes en carton et les gobelets en polystyrène.

— Qu'as-tu eu le temps de voir ? demanda-t-elle en se rasseyant.

— Suffisamment pour constater que tu n'avais pas perdu de terrain, répondit Faye. Tu as de quoi être fière. Tu as bien géré ce

2 Buddy Christ est une statue du Christ apparue dans le film *Dogma* de Kevin Smith représentant un fils de Dieu souriant, amical, le pouce levé en signe de soutien. Il servait une tentative de l'Église d'attirer plus de fidèles en proposant une version « sympa » de Jésus. *(N.d.T.)*

témoin. Une authentique Clarence Darrow[3].

Josie eut un petit sourire en coin.

— Ça me touche beaucoup venant de toi, même si tu te payes ma tête.

— Prends-le comme tu voudras. Mais est-ce que tu m'as déjà vu mentir ?

Faye repassa une couche de rouge sur ses lèvres puis remit le tube dans son sac à main.

— Angie a classé les rapports de la police pour toi. Tu trouveras un résumé sur ton bureau demain.

— Très bien. Elle a travaillé dur. Je suis désolée d'avoir à ce point monopolisé son temps.

Le jardin biblique avait capté l'attention de Faye ; contempler le sable et les dattiers était plus intéressant que de parler affaires. Josie prit le temps de vraiment regarder son associée. Faye Baxter aurait pu être l'une de ces grenouilles de bénitier qui venaient et repartaient en bus pour contempler la petite propriété de Dieu au milieu de L.A. Tout chez elle était impeccable : coiffure, maquillage, vêtements – mais les années et la perte d'un mari avaient alourdi et son corps et son âme. Comme Josie demeurait silencieuse, Faye inspira vivement et sourit, apparemment embarrassée d'avoir été surprise en pleine rêverie. Elle posa les coudes sur la table et joignit les mains afin de pouvoir y appuyer son menton.

— L'accusation semble avoir soigneusement préparé son dossier. De ton côté, qu'est-ce que ça donne ?

— Je dispose de mes propres experts médicolégaux et d'un examen indépendant de l'autopsie. Il contredit l'assertion de l'accusation affirmant que Fritz Rayburn était vivant quand

---

3 Clarence Darrow était un célèbre avocat du début du XXe siècle ayant notamment défendu de jeunes meurtriers au cours de leur procès pour l'assassinat d'un garçon de quatorze ans en 1924. *(N.d.T.)*

l'incendie s'est déclenché. Au final, ça va se jouer sur le mode « nous affirmons/ils affirment ». Klein dispose d'un grand nombre de preuves indirectes et je vais devoir m'assurer de faire tomber chaque élément de sa construction.

— Tu vas appeler la fille à la barre ? s'enquit Faye.

— Hannah ?

Josie avait prononcé son nom rien que pour l'entendre. Cette appellation – « la fille » – lui égratignait les tympans. Cela donnait l'impression qu'Hannah n'était pas une vraie personne.

— J'espère que non, reprit-elle, mais je n'en serais pas sûre jusqu'à ce que Rudy ait terminé. Je cherche quelque chose de proactif au service de la défense, quelque chose que le jury n'aura pas entendu auparavant. Peut-être que les rapports de police contiendront un truc solide que je pourrai exploiter.

— Tu trouveras, lui assura Faye.

— Tu crois ?

— J'en suis sûre.

Faye se leva et jeta un regard par-dessus son épaule en plissant le nez. Elle remonta ses lunettes sur son nez et secoua la tête en regardant la cathédrale.

— Cet endroit est laid. On dirait un bunker. Je ne risque pas de revenir ici, alors autant aller voir pourquoi on en fait tout un foin. Viens, je vais t'aider à prier pour trouver l'inspiration !

Faye prit le bras de Josie et ne la lâcha qu'au moment de passer le seuil pour pénétrer dans un large hall de marbre au sol incliné qui ouvrait sur le lieu de culte, grotte glaciale et grandiose. Deux cents millions avaient permis d'acheter un espace immense, d'incroyables peintures et un autel en marbre de la taille d'un terrain de football. D'énormes tuyaux d'orgue jaillissaient du mur à quinze mètres au-dessus des fidèles. Le Christ était constitué de fer forgé, ses mains et ses pieds déformés par la crucifixion. Il était planté dans le sol, comme piégé par la terre au lieu de s'élever miraculeusement vers les cieux. L'endroit accueillait un impressionnant trône de bois à la surface sculptée de nombreux détails, y compris au sein des dépressions conçues pour accueillir les saintes fesses du cardinal. De mère voilée faisant courageusement face à de longues souffrances, la Vierge Marie avait été transformée en une étrange présence presque extra-terrestre. Elle avait le cheveu ras, son visage était un assemblage de traits ethniques différents et sa robe moins un vêtement qu'une armure.

Josie fit un pas de côté pour s'asseoir sur un banc. Faye se signa et s'agenouilla. La lumière filtrait au travers de panneaux d'albâtre fins comme du papier. Il n'y avait pas de fenêtre. De colossales tapisseries politiquement correctes décoraient l'un des murs immenses ; il manquait le chemin de croix. Les bancs étaient organisés à la manière des gradins d'un stade pour offrir une vue imprenable sur la cérémonie spectaculaire du jour.

Une cinquantaine de personnes s'affairaient dans l'église à la recherche de Dieu. Même Josie était curieuse. Où étaient le côté chaleureux et l'amour que les fidèles cherchaient auprès de l'Être Suprême ? Il n'y avait aucun recoin où Il aurait pu se nicher, ni aucun symbole massif de sa puissance. Dieu était porté disparu, laissant les visiteurs frappés d'admiration face à la créativité et à l'ingéniosité de l'homme. Non pas que cela ait eu la moindre importance pour Josie. Il s'agissait des observations d'une agnostique. Josie avait trente-trois ans la dernière fois qu'elle avait émis une requête envers Dieu : ramener Emily, sa mère, à la maison. Ça n'avait pas marché. Dieu ne l'avait pas écoutée et elle ne se donnait plus la peine d'essayer. Elle resta assise en silence pour observer Faye, laquelle gardait les paupières closes, les mains jointes. Bon, peut-être qu'Il écoutait un peu. Quelque chose avait incité Faye à faire le trajet, et Josie lui en serait éternellement reconnaissante. Fermant les yeux, Josie profita du silence et du calme tandis que Faye priait.

Quand elle rouvrit les paupières, Josie aperçut une petite

fille qui marchait à reculons au lieu de suivre son institutrice dans l'allée centrale. L'enseignante s'en aperçut et força l'enfant à se tourner dans la bonne direction. Josie inclina la tête sur le côté ; son regard vint se poser sur l'autel en marbre rouge sang. Faye se releva et vint s'asseoir sur le banc de bois à côté de Josie.

— J'ai dit une prière pour toi. Une garantie que tu sortiras indemne de ce procès.

Faye épousseta sa jupe. Josie n'écoutait pas. Son cerveau était passé à un niveau supérieur. On ne pouvait pas parler de miracle mais elle se sentait sous le coup d'une soudaine épiphanie. Elle n'aurait pas été surprise d'entendre un chœur d'anges se mettre à chanter et de voir un puits de lumière céleste s'ouvrir au-dessus de son crâne. Cela n'avait rien à voir avec les prières de Faye. Il s'agissait d'une pure inspiration.

Je mourrais si je ne pouvais...

Josie se redressa en marmonnant :

— Hannah a dit qu'elle mourrait si elle ne pouvait plus peindre.

— Quoi ? demanda Faye.

— Hannah a dit qu'elle mourrait si elle ne pouvait plus peindre.

Josie posa le bout des doigts sur le bras de Faye, comme si cela allait l'aider à comprendre.

— Faye, regarde ces gens. Ils sont comme des moutons. Ils descendent le long de l'allée centrale, sur le côté, descendent les marches de la crypte et puis remontent. Ils ne touchent rien. Ils ne parlent même pas à voix haute. Ils sont respectueux. Non, c'est plus que ça. Ils préféreraient mourir que d'abîmer cette cathédrale.

— Où veux-tu en venir ?

— C'est exactement ce que fait Hannah, souffla Josie dans un murmure d'excitation. Elle arpente sa maison selon un itinéraire précis parce que c'est la seule chose en laquelle elle a foi, le seul endroit qu'elle révère. Hannah a dit qu'elle allait vérifier ses peintures chaque soir. Elle m'a montré le trajet. Les peintures constituent son dernier arrêt. Pourquoi ? Parce que la maison tout entière lui est aussi précieuse que cette église pour ces personnes. Son studio en constitue la sacristie.

J'ai tenté de les sauver.

— Faye, quand elle m'a dit qu'elle avait tenté de les sauver, j'ai cru que c'était une façon de parler. Tu sais, comme ces gens qui jurent qu'ils vont mourir s'ils ne vont pas à la salle de sport.

— Mais Hannah était sérieuse, c'est ça ce que tu essayes de me dire ?

— Exactement. Il fallait qu'elle ait un lien quasi spirituel avec ses peintures pour être prête à plonger sa main dans le feu. Et si c'est ce qu'elle ressent, alors je suis prête à parier qu'elle n'a pas pu mettre le feu puisque ses œuvres ont une signification divine pour elle. Elle attache à ces toiles une signification plus grande qu'elle-même. C'est ce qu'Hannah ressentait à propos de son studio, tout comme ces gens à propos de la maison de Dieu.

— C'est très bien, mais en quoi cela va-t-il toucher les jurés ?

— Si le but d'Hannah dans la vie est de peindre, si le seul endroit où elle se sentait à l'aise et en sécurité était son studio, alors elle n'aurait pas pu détruire ce lieu et l'usage qu'elle en faisait sans anéantir sa propre existence… (Josie claqua des doigts.) Je veux qu'Angie me trouve autant d'informations que possible sur les obsessionnels compulsifs, en particulier leurs comportements les plus extrêmes par rapport à leur environnement. Je veux savoir quel genre de réactions ils auraient si cet environnement était bouleversé ou détruit.

Faye secoua la tête.

— Oublie cette idée. Les toiles et le studio sont partis en fumée et Hannah est toujours là. Elle n'est pas morte à la suite de leur destruction.

— Certes, mais ce n'est pas elle qui en est la cause, insista Josie. Ils ont été détruits. C'est tout à fait différent. Elle a tenté d'éteindre les flammes parce qu'elle ne pouvait pas en être responsable. C'est un truc mental, pas physique. On remet en question les preuves physiques – ça ne sera pas un souci – et, pour enfoncer le clou, on établit qu'Hannah est incapable d'un comportement destructeur envers son environnement.

— C'est un peu tiré par les cheveux, Josie.

Faye était prudente mais Josie se sentait pleine d'énergie.

— Non ! Je peux faire en sorte que le jury comprenne et y croie. Je l'ai déjà fait par le passé. Dis les choses avec assez de conviction, de passion, trouve un expert pour appuyer tes dires et ça devient réel. J'ai besoin de savoir à quel point quelqu'un souffrant des mêmes problèmes qu'Hannah est adaptable. C'est la clef de tout !

Josie consulta sa montre.

— L'heure tourne. Il faut que je file. Demande à Angie de rechercher les articles et les experts nécessaires dès que tu arriveras. Rudy Klein n'a peut-être pas à prouver qu'Hannah avait un mobile pour mettre le feu, mais je vais leur donner une bonne raison de penser qu'elle n'aurait jamais fait ça.

Josie enjamba les genoux de Faye et s'apprêtait à sortir de la cathédrale quand elle se souvint de quelque chose d'important. Elle retourna en hâte vers son associée et se pencha vers elle.

— Merci d'être venue. Tu vas finir par faire de moi une croyante.

Tandis que le bruit des pas de Josie s'évanouissait, Faye resta assise en silence pour observer les curieux, les touristes, les authentiques fidèles et les écoliers qui s'ennuyaient. Il était tard. Mieux valait y aller si elle voulait éviter les embouteillages. Mais avant de partir, Faye Baxter se remit à genoux. Elle se signa deux fois. Elle avait le terrible pressentiment que les choses n'allaient pas être aussi simples que Josie se l'imaginait.

16

« Je sais pas. Je pense qu'elle a fait le coup mais qu'elle va sûrement s'en sortir. Je veux dire, elle est riche, non ? À Los Angeles, tu t'en sors toujours quand t'es riche. »

Steven, vingt et un ans, interviewé
dans la rue à propos d'Hannah Sheraton.

*
**

Durant les quatre jours qui suivirent, le technicien du laboratoire témoigna que les allumettes calcinées découvertes dans les débris du feu chez les Rayburn étaient d'un type pratiquement unique, ou en tout cas très inhabituel. Chaque bâtonnet était sculpté en un minuscule octogone et décoré d'un poinçon quasi microscopique représentant le symbole chinois de la bonne fortune. Le soufre sur la tête évoquait un arc-en-ciel de couleurs flashy. L'entreprise qui fabriquait ces allumettes se trouvait à Taïwan. Ils étaient plutôt bien implantés sur la côte est mais n'avaient qu'une poignée de clients sur la côte ouest. L'établissement Coffee Haus dans le village de Palisades était l'un d'eux. Et Hannah Sheraton était une habituée de Coffee Haus.

Josie demanda au technicien si les allumettes calcinées trouvées au rez-de-chaussée de la maison des Rayburn provenaient de la boîte retrouvée dans la chambre d'Hannah Sheraton. Il ne put qu'affirmer sa certitude que les allumettes de la scène de crime étaient exactement les mêmes que celles de la boîte en question. Josie demanda si quiconque pouvait être certain qu'elles provenaient de cette boîte précise.

Non, sans doute pas, mais…

Josie l'interrompit mais un rapide coup d'œil vers les jurés lui apprit qu'elle n'avait pas gagné de terrain. Ils appréciaient les liens que Rudy avaient déjà noués avec ce témoin. Rudy fit venir l'inspecteur qui avait fouillé la maison des Rayburn une fois établi qu'elle avait été le théâtre d'un crime.

Combien de boîtes d'allumettes de Coffee Haus avait-il trouvées au domicile des Rayburn ?

— Deux, répondit le témoin. Les allumettes Coffee Haus enregistrées avec ma signature et désignées comme pièce à conviction numéro onze ont été trouvées dans une console située entre la porte d'entrée et la chambre de mademoiselle Sheraton. Les allumettes Coffee Haus enregistrées avec ma signature et désignées comme pièce à conviction numéro douze ont été découvertes dans la chambre d'Hannah Sheraton, cachées sous son matelas avec de la marijuana et une petite quantité de pilules. Aucune autre allumette de cette marque particulière n'a été trouvée dans le reste de la demeure.

— Avez-vous effectué une fouille complète de la maison des Rayburn, y compris l'aile endommagée par les flammes ?

— Oui, la maison a été fouillée de fond en comble, et non, je n'ai pas trouvé de boîte Coffee Haus dans l'aile où l'incendie a eu lieu.

— Vous n'avez donc trouvé que deux boîtes de ces allumettes particulières. Une dans une console près de la chambre de l'accusée, l'autre dissimulée dans la chambre d'Hannah Sheraton, demanda Rudy.

— Oui.

Rudy voulut en savoir plus sur les autres objets dissimulés dans la chambre d'Hannah. Josie objecta. La question était exagérément large. Rudy se fit plus spécifique.

— Quel genre de pilules avez-vous trouvées cachées dans la chambre de l'accusée ?

— Du Vicodin. Des analgésiques sur ordonnance.

— Les pilules se trouvaient-elles dans un flacon de prescription[4] ?

— Non, répondit le policier.

— Avez-vous trouvé une prescription de Vicodin au nom d'Hannah Sheraton où que ce soit dans la maison ?

— Non.

— Avez-vous déterminé de quel flacon provenaient les pilules trouvées dans la chambre d'Hannah Sheraton ?

— Objection, Votre Honneur. Spéculations. Il n'y a aucun moyen de savoir si ces pilules ont été prélevées dans un flacon donné.

— Retenue.

Mais Rudy était décidé à faire le lien d'une autre manière.

— N'avez-vous pas trouvé un flacon de prescription sur place ?

— Il y avait un flacon du même médicament dans la salle de bains du juge Rayburn.

— Le flacon était-il endommagé ?

— Il était sali par la suie et légèrement fondu mais l'étiquette était intacte.

— Et qu'avez-vous découvert ?

— J'ai appris que l'ordonnance de Vicodin du juge Fritz Rayburn avait été renouvelée la veille de l'incendie. Il manquait sept pilules dans le flacon du juge ; six ont été trouvées dans la chambre d'Hannah Sheraton. L'autopsie a démontré que le juge Rayburn avait ingéré une pilule environ cinq heures avant sa mort.

— Avez-vous trouvé des empreintes autres que celles de Fritz Rayburn sur le flacon ?

---

4 Aux États-Unis, les médicaments obtenus par ordonnance sont livrés dans des flacons en plastique standardisés. *(N.d.T.)*

— Nous avons trouvé une empreinte partielle qui correspond au pouce droit d'Hannah Sheraton.

— Qu'en avez-vous conclu ? demanda Rudy.

— Que mademoiselle Sheraton avait pris des pilules dans cette bouteille à un moment précédent le début de l'incendie.

— Pourquoi êtes-vous certain qu'elle a touché le flacon avant que le feu se déclare ?

— La main droite de l'accusée a été brûlée par les flammes. Durant la procédure d'inculpation, nous n'avons pas pu obtenir d'empreinte nette de son pouce du fait de ces brûlures. Mais ses empreintes avaient été prélevées à la suite d'une arrestation plus tôt cette année.

— Je vois, commenta Rudy en hochant la tête d'un air sagace. C'est triste de voir quelqu'un aller aussi loin pour se procurer de la drogue.

— Je demande la radiation de ce commentaire ! lança Josie.

— Commentaire radié. N'allez pas trop loin, monsieur Klein.

Rudy continua sur sa lancée en prêtant à peine attention au juge.

— Vous avez également trouvé des cigarettes de marijuana durant votre fouille.

— En effet. L'une d'entre elles était partiellement consumée.

— Où avez-vous trouvé la marijuana, le Vicodin et les allumettes ?

— J'ai trouvé le tout dans une petite boîte. La cigarette de marijuana en partie fumée était dans la boîte d'allumettes. Tous ces objets étaient cachés dans la chambre à coucher de l'accusée.

— Et cette boîte d'allumettes était-elle identifiable ?

— Oui, elle provenait de Coffee Haus, dans le village de Palisades.

— Celui-là même auquel le technicien du laboratoire a fait référence ?

— Oui.

— Question déjà débattue ! objecta Josie.

— Pouvez-vous dire si une allumette de cette boîte avait été récemment craquée ? poursuivit Rudy.

— Oui. Il y avait des marques et des résidus de soufre sur la bande latérale de la boîte.

— Pouvez-vous dire quand la ou les allumettes avaient été grattées ? s'enquit Rudy.

— Pas précisément, mais les résidus de soufre étaient récents.

— Y avait-il des résidus de soufre sur la seconde boîte ?

— Non.

— Y avait-il des empreintes sur la première boîte d'allumettes trouvée dans la chambre de mademoiselle Sheraton ?

— Oui. Il s'agissait des empreintes d'Hannah Sheraton.

— Et sur celle trouvée dans le hall ?

— Des empreintes partielles que nous n'avons pas pu identifier.

Rudy se tourna vers Josie.

— Le témoin est à vous.

17

« Quelles pilules ? »

Note de Josie à Hannah.

« Fritz me les a données. Pour quand j'avais mal. »

Note d'Hannah à Josie

*
**

Josie vint se camper devant le témoin. L'explication d'Hannah n'était pas convaincante ; elle allait donc devoir esquiver le « pourquoi » de la présence des pilules.

— Inspecteur, après avoir trouvé la boîte d'allumettes dans la chambre à coucher d'Hannah Sheraton, où l'avez-vous mise ?

— J'ai mis les allumettes dans ma poche droite, répondit-il en s'agitant sur sa chaise.

C'était un vieil habitué des procès : la présence de Josie ne l'inquiétait pas, il cherchait simplement une position plus confortable.

— Vous les avez mises dans votre poche après les avoir enregistrées, c'est bien ça ?

Le policier rougit. Il savait ce qui allait suivre.

— Non. Initialement, je n'avais pas enregistré les allumettes.

— Alors qu'avez-vous fait avec ? demanda Josie, un air de curiosité sur le visage.

— J'ai mis la boîte de la chambre dans la poche droite de mon manteau. J'ai porté celle de la console de l'entrée jusqu'à la voiture où j'ai enregistré les deux.

— Les procédures policières ont-elles changé, inspecteur ? s'enquit Josie.

— Non madame.

— Alors, corrigez-moi si je me trompe, n'êtes-vous pas censé enregistrer et mettre sous scellé les preuves à l'endroit où vous les trouvez afin d'assurer l'intégrité des pièces à conviction ?

— Je n'avais plus de pochette pour pièces à conviction.

— Alors, pour que je comprenne bien…, reprit Josie d'un air songeur. Au lieu de laisser les allumettes sur place, de vous rendre à la voiture pour récupérer les pochettes nécessaires et de revenir, vous avez emporté cette pièce à conviction essentielle avec vous ?

— Oui.

— Et pourquoi cela ?

— Pour éviter toute interruption de la procédure de collecte des preuves. Je ne voulais pas que quiconque puisse y toucher.

— Alors vous avez pris le risque de contaminer la pièce à conviction plutôt que de rompre l'enchaînement normal de la procédure.

Josie hocha la tête comme si elle comprenait parfaitement.

— Une fois arrivé à votre voiture, avez-vous immédiatement enregistré la boîte que vous teniez à la main ?

L'inspecteur secoua la tête. Il se recala de nouveau sur son siège.

— Pas exactement. J'ai rangé la boîte trouvée dans la console dans ma poche gauche avant de déverrouiller la portière pour récupérer des pochettes supplémentaires.

Josie présenta à l'auditoire deux boîtes d'allumettes puis en glissa une dans chacune des poches de sa veste. Elle s'avança vers le jury tout en parlant, l'air détendu.

— Donc nous pouvons être certains que la boîte d'allumettes prélevée dans la chambre d'Hannah Sheraton a été extraite de votre poche, dûment enregistrée et mise de côté.

— Tout à fait, confirma l'inspecteur.

— De cette façon ? demanda Josie en sortant une boîte d'allumettes. De votre poche droite ?

— Oui, répondit le policier.

— Que le compte rendu indique bien que les allumettes que j'ai présentées à l'inspecteur provenaient de ma poche gauche.

Josie se retourna vers les jurés, sa boîte à la main.

— Peut-être l'inspecteur a-t-il eu le même problème de confusion entre la gauche et la droite le jour où il a rassemblé et enregistré ces pièces à conviction.

— Objection, Votre Honneur ! lança Rudy. Nous ne sommes pas dans un procès de téléfilm.

— Une dernière question, reprit Josie après que le juge eut rejeté l'objection du procureur. Inspecteur, comment expliquez-vous la présence du joint de marijuana à l'intérieur de la boîte d'allumettes dissimulée dans la chambre de mademoiselle Sheraton ?

— Je ne vois pas ce que vous voulez dire.

— Ce que je veux savoir c'est si en tant qu'expert vous pensez qu'il est raisonnable de croire qu'une fille de seize ans ait pu déclencher un incendie mortel en deux endroits, retourner dans sa chambre, avoir la présence d'esprit de mettre son joint à moitié fumé dans la même boîte que les allumettes employées pour commettre son forfait et prendre le temps de cacher soigneusement le tout sous son matelas avant de repartir en courant pour plonger sa main dans le feu. Pensez-vous vraiment qu'Hannah Sheraton ait pu, ou pourrait, faire cela ?

— Bien sûr, pourquoi pas ? répondit le policier avec un haussement d'épaules.

— Savez-vous qu'il faut au minimum six minutes trente pour courir depuis sa chambre à travers la maison jusqu'à l'aile ouest ?

— Je n'ai pas chronométré le trajet.

— Savez-vous qu'il a fallu trois minutes trente aux pompiers pour répondre à l'alarme ? fit remarquer Josie.

— Je l'ai lu dans leur rapport.

— Et avez-vous lu que l'incendie était déjà pleinement développé quand ils sont arrivés ?

— Oui.

— Et vous pensez toujours qu'il est possible qu'Hannah Sheraton se soit brûlé la main, soit retournée dans la maison, ait caché ses allumettes sans que personne la voie puis soit retournée sur la scène du crime pour s'asseoir derrière une fontaine et attendre les pompiers ?

— Elle court peut-être très vite.

— Ou peut-être que vous devriez faire le calcul, rétorqua Josie.

— Objection !

C'était Rudy.

— Je retire cette dernière phrase, lança Josie, visiblement écœurée.

Elle retourna s'asseoir, satisfaite à l'idée d'avoir donné de quoi réfléchir aux jurés. Elle espérait simplement que Rudy n'allait pas mentionner qu'il existait au moins trois itinéraires pour se rendre depuis la chambre d'Hannah jusqu'au lieu de l'incendie et que deux d'entre eux prenaient un peu moins de trois minutes en courant.

Rudy se leva et boutonna sa veste.

— Combien d'allumettes se trouvaient dans la boîte retrouvée dans la chambre de mademoiselle Sheraton ?

— Vingt. L'autre boîte en contenait vingt-cinq. En usine, les boîtes sont remplies de vingt-cinq allumettes. J'ai contacté le fabricant pour en avoir confirmation. J'ai également pris note du décompte avant de quitter la chambre de mademoiselle Sheraton. Avant de quitter le hall, j'ai également noté le nombre d'allumettes dans la pièce à conviction numéro onze.

— Vous voulez bien examiner la pièce à conviction numéro douze, je vous prie ?

Rudy tendit à l'homme un sac en plastique transparent qu'il ouvrit. Il en sortit la boîte, qu'il ouvrit également.

— Il y a vingt allumettes et une cigarette de marijuana partiellement fumée, déclara l'inspecteur.

— Alors je suppose qu'il n'est pas important de savoir dans quelle poche vous avez mis quelle pièce à conviction, inspecteur. Ce n'est pas comme si le contenu des deux boîtes était identique.

Rudy avait terminé.

Josie prit des notes. Elle allait récupérer autant de boîtes d'allumettes de chez Coffee Haus que possible et compter le contenu de chacune d'elles. Il lui faudrait se procurer l'historique de l'inspecteur en termes de collecte et de maquillage de preuves. Et elle voulait le tout avant la présentation de la défense.

Le troisième jour, le procès reprit à 13 h30. Monsieur Hilburn, propriétaire du Coffee Haus, fut appelé à la barre.

Bien sûr qu'il connaissait Hannah Sheraton. Elle était tout le temps fourrée au Coffee Haus. Parfois seule, parfois en compagnie d'un garçon aux cheveux fous. Parfois elle s'asseyait dans un coin pour dessiner. La plupart du temps, elle buvait simplement du café dans son coin en regardant par la fenêtre. Elle n'arrêtait pas de tripoter les choses. Encore et encore. Ça le rendait dingue.

— Y a-t-il une autre raison qui fait que vous vous souvenez particulièrement d'Hannah Sheraton ? voulut savoir Rudy.

— Elle commandait un expresso et prenait plein de trucs à chaque visite.

— De quel genre de choses s'agissait-il ? demanda Rudy.

— Elle prenait tout le temps des allumettes, déclara Hilburn avec un geste agacé, le nez plissé de dégoût devant l'habitude de la jeune fille.

— Pourquoi vous souvenez-vous particulièrement des allumettes ?

— Elle commande un café à un dollar cinquante puis me pique vingt boîtes d'allumettes. Même quand je me tenais devant elle en la regardant, elle comptait vingt boîtes, sans avoir l'air de piger. Les jeunes ne savent pas l'argent que ça coûte de faire tourner une entreprise. Et en plus elle ne fume pas !

Rudy croisa les bras.

— Que faisait-elle de toutes ces allumettes ?

— Parfois elle les grattait puis les éteignait en soufflant et les posait en rang sur la table. Comme vingt petites personnes brûlées.

— Votre Honneur…, gémit Josie.

— Monsieur, si vous voulez bien répondre aux questions simplement, intervint le juge Norris avant de leur faire signe de reprendre.

— L'inspecteur vient juste de témoigner qu'il n'avait trouvé que deux boîtes de vos allumettes dans la maisonnée des Sheraton. Si mademoiselle Sheraton en prenait vingt à chaque fois qu'elle visitait votre établissement, pourquoi pensez-vous qu'il n'en a retrouvé que deux ?

— Elle ne les rapportait pas toutes chez elle. Parfois, elle les laissait dehors. Elle en faisait des piles, comme un petit gamin.

— Est-ce qu'elle les laissait toutes derrière elle ?

— Parfois. Et parfois elle en emportait. Les jeunes, ils ne savent pas ce que ça coûte, tout ça. Serviettes, allumettes, couvercles, papier toilette, touillettes…, répondit le commerçant en levant les doigts au rythme de son énumération.

— Merci monsieur Hilburn, l'interrompit Rudy.

Mais le témoin tenait à dire ce qu'il avait à dire.

— … sachets de sucre, pailles… (Il agita l'index en direction d'Hannah.) Si tu les prends tous, il ne reste plus rien pour les autres. Et j'ai une affaire à faire tourner. Ça n'est pas bien. Je te l'avais dit. Tu devrais écouter, petite. Tu devrais écouter !

Hannah regardait monsieur Hilburn avec attention. Elle avait l'air le plus béat que Josie avait jamais vu, mais ses mains étaient nouées pour former un poing qui tapotait doucement le bois. Il fallut que le juge Norris s'y reprenne à trois fois pour forcer le témoin à se calmer. Lorsque, enfin, il y parvint, il fit un signe de tête à Josie. Celle-ci se leva et commença le contre-interrogatoire, debout derrière sa table.

— Combien dc boîtcs d'allumettes les gens ont-ils prises dans votre boutique la semaine dernière, monsieur Hilburn ?

— Je ne sais pas. Cinquante. Cent peut-être.

— Vous avez donc eu cent clients fumeurs dans votre magasin ?

— Je ne sais pas s'ils fument. Quand je vois que les allumettes ne sont plus là, j'en remets dans le panier, c'est tout.

— Alors vous ne pourriez pas me dire combien vous en donnez au cours d'un mois, ou d'une année ? demanda Josie, sourcils froncés.

— Pas dans la seconde, rétorqua-t-il. Je pourrais sûrement vous le dire si je consultais mon registre pour voir les commandes que j'ai du faire.

— Mais ça fait beaucoup, n'est-ce pas ? Vous en commandez plutôt régulièrement.

— Ouais, beaucoup, grommela-t-il.

— Vous vous souvenez de tous ceux qui visitent votre café, monsieur Hilburn ?

— Je me souviens d'elle, répondit-il en pointant Hannah du doigt.

Il était de nouveau en train de s'énerver ; ses joues étaient rouges et son regard brillait d'un éclat renouvelé à l'évocation de ce sujet.

— Je me souviens de ceux qui vont et viennent chez moi et ne respectent pas mon commerce ! ajouta-t-il.

— Savez-vous si cette dame est déjà venue prendre un café ? demanda Josie en indiquant Linda, assise au premier rang.

Il secoua la tête puis croisa les bras.

— Non, je ne la connais pas.

— Et la dame assise à côté d'elle ? Vous la reconnaissez ?

— Non, je ne la connais pas non plus.

Il avait à peine regardé dans la direction indiquée mais cela convenait à Josie. Elle s'adressa à la cour.

— La défense souhaite identifier madame Peterson, la gouvernante des Rayburn.

Josie se rapprocha ensuite de monsieur Hilburn.

— Seriez-vous surpris d'apprendre que madame Peterson s'arrête dans votre café au moins trois fois par semaine ?

— C'est bien, souffla le témoin.

Un gloussement retentit parmi les jurés. Josie sourit comme pour dire que tout cela n'était pas si grave, un simple malentendu. Elle sortit les mains de ses poches et désigna la gouvernante.

— Seriez-vous surpris d'apprendre que madame Peterson a, à un moment ou un autre, pris des allumettes au Coffee Haus ?

— Une boîte à la fois, ça va.

Hilburn était irrité, agacé d'être au centre de l'attention. Josie comptait justement sur une certaine distraction de sa part.

— Et seriez-vous surpris d'apprendre que madame Peterson avait une boîte d'allumettes du Coffee Haus dans sa voiture la nuit de l'incendie ?

— Pourquoi ça devrait me surprendre ? répondit le témoin en haussant les épaules. Je vends du bon café. Et je devrais être en train d'en vendre en ce moment même au lieu de discuter de ceux qui viennent me l'acheter. Je peux y aller maintenant ?

— Que le procès-verbal indique bien que la défense a identifié madame Linda Rayburn et madame Peterson qui habitent dans la maison de Pacific Palisades. Toutes deux avaient accès à la table dans l'entrée de même qu'à la chambre de l'accusée.

— Hé, je peux partir maintenant ?

Josie gratifia monsieur Hilburn d'un petit sourire de pure forme avant de le congédier.

Le dernier témoin que Rudy appela à la barre au terme du

troisième jour fut le chauffeur qui avait vu Hannah se disputer avec Fritz. Rudy alla directement aux faits. Le contre-interrogatoire que Josie fit de Theodore Smith, individu massif qui s'exprimait dans un murmure, fut court.

— Vous venez de témoigner du fait que l'accusée et le juge Rayburn se disputaient ? Pouviez-vous entendre ce qu'ils disaient ?

— Nan, répondit l'homme.

— Alors comment saviez-vous qu'il s'agissait d'une dispute ? s'enquit Josie.

— Les mains de la fille s'agitaient de partout. Je vois très bien quand quelqu'un est énervé, pas vous ? rétorqua-t-il en haussant un sourcil broussailleux.

Josie ne prêta pas attention à la question et au défi implicite qu'il lui lançait.

— Savez-vous que ma cliente souffre de troubles obsessionnels compulsifs ? Qu'elle tend souvent la main pour trouver quelque chose à toucher afin de se rassurer ?

— Comment je pourrais le savoir ? dit-il avec un mouvement condescendant du menton.

— À présent que vous le savez, se pourrait-il que l'accusée ait simplement cherché quelque chose à toucher ? Cela pourrait-il être la raison pour laquelle elle agitait les bras ?

— Que la défense s'en tienne aux faits, Votre Honneur ! objecta Rudy.

Compris. Josie opta pour une autre voie.

— Pouviez-vous voir entièrement à la fois le juge Rayburn et mademoiselle Sheraton ? Leurs corps en entier ? Leurs visages ?

— J'ai vu la tête du vieux. Elle, c'était surtout son dos. Parfois un peu de profil.

— Alors vous n'avez pas toujours été en mesure de voir les deux mains de l'accusée ?

— Non, pas tout le temps. Elle bougeait beaucoup, admit Theodore.

— Alors vous ne pourriez pas vraiment dire si l'accusée a poussé le juge Rayburn, si elle l'a touché ou si elle a tenté de l'aider parce qu'il avait perdu l'équilibre ? C'était un homme âgé, après tout.

— Pas si vieux que ça.

Theodore examina Josie de pied en cap et hocha deux fois la tête, comme pour dire qu'il n'allait pas se laisser piéger par une nana.

— Cette fille a poussé le vieux. Je l'ai vu tomber. Et je ne l'ai pas vue, elle, essayer de le rattraper. Sa façon de bouger n'avait rien à voir avec ça.

Il se tourna vers les jurés pour les mettre en garde :

— Ne croyez pas ce qu'elle dit. Cette fille a poussé le vieillard !

— Votre Honneur, dit sèchement Josie, veuillez demander au témoin de répondre à mes questions. Et je demande à ce que ce dernier commentaire soit retiré.

— Ainsi ordonné par le tribunal, déclara Norris.

Josie serrait les dents sous l'effet de la contrariété. Elle se redressa de toute sa hauteur et reprit, mains jointes dans son dos :

— Vous êtes un grand costaud, monsieur Smith. Si vous pensiez assister à une altercation, pourquoi n'avez-vous pas tenté d'y mettre un terme ?

— C'est arrivé très vite. Ils étaient en train de parler et d'un coup il s'est retrouvé par terre. Pas le temps d'intervenir.

— Ils discutaient ? répéta Josie. On est loin d'une situation où une personne est assez en colère pour en agresser une autre ?

— Ils se disputaient, corrigea le témoin. Ils avaient clairement un gros désaccord.

— Le juge Rayburn vous a-t-il appelé à l'aide ?

L'homme secoua la tête et son menton se plissa comme il le redressait, l'air songeur.

— Nan.

— A-t-il crié en tombant ? s'enquit Josie.

— Non. Mais il fallait que quelqu'un l'aide.

— Et comment êtes-vous parvenu à cette conclusion ? insista Josie.

Le témoin s'agaça.

— Parce qu'il avait l'air d'avoir peur, dit-il sèchement. Et ne me demandez pas comment je le sais. Je reconnais quand quelqu'un a peur, et ce type avait peur d'elle.

Il pointa directement Hannah du doigt, dans un geste d'indignation vertueuse. Le rythme des martèlements sous la table s'accéléra. Le témoin l'entendit et son doigt se mit à trembler. Comme Josie restait silencieuse, il finit par baisser la main avant de se la passer sur le front, avec l'air de douter de ses propres conclusions. Josie regarda les jurés avant de s'adresser de nouveau au témoin.

— J'imagine que cette petite fille vous a fait peur à vous aussi, puisque vous n'avez pas essayé de venir en aide au juge Rayburn avant qu'elle ne soit partie.

— Objection, Votre Honneur ! intervint Rudy. Insulter un témoin ne constitue pas une question.

— Je retire ma question.

Josie s'assit, sourit à Hannah et lui tapota le bras. Les yeux de la jeune fille vinrent se poser sur l'avocate. Le juge Norris déclara la fin de la séance pour la journée et, dès que le jury eut quitté la salle d'audience, Josie posa une dernière question :

— Je veux tout savoir sur ces satanées pilules.

*
**

— Un. Deux. Trois !

Josie et Archie bandèrent leurs muscles pour soulever la fontaine de marbre et la fixer contre le mur du patio. Josie procéda aux derniers ajustements, puis tous les deux reculèrent de quelques pas. Josie actionna l'interrupteur et… rien. Pas une goutte d'eau ne sortait du bec du petit oiseau.

— Laisse tomber. On laisse tomber. Il est trop tard pour s'occuper de ça, Archer. On s'arrête pour ce soir.

Josie s'assit par terre et contempla le patio à moitié recouvert de carreaux et la fontaine qui refusait de fonctionner. La porte ouverte lui offrait une vue sur la table de la salle à manger où s'étalaient dossiers et documents entre les boîtes de nourriture chinoise à emporter.

— Je ne serais même pas capable de marcher et mâcher du chewing-gum en même temps aujourd'hui.

Elle s'appuya contre le mur du patio, une jambe repliée, l'autre tendue devant elle. D'un geste, elle s'empara de la canette de bière posée à côté d'elle… pour constater qu'elle était vide. Archer lui tendit la sienne puis posa une main sur la tête de Josie. Il lui ébouriffa les cheveux tout en s'appuyant contre le mur pour écouter sa complainte.

— Qu'est-ce qui s'est passé aujourd'hui pour te mettre dans un tel état ?

— Rien, maugréa-t-elle. Et tout, j'imagine. Je loupe des trucs, Archer. Les flics ont trouvé du Vicodin dans la chambre d'Hannah, en même temps qu'un joint. Rudy va prétendre qu'elle a tué Rayburn pour de la drogue et qu'elle a tenté de couvrir ses traces en mettant le feu. Hannah affirme que Rayburn lui a donné les pilules pour l'aider à faire face à la douleur quand elle s'entaillait.

— Et toi, qu'est-ce que tu en dis ?

— J'en dis que ça commence à sentir mauvais. Si Rayburn était ce soi-disant saint capable d'envoyer Hannah en centre de désintoxication, pourquoi lui aurait-il donné un truc comme le Vicodin qui crée une énorme dépendance ? Peu importe la souffrance qu'Hannah a pu connaître, ça n'a aucun sens. Et il y a autre chose. Hannah ne montre aucune douleur. Ni quand elle s'automutile ni quand elle s'est brûlé la main. Elle me l'a clairement dit la première fois que je l'ai rencontrée. J'ai parlé à son psychiatre. La douleur d'Hannah est intériorisée, au point qu'elle pourrait probablement se trancher la gorge et regarder le sang couler sans réagir. Alors pourquoi Rayburn se serait-il montré aussi inquiet pour elle ?

— C'était peut-être lui qui supportait mal la douleur. Tu sais comment sont certaines personnes. Ils prennent soin des autres, ils s'inquiètent. Et parfois ils ne le font pas comme il faudrait, suggéra Archer.

Josie secoua la tête avec véhémence.

— Non. C'était un juge. Rayburn aurait enfreint une dizaine de lois en donnant des médicaments sur ordonnance à une mineure. Je n'y crois pas.

— Alors Hannah ment ? demanda Archer en reprenant la bière.

— Je n'ai pas envie de penser ça mais à quelle autre conclusion arriver ? Surtout à en juger par sa réaction. Hannah était trop en colère quand j'ai suggéré qu'elle racontait des histoires. Bien trop furieuse, si tu vois ce que je veux dire. Elle a essayé de me culpabiliser pour avoir osé la soupçonner de ne pas dire la vérité. Pire encore, je pense que Linda était plus ou moins au courant.

— Et que faisait Monsieur Formidable pendant ce temps ?

— Kip ? Il était à peu près aussi intéressé qu'un aveugle sourd et muet. Une fois qu'ils se sont retrouvés réunis en privé, il est devenu clair qu'il tolérait à peine Hannah. Et même chose envers moi.

Josie frappa le sol du poing avant de plaquer sa paume ouverte sur les carreaux qu'elle avait posés avec tant de soin.

— Je commence à me dire que j'ai fait un très mauvais choix en acceptant cette affaire.

Archer s'assit auprès d'elle. Elle s'appuya contre lui. Ils restèrent assis en silence, épaule contre épaule, fatigués par leur labeur et par la chaleur. Max passa devant eux. Archer et Josie tendirent les mains et les firent glisser sur le pelage de son dos comme il se dirigeait vers l'herbe. Josie tendit la bière à Archer. Il prit la canette et Josie posa la tête sur son épaule.

— Ça t'arrive de regretter de ne pas avoir eu d'enfant avec Lexi ? demanda-t-elle.

— Non.

— Jamais ?

— Je ne me suis pas inquiété de ce qui n'était pas possible pour nous. Et ça ne pesait pas sur elle non plus.

Il but une gorgée en inclinant la tête en arrière, les yeux fermés comme s'il voulait savourer le moment. La canette tinta sur les carreaux récemment posés lorsqu'il la reposa.

— C'auraient été des enfants super. De beaux enfants, si c'étaient ceux de Lexi.

Il posa une main sur le genou de Josie.

— Toi aussi tu aurais de beaux enfants, Jo.

— Pas moi. Je ne saurais pas comment m'y prendre.

— D'après ce qu'on m'a dit, il n'est pas nécessaire de s'entraîner pour bien faire.

La main d'Archer remonta jusqu'à sa cuisse. Son doigt tira sur l'un des fils de son jean coupé.

Josie sourit et tourna la tête, juste assez pour sentir le sel sur son bras dénudé, les restes de soleil après sa journée passée à photographier les maîtres-nageurs de la ville.

— Je sais *comment* on fait un enfant ; c'est pour la suite que je ne sais pas. Quand il faut s'en occuper. Je serais super flippée. Tout le temps avec lui, sans jamais le laisser aller nulle part. Une vraie mère poule.

— Et alors ? C'est bien. Simplement l'opposé de ce qu'a fait ta mère, répondit Archer.

Josie n'était pas d'accord.

— Non, ça n'est pas que ça. Regarde Linda. Elle est tout le

temps avec sa fille, mais ça cloche quand même. Linda reste une égoïste et Hannah est tellement perturbée qu'il aurait mieux valu peut-être qu'elle n'ait pas de mère du tout. Non, pas d'enfants pour moi. Pour tout dire, là, maintenant, je donnerais n'importe quoi pour me sortir Hannah de la tête.

— N'importe quoi ?

Il but une gorgée de bière avant de poser ses lèvres froides aux creux de son cou.

— Si ça marchait, oui, chuchota Josie en se blottissant contre lui.

— Je te propose un truc. On essaye d'abord le remède puis on discutera plus tard pour savoir à quel point il a marché.

Josie releva la tête, contempla son large visage buriné puis le saisit entre ses mains. Elle l'embrassa avec fougue. Elle allait lui devoir une petite fortune. Hannah Sheraton n'était déjà plus qu'un souvenir.

***

— Ça va aller chérie ?

Hannah releva les yeux. Linda était parfaitement apprêtée : robe et veste blanches avec une broche en or sur le revers. Elle portait des chaussures ivoire et un sac à main si petit qu'il n'accueillait guère plus que ses cigarettes et son rouge à lèvres. Ses cheveux retombaient au niveau des épaules et elle était très peu maquillée. Ce changement était au départ destiné au jury mais elle avait conservé cette apparence pour Kip, qui la jugeait bien plus appropriée à l'épouse d'un juge. Le sourire couleur de pêche de Linda disparut quand les yeux d'Hannah retombèrent vers sa feuille de papier.

— Sur quoi tu travailles ? demanda Linda tout en sachant très bien ce que faisait Hannah.

Cela faisait six heures qu'Hannah peignait à la façon d'un sculpteur, en s'attaquant par petites touches à la feuille de papier et aux nerfs de sa mère. La table de la salle à manger était recouverte d'aquarelles et de pinceaux, de pots pleins d'eau et de chiffons. Un vrai bazar. Hannah avait peint sans se soucier des meubles, du travail de la gouvernante, de…

Linda s'interrompit mentalement avant que ses pensées ne se changent en paroles. Tout ce qu'elle avait à faire, c'était de s'assurer que Kip ne vit ni la scène, ni Hannah. Encore quelques semaines – un mois tout au plus – et tout serait réglé. Pour l'heure, elle vivait avec deux enfants : d'un côté Kip qui attendait qu'elle s'occupe de lui et de sa nouvelle stature, de l'autre Hannah et son besoin constant d'être rassurée. Linda ne les connaissait que trop bien, l'un comme l'autre.

Elle se força à sourire et posa les mains sur les épaules d'Hannah avant d'embrasser le sommet de son crâne et de respirer l'odeur de son shampoing. Ses lèvres s'attardèrent un instant dans la douceur de cette chevelure. Elle parvint presque à se convaincre qu'il s'agissait de sa petite fille, de son bébé, mais à cet instant Hannah se raidit. Quoique discrète, sa réaction de déplaisir était éminemment insultante. Linda retira ses mains et un coup d'œil à la réalisation d'Hannah lui retira toute envie de sourire.

Les couleurs vives de la peinture à l'huile avaient disparu, remplacées par des gris opaques et des noirs, des bleus fades et des bruns profonds dessinés à l'aquarelle. Des ombres nocturnes, des silhouettes indistinctes, avec juste assez de détails pour que l'interprétation soit ouverte à la discussion. Cette peinture était sacrément personnelle. Linda vit ce qu'Hannah voulait qu'elle voie : une femme tournant le dos à une fille, un feu brûlant derrière elles. La chevelure de la femme était longue et sombre ; elle flottait derrière elle comme si elle s'éloignait en courant de la jeune fille.

— Qu'en penses-tu ? demanda brusquement Hannah, les yeux toujours baissés.

Elle décala son carnet à dessin sur le côté pour que Linda voie mieux.

— Tu trouves ça drôle, Hannah ?

Linda se mit à farfouiller dans son sac à main. Hannah ramena le carnet devant elle. La reliure en spirale égratigna la table. Dans sa main brûlée elle tenait un pinceau, les poils dressés vers le ciel. Linda tira une chaise et s'assit.

— Alors, ça t'amuse ?

L'extrémité du pinceau d'Hannah cliqueta contre la table. Un filet d'eau s'échappa des poils et s'écoula le long du manche en laissant une marque de couleur sale sur la main d'Hannah. Le son, le mouvement, la simple idée de cet éternel comptage rendaient Linda folle.

— Non, répondit Hannah d'une petite voix.

Son martèlement s'accéléra.

— Je ne me suis pas enfuie en te laissant, si ?

— Non.

La voix d'Hannah était plus faible que jamais mais on y percevait une pointe de défi.

— Ils croient que je suis une droguée.

— Et nous savons que ce n'est pas le cas, rétorqua immédiatement Linda. Quand vas-tu comprendre que toutes ces histoires sont sans importance ? Ce qui compte c'est de savoir si Josie pourra convaincre les jurés qu'ils ne peuvent pas être tout à fait sûrs de qui tu es ou de ce que tu as fait. C'est là-dessus que repose notre affaire, pas sur six cachets de Vicodin.

Hannah coula un regard en direction de Linda.

— Ce n'est pas *notre* affaire, maman. C'est la mienne. C'est moi que tout le monde regarde, moi dont tout le monde parle. C'est moi qu'ils accusent d'avoir tué Fritz, de prendre des drogues et de mettre le feu. À moins que tu l'aies oublié ?

— Non, je n'ai rien oublié du tout… (Linda baissa la voix avant de reprendre :) Sans moi, tu n'aurais ni beaux vêtements, ni grande maison ni voiture. Et tu n'aurais certainement pas le temps pour toutes ces conneries complaisantes à tapoter les meubles et à faire tes petites rondes dans la maison. Je n'ai pas oublié que c'est moi qui t'ai trouvé une grande avocate et je n'ai certainement pas oublié que je t'ai promis que tout irait bien. Je tiens toujours mes promesses. Cite-m'en une que je n'ai pas tenue.

Hannah battit des cils. Le pinceau heurta plusieurs fois le bois, ses poils suintant d'une eau grisâtre.

— Kip va témoigner contre moi. Josie voulait savoir ce que je pensais qu'il allait dire. Je ne sais pas ce qu'il va dire, mais j'ai peur.

— Il est obligé de témoigner, Hannah. Ils lui ont envoyé une injonction. La seule exception concerne mari et femme. Moi aussi j'ai parlé de son témoignage avec Josie et je vais te dire la même chose qu'à elle. Sans lui on serait de retour dans un de ces apparts bon marché. Sans lui, on ne pourrait pas payer pour ta défense. Tu devrais te mettre à genoux pour le remercier de faire ça, parce qu'il n'était pas obligé…

— Pourquoi je devrais me mettre à genoux ? T'y es déjà, toi, siffla Hannah.

Linda avait agrippé sa fille avant qu'elle n'ait fini sa phrase. La chaise d'Hannah vacilla. Le pinceau lui échappa des mains et l'épais carnet de papier à aquarelle glissa sur la table avant de tomber au sol. Linda approcha son visage de celui de sa fille. Son maquillage s'était aggloméré dans les rides autour de ses yeux et les minuscules fissures au-dessus de ses lèvres. La colère la vieillissait ; la frustration la desséchait.

— Écoute-moi bien, Hannah. Je ne suis pas une prostituée. Je fais ce que je fais pour que nous puissions survivre toutes les deux. Tu crois qu'il n'y a pas eu des moments où j'ai simplement eu envie de t'abandonner derrière moi histoire de me faciliter la vie ? J'aurais pu te placer dans un orphelinat. J'aurais pu te larguer dans une benne à ordures. Mais je ne l'ai pas fait. Je t'ai gardée avec moi, je t'ai nourrie. Je ne vais sûrement pas te lâcher maintenant, alors tu ferais mieux de ne pas me lâcher non plus.

Linda tenta, en la secouant, de faire disparaître l'expression de colère glaciale sur le visage de sa fille.

— Tu penses que tout cela est facile pour moi, sachant ce que je sais ? Sachant ce qui s'est passé ? Tu crois que c'est facile ?

— Non, maugréa Hannah.

Linda relâcha sa prise mais sa voix ne perdit rien de son emportement.

— Sans Kip, nous n'avons pas d'argent. Sans argent, nous n'avons pas de vie. Sans argent, pas de défense. Retiens cette leçon.

— Ce n'est pas vrai !

La colère d'Hannah enfla comme elle luttait pour s'écarter de sa mère.

— Josie me défendrait même si on ne la payait pas ! s'exclama-t-elle.

Linda la lâcha avec un rire sans joie. Avec cette phrase, Hannah venait de lui décocher un direct au ventre. Même ici, Josie la déesse s'interposait. Linda passa le bras derrière le dossier de sa chaise et secoua tristement la tête.

— J'ai élevé une petite idiote ingrate, commenta-t-elle avec un sourire sans joie. Combien de gens nous ont déçues, Hannah ?

Celle-ci regardait le sol. Linda se pencha en avant. Son souffle, chaud et sucré, effleura la joue de sa fille. Le parfum de Linda enveloppait Hannah et sa voix était pleine d'une véracité poisseuse.

— Je vais te dire qui. Tout le monde sauf Kip. Alors ne te fais pas d'illusions. Josie se soucie de cette affaire, mais elle ne se soucie pas de toi plus que je ne le fais. Je suis la personne au monde qui s'inquiète le plus pour toi. Parce que je suis ta mère.

— Je crois que tu t'inquiètes plus que n'importe qui de ce qui peut m'arriver, maman. J'y pense tout le temps, répondit Hannah, glaciale. Mais Josie, elle, se soucie de moi en tant que personne.

Les yeux verts de la mère et de la fille se croisèrent ; ni l'une ni l'autre ne détournèrent le regard.

— Tu réfléchis comme une enfant.

Linda tendit la main pour toucher le visage d'Hannah mais celle-ci recula juste assez pour s'esquiver. Sa mère eut un sourire pincé. Elle se leva et se dirigea vers la porte, mais elle n'était pas capable de sortir sans se libérer d'une dernière chose qu'elle avait sur le cœur.

— Josie investit son temps dans cette histoire, rien d'autre. Elle se moque de savoir ce qui se passe dans ton esprit malade. Elle ne prendra pas de risque pour toi, surtout si elle apprend la vérité. S'il y a une chose que Josie déteste, ce sont les menteurs.

— Tu te trompes, maman, souffla Hannah. Elle a compris.

Les épaules de Linda s'affaissèrent. C'était si difficile d'être jeune et optimiste. Peut-être l'était-ce encore plus d'être âgée et consciente de la triste réalité.

— Non, ma chérie. Les gens ne s'entraident pas les uns les autres juste par altruisme.

— Ils le font s'ils s'aiment, marmonna Hannah.

— Ouais. Quand on aime quelqu'un, on ferait n'importe quoi pour cette personne, reprit Linda, presque comme si elle se parlait à elle-même. Souviens-t'en ! dit-elle en sortant de sa rêverie.

— Oui, répondit Hannah.

Elle tendit la main pour toucher sa mère. *Deux fois, trois fois, dix fois.* Linda écarta son bras.

— Josie ne saurait pas comment t'aimer, chérie. Tu crois qu'une femme qui n'a pas de mari, pas d'enfants et pas de mère elle-même saurait comment aimer une gamine perturbée dans ton genre ? Tu es un défi constant, Hannah. Toi comme moi. Et c'est pour ça qu'on doit rester ensemble. Nous sommes uniques toutes les deux, alors ne va pas courir après quelque chose qui n'existe pas. Je sais ce que je fais. Ça a toujours été le cas, non ?

Hannah contemplait sa mère avec de grands yeux clairs et tristes. Quand le silence devint trop pénible, Linda y mit un point final.

— Oh, pour l'amour de Dieu, ne fais pas cette tête ! Tout va bien se passer.

Il fallait que Linda se dépêche. Kip n'appréciait guère qu'elle passe trop de temps avec Hannah ces jours-ci. Pourtant, il devait y avoir autre chose, quelque chose de définitif qu'elle puisse dire.

— Je suis désolée pour ce que j'ai dit à propos de Josie. Elle se soucie de ce qui t'arrivera. Ne compte pas trop sur elle, c'est tout. Ne compte jamais trop sur personne.

*
**

Linda était occupée à prendre un cocktail avec Kip chez Shutters à Santa Monica quand Hannah referma la porte de la maison de Malibu et s'éloigna en courant en direction de la bretelle d'autoroute. Elle avait rassemblé ses cheveux et les avait cachés sous un bandana. Malgré la nuit tombante, elle avait tiré la visière de sa casquette par-dessus ses yeux. Elle arborait un vieux sweat-shirt et un baggy. Des vêtements épais pour une nuit aussi chaude mais Hannah ne voulait pas être reconnue. Elle tendit le pouce en dansant d'un pied sur l'autre et en priant pour que quelqu'un s'arrête bientôt parce qu'elle n'avait pas beaucoup de temps. Il fallait qu'elle soit revenue avant Linda et Kip.

La quatrième voiture qui passa fit un écart brusque et Hannah remercia le ciel pour cette petite faveur. Elle courut jusqu'à la Toyota, cria « Huntington Beach » quand on lui demanda où elle allait et s'installa à l'arrière bien que le type au volant lui ait demandé de monter à l'avant. Il la débarqua à Long Beach. Hannah dut trouver deux autres voitures pour terminer le court trajet jusqu'à Huntington.

Sa casquette baissée plus bas que jamais, Hannah longea six pâtés de maisons puis fit le tour jusqu'à l'antique porte arrière de chez Turc's et se glissa à l'intérieur. Personne ne s'intéressa à elle. Le groupe était en train de jouer. Les gens étaient ivres. L'endroit tout entier baignait dans les phéromones et Hannah allait devoir y trouver le seul homme qui savait de quoi elle avait besoin ; l'homme qu'elle n'avait pas vu depuis la nuit où Fritz était mort.

⁂

Josie se blottit contre Archer. Il était chaud. Son bras reposait lourdement sur la taille de la jeune femme. Elle lui prit la main et la posa sur son sein tout en tournant la tête vers le réveil près du lit. Il était 2 heures du matin. Josie n'était pas du genre à se réveiller avant l'aube et pourtant elle se retrouvait là, les yeux grand ouverts et tournés vers sa table de nuit. Et puis elle l'entendit de nouveau, le son qui l'avait tirée du sommeil.

Sur la table, son téléphone portable vibrait comme quelqu'un claquant des dents. Elle avait oublié de l'éteindre et quelqu'un l'appelait. Elle s'écarta légèrement d'Archer pour l'attraper.

— Ouais ? chuchota-t-elle, la bouche pâteuse.

Un murmure lui répondit.

— Un, deux, trois…

Josie ferma les yeux et écouta jusqu'à ce qu'Hannah ait terminé. Archer tendit de nouveau le bras vers elle et les brumes du sommeil envahirent sa conscience.

— Je n'ai pas menti, dit Hannah.

Mais sa voix était lointaine, ses paroles restèrent lettre morte. Josie s'était rendormie.

18

« Il ne fait aucun doute que Rudy Klein a déjà bien travaillé pour établir que l'accusée avait à la fois les moyens et le mobile pour commettre ce crime. Mais on s'attend à ce qu'ils marquent de très gros points supplémentaires aujourd'hui. Car, et c'est hautement symbolique, Kip Rayburn, le beau-père de la victime, va témoigner pour l'accusation. Franchement révélateur, non ? »

Court TV.

⁂

8 h 45. Dernière journée dédiée à l'accusation. Le juge Norris était en retard et c'était tant mieux car Linda et Hannah l'étaient également. Josie s'assit à sa table, consulta sa montre puis tourna les yeux vers le siège vide du juge. Finalement, elle alla voir la greffière pour lui demander quand elle pensait que le juge serait prêt. Dix minutes. Pas vraiment un sursis mais au moins cela lui donnait-il une petite marge d'action.

Sans prêter attention au regard curieux de Rudy Klein ni à ceux, plus intrigués encore, des reporters, Josie quitta la salle d'audience. Le hall était presque désert. La commémoration de l'anniversaire de Washington était proche. Seule la salle d'audience dans le coin opposé à celle où siégeait Norris était occupée. Une femme en pleurs était assise à l'extérieur, occupée à renifler et à se moucher. Tout le monde avait des ennuis et ceux de Josie se multipliaient à chaque minute écoulée.

Elle plongea la main dans sa poche, saisit son téléphone, composa un numéro avec trop d'empressement, oublia un chiffre et dut tout recommencer. Le téléphone des Rayburn sonna jusqu'à ce que le répondeur s'enclenche. Josie laissa un bref message. Elle appela ensuite le portable de Linda et fit de même.

Où êtes-vous passées, bon sang ?

Josie rangea son téléphone dans la poche de son blazer bleu. Elle était à mi-chemin des ascenseurs quand l'un d'eux s'ouvrit. Personne n'en sortit. Josie continua d'avancer. Un autre « ding ». Le bruit métallique des portes. Cette fois, Hannah et Linda apparurent. Josie parcourut les dix derniers mètres d'un pas empressé.

— Où étiez-vous ?

Elle saisit Linda par le bras et la fit pivoter sur elle-même. Linda tituba sur ses hauts talons.

— Les embouteillages. Il n'y avait plus qu'une seule voie de praticable sur l'autoroute. La batterie de mon portable était morte, je n'ai pas pu appeler. Hé ! Du calme ! (Linda libéra son bras d'un geste sec.) On va avoir des ennuis ?

— Pas encore. Le juge Norris a été retardé. Mais c'est vraiment pas passé loin. Je voudrais qu'on soit installées à la table avant qu'ils fassent entrer les jurés.

Josie poussa Linda en avant tout en tenant la porte ouverte. Linda entra dans la salle d'audience mais Hannah était restée en arrière et se dirigeait vers l'un des longs bancs alignés dans le hall.

Agacée, Josie retourna la chercher. Sa cliente s'était laissé aller. Les boucles frisées d'Hannah retombaient sur ses épaules, elle portait une longue jupe presque transparente et un tee-shirt à manches courtes qui exposait ses bras. Si Josie était en mesure de distinguer l'entrelacs de cicatrices et de croûtes sur ses bras, ce serait aussi le cas des jurés. Et c'était la dernière chose que Josie souhaitait qu'ils voient.

Elle posa une main sur l'épaule de la jeune fille, irritée de voir leur travail acharné partir en fumée.

— Qu'est-ce qui t'arrive ? Je t'ai dit de garder tes bras couverts et une coiffure toute simple. Ces gens ne vont pas apprécier de…

Josie s'interrompit. La tête d'Hannah dodelinait doucement comme celle d'une poupée à tête géante, tout en ressorts et en articulations. Elle ne souriait pas et son regard était trouble. Une chose était claire : Hannah était shootée. Les bonnes intentions de Fritz Rayburn n'avaient servi à rien.

— Hé !

Josie poussa Hannah contre le mur. Malgré sa colère, elle eut assez de présence d'esprit pour parler à voix basse.

— Qu'est-ce qui se passe ? Tu planes ? Dis-moi la vérité, Hannah, ou je pars sans me retourner.

— Non. Valium, chuchota Hannah. C'est juste du Valium.

— Oh, c'est pas vrai. Pourquoi as-tu fait quelque chose d'aussi stupide ? gronda Josie.

— Ma mère m'a donné un cachet pour pas que je sois trop nerveuse. Kip va témoigner aujourd'hui.

Hannah secoua la tête pour tenter de retrouver une diction normale.

— Elle a dit que ça m'aiderait. Ne soyez pas fâchée. Je vous en prie. Je vous en prie, ne vous fâchez pas.

Hannah s'appuya contre Josie, puis ses bras mous enlacèrent l'avocate. Ceux de Josie restèrent ballants quelques instants avant de se refermer sur Hannah et de la serrer contre elle. La jeune fille se détendit, se blottit contre Josie comme si elle venait de trouver un endroit chaud et sûr. Avec une grande inspiration, Josie leva le menton et contempla les affreuses lampes fluorescentes, les longs corridors froids, les portes de bois qui donnaient sur des salles d'audience où la moindre information pouvait être déformée et rattachée à d'autres pour correspondre à la version des faits de chacun. Le bureau du procureur avait largement insisté sur les pilules et le joint découverts en possession d'Hannah et voilà que Linda faisait prendre du Valium à sa fille. N'était-ce pas une image parfaite pour le jury ? Même en essayant, Linda aurait difficilement pu faire pire. Pourquoi diable avait-on l'impression que quand les mères déconnaient, elles le faisaient exprès ?

Josie fit asseoir Hannah, retira son blazer et le passa sur les épaules de la jeune fille. Sous ses doigts puissants, Hannah lui faisait l'effet d'un petit oiseau maigre et vulnérable. Josie jeta un coup d'œil par-dessus son épaule. Kip Rayburn les observait. Il était assis sur le banc à l'extérieur de la salle, attendant qu'on l'appelle. Elle ne l'avait pas remarqué auparavant mais ce salopard les fixait des yeux. Eh bien, elle allait lui donner quelque chose à regarder !

Avec lenteur, elle aida Hannah à se relever.

— Bon, Hannah. Le moment est venu, dit Josie à voix basse. Garde tes bras sous ma veste et le menton levé. Regarde simplement Kip pendant qu'il parlera et souviens-toi que dès qu'il aura fini, l'accusation aura terminé. Je serai avec toi à chaque minute. Je te le promets.

Hannah gratifia Josie d'un demi-sourire comme l'avocate lui prenait la main pour la passer autour de son propre bras.

— Vous vous souciez de ce qui va m'arriver, hein ? demanda doucement Hannah.

— Oui, Hannah. Absolument, souffla Josie tandis qu'elles passaient devant Kip Rayburn pour entrer dans la salle d'audience.

Rudy était là, prêt à faire enfermer Hannah. Kip était là, prêt à témoigner contre elle. Linda avait saboté les chances de sa fille avec ses « bonnes intentions ». Ça n'allait pas être le meilleur jour de leur existence, c'était certain, et Rudy Klein allait le faire durer aussi longtemps que possible.

Il gardait Kip pour la fin. Ce fut Tom Winston, pompier, qui rejoignit en premier la barre.

— J'ai trouvé l'accusée accroupie derrière une fontaine en pierre à quelques pas de la porte-fenêtre donnant sur l'aile ouest de la demeure des Rayburn.

— Qu'avez-vous fait en la trouvant ? demanda Rudy.

— Je me suis agenouillé près d'elle. Le fourneau dans la maison venait d'exploser. Je me suis dit que j'aurais peut-être à la protéger d'éventuels débris si quelque chose d'autre explosait. Une fois le danger passé, j'ai vu qu'elle était blessée. Je l'ai escortée à l'écart du lieu de l'incendie pour qu'elle reçoive un traitement.

— Avez-vous parlé à l'accusée ?

— Non.

— L'accusée vous a-t-elle parlé ?

— Elle a dit « Tout est ma faute ». Elle n'a pas arrêté de répéter la même phrase : « Tout est ma faute. »

Rudy se détourna, laissant la déclaration du témoin tel un bébé abandonné sur le pas de porte des jurés.

Josie contourna la table.

— Monsieur Winston, avez-vous demandé à l'accusé ce qu'elle voulait dire par là ?

— Non, répondit Tom Winston.

— Merci

Josie se rassit. C'était fait. *Peu clair. Incertain. Ce n'était pas une confession. Hannah ne se souvenait même pas l'avoir dit.* Josie reprendrait cela dans ses conclusions, l'une des nombreuses informations formant le récit des multiples erreurs et interprétations erronées commises durant le procès d'Hannah Sheraton.

Rudy appela le médecin légiste. Des traces d'ADN correspondant à celui d'Hannah avaient été trouvées à divers emplacements des appartements de Fritz Rayburn. Un cheveu d'Hannah dans la chambre à coucher. Une goutte de son sang dans la salle de bains. Pire, on avait découvert une trace infime du sang d'Hannah sur la mâchoire de Fritz, à l'endroit où il avait reçu un coup avant de mourir. Le médecin légiste confirma également que le traumatisme crânien de Rayburn avait eu lieu avant sa mort. Celle-ci avait été causée par inhalation de fumée.

Le corps avait été partiellement calciné.

Et Rudy savait qu'une image vaut mille mots.

Une par une, il afficha les images d'un pauvre vieillard vulnérable étalé à terre près de son lit.

Un gros plan. À partir de la taille. Brûlé et noirci.

L'arrière du crâne de Fritz. Une contusion à la base du crâne, laide et crue, entourée de cheveux blancs soyeux.

Un gros plan. Le menton de Fritz.

Plan moyen. Fritz, mains écartées du corps. L'une agrippant la colonne de lit comme s'il essayait de se relever, l'autre refermée comme celle d'un enfant endormi.

Rudy Klein illustrait un scénario dramatique qui mettait au cœur de l'affaire une question de jeunesse et d'âge, de limites imposées et de désir d'indépendance. Le succès de Fritz Rayburn contre l'échec lamentable d'Hannah Sheraton. Et il dessinait à présent les contours de la vulnérabilité de Rayburn.

Question : Qui pouvait faire une telle chose à un vieil homme ?

Réponse : Une jeune fille égoïste, complaisante et névrosée, voilà qui. Une jeunesse ayant dangereusement mal tourné ici.

Le témoignage du médecin légiste était destructeur ; les photos du corps de Fritz dévastatrices.

Les projecteurs se braquèrent sur Josie.

Rudy la dévisagea.

Essayez donc de faire mieux.

Josie fit ce qu'elle pouvait.

Le légiste n'était pas capable de dire quand le cheveu et le sang d'Hannah avaient été laissés dans les appartements de Rayburn. La chaleur et la fumée avaient desséché les échantillons.

Il n'avait aucune explication pour la trace minuscule du sang d'Hannah sur Fritz lui-même, à moins que l'accusée n'ait frappé la victime en s'entaillant la peau, laissant ainsi du sang sur son menton. Par malheur, il n'était pas possible de dire si cela s'était produit car la main de l'accusée était brûlée, effaçant ainsi tout signe d'une blessure reçue au préalable.

Josie remercia le médecin en se prenant à souhaiter que les jurés puissent rentrer chez eux sans autre chose que le souvenir de ce qui venait d'être dit. Ils étaient sur le point de profiter d'un week-end de quatre jours, de quoi rendre floues les impressions même du plus prudent des jurés. Mais il restait quelqu'un d'autre : la gouvernante. Madame Peterson parla en s'adressant à ses mains jusqu'à ce que Rudy lui demande de relever la tête et de s'exprimer clairement.

— Je me suis réveillée à 1 h 45 du matin. J'ai parfois du mal à dormir. Je regarde la télévision et je m'endors sur mon siège.

— Avez-vous regardé la télévision cette nuit-là ? s'enquit Rudy.

— Oui, mais j'ai entendu quelque chose dehors.

— Derrière votre fenêtre ?

Elle secoua la tête.

— Non, dehors, plus dans l'allée. C'est très calme la nuit. On entend des choses de très loin.

— Qu'avez-vous fait ? voulut savoir Rudy.

— J'ai regardé par la fenêtre.

— Et qu'avez-vous vu ?

— Hannah qui revenait en courant vers la maison.

— Avez-vous vu d'où elle venait ?

— De derrière les arbres, depuis la rue. J'ai entendu une voiture juste après l'avoir vue.

— Pensez-vous qu'Hannah revenait tout juste de quelque part ?

— Objection ! Spéculation, intervint Josie.

Le juge Norris lui accorda l'objection. Josie fit passer une note à Hannah.

Avec qui étais-tu ?

C'était une voiture dans la rue.

Les yeux de Josie pivotèrent vers Hannah. Elles rediscuteraient de cette histoire une fois la victoire de la journée remportée. Josie reporta toute son attention sur Rudy.

— Hannah est-elle retournée dans la maison ?

— Oui.

— Y est-elle restée ?

— Non. Je suis allée dans sa chambre pour voir si elle allait bien. C'est une gentille fille. Juste solitaire, c'est tout.

— Votre Honneur, si vous voulez bien..., dit Rudy en se tournant vers le juge.

— Le témoin est prié de répondre à la question.

Madame Petersen hocha la tête tout en coulant un regard vers Hannah. Elle s'agita sur le banc des témoins.

— Hannah n'y était pas.

— Vous l'avez cherchée ? demanda Rudy.

— Non. Je savais ce qu'elle faisait.

— Et que faisait-elle ?

— Votre Honneur, tenons-nous-en aux faits, dit Josie.

Rudy fit marche arrière.

— Par la suite, quand avez-vous revu pour la première fois l'accusée ?

— Dix minutes avant que le feu se déclare, je l'ai vue contourner l'arrière de la maison en direction du studio.

— Et quelle heure était-il ?

— Environ vingt minutes avant que j'entende madame Rayburn crier qu'il y avait le feu.

— Et la fois suivante où vous avez vu l'accusée ? demanda Rudy.

— Elle était près du camion des pompiers. Ils lui avaient bandé la main.

— L'accusée a-t-elle dit quelque chose ?

— Elle a dit « Pourquoi il a fallu que ça se passe comme ça ? » et « C'est ma faute ». Elle a dit ces deux phrases.

— Est-ce qu'elle criait ?

— Non. Elle était très calme.

Madame Peterson se tourna vers la table de la défense.

— Je suis désolée, Hannah. Je suis vraiment désolée.

Rudy remit le témoin entre les mains de Josie.

— Madame Peterson, avez-vous vu Hannah descendre de la voiture ?

— Non.

— Aviez-vous vu quelqu'un venir chercher Hannah le soir en question ?

— Non.

— Madame Peterson, s'enquit Josie, êtes-vous médecin ?

La gouvernante secoua la tête.

— Non, bien sûr que non.

— Alors vous n'avez aucun moyen de savoir si la réaction d'Hannah Sheraton face à l'incendie était normale étant donné les circonstances.

— Non, je n'en sais rien.

— Vous ne sauriez pas dire si elle était sous le choc, n'est-ce pas ?

Nouveau geste de déni.

— Non, j'imagine que non.

— Et, madame Peterson, avez-vous vu de vos yeux Hannah entrer dans le studio ?

— Non, je l'ai seulement vue se diriger vers le studio.

— Merci.

Josie se rassit. Tandis que madame Peterson reprenait sa place, l'avocate jeta un coup d'œil à Hannah. La jeune fille avait le regard triste, lointain. La léthargie causée par le Valium était en train de se dissiper mais elle était toujours perceptible. Quand Kip Rayburn fut appelé à la barre, Hannah se raidit et chercha Josie du regard. Puis, comme Kip jurait de dire toute la vérité, elle baissa les yeux. Elle était incapable de regarder.

19

Témoin hostile : témoin difficile connu pour offrir un témoignage préjudiciable du fait d'intérêts ou de parti pris défavorables.

Dictionnaire juridique de Black.

⁂

Quand Emily Baylor-Bates avait abandonné sa fille, les familles locales avaient resserré les rangs. Josie avait été transférée chez une camarade qui avait reçu l'étiquette de « meilleure amie » sous prétexte qu'elles étaient arrivées à Hawaï au même moment. Il fallut trois jours à son père pour rentrer chez eux, trois jours pendant lesquels Josie imagina qu'il la tiendrait responsable du départ d'Emily.

Mais durant une chaude soirée, à peu près à l'heure du dîner, le père de Josie avait fait son apparition. Il avait tendu la main vers elle et, par ce simple geste, remis le monde d'aplomb et refait d'elle un membre de leur famille.

Ce n'était pas ainsi que les choses allaient se passer pour Hannah. Kip faisait comme si elle n'était pas là. Hannah se pencha vers la gauche, son épaule frôlant celle de Josie. Elle avait relevé les yeux vers Kip mais les tapotements sous la table révélaient son inquiétude. Vingt coups. Une pause. Une nouvelle série de vingt. Josie avait l'impression d'entendre un bruit de tonnerre mais personne d'autre ne semblait le remarquer. Tous les regards convergeaient vers le témoin.

— Monsieur Rayburn, quel est votre lien avec la victime ?

— C'était mon père.

— Et votre relation avec l'accusée ?

— C'est la fille de mon épouse.

— Monsieur Rayburn, témoignez-vous ici de votre plein gré ?

— Oui.

Josie se recala sur son siège. Les questions avaient fusé en une salve puissante. Rudy ne voulait pas que quiconque considère le témoignage de Kip Rayburn comme hostile ou moins exact sous prétexte qu'il avait un lien avec l'accusée.

— Étant donné votre relation avec l'accusée, avez-vous le sentiment de pouvoir répondre honnêtement à mes questions ?

— Je répondrai honnêtement à vos questions. Mon père croyait au caractère sacré de la loi et il en est de même pour moi.

— Monsieur Rayburn, étant donné les circonstances, ressentez-vous de l'animosité envers l'accusée ?

— Non, affirma Kip.

Satisfait, Rudy fit un pas de plus vers le témoin.

— Pouvez-vous décrire la relation que votre père avait avec Hannah Sheraton ?

— Objection, Votre Honneur. Le témoin ne peut attester de ladite relation, intervint Josie.

— Monsieur Rayburn, sa femme et sa belle-fille vivaient chez la victime et le juge Rayburn interagissait avec tous en tant que membre de la famille. Kip Rayburn peut témoigner du fonctionnement de son propre foyer, rétorqua Rudy.

— Je vous autorise ce type de question dans la limite du raisonnable, monsieur Klein. Objection rejetée, mademoiselle Bates.

Rudy gratifia le juge d'un petit hochement de tête.

— Monsieur Rayburn ? Pouvez-vous nous en dire plus sur les relations entre votre père et Hannah Sheraton ?

— Au fil du temps, mon père en est venu à prendre à cœur le bien-être d'Hannah. Il voyait en elle une artiste extraordinairement talentueuse et souhaitait la voir atteindre son plein potentiel.

— Et comment a-t-il montré son intérêt ? demanda Rudy.

— Mon père passait beaucoup de temps en compagnie d'Hannah quand il était à la maison. Il parlait d'art. Il lui expliquait le contenu de sa collection. Il lui a acheté des cadeaux pour soutenir son talent : des livres, des tubes de peinture, ce genre de choses. Il lui proposait de l'emmener visiter des musées quand son emploi du temps le lui permettait.

— Et comment l'accusée a-t-elle réagi face à cet intérêt ?

— Je crois qu'au départ Hannah a pris plaisir à être au centre de ses attentions.

— Objection ! lança Josie. Le témoin ne peut savoir ce qui se passait dans l'esprit de ma cliente.

— Accordé, dit le juge Norris.

— Monsieur Rayburn, reprit Rudy. N'est-il pas vrai que l'attitude de l'accusée envers votre père était hostile ?

— Hannah a fini par devenir agressive quand mon père était à Los Angeles. Elle se mettait en colère. Elle disait à ma femme qu'elle ne voulait pas de lui dans la maison.

— Et qu'en pensiez-vous ?

— J'ai trouvé cela étrange compte tenu du fait que c'était notre maison ; la mienne et celle de mon père. Elle ne vivait avec nous que depuis quelque temps. Son attitude était consternante étant donné la générosité dont mon père avait fait preuve.

— L'accusée vous a-t-elle fourni une explication sur ses sentiments ?

— Elle disait qu'il l'observait. Qu'il semblait toujours être près d'elle. Elle aimait son indépendance. Elle se plaignait de beaucoup de choses.

— Est-ce que le juge Rayburn agissait ainsi ? Je fais ici référence au fait d'observer Hannah.

— J'ai honte de dire qu'il s'est plus intéressé à elle que je ne l'ai fait. Il était très attentif. Peut-être que si j'avais pris conscience de l'ampleur de la colère d'Hannah envers les figures d'autorité, mon père serait encore en vie.

— Objection, Votre Honneur !

Josie avait levé la main, écœurée par la réponse de Kip. Il faisait tout son possible pour désigner Hannah comme coupable.

— Le témoin n'est pas le jury et ne peut tirer de telles conclusions. Je demande le retrait de cette déclaration.

Le juge Norris ordonna le retrait demandé et Kip se racla la gorge. Il porta la main à sa cravate sans toutefois la rajuster. Sa voix ne tremblait pas et son regard demeurait braqué sur Rudy.

— Le juge Rayburn s'était parfois inquiété pour sa propre sécurité ? demanda celui-ci.

Kip secoua la tête.

— Non. Jamais. Même si j'estime qu'il aurait dû.

— Pourquoi cela ?

— J'ai d'abord pensé qu'une relation serait une bonne chose pour eux deux. Je n'avais pas l'œil d'artiste que mon père tenait en haute estime. J'étais heureux de voir qu'il avait quelqu'un avec qui partager sa passion.

Kip releva légèrement le menton et ses lèvres formèrent un succédané de sourire.

— Je ne le voyais plus très souvent quand il était à la maison. Mais Hannah était jeune et elle avait besoin de son attention. Mon père comprenait que la mère d'Hannah et moi étions occupés.

Rudy laissa Kip poursuivre mais même lui n'était plus en mesure d'ignorer les martèlements devenus désormais familiers à toute l'assistance. Hannah avait appuyé le haut de ses bras contre la table mais, sous le plateau, ses mains jointes cognaient contre le bois de façon répétée comme si elle espérait passer au travers et retrouver ainsi sa liberté. Ses cheveux retombaient désormais sur sa poitrine ; son regard était braqué sur Kip. Il émanait d'elle un sentiment de colère sourde. Josie espérait que les jurés ne le percevraient pas.

Kip poursuivit sans se soucier d'Hannah et du bruit mais, de temps à autre, l'un des tendons du cou de Rudy se contractait en rythme avec les martèlements. Le juge Norris s'agita sur son siège, agacé par le dérangement. Josie glissa une main sous la table, qu'elle interposa entre les poings d'Hannah et le bois. Hannah ne marqua pas le moindre temps d'arrêt et Josie sentit les coups répétés heurter sa paume.

— Quand avez-vous pour la première fois remarqué un changement dans la relation entre votre père et l'accusée ? s'enquit Rudy.

Il avait choisi d'occuper immédiatement le silence, refusant de se laisser distraire.

— Hannah était avec nous depuis presque un an. C'était l'été. Elle a commencé à se montrer irrespectueuse envers mon père. Grossière. Elle préférait passer son temps dans la chambre qu'elle utilisait comme studio pour peindre. Quand elle ne peignait pas, elle sortait jusqu'à des heures tardives. Il y avait un garçon plus âgé qui n'allait pas à l'école. Hannah a commencé à le fréquenter. Il était débraillé. Il avait l'air d'un vagabond.

— Et quelle a été la réaction de votre père au comportement d'Hannah ?

— Il m'a dit de ne pas m'inquiéter. Il m'a dit qu'elle se calmerait.

— Quelque chose s'est-il produit qui aurait changé l'état d'esprit de votre père ?

— Il a trouvé Hannah et le jeune homme dans sa chambre. Ils avaient bu. Mon père revenait de manière imprévue d'un déplacement à San Francisco. Ils avaient fouillé dans ses affaires. Hannah tenait un couteau de poche ancien que mon père adorait. Elle l'a menacé avec, le temps que l'homme s'enfuie. J'ai voulu appeler la police mais mon père n'a pas souhaité porter plainte. À partir de là, il s'est montré très inquiet pour elle. Il a décidé de l'aider. Mon père prenait très à cœur ce qui arrivait à Hannah.

Josie, qui écoutait attentivement, prit soudain conscience qu'Hannah avait cessé de cogner sous la table. Elle jeta un bref coup d'œil vers la jeune fille dont elle percevait l'angoisse grandissante. Elle fut néanmoins rassurée de la voir tranquillement assise et occupée à faire tournoyer un stylo entre ses doigts sous la table. Comme Hannah ne disait rien, Josie joignit les mains et se tourna vers le témoin tandis que Rudy continuait.

— Comment votre père a-t-il aidé l'accusée ?

— Il a passé plus de temps encore avec Hannah. Mon père a organisé et payé des traitements. Il l'a envoyée dans certains des meilleurs centres de désintoxication. Mon père était plein d'une extraordinaire compassion. Je ne l'avais jamais vu aussi soucieux du sort d'une enfant, de n'importe quel enfant.

La voix de Kip s'était enrouée. C'était comme si son enfance revenait soudain au premier plan. Il leva un poing devant ses lèvres et se racla la gorge.

— Pardon, dit-il sur un ton d'excuse.

Rudy le rassura d'un sourire.

— Comment l'accusée a-t-elle réagi aux tentatives du juge Rayburn pour l'aider ?

— Elle s'est enfuie du centre de désintoxication. Chaque conversation avec elle tournait à la dispute. Elle a volé la voiture de ma femme. La police l'a retrouvée roulant en direction de la frontière mexicaine, du côté de San Diego. En compagnie de l'homme dont je vous parlais. Elle s'est mise à fumer de la marijuana. Elle a commencé à s'automutiler. Elle était toujours en colère. Hannah était soit très virulente soit complètement renfermée. Difficile de savoir quoi faire.

— Monsieur Rayburn, dit Rudy se rapprochant en vue de la fin du témoignage. Avez-vous déjà vu ou entendu l'accusée menacer votre père après l'incident avec le couteau ?

Les yeux de Kip se tournèrent vers Hannah et celle-ci parut rapetisser, se cacher sous le blazer de Josie comme s'il s'agissait d'une tente. Elle secoua la tête de manière presque imperceptible, comme pour nier silencieusement le témoignage de Kip ou le supplier de ne rien dire de plus.

Kip détourna le regard, mais sans paraître touché par la présence de la jeune fille.

— L'accusée a crié à mon père qu'elle voudrait qu'il soit mort. Elle a dit qu'un jour il aurait ce qu'il méritait. Qu'il allait voir.

Le regard de Kip se braqua de nouveau sur Hannah. Il luttait pour dissimuler le mépris dans sa voix.

— Après tout ce qu'il avait fait pour elle, elle voulait le voir mort. J'ai cru que c'était une façon de parler. Je me suis trompé.

— Votre Honneur !

Josie avait bondi de sa chaise. Rudy jeta un coup d'œil par-dessus son épaule. Le juge Norris s'était tourné vers la défense. Ce n'était cependant pas Josie qu'ils regardaient mais Hannah. Elle s'était levée, ses joues couvertes par un flot de larmes, et tremblait de tout son corps.

— Je ne… ! s'écria-t-elle, sa colère dirigée vers tout un chacun. Je ne voulais pas qu'il m… meure !

Elle renversa la tête en arrière comme pour tenter de ravaler ses larmes.

— J'ai dit ça, c'est tout. Je ne lui ai rien fait…

Une seconde supplémentaire s'écoula puis le silence de la salle d'audience fut déchiré par des sanglots bouleversants. Ses dents crissaient comme si elle tentait de mordre dans ses propres paroles. Des mèches de cheveux fouettèrent son visage alors qu'elle foudroyait du regard le jury, le juge puis Kip. Sa voix enfla pour réclamer l'attention de toute l'assistance.

— Je vou… seulement… qu'il… me… laisse… tranquille !

Elle répéta cette phrase encore et encore, accompagnant chaque mot d'un coup de poing sur la table. C'en était fini de sa passivité, fini de laisser Josie se battre à sa place. Elle se tourna vers sa mère. Le blazer retomba de ses épaules et elle pointa un doigt vers Linda.

— Maman ! Dis-leur, maintenant. Ne les laisse pas faire ça. Il ment. Tu sais qu'il ment !

Paralysée, Linda contemplait sa fille, bouche bée. Un membre du jury réprima un cri. Un autre détourna les yeux. Quelqu'un poussa un hoquet de stupeur. Les reporters se hâtèrent de prendre des notes pour tenter de décrire le carnage sanglant qu'était le bras gauche d'Hannah Sheraton, d'expliquer comment un stylo ordinaire pouvait se changer en horrible outil d'automutilation. Elle n'avait pas de lame de rasoir sous la main mais rien n'aurait pu empêcher la douleur et la rage à l'intérieur d'Hannah Sheraton de sortir au grand jour.

L'huissier bondit pour intervenir. Hannah réagit en le frappant. Pris par surprise, il tituba en arrière avant de fondre de nouveau sur elle. Linda hurla. À la barre des témoins, Kip s'était levé mais ne fit pas mine d'intervenir.

Ce fut Josie, plus grande que l'huissier et plus déterminée à faire ce qu'il fallait, qui saisit la jeune fille qui se débattait. Elle la serra contre elle, sentit son sang imprégner son chemisier et prit la décision qui s'imposait. Guidant sa cliente titubante, elle passa devant le juge Norris en annonçant :

— Je demande une suspension d'audience.

20

« J'aurais dû devenir mécanicien comme mon père. »

Juge Cy Norris à sa greffière au moment de quitter son siège.

⁂

Josie était sortie autrefois avec un urgentiste. Elle adorait son humour noir et subtil, son bouc et la façon dont il cuisinait. Le fait que la proximité d'une étendue d'eau plus large qu'une baignoire lui donnait le mal de mer et qu'il rêvait d'une maison en banlieue remplie d'enfants la rendait beaucoup moins enthousiaste.

Ils s'étaient séparés au bout d'un an mais Josie s'était toujours souvenue d'une de ses phrases. *Une énorme quantité de sang peut couler d'une unique blessure.* Une fois la blessure repérée, il devenait possible de décider de la marche à suivre : travailler à sauver le pauvre homme ou laisser son sort entre les mains de Dieu.

Dans la salle d'attente sans fenêtre de la salle d'audience de Norris, Josie s'appuya contre le mur et chercha des yeux la blessure d'Hannah tandis que quelqu'un d'autre nettoyait le sang. Les jurés étaient partis déjeuner, même si elle doutait qu'ils aient beaucoup d'appétit.

Le juge Norris fit appeler un médecin, prévint Josie qu'il l'attendrait de retour au tribunal pour le contre-interrogatoire et donna la permission à Hannah de sortir en compagnie de sa mère pour bénéficier de soins médicaux supplémentaires, qu'ils soient physiques ou psychologiques. Josie lui fit transmettre ses remerciements. Le juge faisait preuve non seulement de gentillesse mais également d'intelligence dans sa manière de garder le contrôle de son tribunal à présent que les vannes émotionnelles étaient grandes ouvertes. Hannah escortée à l'écart, tenant à peine sur ses pieds, du sang partout. Linda expulsée de la salle tandis qu'Hannah devenait de plus en plus hystérique, sanglotant qu'elle était désolée. Tellement désolée.

Depuis une dizaine de minutes, cela dit, le calme était revenu. Le médecin qui avait répondu à l'appel du juge Norris était une femme d'âge mûr que la scène laissait impassible. Elle ne parla pas beaucoup, fit bien son travail et banda le bras d'Hannah avec beaucoup de soin avant de repartir.

Hannah croisa les bras sur la table pour y appuyer sa tête, les yeux fermés. C'était la première fois que Josie la voyait complètement détendue. Elle ne tapotait plus, elle ne comptait plus ; elle était psychiquement et émotionnellement épuisée.

Josie l'observait, pensive, en songeant à ses propres manquements. Elle avait vu une centaine d'autres clients clamer leur innocence, s'abandonner au désespoir, pleurer et vitupérer contre le système. À une certaine époque, Josie avait été en mesure de juger de la culpabilité de quelqu'un en une seconde. Ce talent avait été laissé en friche, une lame émoussée qui ne tranchait plus aussi aisément qu'avant au travers des ruses déployées par ses clients. Jusqu'à maintenant. Désormais, Josie croyait à ce qu'elle voyait : Hannah n'était qu'une pauvre fille perdue qui avait scellé son propre sort, qu'elle soit ou non coupable.

Josie s'écarta du mur. Il était temps d'explorer la véritable blessure d'Hannah.

— C'est bon, on n'a plus besoin de vous, dit-elle pour congédier l'huissier.

Celui-ci hésita mais finit par les laisser seules. Josie posa la main sur la porte qui se refermait puis tira une chaise à côté d'Hannah et posa une main sur la tête de la jeune fille.

— Allez, Hannah. Il faut qu'on parle.

Hannah battit des paupières puis ouvrit les yeux. Elle regardait droit devant elle, le regard dans le vide. Une minute s'écoula, peut-être même deux, avant qu'elle trouve l'énergie de parler.

— Je suis désolée pour votre chemisier. Je suis désolée pour tout.

— T'en fais pas pour le chemisier, répondit Josie d'une voix douce en lui caressant les cheveux. C'est ce « tout » dont il faut qu'on parle. Tu veux bien te redresser ? Tu veux bien me parler ?

Le corps d'Hannah tremblait. Elle releva la tête, un geste qui paraissait très difficile pour elle. Finalement, elle se redressa en position assise, les bras le long des flancs, et baissa les yeux vers les bandages.

— Je ne me souviens même pas de l'avoir fait. Juste de Kip qui parlait, parlait…

— Hannah, veux-tu que ta mère nous rejoigne pendant qu'on règle les choses ? demanda Josie.

La jeune fille secoua la tête.

— Non. Elle va dire qu'elle avait raison depuis le début, c'est tout. J'aurais dû faire ce qu'elle disait. J'aurais dû aller à l'hôpital mais je voulais lui montrer que j'étais forte, moi aussi. Je voulais être forte comme elle.

Un sanglot pitoyable avait enflé dans sa gorge et s'échappa entre ses lèvres. Elle porta les doigts à sa bouche.

— Je ne supportais plus d'entendre Kip…

— Ta mère est inquiète, pas en colère. Nous nous inquiétons tous pour toi, chuchota Josie.

— Quand vous la verrez, dites-lui que je me comporterai bien à partir de maintenant. Promis. Je ne veux pas aller en prison. Je veux rentrer chez moi avec ma mère.

— C'est là-dessus que nous devons prendre une décision, Hannah.

Josie s'éclaircit la voix. Les mots étaient difficiles à prononcer.

— Je crois que nous devons sauver les meubles.

Josie se tut. Elle avait du mal à réfléchir. Si Hannah était assez déséquilibrée pour se faire autant de mal, d'une manière aussi horrible, alors que pouvait-elle avoir fait à Fritz… ?

Hannah se pencha vers elle, comme si elle savait à quoi pensait Josie.

— Josie, pourquoi vous ne m'avez jamais demandé si j'étais innocente ?

L'avocate eut un rire sans joie. Elle s'assit au fond de sa chaise et croisa les bras pour regarder sa cliente. Puis elle lui dit la vérité.

— Parce que je me comportais en bonne avocate de la défense. Si je t'avais posé la question et que tu m'avais dit être coupable, je ne pourrais pas t'appeler à la barre s'il le fallait. Si je savais que tu allais mentir, je me serais retrouvée à te suborner, à t'inciter au parjure. Aucun avocat de la défense ne pose jamais cette question.

— Vous n'avez pas envie de savoir ?

Josie soutint le regard de la jeune fille.

— Je pensais le savoir, Hannah.

— Jusqu'à maintenant, c'est ça ?

Comme Josie ne répondait pas, la dernière lueur d'espoir s'évanouit du regard d'Hannah.

— Ça va. Je comprends.

— Non, tu ne comprends pas. Je ne crois toujours pas que tu aies délibérément tué Fritz Rayburn. Je n'ai jamais pensé ça, Hannah. Mais rien n'est jamais tout noir ou tout blanc. Des gens peuvent regarder la même chose et la voir différemment. Tu pourrais jurer que tu es innocente et les gens dans la salle regarderaient les preuves et auraient la certitude que tu es coupable. C'est un risque énorme que nous courons après ce qui vient de se passer.

— Mais tout va bien se passer, non ?

Josie effleura doucement Hannah de la main.

— Si tu peux t'infliger ça, alors tu dois faire face à des troubles très profonds. Je vais demander un report d'audience. Je veux que tu t'entretiennes avec des médecins. Je veux que le jury prenne le temps de souffler parce que ce qui vient de se passer ne nous aidera pas. Hannah, je ne supporterais pas de me planter et de t'envoyer en prison alors que ta mère avait raison depuis le départ en recommandant que tu te fasses soigner.

Hannah tenta maladroitement de saisir les mains de Josie ; elle s'y reprit à plusieurs fois jusqu'à les tenir entre les siennes.

— Je vous en prie, ne m'abandonnez pas. Josie, vous ne pouvez pas faire ça. Je sais que vous ne voulez pas le savoir mais je n'ai pas déclenché le feu. J'ai frappé Fritz, d'accord ? En tout cas, je crois. Je sais que je l'ai poussé, c'est sûr. J'étais dans sa chambre. Je lui ai crié dessus. C'est la vérité. J'aurais dû vous le dire avant, mais je ne pensais pas que c'était important. Je pensais que l'important c'était l'incendie.

Hannah tirait sur les mains de Josie comme une enfant tentant de convaincre une adulte de voir les choses à sa manière.

— Je ne l'ai pas vu tomber et se cogner la tête. Je n'ai pas mis le feu. Je ne l'ai pas tué. Je voulais juste m'éloigner de lui.

— Hannah, arrête. Stop.

Josie retira ses mains et s'appuya contre le dossier de sa chaise. Elle porta une main à sa tempe et ferma les yeux. Elle aurait voulu pouvoir fermer aussi ses tympans. Ça y était : elle avait entendu la vérité. Hannah était sur les lieux. Hannah avait frappé Fritz. Hannah avait sans doute déclenché ce satané incendie même si ce qui habitait son cerveau malade refusait sans doute de la laisser l'admettre. Josie rouvrit les paupières, laissa retomber sa main et se pencha vers la jeune fille.

— Écoute-moi, Hannah. Je suis ton avocate. Quand le

moment est venu d'abandonner, je me dois de te le dire.

— Mais ce n'est pas le moment ! s'écria Hannah.

Elle tentait désespérément de maîtriser sa colère ; sa main indemne grattait le bandage qui recouvrait son bras blessé. Josie se bagarra avec elle jusqu'à tenir sa main entre les siennes. Finalement, leurs visages à quelques centimètres l'un de l'autre, Josie la supplia :

— Alors aide-moi à y croire. As-tu dit que tu aimerais voir le juge Rayburn mort ?

Josie relâcha sa prise. Elle baissa la voix. Toutes deux étaient haletantes.

— Tu l'as dit ?

Hannah cligna des paupières et redressa le dos. Elle serra les mains et les abattit plusieurs fois sur ses cuisses.

— Je ne le disais pas sérieusement. Je voulais qu'il me laisse en paix. C'est ce que je lui ai dit cette nuit-là. Je lui ai dit qu'il devait me laisser tranquille. Il a dit qu'il ne le ferait pas et je l'ai poussé. Je… Je l'ai peut-être frappé. Je sais que je l'ai poussé… Je lui ai dit…

Les larmes lui montèrent aux yeux, flots humides qui roulèrent sur ses joues couleur de bronze jusqu'à retomber sur sa jupe. Et une fois qu'elle eut commencé, il lui fut impossible de s'arrêter. C'était comme si elle avait économisé ses larmes durant toute sa vie en vue de ce moment.

— Hannah. Que veux-tu que je dise à ce jury ? Fritz Rayburn a consacré beaucoup de temps et d'argent à tenter de te fournir l'aide dont tu as besoin. Kip t'a entendue dire que tu aimerais voir son père mort. Tu étais dans la chambre à coucher de Rayburn. Ses pilules se trouvent sous ton matelas. Maintenant tu admets l'avoir frappé, ou poussé, comme tu veux. Comment puis-je convaincre les jurés que tu ne voulais pas de mal à Fritz Rayburn ?

— Non. Non. Je ne voulais rien lui faire. Je le jure.

Hannah continuait de sangloter en reniflant ; elle posa ses mains sur les genoux de Josie. Elle avait les yeux rougis et le vert de ses iris brillait d'un éclat intense.

— Fritz allait me faire du mal. Il fallait que je l'arrête. Vous comprenez ?

— Hannah, je t'en prie.

Josie n'avait aucune envie d'entendre les délires de la jeune fille.

— Il arrivait discrètement derrière moi pour me chuchoter à l'oreille ce qu'il allait me faire, et puis il me montrait son petit couteau. Il disait que c'était son préféré quand il s'agissait de taillader quelqu'un. Le vieux couteau. Je voulais seulement le prendre et le cacher quelque part.

— Hannah, reviens à la réalité.

— Attendez ! Attendez ! supplia l'adolescente en tapotant les genoux de Josie. Je n'ai pas menti à propos des pilules. Il me les a données parce que j'en aurais besoin un jour, quand il me ferait quelque chose de vraiment douloureux. Et j'avais peur. J'ai gardé les pilules parce que je ne savais pas quand il s'en prendrait à moi, ou quand je commencerais à ressentir la douleur. Il était content quand j'avais peur. Je me suis dit que si je n'avais pas peur, Fritz ne trouverait plus ça drôle. S'il ne pouvait pas me faire mal, ça ne serait plus drôle. Je me suis entraînée à me taillader moi-même pour que ça ne me fasse pas mal quand lui le ferait.

Elle s'était remise à pleurer et à renifler. Les mots s'étaient déversés à toute vitesse tandis qu'elle espérait voir naître un signe de confiance sur le visage de Josie. Celle-ci prit les mains de sa cliente et les pressa l'une contre l'autre pour les empêcher de bouger. Elle s'exprima d'une voix douce mais ferme. Il était temps de mettre un terme à tout cela. Hannah devait admettre la vérité.

— Hannah, si tout cela s'est vraiment produit, pourquoi n'as-tu rien dit à personne ?

— Qui m'aurait cru ? À qui j'aurais pu en parler ?

— À ta mère, répondit Josie. Elle lui aurait sans doute fait la peau.

Hannah se redressa d'un coup. Elle ferma les yeux et secoua violemment la tête.

— Non. Non. Non, dit-elle d'un ton sec. Fritz disait qu'il savait exactement comment lui nuire. Il n'arrêtait pas de me le répéter. C'est ce qu'il disait : *Je sais comment nuire à ta mère*. Je ne voulais pas que ça arrive.

Les yeux d'Hannah scrutaient les traits de Josie à la recherche d'une lueur d'espoir, de soutien. Elle n'en vit aucune.

— Vous devez me croire. Je n'en ai jamais parlé à personne à part vous. Josie, s'il vous plaît. Je vous en prie. Attendez, je vais vous montrer…

Hannah se leva, repoussa sa chaise et remonta fébrilement sa longue jupe. Mais les plis du tissu s'échappèrent entre ses doigts. Finalement, elle retroussa le vêtement jusqu'à la taille. Josie observait toute la scène : l'agitation, le bras bandé, la main brûlée à peine cicatrisée, les yeux fous qui voyaient quelque chose que ceux de Josie ne voyaient pas. Cette enfant était si proche de l'abîme que Josie se demanda si elle pourrait un jour retrouver un semblant de normalité.

Plus d'une minute s'écoula sur l'horloge accrochée au mur avant qu'Hannah ne pivote vers Josie, un sourire de triomphe sur son visage tourmenté. Elle tira sur sa jupe et tendit la jambe, obligeant Josie à regarder.

— Oh, Hannah !

L'estomac de Josie s'était retourné à la vision de cette ultime blessure sur le corps d'Hannah Sheraton. Une cicatrice enflée et plissée lui courait du bas de la cuisse jusqu'à la hanche, presque blanche sur la peau sombre de l'adolescente.

— Je voulais juste qu'il me laisse tranquille. C'était pour ça que j'étais dans sa chambre. C'est pour ça que je l'ai poussé et que cet homme nous a vus nous disputer, déclara Hannah à mi-voix.

Son visage juvénile rayonnait d'espoir. Lentement, Josie quitta son siège et s'agenouilla sur le sol dur et froid. Elle tendit la main mais ne put se résoudre à toucher la peau d'Hannah.

— Tu voudrais me faire croire que c'est Fritz Rayburn qui t'a fait ça ? Qu'un juge de la Cour suprême de Californie était en fait un monstre sadique ?

Hannah hocha la tête sans que Josie la voie. Elle s'était assise sur ses talons, les bras le long des flancs. Ça changeait tout. Hannah était réellement folle. Elle avait perdu le sens des réalités. Josie en eut le cœur brisé.

Hannah laissa retomber sa jupe puis s'accroupit devant Josie. Et, de nouveau, les choses basculèrent.

— Je peux le prouver. Je suis au courant pour d'autres personnes. Je sais ce qu'il leur a fait. Je ne suis pas la première qu'il maltraitait, Josie. Seulement la dernière. Je suis la dernière, n'est-ce pas ?

Et là, sur le sol de cette petite pièce froide et sans fenêtres, Hannah Sheraton entreprit de lui raconter toutes sortes d'histoires jusqu'à ce que l'huissier ouvre la porte pour annoncer à Josie que le procès allait reprendre.

21

« Cette affaire-là est terminée. »

Maeve Clark, journaliste, pour elle-même.

*
**

À l'âge de dix ans, Josie avait appris à retenir son souffle. Pas seulement pendant une minute, pour jouer, mais à le retenir comme si c'était une question de vie ou de mort.

Le premier matin de leur arrivée à Hawaï, avant de défaire les cartons, Emily Baylor-Bates avait embarqué sa fille dans leur vieille voiture et quitté les lieux en quête d'aventure.

Deux heures plus tard, Emily et Josie roulaient à flanc de falaise sous une pluie légère en direction d'une petite plage de sable blanc, d'eau bleue et de vagues qui s'enroulaient les unes sur les autres. Emily s'était élancée dans l'eau en riant, filant droit dans les vagues. Josie l'avait suivie avec appréhension mais avant tout désireuse d'être la digne fille de sa mère. Emily lui avait tourné le dos. Une vague l'avait agrippée et soulevée. Elle avait tendu les mains vers Josie en l'appelant par-dessus le fracas de l'océan. Puis elle s'était avancée plus loin dans l'eau bleu clair, s'éloignant de Josie.

Celle-ci, plus petite et plus vulnérable qu'Emily, était malmenée par les vagues. Elle devait monopoliser toutes ses forces pour rester debout. Une vague l'avait frappée. Suivie d'une autre. Une troisième l'avait fait tomber puis aspirée dans un tourbillon de sable et d'eau. Agitant ses petits bras avec impuissance, Josie s'était retrouvée cul par-dessus tête jusqu'à ne plus pouvoir distinguer le haut du bas. Elle avait violemment heurté le sable. Griffée par la roche et les coquillages, son épaule saignait, piquée par le sel. Encore et encore, Josie s'était sentie renversée et traînée sur le fond rocailleux avant d'être aspirée au cœur des flots bouillonnants. Elle suffoquait. La mort était toute proche. Aucun sauveur en vue. Elle aurait voulu que sa mère soit là.

Où était sa mère, se demanda Josie, pendant qu'Hannah luttait pour sa vie ?

Au moment où Josie avait eu la certitude de ne pas pouvoir retenir sa respiration une seconde de plus, à l'instant où elle avait su qu'elle allait mourir, l'océan l'avait recrachée sur la rive. Allongée sur le sable, haletante, Josie avait levé la tête. Emily dansait parmi les vagues, uniquement concentrée sur son propre plaisir.

Hannah avait vécu la même chose que Josie. Elle avait retenu son souffle, ballottée au sein des eaux magnifiques mais traîtresses de la maison Rayburn pendant que Linda et Kip dansaient à l'écart des vagues et que Fritz la tirait vers les profondeurs de sa perversion. Linda ne l'avait pas secourue, mais Josie le ferait. Elle était désormais convaincue que l'histoire d'Hannah n'avait rien d'un délire. L'adolescente en savait trop, donnait trop de noms et se montrait trop précise quant aux habitudes particulières de Fritz Rayburn. Lorsque vint le moment de retourner dans la salle d'audience, Josie savait ce qui lui restait à faire. Elle devait croire en Hannah. Une foi inconditionnelle.

Embourbée dans son indignation, décidée à ne pas s'aventurer sur la pente glissante du scepticisme, Josie se tint debout, rigide, derrière la table de la défense. Elle garda son regard braqué droit devant elle tout en planifiant son attaque. Josie ne prit conscience de la proximité de Linda qu'en entendant sa voix.

— Tu ne peux pas me tenir à l'écart, siffla Linda. Je suis sa mère.

Josie le regarda, insensible à sa colère. C'était trop peu, trop tard. Josie s'avança jusqu'à la barre, assez près pour sentir le parfum coûteux de Linda et voir trembler la petite cicatrice sur le bord de sa lèvre.

— Je peux faire tout ce que je veux, lui assura-t-elle froidement.

— Tu vas la tuer. Je te l'avais dit dès le départ : ce n'était qu'une question de temps avant qu'elle pète un plomb. Va voir le juge. Dis-lui que tu veux trouver un accord avec le procureur.

Josie se tourna vers le banc vide des jurés. Elle entendait la voix de Linda mais son esprit était ailleurs. Elle allait devoir changer sa défense tout entière mais n'était pas encore tout à fait sûre de la direction à prendre. Légitime défense ? Syndrome de la femme battue ? Josie savait en tout cas que Linda n'avait pas fait que nier les souffrances de sa fille ; elle y avait contribué par son égoïsme. Finalement, elle reporta son attention vers Linda.

— Tu me dégoûtes. Tu pensais que je ne découvrirais pas ce que faisait Rayburn ? Pourquoi tu ne m'en as pas parlé tout de suite ? Qu'est-ce que tu protégeais d'autre ? Ton mari ? Ta réputation ? Tout aurait été tellement différent si tu m'avais prévenue.

— Je ne vois pas de quoi tu parles, rétorqua Linda.

Mais elle avait pâli. Elle saisit le bras de Josie.

— Qu'est-ce que tu vas faire ? Qu'est-ce qu'Hannah t'a raconté ?

— Tu le sauras en même temps que tout le monde, gronda Josie. Maintenant lâche-moi et assieds-toi ou je te promets que je vais te rendre les choses plus difficiles encore.

— Josie, je ne sais pas ce que t'a dit Hannah…

Mais Josie s'était détournée. Les gens les regardaient. Linda s'assit et se tint bien droit, les épaules en arrière. Derrière elle, les spectateurs reprenaient leurs places. Ils s'interrogeaient à propos d'Hannah et coulaient des regards critiques vers sa mère.

Celle-ci détestait qu'on la juge. Comment pouvaient-ils savoir quoi que ce soit sur sa vie ? Comment ces gens – la presse, les spectateurs, l'huissier à l'air bovin et cette greffière, le jury et même le juge – pouvaient-ils s'imaginer connaître Linda, savoir comment elle avait élevé sa fille et ce qu'elle avait été contrainte de faire pour survivre ? Linda Rayburn était malade à l'idée que quiconque se pense supérieur à elle, même s'il ne s'agissait que de leur perception.

Linda inclina la tête en arrière et se tourna juste au moment où Rudy Klein passait. Il garda les yeux braqués sur elle jusqu'au moment de passer la barre. Troublée, Linda baissa le menton et porta la main à sa gorge. Quelque chose dans les yeux du procureur l'avait frappé avec autant de force que s'il lui avait décoché un coup de bâton. Elle se sentait comme une pierre qu'il aurait retournée pour voir ce qui rampait en dessous.

Puis le juge prit place, la sténographe du tribunal leva les mains au-dessus de sa machine et Kip fut rappelé à la barre pour le contre-interrogatoire de Josie. Il s'arrêta un instant pour toucher la main de Linda et ce fut tout ce dont elle eut besoin pour se remettre sur la bonne voie. La fin était trop proche pour laisser quoi que ce soit les faire dévier de leur objectif. Kip semblait l'avoir enfin compris.

Le juge Norris réclama l'attention du jury et fit un signe de tête à Josie. Debout face à Kip Rayburn, Josie joignit les mains, se planta devant lui et passa à l'attaque.

— Monsieur Rayburn, est-il exact que votre père, le juge Fritz Rayburn, vous maltraitait ?

Le silence durant exactement cinq secondes avant que n'enflent des murmures incrédules.

Qu'est-ce qu'elle a dit ? J'ai bien entendu ?

Rudy s'était levé, aussi pâle que son témoin.

— Objection Votre Honneur ! lança-t-il. C'est scandaleux et hors de propos !

Dans un geste vif, farouche, Josie tourna la tête vers le juge juste assez longtemps pour s'expliquer.

— Crédibilité du témoin, monsieur le juge.

— Votre Honneur, un mot en privé ! demanda Rudy.

D'un geste de l'index, Norris leur fit signe d'approcher, tout en réclamant le silence et en menaçant de faire évacuer la salle s'il n'obtenait pas satisfaction. Josie obéit à contrecœur ; elle aurait préféré ne pas quitter Kip Rayburn des yeux. Elle voulait qu'il sente toute la profondeur de son mépris pour lui. Norris recouvrit de sa main le micro devant lui et se pencha en avant. Rudy fut le premier à parler. Il était tellement enflammé que Josie se demanda s'il n'allait pas se consumer sur place.

— Votre Honneur, c'est un scandale ! Mademoiselle Bates aura l'occasion de présenter sa version de l'affaire mais s'en prendre ainsi au témoin, faire ce genre de cinéma… Tout ceci n'est que pur sensationnalisme et fait injure à cette cour.

— Je vous arrête tout de suite, répliqua Josie. C'est vous qui avez ouvert la voie. Ce témoin a dépeint la nature bienveillante du juge Rayburn. Il a dressé le portrait d'un homme altruiste uniquement désireux d'aider ma cliente. Ce qui, d'après elle, est tout simplement faux. Je devrais avoir la possibilité d'examiner le caractère de la victime puisque le procureur lui-même l'a porté à notre attention.

— Elle a raison, maître, décida Norris.

— Alors limitez-en l'ampleur, Votre Honneur, implora Rudy. Autorisez monsieur Rayburn à ne témoigner que de ce dont il a fait l'expérience ayant trait à l'accusée.

— Son témoignage concernant son appréciation de la façon dont le juge Rayburn se comportait envers ma cliente a déjà été enregistré. Si vous me mettez des barrières, je n'aurai aucun moyen de discréditer ses dires à moins de lui faire admettre un parjure. Je vous en prie, Votre Honneur. Cette jeune fille mérite la possibilité de prouver qu'elle dit vrai.

Norris hésita. L'affaire avait pris un tour qui allait exciter l'opinion publique et cela l'inquiétait. Il entendait déjà les petites phrases répétées en boucle, les débats houleux et les spéculations qui allaient éclore dans les émissions télévisées et dans la presse. Un juge de la Cour suprême de Californie était passé du statut de saint à celui de pécheur et il était clair que Josie Baylor-Bates avait l'intention d'exploiter ce filon jusqu'au bout. Néanmoins, il avait une tâche à accomplir. Aussi pénible que cela puisse être, Norris devait la laisser faire.

— Objection rejetée, monsieur Klein. Reprenez votre place.

Déstabilisé par cette décision, Rudy retourna dans son coin. Il était à peine assis que déjà Josie fondait sur Kip Rayburn. Celui-ci avait le teint cendreux. Il paraissait avoir perdu des cheveux et rapetissé à l'intérieur de son costume. Puis Josie capta une étincelle au plus profond de ses yeux. Kip n'avait pas peur. Il examinait la prédatrice et la nature de son attaque dans le but de mieux s'en protéger. Cela ne pouvait signifier qu'une chose : Hannah n'avait pas menti.

— Monsieur Rayburn, je vous pose de nouveau la question : quand votre père, Fritz Rayburn, a-t-il commencé à vous faire subir des mauvais traitements ?

— Je ne répondrai pas à cela.

— Votre Honneur, permission de traiter le témoin comme hostile ?

Josie n'avait pas quitté Kip du regard tout en se décalant sur le côté afin de s'assurer que le jury pouvait bien le voir.

— Vous avez mon accord, déclara Norris.

Josie le remercia d'un hochement de tête. Elle pouvait à présent exiger des réponses, insister pour obtenir la vérité, mettre les réponses du témoin à l'épreuve jusqu'à être assurée que les intérêts de sa cliente avaient été servis.

— Avez-vous besoin que l'on vous relise la question,

monsieur Rayburn ? demanda Josie.

Le regard de Kip s'arrêta sur elle pendant un instant. Il arborait une expression condescendante. Puis ses yeux se tournèrent vers Linda. Josie sentit que mari et femme communiquaient silencieusement. Méthodiquement, Kip Rayburn passa en revue les spectateurs et le jury. Puis il répondit enfin à la question, en prenant soin d'afficher son dédain.

— Mon père ne m'a jamais maltraité, mademoiselle Bates.

— Le juge Rayburn a-t-il fait l'usage d'un battoir en bois sur vous quand vous aviez huit ans ?

— Oui.

— Quand vous aviez douze ans, votre père vous a-t-il entaillé l'index de la main droite si profondément que l'os était visible et qu'il a fallu vingt-sept points de suture pour refermer la plaie ?

— C'était un accident. Il essayait de m'initier à la sculpture sur bois, affirma Kip.

— Avec un couteau à découper, monsieur Rayburn ? rétorqua Josie.

— Si vous aviez été là, vous auriez compris, mademoiselle Bates.

— Et pour votre neuvième anniversaire, votre père vous a-t-il enfermé dans un placard avec un…

— Tout ceci est ridicule, maugréa Kip Rayburn.

Il avait porté une main à sa bouche et, de l'autre, serrait fermement l'accoudoir du siège des témoins.

— Monsieur Rayburn, la cour vous demande…, commença le juge Norris mais Kip ne l'entendait pas de cette oreille.

— Non. Je n'aborderai pas des sujets aussi personnels. La nature du fonctionnement entre mon père et moi ne regarde personne. Ce n'est pas moi que l'on juge ici, c'est elle ! lança Kip en indiquant du menton la table désertée de la défense.

Josie fit un pas en avant.

— Très bien. Alors dites-nous, monsieur Rayburn : votre père a-t-il maltraité Hannah Sheraton ?

— Bien sûr que non, rétorqua Kip.

— Verbalement ?

— Non.

— Émotionnellement ?

— Non.

— L'a-t-il touchée, monsieur Rayburn ?

— Seulement de la manière dont un vieil homme attentif toucherait une enfant dont il se soucie.

— L'a-t-il punie physiquement ? aboya Josie.

— Il l'a punie de façon raisonnable, répliqua Kip.

— Cela incluait-il le fait de la brûler avec la cire d'une bougie, monsieur Rayburn ?

— Je vous demande pardon.

— De la cire. De la cire brûlante sur sa cuisse. Assez chaude pour brûler le tissu d'une jupe estivale. Votre père a-t-il fait cela ?

— Non ! Et puis comment le saurais-je ? Je ne surveillais pas les actions de mon père.

— Si l'on tient compte du genre de punition que votre père vous infligeait, ne croyez-vous pas que vous auriez dû prêter attention à la manière dont le grand juge Rayburn agissait avec l'accusée ?

— Hannah était une grande fille…

— Donc vous dites que votre père ne s'en prenait qu'aux petits enfants, c'est bien ça ?

— Non, pas du tout. Ne déformez pas mes propos. Je ne vous laisserai pas les manipuler à votre guise. C'est Hannah qui a fait du mal à mon père. C'est Hannah qui…

Josie se détourna vivement pour faire face à la salle, les bras levés dans un geste d'incrédulité.

— Hannah avait quatorze ans quand elle est venue vivre

chez vous et quinze à peine quand votre père a commencé à s'intéresser à elle. Nous avons tous vu à quoi elle ressemble. Elle fait quarante-cinq kilos et vous voudriez faire croire à ce tribunal que c'est elle qui maltraitait…

— Objection ! rugit Rudy. La défense harcèle ouvertement le témoin !

Oubliant Kip Rayburn, Josie se retourna vers Rudy.

— Le scandale, c'est que l'on juge ma cliente alors que c'est la famille Rayburn qui devrait rendre des comptes pour ce qu'elle lui a fait subir. Avez-vous vraiment cherché le coupable, monsieur Klein ? Étiez-vous prêt à sacrifier une enfant afin de pouvoir vous faire un nom ? Ou s'agissait-il de protéger la réputation d'un juge défunt ?

Elle reporta son attention sur Kip.

— Ou bien votre bureau protège-t-il le prochain juge Rayburn, monsieur Klein ?

— Mademoiselle Bates, ça suffit, l'avertit le juge Norris.

— Non, je veux savoir. Craigniez-vous qu'en tentant de trouver le vrai coupable quelqu'un révèle à la face du monde que Fritz Rayburn n'était pas un si grand homme après tout ?

Scandalisé par la tournure des événements, Rudy s'était à moitié relevé sur sa chaise.

— C'est ridicule ! Votre cliente avait à la fois les moyens et l'occasion de commettre ce crime. C'est elle qui a déclenché cet incendie.

— Assez ! rugit Norris en abattant sur marteau sur le bureau.

Josie battit en retraite et se rapprocha de Kip au point de pouvoir presque toucher la rampe de bois qui les séparait. Elle opta pour une nouvelle approche. Elle n'aurait pas dû se montrer aussi emportée. Une indignation vertueuse servirait sa cliente bien mieux que l'agressivité. Le silence était devenu assourdissant.

Rudy Klein se rassit. Josie reprit le contrôle d'elle-même.

— Continuez avec ce témoin de manière appropriée, mademoiselle Bates, sans quoi vous serez sanctionnée.

Josie se tourna vers le jury puis de nouveau vers Kip, le menton baissé, l'air pensif. Sur son siège, Rudy fulminait. Josie avait retrouvé son calme.

— Est-il vrai que votre père vous maltraitait, oui ou non ?

— Non.

— Monsieur Rayburn, n'est-il pas exact que deux jours avant sa mort votre père et vous vous êtes violemment affrontés ?

— Je ne décrirais pas les choses ainsi, répondit Kip.

— Vous êtes-vous disputés ?

— Oui.

— Et à quel sujet ?

— Les affaires.

— Durant ce désaccord à propos de vos affaires, vous êtes-vous mis en colère au point de lancer une carafe en verre sur votre père ?

— Oui. C'était une erreur.

— Avez-vous réglé le problème ?

— Nous l'aurions fait, répondit Kip.

— Donc au moment de sa mort vous en vouliez encore à votre père pour un affront toujours en cours ? Oui ou non.

— Non.

Josie ne lui laissa pas le temps de reprendre son souffle.

— Aviez-vous du ressentiment envers lui pour la manière dont il vous a traité étant enfant ?

Kip déglutit avec difficulté avant de répondre.

— Non.

— En vouliez-vous à votre père de témoigner autant d'attention à l'accusée ?

— Je pensais que ce n'était pas sain.

— Vous pensiez que ce n'était pas sain, répéta Josie. Intéressante formulation, monsieur Rayburn. Pour qui cela n'était-il pas sain ? Pour Hannah Sheraton ?

Kip ne tint pas compte de la question et répondit comme il l'entendait :

— Il n'était pas sain pour mon père de se soucier d'une fille qui ignorait la valeur de son attention.

— Vous affirmez toujours que votre père n'avait à cœur que l'intérêt d'Hannah Sheraton ?

— Oui.

Kip s'était penché en avant, comme pour la défier d'aller plus loin. Josie se redressa de toute sa taille, un petit sourire sur les lèvres.

— Monsieur Rayburn, connaissez-vous la sanction en cas de parjure ?

— Oui, je la connais.

— Alors répondez honnêtement à cette question : votre belle-fille subissait-elle des mauvais traitements de la part du juge Rayburn ?

Kip ne parvenait plus à se contenir. Il se leva et se pencha par-dessus la barre des témoins. Son ton était cruel et ses yeux sans éclat semblaient comme morts.

— Si j'avais connaissance de mauvais traitements chez moi, je vous le dirais avec joie car alors tout le monde verrait qu'Hannah est une meurtrière. Si mon père avait fait quelque chose d'aussi méprisable, si la moindre parcelle de ce que vous avancez était vraie, au moins cette petite conne aurait eu un mobile valable pour tuer mon père. Ou bien n'aviez-vous pas compris ça, espèce de garce ?

Le temps suspendit son vol. L'écho de la fureur résonnait à travers le tribunal. Le visage de Kip, habituellement si paisible, affichait désormais des angles et des ombres sculptés par les lames jumelles de l'émotion brute et de l'honnêteté sans fard. Il tremblait, dressé face à Josie Baylor-Bates, et sa haine pour elle était palpable. Elle s'avança d'un pas, main droite levée comme pour demander au juge de lui accorder un instant. À ce moment précis, il n'y avait plus que Josie et Kip. Tout le reste avait disparu dans un fondu au noir et la caméra se braquait sur eux, en gros plan.

— Si tout ce que j'ai dit est vrai, lança Josie d'une voix ferme, alors Hannah n'est pas la seule à disposer d'un mobile pour tuer votre père, n'est-ce pas, monsieur Rayburn ?

22

« Dans mon cabinet ! »

Juge Cy Norris.

⁂

— Asseyez-vous ! rugit le juge Norris en entrant brusquement dans son cabinet.

Il tira sur la fermeture éclair de ses robes et lutta pour s'en extirper. Derrière lui venaient Linda et Kip puis Rudy et Josie. Linda prit un siège, de même que Rudy. Josie et Kip restèrent debout dans deux coins opposés de la salle.

— Votre Honneur…, commença Josie.

— Pas tout de suite. Pas encore, mademoiselle Bates. Donnez-moi une minute pour me calmer un peu, souffla Norris.

L'adrénaline l'empêchait de s'asseoir ; il faisait les cent pas derrière son bureau à la manière d'un animal en cage, de grandes enjambées dans un espace restreint. Il plaqua ses mains contre ses tempes avant de les poser sur ses hanches. L'homme en apparence paisible qui siégeait dans ce tribunal était doté d'un tempérament redoutable.

Il finit par s'arrêter, agrippa le dos de son fauteuil et baissa la tête. Dans le silence qui suivit, il s'assit, joignit ses doigts en triangle et les dévisagea. En un mot, il était consterné.

— Monsieur Rayburn. Je n'accepterai pas ce type de comportement dans mon tribunal. Point final. Et je suis troublé à l'idée qu'un tel comportement puisse se répéter au sein de votre propre cour si le gouverneur devait vous autoriser à y siéger.

— Ce n'est pas ma cour qui m'inquiète mais plutôt la vôtre.

— Monsieur Rayburn ! dit sèchement Norris.

— Ce procès tout entier n'est qu'une vaste blague, affirma Kip. Vous avez laissé cette femme avilir la procédure en nous attaquant en public, mon père et moi. Ceci alors qu'elle en avait amplement eu l'occasion avant que ce procès ne débute. Il s'agit d'une attaque délibérée.

— Vous ferez montre de respect envers ce tribunal, monsieur, rétorqua le juge Norris. Car vous n'avez ici d'autre statut que celui de témoin.

— Ce n'est pas le moment où je pose la question qui compte, intervint Josie, prête à affronter Kip. J'attends une réponse véridique. Si vous aviez décidé de ne pas voir ce qui se passait dans votre propre maison, alors je n'avais d'autre choix que de le soumettre à l'attention de la cour.

Josie se tourna vivement en direction du juge Norris.

— Votre Honneur, je demande un report d'audience. J'ai besoin de plus de temps pour me préparer à présent que je dispose de cette information. Il me faut étudier les conséquences du comportement de la victime et de ces témoins sur ma défense.

— Votre Honneur, intervint Rudy, inutile d'ajourner ce procès parce que la cliente de mademoiselle Bates ne s'est guère montrée communicative. La défense a eu largement le temps pour découvrir et enquêter sur tous les aspects de cette affaire. Il ne s'agit pas ici de preuves médicolégales nécessitant des tests supplémentaires, ni d'un témoin oculaire qu'il faut retrouver.

— Ça c'est sûr, ajouta Kip d'une voix traînante. Il ne peut pas y avoir de témoin, ni de preuve, car il n'est rien arrivé à cette fille. Demandez à ma femme. Demandez-lui.

Tous les regards convergèrent vers Linda. Elle restait assise, immobile, genoux serrés, les poings posés sur ses cuisses. Elle était livide et braquait sur Josie un regard glacial.

— Pourquoi est-ce que tu nous fais ça ? demanda-t-elle en levant légèrement les mains.

— Tu étais au courant, Linda ? Tu le savais ? s'enquit Josie à mi-voix.

Mais Linda ne répondit pas. Elle se tourna vers le juge Norris.

— Votre Honneur. Ma fille est malade. Elle évolue dans un monde de fantasmes. Hannah vit dans son propre esprit. Elle peint des toiles ; elle s'invente des vies. Elle fume de la marijuana. Elle se réinvente chaque…

— Linda ! s'écria Josie. Qu'est-ce que tu racontes ? Hannah a été victime de mauvais traitements et elle a les cicatrices pour le prouver.

Linda baissa la tête avant de la faire pivoter vers Josie, fusillant l'avocate derrière ses longs cils.

— Ne t'avise pas de vouloir m'apprendre des choses sur ma fille, Josie.

— Ce n'est pas ce que je fais. Je te demande de la regarder avec objectivité. Regarde ce que cet homme lui a fait ! supplia Josie.

Linda secoua la tête pour ramener ses cheveux en arrière et se redressa sur son siège.

— Et moi je te dis d'y regarder à deux fois. Tu as toujours été capable de repérer une feinte quand on jouait au volley, Josie. Tu devrais pouvoir le faire encore maintenant.

Josie plissa les yeux. Quelque chose ne collait pas. C'était là, dans le ton de Linda, dans l'ombre derrière ses yeux.

— Il ne s'agit pas de sport et Hannah n'est pas mon adversaire, Linda, dit-elle d'une voix prudente.

— Non, il ne s'agit pas de sport…, répéta Linda. (Puis, avec plus de force :) Hannah est une enfant malade qui n'a cessé de me causer de l'inquiétude durant chaque minute de mon existence. Je l'accepte pour moi mais elle pourrait ruiner la carrière de mon mari et la réputation d'un homme remarquable ayant connu une mort tragique.

Elle tourna son attention vers Rudy puis vers le juge Norris avant de reprendre :

— Comment pouvez-vous laisser tout cela se produire ? Comment pouvez-vous la laisser insinuer de telles choses ? Quoi que mademoiselle Bates ait cru voir, Hannah se l'est sans doute infligé elle-même. Quoi qu'elle ait pu raconter, il s'agit des délires imaginaires d'une adolescente solitaire qui ne s'est jamais sentie à sa place nulle part.

De nouveau, son regard se braqua sur Josie.

— Rien de ceci n'aide Hannah, Josie. Ça n'aide aucun d'entre nous.

Kip intervint à son tour.

— Si vous continuez dans cette voie, mademoiselle Bates, vous vous retrouverez du mauvais côté d'un procès pour diffamation. Nous voulons qu'Hannah plaide en ne contestant aucune des accusations. Monsieur Klein, j'aimerais que vous négociiez un accord. Nous vous enverrons notre nouvel avocat.

Josie lâcha un petit rire.

— Vous savez qu'un avocat ne peut être remplacé sans cause valide et je n'ai rien fait d'autre qu'agir dans l'intérêt de ma cliente.

— C'est une plaisanterie, gronda Kip. Je peux vous remplacer dès cet instant. Je ne paierai pas un cent de plus pour ce genre de représentation.

— Ce ne serait donc qu'une question d'argent et de préservation des apparences, constata Josie. (Elle hocha la tête, résignée à ce qui devait suivre.) Très bien. Alors écartons-la de vous, et non de moi. Monsieur le juge, mademoiselle Sheraton est jugée comme une adulte. Elle devrait prendre ses propres décisions. Et s'il y a la moindre question quant à la légalité d'une telle démarche, Votre Honneur, alors je fais connaître officiellement mon intention de réclamer l'émancipation de la mineure Hannah Sheraton afin de couper tous les liens légaux avec Linda Rayburn.

— Tu ne peux pas faire ça ! s'exclama Linda.

Elle s'était à moitié levée de son siège. Kip la prit par les épaules et la força à se rasseoir.

— Votre Honneur, il s'agit là d'une perversion du système, déclara Rudy. L'émancipation n'a jamais été conçue pour être utilisée de cette façon.

— Alors laissez-moi défendre cette fille comme il se doit ! s'emporta Josie, sans réfléchir aux conséquences.

— Silence, vous tous.

Norris avait tranché l'air d'un geste sec ; il les dévisagea tour à tour. Josie, furieuse et déterminée, Linda raidie de colère, Rudy impatient de ramener le procès sur ses rails et Kip Rayburn, blessé, furibond et dangereux. Il y avait autre chose chez Kip Rayburn, mais il fallut quelques instants à Norris pour l'identifier. Et puis il trouva le mot qu'il cherchait. La honte. La honte pouvait constituer une puissante source de motivation.

Le juge prit sa décision.

— Je vais parler à l'accusée. Seul.

23

Josie était persuadée d'une chose : tous les problèmes ont une solution.

Fritz Rayburn était un problème. Quelqu'un l'avait résolu en éliminant la source. Le père de Josie réglait ses problèmes selon les règles. Emily Baylor-Bates s'enfuyait. Linda faisait semblant de ne pas voir, certaines personnes ignoraient leurs ennuis et d'autres s'en créaient de nouveau qui prenaient leur place. Et puis il y avait ceux qui réglaient leurs problèmes avec les bonnes vieilles méthodes : en travaillant dessus. Poser les bonnes questions, déterminer si les réponses sont véridiques, concevoir un plan, l'appliquer et réexaminer la situation si nécessaire.

Ils attendaient désormais de savoir comment le juge Norris allait gérer le problème d'Hannah Sheraton.

Linda et Kip étaient assis sur le banc des jurés, isolés, blottis l'un contre l'autre en se tenant les mains. Kip ne bougeait pas ; Linda ne tenait pas en place. Elle s'appuya contre son mari, posa sa main sur son genou, baissa la tête afin qu'elle repose contre la mâchoire de Kip et lui chuchota des choses à l'oreille. La seule chose que Linda Rayburn se refusait à faire était de regarder Josie qui faisait les cent pas au fond de la salle d'audience.

L'avocate ne cessait de consulter sa montre ; elle ressassait l'idée que Norris aurait dû lui permettre de demeurer dans son cabinet durant son entretien avec Hannah. Elle lui avait promis de rester silencieuse mais il l'avait congédiée. Malgré l'agitation de Josie, le temps ne semblait pas s'écouler plus vite. Elle se laissa tomber sur le banc du dernier rang, serra les genoux et inclina ses pieds vers l'extérieur en examinant l'extrémité pointue de ses bottes à talons hauts.

— Bates ?

Josie sursauta et redressa le dos, immédiatement sur ses gardes. Rudy Klein s'installa sur lc banc dcvant le sien.

— Qu'est-ce qui se passe dehors ? demanda Josie à voix basse en désignant la porte d'un petit mouvement de tête.

— La presse se prépare à la curée. Vous allez de nouveau faire les gros titres. Vous avez un vrai talent pour ça.

— Autre chose ?

Josie n'avait aucune patience avec ce petit jeu qui consistait à ramener sans cesse le passé sur le tapis.

— Je ne crois pas, non. Je me suis simplement dit que vous aimeriez peut-être un peu de compagnie. J'imagine que j'ai eu tort.

Rudy fit mine de se lever. Josie l'arrêta.

— Désolée. Désolée, je suis un peu susceptible là, maintenant.

Rudy se rassit. Il passa un bras derrière le dossier du banc et s'exprima d'une voix basse, pensive.

— Vous n'êtes pas la seule. Et vous n'êtes pas non plus la seule à vous sentir mal à propos de toute cette histoire, soupira-t-il.

Il s'était mis à pianoter discrètement sur le dossier en bois.

— Je dois admettre que pour moi aussi c'est difficile. J'admirais le juge Rayburn. Je n'ai aucune envie de croire qu'il ait pu faire ce que vous dites qu'il a fait. Pas à un enfant. Pas à son fils ou à cette jeune fille.

Josie examina Rudy pendant qu'il terminait sa phrase. C'était vraiment un bel homme. Une chevelure épaisse au-dessus d'un front large et intelligent. Son regard, qui semblait parfois paresseux, était en réalité lumineux et expressif. Il aurait sans doute été un excellent acteur mais il ne jouait pas la comédie à présent. Rudy était troublé et luttait pour ne pas dévier de sa mission.

— Je ne crois pas que quiconque ait envie d'y croire, mais c'est ce que nous avons en face de nous, dit Josie.

Rudy soupira et se passa une main sur les yeux.

— Peut-être. Peut-être pas. Je me demande seulement si vous savez vraiment ce que vous faites. Je veux dire que, quand la presse va s'emparer du sujet, bien des choses vont être remises en question : les jugements prononcés par Rayburn, les gouverneurs auxquels il était lié, votre propre rôle dans tout ceci.

— Vous vous inquiétez pour ma réputation professionnelle ? demanda-t-elle en lui décochant un regard en biais.

L'adversaire semblait au repos mais elle restait prudente.

— Je ne voudrais pas vous voir descendue en flammes. Mais je pense que ça risque d'arriver. Vous courez avec le ballon sous le bras mais vous n'avez pas fait attention à qui vous avez fait la passe.

Rudy appuya son menton contre sa paume.

— Peut-être qu'il aurait mieux valu demander un ajournement pour aller vérifier le récit de la gamine, poursuivit-il.

— C'est gentil de votre part de vous soucier de moi. Je pense que ma réputation y survivra, répondit Josie.

— Hé, je suis sérieux. Je n'ai pas envie de vous voir tomber, je vous donne juste un conseil. Quoi qu'il y ait entre la mère de cette fille et vous, ça reste entre vous. Mais ce qu'elle raconte à propos du fait que sa fille est délirante, qu'elle a des tendances autodestructrices, tout ça… Ça pourrait être vrai.

— Et moi je crois ma cliente, affirma Josie. Ça me suffit.

Il secoua la tête et retira son bras de derrière le dossier, l'air sincèrement inquiet.

— Alors vous allez être la seule. Fritz Rayburn était un juge de la Cour suprême de Californie. Je pourrais vous réciter la moindre ligne de son curriculum vitæ. Il n'y a jamais, absolument jamais eu le moindre début de scandale. Et voilà qu'une fille en proie à d'énormes problèmes crie au loup. Vous devez bien voir comment ça peut finir.

Josie ramena ses pieds côte à côte et se pencha vers lui. Elle prit soin de ne pas élever la voix.

— Rudy, pourquoi l'âge et la réussite comptent-ils plus que la jeunesse et la crainte ? Il a fallu des tripes à Hannah pour oser me parler de ça. J'aurais aimé qu'elle le fasse plus tôt, mais elle savait que les gens réagiraient comme vous le faites. Personne ne veut scruter Fritz Rayburn à la loupe, ni lui demander des comptes. Vous croyez que Kip aurait pris le parti d'Hannah si elle lui en avait parlé ? Ou sa mère ?

— Moi je l'aurais écoutée s'il y avait eu des preuves crédibles, insista Rudy.

— C'est ça. Exactement comme vous êtes prêt à la croire à cet instant, se moqua Josie. Ne vous fichez pas de moi, Rudy.

Elle tourna la tête. Kip les regardait et, en croisant son regard, Josie fut envahie par un sentiment de tristesse pour chacun d'eux : Kip, Linda et particulièrement Hannah. Et puis elle explora le reste de la salle du regard et ce sentiment se dissipa. Personne ici ne faisait rien par compassion envers un autre être humain. Tous étaient guidés par un objectif plus vaste et celui de Josie était d'obtenir justice pour une jeune fille impuissante.

— Vous disiez que le procureur et vous souhaitiez tenir pour responsables les gamins qui commettent des meurtres, dit-elle en se redressant sans cesser de parler. Pourquoi la responsabilité ne s'appliquerait-elle pas dans les deux sens ? J'aime à penser que vous poursuivriez Fritz Rayburn s'il était accusé. Et j'aime à penser que je le défendrais car tout le monde est innocent jusqu'à preuve du contraire. Mais Fritz Rayburn n'est pas mon client. Ma cliente, c'est Hannah. Elle mérite tout ce que j'ai à donner, y compris le fait d'étaler la vérité comme un tapis de clous en vous obligeant à vous allonger dessus. Je m'attends à vous voir lutter avec force mais ce que j'attends surtout, Rudy, c'est que nous allions au bout de la vérité. Le plus souvent, c'est dans ce genre de cas que la vérité émerge enfin, quand on creuse assez profondément.

Rudy Klein pinça les lèvres. Josie Baylor-Bates croyait en sa cliente autant que lui-même était convaincu qu'Hannah Sheraton était responsable de la mort du juge Rayburn.

— Je pourrais vous enterrer avec cette affaire de mauvais traitements si vous persistiez dans cette voie, Bates. Cela constitue un mobile idéal, dit-il franchement. J'irai voir le procureur pour discuter la possibilité d'un arrangement. Mettons un terme à cette histoire avant qu'elle n'aille trop loin.

Josie jeta un coup d'œil à Kip Rayburn avant de reporter son attention sur Rudy.

— Non, Rudy. Cette fois, je suis dans le vrai. Ces sévices constituent une raison pour Hannah de se défendre et non l'inverse. Il n'y aura pas d'arrangement.

Sur ces mots, Josie se leva. La porte du cabinet de Norris venait de s'ouvrir. Le juge, qui tenait Hannah par le bras, l'escorta au sein de la salle d'audience.

Linda quitta en hâte le banc des jurés, les bras tendus vers sa fille. Mais Hannah détourna les yeux et demeura auprès du juge. Kip vint se placer derrière Linda. Rudy, lui, suivit Josie qui passa la barre pour se poster devant le juge Norris et Hannah. Norris s'exprima d'une voix douce mais ferme.

— J'ai décidé de décréter un report d'audience, conformément à la requête de mademoiselle Bates. Ce procès reprendra mardi 16. Cette cour reconnaîtra le statut d'adulte de mademoiselle Sheraton sans qu'une procédure d'émancipation soit nécessaire. Elle a choisi de conserver mademoiselle Bates comme avocate de la défense. Elle a également décidé qu'il n'y aurait plus de discussion à propos d'une possible négociation de peine à moins que les avocats ne soient présents et que l'accusée ne donne son accord.

— Oh non !

Linda avait réprimé un cri et se tourna vers son mari.

— Toutefois, je me retrouve dans une situation délicate vis-à-vis de l'endroit où mademoiselle Sheraton habitera pour la durée du procès.

— Je ne comprends pas. Elle va rentrer à la maison avec moi, dit Linda. Elle n'a pas dit qu'elle voulait rentrer avec moi ? Hannah ?

— À partir de ce jour, le tribunal décidera où Hannah va habiter. Il me paraît clair que dans ce dossier les blessures émotionnelles sont profondes et à double sens. La cour compatit envers les deux parties mais… (Norris leva une main, doigt dressé vers le ciel.) Je refuse de voir l'accusée intimidée ou soumise à une influence néfaste au cours de ce procès. Après ce qui s'est passé aujourd'hui, j'hésite à remettre mademoiselle Sheraton sous la responsabilité de sa mère tant qu'elle réside chez monsieur Rayburn.

Le juge regarda par-dessus l'épaule de Linda pour croiser le regard de son mari.

— Je comprends à quel point ceci doit être difficile pour vous, monsieur Rayburn. Je sais que le choix de témoigner pour l'accusation a dû être très douloureux. Cependant, ce choix ne sera pas oublié de sitôt, pas plus que vos suspicions ne seront aisément apaisées. Quand vous quitterez cette salle, aucune solution magique ne vous permettra, mademoiselle Sheraton et vous, de résider sous le même toit de manière civile pour la durée du procès.

Josie s'avança.

— Monsieur le juge, les ramifications seraient pires encore si Hannah était confiée aux soins du comté. Je sais que la cour ne souhaite pas la voir subir plus de souffrances.

Norris sourit d'un air attristé.

— Non, en effet. Mais les souffrances se présentent sous bien des formes. Et si je ne souhaite pas la voir dans la détresse physique, je ne veux pas non plus constater de détérioration de son état mental. Si l'hostilité affichée aujourd'hui continue parce qu'elle est confinée à son domicile, je crains que cela se produise dans un proche avenir.

— Mais…, commença Josie.

Ce fut cependant Kip qui mit fin à la discussion.

— Je ne retournerai pas dans la maison de Malibu, dit-il.

Linda laissa échapper un hoquet et se tourna vers lui, oubliant Hannah.

— Kip, il n'y a aucune raison de faire ça ! Je suis sûre qu'on peut trouver une solution, insista-t-elle.

Mais il ne lui prêta pas attention.

— Je n'y retournerai jamais, monsieur le juge.

Kip parlait d'une voix monocorde, une expression déterminée sur le visage. Il ne paraissait pas sensible au contact de Linda, à son état de panique, à ses besoins.

— Jamais ? Kip, tu ne veux pas dire que tu ne rentreras jamais à la maison ? chuchota Linda.

— Madame Rayburn ?

Le juge Norris l'interpellait. Linda cligna des paupières. Elle hésita et ne détourna qu'à contrecœur ses yeux fixés sur Kip. Sa peau était pâle. Ses mains tremblaient, refermées sur son sac à main. Elle semblait assommée.

— Madame Rayburn, j'ai besoin que vous m'assuriez que votre fille constituera votre priorité. À partir de maintenant et jusqu'à la fin de ce procès, vous serez responsable du suivi de votre fille, vingt-quatre heures sur vingt-quatre. Monsieur Rayburn ne séjournera plus dans la résidence de Malibu. Si vous devez le voir, vous ferez en sorte que votre fille soit en sécurité et ne soit pas laissée seule.

Le regard de Linda oscillait entre Kip et le juge. On était

en train de lui demander de trancher le dilemme et Josie retint son souffle en demandant quel choix Linda allait faire. Finalement, d'une voix faible et sans parvenir à croiser le regard de Norris, Linda opina :

— Oui. Je comprends.

— Bien. Monsieur Rayburn informera la cour de son nouveau lieu de résidence.

— La maison de Palisades.

Le regard de Kip s'arrêta sur Hannah, puis sur Josie.

— Ma greffière aura besoin de l'adresse complète et du numéro de téléphone, poursuivit le juge. Madame Rayburn et mademoiselle Sheraton continueront d'habiter à Malibu. Si un problème survient, un autre logement sera trouvé pour l'accusée. Je préférerais que cela n'arrive pas. En fait, j'espère avoir clairement indiqué à quel point je ne souhaite pas que cela se produise.

— Je peux ramener Hannah à la maison maintenant ? voulut savoir Linda.

— Oui. Je ne changerai pas les conditions de la liberté sous caution tant que mademoiselle Sheraton les respectera. Est-ce bien compris ?

— Oui monsieur, chuchota Hannah.

Elle cherchait sa mère des yeux tout en battant lentement la mesure de sa main droite contre sa cuisse.

— Bien. Alors je vous suggère de tous rentrer chez vous. Madame Rayburn devra laisser ouverts tous les canaux de communication entre mademoiselle Bates et sa cliente. Est-ce bien clair ?

— Oui, murmura Linda.

Josie fit un pas en avant dans un geste de soutien mais Linda recula immédiatement. Elle ne voulait rien avoir à faire avec Josie. Elle referma ses bras autour d'Hannah et l'attira loin de Josie, du tribunal, du juge et de Rudy Klein. Josie leur emboîta le pas et rattrapa Linda sur le seuil.

— Hannah. Linda. Attendez ! lança-t-elle.

Linda tourna vivement la tête. Elle serra un peu plus Hannah contre elle.

— Tu n'en as pas assez fait aujourd'hui ? gronda-t-elle.

— Maman, s'il te plaît, supplia Hannah. C'est moi. C'est moi qui lui ai dit.

— Tais-toi, Hannah. Ne fais pas empirer les choses.

Les yeux de Linda brillaient de colère. Elle s'éloigna un peu plus afin que le juge ne puisse pas les entendre.

— Reste à l'écart, Josie. Tu as tout gâché. Tu as foutu mon mariage en l'air. Tu as rendu ma fille folle.

— Maman ! s'écria Hannah. Je t'en prie, c'est pas sa faute. Je lui ai seulement dit ce que Fritz avait fait…

— Tais-toi, Hannah. Ne dis plus un mot.

Linda raffermit sa prise, comme pour réaffirmer qu'Hannah était à elle.

— Tu ne peux pas la tenir à l'écart, Linda, l'avertit Josie à mi-voix.

— Je ferai ce qu'a demandé le juge mais ça ne veut pas dire que je vais te laisser tout détruire. J'ai mérité cette famille. Elle est à moi et je trouverai un moyen de la conserver.

Linda passa son sac à main sur son épaule et raffermit sa prise sur Hannah.

— Maintenant, j'estime que ma fille en a eu assez pour la journée. Moi, en tout cas, j'ai eu ma dose.

— Hannah, tu vas bien ? demanda Josie sans plus se préoccuper de Linda.

La jeune fille hocha la tête.

— D'accord. Je t'appellerai plus tard.

— Certainement pas ! gronda Linda, avant de se rappeler les ordres du juge. Laisse-nous au moins un peu de temps.

Josie recula, mains levées.

— D'accord. D'accord. Mais écoute-moi : la presse s'est

installée devant l'entrée principale. C'est le cirque là dehors. Fais plutôt descendre Hannah par le monte-charge sur la gauche.

Josie soutint le regard de Linda. La haine luisait dans les yeux de celle-ci ; la détermination dans ceux de Josie. Sans ajouter un mot, Linda posa une main sur la tempe de sa fille, attira sa tête contre son épaule et lui fit rapidement passer la porte.

Josie alla récupérer sa veste et sa serviette. Kip Rayburn était en grande conversation avec Rudy. Le juge Norris était retourné dans son cabinet et Josie disposait à présent de onze jours pour découvrir exactement quel genre d'homme était Fritz Rayburn et qui d'autre avait pu souhaiter sa mort.

*
**

Linda commença à boire à 18 heures. Elle fuma un demi-paquet de cigarettes en écoutant Hannah mettre sa chambre sens dessus dessous. Le saccage dura quarante-cinq minutes. Puis le silence s'étira sur deux longues heures alors que Linda attendait de voir Kip passer le seuil. Elle était certaine qu'il défierait les instructions du tribunal pour revenir vers elle.

À 21 heures, Linda se dit qu'elle était désormais seule. Repoussant boisson et cigarettes, elle se dirigea vers l'arrière de la maison. Hannah était assise sur son tabouret et oscillait d'avant en arrière en comptant. Draps et couvertures gisaient en tas, les oreillers projetés en direction de la salle de bains. Les vêtements d'Hannah avaient été arrachés de leurs cintres et tirés hors des tiroirs avant d'être abandonnés par terre. Une lame de rasoir se trouvait à l'intérieur d'une petite soucoupe aux pieds d'Hannah. Dieu merci, elle n'avait pas été utilisée. Linda ferma les yeux, inspira par le nez et dit :

— Tu n'as pas à t'inquiéter. Kip ne rentrera pas.

Hannah continuait de se balancer. Linda fit une nouvelle tentative :

— Il s'en remettra. Quand tout sera terminé, nous

habiterons toujours ici.

Linda se glissa à l'intérieur de la chambre. Une fois dans le champ de vision d'Hannah, elle s'arrêta, dos au mur.

— Fritz a vraiment fait ce que Josie a dit ?

— Oui, chuchota Hannah.

— Pourquoi tu ne m'as rien dit, chérie ?

Linda faillit s'étrangler sur ces mots. Elle renifla et porta les mains à ses lèvres. La simple pensée de ce qu'Hannah avait enduré réveillait de mauvais souvenirs du père de la jeune fille. Ses yeux sombres aux cils épais, les sensations que faisaient naître ses mains sur son corps, la façon dont il faisait l'amour… La façon dont il la frappait, lui tordait les bras, lui brisait les os. C'était un homme aussi beau à regarder que dangereux à fréquenter. Linda n'avait parlé à personne de ces mauvais traitements car il n'y avait personne pour l'écouter dans un pays où battre sa femme était un signe de virilité. Finalement, Linda était partie parce qu'elle le pouvait. C'était différent pour Hannah. C'était une gamine. Elle avait tenté de s'enfuir et Fritz l'avait toujours ramenée. Pourtant, Hannah aurait pu dire quelque chose. Si elle l'avait fait, tout aurait été différent. Tout.

— Pourquoi tu ne m'as rien dit ? demanda de nouveau Linda.

Elle vacilla contre le mur et y posa les mains pour préserver son équilibre. Elle avait trop bu, trop cogité et passé trop d'heures à veiller durant les dernières semaines en tentant de déterminer ce qu'il fallait faire.

— Pourquoi tu ne m'as rien dit, Hannah ?

— Parce que tu ne voulais pas que je le fasse.

La jeune fille pivota avec lenteur pour regarder Linda. Ses cheveux retombaient sur un côté de son visage et ses yeux verts brillaient. L'énergie qu'il lui avait fallu pour mettre sa chambre à sac, la futilité de toute cette situation, l'avaient épuisée.

— Ce n'est pas vrai, Hannah. Si j'avais su, ça aurait tout

changé. Ça…

Avant de comprendre ce qui lui arrivait, Linda se retrouva à genoux, serrant Hannah dans ses bras. Ses doigts plongèrent dans la chevelure d'Hannah ; elle lui prit le visage entre ses mains tandis que ses larmes coulaient sur les épaules de l'adolescente.

— Tu es saoule, maman. Tu es saoule.

Hannah repoussa Linda mais sa mère tint bon.

— Non. Mais je me sens si triste. Si j'avais su ce qu'il faisait, j'aurais pu m'occuper de ce vieux salopard. Tout aurait été tellement simple. Tellement différent.

Linda s'accrochait à sa fille en sanglotant mais Hannah la repoussa avec force. Linda tomba à la renverse et s'étala par terre.

— Tu as dû avoir tellement peur. Si tu me l'avais dit, j'aurais pu l'empêcher de nous faire mal à l'une comme à l'autre. Ça aurait été si simple.

Hannah resta assise sur son tabouret à écouter les protestations de sa mère. Elle n'avait trouvé aucun réconfort dans l'étreinte de Linda. Le son de sa voix ne l'apaisait en rien. La promesse que tout aurait été différent ne signifiait rien puisque Fritz était mort. C'était terminé. Tout était terminé.

*
**

Kip entra dans la maison de Palisades et fit ce qu'il faisait toujours en rentrant chez lui. Il monta l'escalier jusqu'à sa chambre et déposa son portefeuille et ses clefs sur la commode dans le dressing. Il alluma la lumière de la salle de bains et la lampe de chevet. Puis il s'assit sur le lit et retira sa montre.

L'endroit était égal à lui-même : impeccablement propre, parfaitement rangé. Il aurait dû rentrer des semaines plus tôt, quand la police avait libéré la propriété.

Il se promena à travers la maison, effleurant les meubles traditionnels au style élégant, examinant les œuvres d'art classiques. Fritz avait fait du beau travail dans cette maison.

Personne n'aurait douté qu'il était né dans une famille riche, qu'il avait grandi parmi les plus belles choses. Un maître du déguisement, le vieux.

Kip descendit jusqu'à la cuisine mais il n'avait pas faim. Il se versa un verre mais n'y goûta pas. Enfin, il fit ce qu'il avait su qu'il ferait depuis le début : il ouvrit la porte d'entrée et parcourut la propriété.

Kip passa devant la fontaine où le pompier avait trouvé Hannah. Le petit bambin au sommet avait cessé d'uriner pour le moment ; l'eau avait été coupée pendant qu'on nettoyait les décombres. Une partie de l'escalier était toujours debout. L'une des peintures d'Hannah n'avait été que partiellement détruite. Un ouvrier l'avait posée près de la fontaine, comme s'il avait découvert quelque chose de précieux. Kip lui décocha un coup de pied au passage, en résistant à son envie de la piétiner violemment. Ce n'était pas le moment de perdre son sang-froid. Il n'avait jamais perdu le contrôle durant l'enfance ; il ne l'avait fait qu'une seule fois étant adulte… et avec quel résultat !

Ses chaussures crissèrent sur les fondations mises à nu. Étrange comme l'odeur du feu persistait, parvenait à s'accrocher au béton brut. Étrange aussi la sensation d'avoir plus chaud dès l'instant où il avait posé le pied sur la dalle et la façon dont les tintements de la glace dans son verre semblaient résonner sur des murs qui n'existaient plus.

Après s'être laissé tomber sur la dernière marche de l'escalier, Kip Rayburn leva les yeux vers le ciel nocturne puis reporta son regard vers les jardins. Il contempla les collines et les canyons de Palisades puis se mit à rire. Quiconque l'aurait entendu aurait pu croire à des sanglots. Il trouvait drôle l'idée d'être assis dans les décombres de sa demeure, obligé de faire face à la ruine de son existence, la perte de son père, l'éloignement de sa femme. Au final, Fritz Rayburn était la seule chose à avoir réellement, vraiment appartenu à Kip Rayburn. Et Hannah l'en avait privé.

Fritz ne serait-il pas amusé d'un tel gâchis ?

N'aurait-il pas aimé voir à quel point tout le monde souffrait ?

Kip Rayburn laissa ces questions tourbillonner dans son esprit, la tête appuyée contre le mur. Et il rit, encore et encore, jusqu'à en pleurer.

⁂

Rudy Klein retrouva son domicile juste avant le journal de fin de soirée. Il se déshabilla pour ne garder que son tee-shirt et son boxer. Son dîner consista en une boîte de biscuits apéritifs accompagnés d'un morceau de fromage, un verre de lait et un roulé au chocolat. Un dîner à la Rudy avec un dessert à la Mikey. Rudy saisit le gâteau et entreprit de retirer l'emballage argenté tandis qu'à l'écran démarrait une page de publicité.

Un œil sur son téléviseur, il composa le numéro de son ex-femme.

— Salut, dit-il. Il est tard, je suis désolé. Je voulais juste te demander une faveur. Tu pourrais aller dans la chambre de Mikey et lui faire un bisou de plus pour moi ?

— Il dort, Rudy, grommela Pam. Et j'étais presque endormie moi aussi.

— Je sais. Mais ça ne fera de tort à personne, si ? S'il te plaît…

Soudain, toute pensée à propos de Mikey ou de son ex-femme disparut de son esprit. Rudy Klein raccrocha le téléphone alors même que Pam continuait à se plaindre. Les infos venaient de commencer et le titre du jour concernait le procès Rayburn.

⁂

Josie et Archer étaient installés près de la fenêtre de chez *Burt à la plage* pour pouvoir garder un œil sur Max, profondément endormi sur le trottoir encore chaud. Les hamburgers étaient en train de cuire, un pichet de bière fraîche se dressait au milieu des planches contact d'Archer étalées sur la table. Avant qu'il puisse tendre sa loupe à Josie, avant qu'elle puisse lui raconter ce qui s'était passé au tribunal, Burt les héla :

— Hé, Josie ! Ils parlent de toi à la télé.

Toutes les personnes présentes se turent. Les regards se tournèrent vers l'écran en hauteur tandis que Burt augmentait le volume.

— C'est pas vrai..., souffla Josie.

Archer s'inclina en arrière sur son siège et émit un discret sifflement. Josie se retourna vers lui. Il haussa un sourcil.

— T'as eu une journée difficile, hein, Jo ?

***

Alex Schaeffer et Cheryl Winston étaient sur leur trente-et-un. Le gouverneur Davidson ne s'était pas embarrassé d'un smoking, mais il s'en donnait rarement la peine. Dans une autre partie du manoir de Bel Air, deux cents personnes dégustaient un dîner à base de poularde, de salade de cœurs de palmier, de bisque de homard et de tartelette aux pommes nappées de crème fraîche. Cette soirée allait facilement rapporter un demi-million dans les caisses du gouverneur, tant que personne ne verrait ce qu'eux trois découvraient à l'instant.

Les infos s'ouvraient sur Linda Rayburn et sa fille, entourées d'une foule de reporters qui se battaient pour être aux premières loges. CBS avait fait un excellent boulot. Leur caméraman avait obtenu un superbe gros plan sur le beau visage furieux de Linda et leur journaliste était parvenu à glisser son micro juste sous son nez pour capter ses paroles pleines de vitriol.

— Et où sont mes droits en tant que parent ? C'est ça que je veux savoir. Le juge dit que Josie Bates a des droits, que ma fille a des droits mais que moi je n'en ai aucun. Je suis écœurée. Ma fille a besoin d'aide. Elle n'a pas besoin d'être écartelée dans toutes les directions par le tribunal. Où sont ceux dans ce monde qui croient qu'un parent agit dans l'intérêt de son enfant ? Où sont ceux qui défendront la famille ? Je n'arrive pas à croire que ça nous arrive vraiment. Josie Baylor-Bates mériterait d'être abattue pour ce qu'elle a fait aujourd'hui.

Alex éteignit la télévision. Le bas de la robe de Cheryl bruissa comme elle se tournait vers le gouverneur. Celui-ci contempla l'écran éteint pendant une minute avant de se lever, de boutonner sa veste et d'ordonner :

— Découvrez ce qui s'est passé au tribunal et pourquoi la femme de notre nominé à la Cour suprême fait un caprice sous les yeux des habitants de tout l'État !

24

« Elle se prend pour qui cette avocate ? Pour Dieu ? »

« Ces parents sont financièrement et moralement responsables de leur fille. Si cette avocate veut être responsable d'un enfant, elle n'a qu'à en faire un et endosser toute la responsabilité. »

« C'est comme un avortement en fin de terme. On arrache cette fille à sa mère et quelqu'un devrait agir pour changer ça. »

« Peut-être qu'il se passe un truc bizarre. Peut-être qu'il est arrivé un truc à cette fille. Est-ce qu'on ne devrait pas chercher à savoir quoi ? »

Interventions d'auditeurs sur les ondes de KF1 Radio.

⁂

— Entre donc.

Faye ouvrit grand la porte de chez elle et gratifia Max d'une petite caresse en escortant Josie vers la véranda vitrée.

— Merci. Désolée, je n'ai eu le message que maintenant. J'étais chez Archer hier soir, dit Josie. J'ai l'impression qu'un camion m'a roulé dessus.

Elle fit un détour vers la cuisine pour installer Max puis se versa une tasse de café. Une fois dans la véranda, elle se laissa tomber sur une chaise, ramena ses jambes sous elle et serra la tasse chaude entre ses doigts. Faye était déjà installée, une tasse de thé à portée de main. Le temps s'était rafraîchi et elle portait un petit pull pour se protéger du froid mais ce fut son expression de consternation qui fit frissonner Josie.

Le *Los Angeles Times* était posé à côté du thé. La une affichait une photo de Linda Rayburn qui s'accrochait désespérément à Hannah. Faye disposait également du journal local et du *Daily Breeze*. Tous deux s'ouvraient sur la même image de Linda et d'Hannah à la sortic du tribunal.

— Le *Times* s'est servi d'une ancienne photo de toi en page 2… (Faye lança le magazine à Josie.) Tu étais bien avec les cheveux longs.

Josie changea de position. L'un de ses pieds toucha le sol au moment où le *LA Times* atterrissait par terre. Elle se baissa, le ramassa et l'ouvrit d'un geste sec. Josie se mordilla la lèvre inférieure en parcourant l'article puis contempla l'image de la une d'un air dégoûté.

— Linda s'est volontairement mise dans cette situation, maugréa Josie.

Puis elle se tourna vers Faye :

— Je lui avais dit d'utiliser le monte-charge. Je ne crois pas qu'elle se soucie le moins du monde de sa fille.

— As-tu menacé de lancer une procédure d'émancipation ? demanda Faye sans se donner la peine de répondre au commentaire de Josie.

— Oui, admit celle-ci. Ils essayaient de forcer la main d'Hannah et écartaient ses accusations sous prétexte d'affabulation de sa part. Linda était prête à l'abandonner. Toutes les personnes présentes dans ce tribunal couraient derrière un objectif personnel qui n'a rien à voir avec l'intérêt d'Hannah.

Faye secoua la tête, incrédule.

— Ce que tu as fait était aussi radical qu'injustifié, Josie. Ta cliente avait assez de problèmes sans en plus te mettre à dos sa mère et la moitié des habitants de la ville. On peut sérieusement se demander si tu n'as pas dépassé les limites de tes prérogatives en tant qu'avocate. Brandir la menace de l'émancipation, c'était du chantage affectif !

— Oh, je t'en prie, Faye ! répondit Josie en laissant le

journal retomber par terre. Tout le monde était prêt à y aller de son couplet flatteur à propos du juge décédé. Sans moi, Hannah n'aurait eu personne pour parler en son nom. Linda et Kip Rayburn l'auraient forcée à plaider la folie en échange d'une peine réduite, tout ça pour que l'affaire ne s'ébruite pas.

— As-tu demandé à Hannah quel genre de représentation elle voulait ou si elle désirait être légalement et irrévocablement séparée de son unique parent ?

— Depuis quand est-ce le client qui dicte la stratégie ?

— Quand sa vie est en jeu à autant de niveaux. J'aurais cru que son avis serait considéré comme essentiel… au moins pour une avocate qui se soucie honnêtement de ce qui est le mieux pour sa cliente ? répliqua Faye.

— C'est la seule chose dont je me soucie, Faye. Je n'ai que ça à l'esprit. Hannah n'était pas en état de réfléchir à quoi que ce soit, et encore moins de prendre des décisions. Tout est là, ajouta-t-elle en désignant les journaux.

Ils n'avaient rien oublié, ni l'automutilation d'Hannah, ni l'éclat de colère de Kip, ni l'indignation de Linda, ni les accusations de Josie.

— Il me semble que c'est exactement ce que Linda Rayburn essayait de dire, reprit Faye. Hannah est une enfant troublée et tu t'es mise dans une position intenable. Tu es une avocate, Josie. Tu peux donner des conseils. Suggérer des choses. Tu ne peux pas altérer à ta guise les relations légales entre les gens, particulièrement entre un parent et son enfant. Tu ne t'es entretenue ni avec ta cliente ni avec sa mère avant de brandir cette menace. Pourquoi agis-tu de manière aussi obtuse dans cette histoire ?

— Parce que c'est injuste. Parce que si je ne me bats pas à la dure, Hannah finira dans un établissement psychiatrique et qu'elle n'a rien à y faire. Et elle a encore moins sa place en prison. Pas en sachant ce que l'on sait à présent.

Josie déplia son autre jambe. Elle avait cru que Faye l'aiderait, la soutiendrait. Et voilà qu'elle donnait l'impression d'être dans l'autre camp.

— Écoute, j'ai parlé au docteur McGrath en fin de soirée hier. C'est l'un des plus grands experts en matière de troubles obsessionnels compulsifs. Il va m'envoyer un rapport détaillé sur la capacité d'une personne souffrant de ce problème à affecter son environnement familier. Certains passent systématiquement la serpillière dans la cuisine, d'autres ferment les portes à clef. Ils sont incapables de faire quoi que ce soit pour transformer cet environnement. Ce serait comme s'ils devaient se couper un membre. Lorsqu'ils sont menacés par des influences extérieures – comme les mauvais traitements infligés par Rayburn – ils travaillent plus dur que jamais pour protéger les choses et les lieux qui leur permettent de se sentir protégés et en sécurité.

— C'est là-dessus que tu t'appuies ? Pour l'amour de Dieu, Josie, tu t'égares ! s'exclama Faye.

— C'est très convaincant si on y associe les questions relatives aux preuves tangibles et à la façon dont l'incendie s'est déclaré. Cela expliquera la présence de l'ADN d'Hannah sur Rayburn mais la disculpera du meurtre. Je sais que quand je terminerai ma plaidoirie en faisant le lien entre les différents éléments, le jury n'aura pas d'autre choix que de l'acquitter.

— Je suis navrée Josie mais c'est l'accusation qui a l'avantage. On croira beaucoup plus facilement à une fille ayant tué un homme violent qu'à une gamine incapable de craquer une allumette parce qu'elle n'aime pas déranger l'équilibre naturel des choses. Argumenter en avançant que les sévices infligés par Fritz l'ont rendue encore plus dépendante de ses obsessions paraîtra franchement tiré par les cheveux. Ce que tu fais est dangereux. Tu dis vouloir l'aider mais tu ne sembles pas voir que tu es en train de leur fournir un mobile beaucoup plus acceptable.

— D'accord. Très bien.

Josie était agacée. Elle posa les mains sur ses cuisses.

— Écoute, Faye. Depuis le début tu refuses de me soutenir dans cette affaire. Et, sans vouloir être impolie, ça dépasse un peu tes compétences. Je te promets que je sais ce que je fais. Et j'ai d'autres options. Mais restons-en là.

Les nerfs à vif, Josie fit mine de se lever mais Faye l'arrêta.

— Ça ne sera pas si simple, Josie. Je n'avais pas vraiment décidé ce qu'il convenait de faire mais tu viens de m'aider à trancher.

Faye avait plongé son regard dans celui de Josie. On n'y lisait aucune hésitation. À vrai dire, Faye semblait soudain habitée par une colère tout juste réprimée.

— Je ne veux pas que cette affaire reste au cabinet une minute de plus.

Il y eut un instant de silence, une pause durant laquelle Josie et Faye s'affrontèrent du regard. Faye avait l'avantage de la surprise.

— J'ai appelé Sandra Jones. Elle est intelligente et comprend vite. Hannah sera très bien avec elle et tu auras dix jours pour lui permettre d'être à jour sur le dossier. Je veux que tu te récuses et transfères le dossier ailleurs.

— Tu ne crois pas qu'on devrait demander à Hannah ce qu'elle pense d'un changement d'avocate ? Ou peut-être qu'on devrait juste laisser Sandra se présenter à la reprise d'audience pour lui faire la surprise ? lança Josie d'un ton sec, sarcastique.

— Tu ne lui as pas demandé son avis sur la question de l'émancipation, si ? Ce que tu devrais faire, c'est avertir madame Rayburn pour qu'elle ait l'occasion de rencontrer Sandra… Ce que tu devrais faire, c'est témoigner un peu de respect aux autres, Josie.

— Je témoigne du respect à ma cliente en faisant tout mon possible pour elle. Je ne vais pas abandonner cette affaire parce que je t'ai blessée en exprimant une évidence. Tu n'es jamais passée par cette arène-là et tu n'as aucune expérience qui te permette de juger.

— Arrête de traiter ce dossier comme un défi personnel. Hannah a seize ans, Josie ! s'écria Faye. Fais ce qui est mieux pour cette fille et trouve-lui quelqu'un de plus objectif. Aide sa mère à reprendre sa vraie place. Sans quoi tu vas détruire Hannah, la relation qu'elle entretient avec sa mère et toi-même.

Josie secoua vivement la tête. Elle n'avait aucune envie de nuire à la relation entre la jeune fille et sa mère.

— Tu as tort. Il y a des priorités. La première consiste à gagner ce procès. Une fois que ce sera fait, nous pourrons nous soucier des relations entre les gens. Et puis Norris devrait approuver une nouvelle avocate. Après ce qui s'est passé aujourd'hui, il ne le fera pas. Cette histoire a déjà connu assez de remous. Si tu as un problème, discutons-en, mais ne va pas parler à Sandra Jones dans mon dos. Si tu ne le fais pas au nom du respect que tu dois à Hannah, fais-le au moins pour moi.

— D'accord, parlons un peu de respect professionnel, dit Faye. Parlons d'Helen Sterling. Tu étais censée t'entretenir avec elle du règlement de son problème immobilier. Tu ne l'as jamais appelée. Billy Zuni a été libéré et ça fait trois jours qu'il essaye de te voir. Pas même un coup de fil. Parlons de ta feuille de présence. Tu n'en as pas rempli et le cycle de facturation est déjà passé. Parlons d'Angie qui fait des heures supplémentaires pour toi tous les soirs, sans recevoir le moindre remerciement, seulement de nouvelles instructions et de nouvelles requêtes. Par où veux-tu commencer, Josie ? Que préfères-tu aborder quand il s'agit de ton comportement professionnel ?

Embarrassée, Josie agita les mains.

— Je suis désolée, d'accord ? J'ai laissé quelques trucs passer entre les mailles mais ça y est, je peux de nouveau respirer un peu. Je ferai tout ça dans les jours qui viennent. La feuille de présence sera sur ton bureau lundi matin. Mais tu oublies qu'on ne parle pas seulement des prochaines semaines. Il s'agit d'une vraie opportunité pour ce cabinet, insista Josie en espérant que Faye prendrait un peu de recul.

» Les honoraires que nous rapporte ce dossier sont importants et nous pourrons nous en servir pour passer au niveau supérieur. L'occasion d'embaucher une autre juriste. La notoriété nous apportera de plus gros et de meilleurs clients, Faye. Cette affaire pourrait nous rendre célèbres.

Faye se leva mais sans faire plus que quelques pas. Elle se détourna un instant de Josie pour mettre de l'ordre dans ses idées.

Lorsqu'elle fut prête à reprendre la parole, Faye affichait l'expression d'une femme calme, maîtrisée et déterminée.

— Charlie et moi avons fondé ce cabinet, Josie. J'en ai pris soin. J'ai tenu à ce qu'il reste simple et discret parce que les gens qui ont besoin de moi sont des gens simples et discrets. Je t'ai dit quand tu t'es lancée dans cette histoire avec Hannah que je ne voulais pas qu'elle ait un impact sur mon affaire et c'est pourtant ce qui se passe. Je ne veux pas voir le temps d'Angie monopolisé. Je ne veux pas de journalistes à ma porte. Je ne veux pas que mes clients s'inquiètent à l'idée que nous allons leur arracher quelque chose de la même manière que tu as arraché Hannah à Linda Rayburn.

— Tu es injuste, répondit Josie. C'est une situation unique.

— Josie, tu sais exactement ce que je veux dire et je regrette que tu t'imagines pouvoir me convaincre par la ruse ou en me faisant honte. Je ne te le permettrai pas.

Josie baissa la tête. Elle contempla ses mains et examina ses ongles courts. Puis, d'un geste vif, elle replia ses doigts et serra les poings. Ses mains tremblaient.

— Tu as évoqué plusieurs possibilités. Je n'en ai entendu qu'une, le changement d'avocat.

Un ange passa, puis un autre. Faye ne broncha pas. Il n'y avait pas la moindre trace de doute ou de regret sur son visage. Ni le moindre vibrato d'indécision dans sa voix quand elle dit :

— Tu peux t'occuper de cette affaire toute seule, Josie.

— Faye... Tu te séparerais de moi ? souffla Josie, incrédule.

— Je suis en désaccord avec les tactiques que tu emploies. Je suis insultée que tu t'imagines que je ne les comprends pas. La publicité fera plus de tort que de bien à mon cabinet. Hier soir, Tiffany a reçu un appel qui nous menaçait à cause de ce que tu as fait à Linda. Tes problèmes ne font que commencer et déjà j'en ai assez.

Faye était exaspérée. Elle se rapprocha de Josie et s'assit sur le rebord de la table basse. Son ton était à la fois raisonnable et triste.

— Que voudrais-tu que je fasse ? poursuivit-elle. Passer mes journées à m'inquiéter de la façon dont Hannah Sheraton va nous affecter, mon cabinet et moi, au lieu de servir les gens dont je me soucie ?

Un frisson glacé était né au creux des tripes de Josie. La même sensation que le matin où sa mère avait disparu en désertant son poste au sein de la famille. Elle l'avait aussi ressentie en apprenant la mort des enfants de Kristin Davis. Josie serra les bras contre elle-même puis redressa la tête. Elle avait appris une chose durant ces épreuves passées : la peur était une chose, la laisser paraître en était une autre.

— Ce n'est plus seulement ton cabinet, Faye. Nous sommes partenaires, je te rappelle.

Une expression d'authentique tristesse se peignit sur les traits de Faye.

— Tu n'as jamais signé les papiers, Josie. Légalement, tu n'as aucun rôle particulier au sein de mon cabinet.

Josie avait bondi de son siège. Agitée, effrayée, incrédule mais toujours désireuse de se battre.

— Faye, je n'arrive pas à croire que tu me fasses un coup pareil !

Ne m'écarte pas. Ne me laisse pas seule.

— Tu ne m'as pas laissé le choix, répondit Faye.

— Pourquoi se fait-il qu'une personne comme Hannah n'ait pas besoin d'autant d'aide que quelqu'un qui vit au coin de la rue ? Parce qu'elle est jolie ? Jeune ? Parce qu'elle a de gros problèmes ? Tu ne lui as même jamais parlé, Faye. Tu ne la connais pas du tout. Elle n'a pas pu faire ce dont on l'accuse. Je le sais, je le sens, ici, déclara Josie en plaquant son poing contre son cœur.

C'était un geste de solidarité ridicule, mélodramatique, mais c'était ce que lui inspirait Hannah Sheraton. Tout le monde semblait prêt à tourner le dos à cette gamine, à l'abandonner à son sort, et cela lui fendait le cœur.

— Mais je n'ai aucune envie de lui parler ! s'exclama Faye avec frustration. Je voudrais que tu l'oublies, que tu reviennes au bureau et que tu t'occupes des gens que tu m'as dit vouloir représenter quand je t'ai embauchée.

— C'est vraiment des conneries ! Tu t'écoutes quand tu parles ? Tu voudrais qu'on aide les gens, mais seulement certains types de gens.

Les mains sur les hanches, Josie pivota vers la fenêtre. Elle tournait le dos à Faye. Des nuages s'accrochaient à l'horizon. Josie aurait voulu que le soleil revienne pour pouvoir sortir, faire une partie de volley, s'asseoir sur la plage avec une petite bière et faire tranquillement son travail de 9 heures à 17 heures. Elle n'avait pas envie de ressentir ce genre de passion, mais celle-ci était bien là, brûlante, inextinguible, jusqu'au fond de ses tripes. Le moteur qui l'avait propulsée vers les sommets toutes ces années auparavant s'était réveillé. Mais cette fois il était réglé différemment. Ce cas constituait plus qu'un défi pour l'intellect de Josie ; c'était un défi lancé à son bien-être émotionnel. Faye avait posé une limite. Josie allait devoir passer outre.

— Tu ne limites pas ce que nous faisons en tant qu'avocates, ni la manière dont nous le faisons mais pour qui nous le faisons.

Je ne me serais pas attendue à ça de ta part, Faye.

— Moi non plus, Josie. Je sais seulement que ce n'est pas ce que je veux pour mon cabinet et, au final, c'est toujours mon cabinet.

— Tu ne me proposes pas de vraies options, Faye, souffla Josie.

— Transfère le dossier à quelqu'un d'autre ou occupe-t-en mais toute seule, résuma Faye.

Josie ne bougeait pas. Elle en était incapable. Quelque chose en elle lui affirmait qu'elle était la seule à pouvoir aider Hannah. Une idée d'une arrogance ridicule, certes, mais tenace.

— Josie ?

La voix de Faye l'enveloppait, la défiait. Josie fit front.

— Je t'ai entendue. Ce sont des ultimatums, pas des options.

— Je ne vais pas chercher à défendre ma décision, répondit Faye. Même si tu gagnes, ça ne sera pas un *happy end*, Josie. Le plus triste, c'est qu'à mon avis tu es celle qui souffrira au final. En tant qu'avocate, tu t'engages à te comporter en conseillère au regard et à l'esprit clairs. Tu es censée rester impassible face aux circonstances particulières, être capable de mettre de côté tes émotions et ton expérience en tant que femme pour bien faire ton travail. Pourtant tu ne fais rien de tout ça. C'est devenu trop personnel pour toi. Prends un peu de recul et regarde bien ce que tu es en train de faire, Josie, avant d'aller plus loin.

— Je fais ce qui est juste. Je suis peut-être même la seule. Au final, Hannah mérite d'être défendue à son procès. Et c'est ça notre métier.

— Je suis d'accord. Laisse simplement un autre avocat s'en occuper.

L'émotion colorait à présent les joues de Faye et une lueur de regret brillait dans son regard. Mais elle ne fléchit pas.

— Je déteste ce qui est en train d'arriver, Faye, dit Josie.

— Moi aussi.

— Alors reste à mes côtés ! Retrouve celle que tu étais il y a trente ans quand tu as prêté serment pour devenir une authentique avocate, pas juste quelqu'un qui intervient quand monsieur Jones au bas de la rue est arrêté pour conduite en état d'ivresse.

— C'est un coup bas, Josie. Je ne te laisserai pas me parler de cette façon.

— Et moi je suis blessée, répondit Josie. Il y a forcément une raison qui fait que Linda est venue me chercher. Peut-être que nous sommes censées aider cette fille pour prouver que nos cerveaux fonctionnent et que nos cœurs ne sont pas de pierre. Peut-être qu'il faut que tu acceptes de prendre quelque chose à cœur, pour la première fois depuis la mort de ton mari. Et peut-être qu'il faut que j'apprenne à vivre parce que j'ai quitté le monde réel il y a trois ans. Tu y as déjà pensé à ça ?

— Ne t'aventure pas sur ce terrain, Josie. Tu n'as pas le droit de parler de Charlie. Quant à toi, je ne sais rien de qui tu es. Tu te protèges depuis le jour même de notre rencontre. Je n'ai fait que t'offrir un endroit où te cacher.

— Alors c'est peut-être ce que je suis censée découvrir. Pas seulement quel genre d'avocate je suis mais aussi quel genre de femme je suis.

Il y eut un court silence. Josie prit une profonde inspiration.

— Je ne peux pas retourner au bureau en faisant comme si cette affaire était sans importance. Je dois prendre le risque, au nom de ma foi en l'innocence d'Hannah et de ma propre valeur. Je te demande de me soutenir, Faye.

— Et je dis que je ne le ferai pas, répondit sans hésiter Faye.

— Alors fais-le par amitié.

Comme Faye ne répondait pas, Josie hocha la tête. D'un claquement de doigts, elle appela Max depuis la cuisine et lui passa sa laisse avant de conclure :

— Va te faire voir, Faye.

25

« Un front froid s'installe. Attendez-vous à des températures autour de quinze degrés jusqu'à jeudi. »

Johnny Mountain, météo de Canal 7.

*
**

Il existe une impressionnante veine de goudron qui serpente depuis les collines de Palos Verdes pour se terminer à Malibu. Entre les deux, elle déroule son ruban à travers toutes les villes balnéaires et accueille ceux qui répondent à l'appel de l'océan.

Quittant la maison de Faye, Josie et Max se retrouvèrent sur le tronçon le plus proche d'Hermosa de cette piste cyclable longue d'un kilomètre et demi. À quelques centaines de mètres de chez elle, Josie s'arrêta. Un type juché sur un vélo à mille cinq cents dollars la dépassa comme une flèche, sans doute décidé à battre le record de vitesse pour rallier Malibu. Une odeur d'oignons en train de griller flottait dans l'air. On servait le déjeuner au Strand Café. Quatre hommes aux corps superbes disputaient avec férocité une partie de volley, sans toutefois parvenir à trouver le bon rythme de jeu. Josie aurait pu leur montrer comment s'y prendre, mais même une petite partie improvisée n'aurait pu guérir le mal qui l'étreignait.

Une femme d'un âge vénérable vêtu de collants de sport bleus et de lunettes en faux diamants tenait la main d'un homme en pantalon violet et chemise à damiers. Des familles se promenaient, des chiens tiraient leurs maîtres en rollers et personne ne se souciait du fait que le soleil faiblard conférait à l'eau une teinte grise peu avenante. Personne sauf Josie. Faye avait brusquement rapetissé son univers, au point qu'elle avait l'impression de n'avoir plus aucune marge de manœuvre.

Dans son dos, elle entendit les frottements de rollers et un chœur de gloussements. Elle tira Max contre elle tandis qu'un groupe d'adolescentes les dépassait. Elles avaient emballé leurs glandes hormonales hyperactives dans des maillots de bain pas plus grands que des timbres-poste et chaussé leurs pieds de patins de la taille du Nevada. Elles semblaient insensibles à la fraîcheur, inconscientes du fait que la Terre ne tournait pas rond, mais elles étaient vraiment mignonnes avec leurs pieds dignes de Frankenstein, leurs gros seins et leurs petites fesses.

À la gauche de Josie se trouvait l'immeuble d'Archer. Au sens propre. Il l'avait acheté longtemps auparavant, à l'époque où Lexi était encore en vie et où Archer croyait tenir le monde au creux de sa main. C'était l'un des immeubles d'habitation à deux étages originaux typiques d'Hermosa Beach avant que l'argent afflue et que ceux qui avaient les moyens de faire démolir un petit morceau d'histoire de la Californie ne s'en privent pas. Mais celui-là était toujours debout. La peinture des pourtours de fenêtres en bois était écaillée. Les balcons métalliques étaient constellés de traînées de rouille qui s'écoulaient sur le stuc rose comme des larmes teintées de mascara sur des joues fardées. L'air marin était une malédiction pour tout propriétaire, mais il y avait des fleurs dans le petit massif et des locataires au goût d'Archer dans chaque appartement.

Josie leva les yeux. Elle devinait tout juste l'appareil photo d'Archer pointé vers l'océan. Gardant Max auprès d'elle, Josie grimpa lentement les escaliers en laissant au vieux chien le temps de se reposer à chaque étage. Une fois au sommet, elle ne prit pas la peine de frapper.

— Archer ?

Josie contourna un sofa en tweed brun, assez large pour qu'un couple puisse s'y lover confortablement à l'occasion d'un dimanche de paresse. Le dos du canapé était décoré de trois boutons géants recouverts du même tissu. Durant sa jeunesse, quand Josie n'était encore qu'un bébé, sa mère avait possédé un manteau doté de boutons similaires. Josie l'avait vu en photo, un jour. C'était la seule dont elle se souvienne où sa mère portait une tenue atypique. Josie s'interrogeait à propos de ce manteau. Il était trop négligé pour l'époque des pantalons taille basse et des chemisiers de paysannes ; trop vieillot pour une femme aussi jeune et belle.

Le fauteuil coque d'Archer se trouvait dans un coin de la pièce. Il y avait également un fauteuil inclinable près d'une table basse recouverte de magazines de voyage. Josie tourna la tête en direction du balcon. Vide.

— Jo ?

Archer était dans la chambre, une serviette autour des hanches et une autre à la main, prêt à se sécher les cheveux.

— Salut.

Josie demeura où elle était mais lâcha Max. Archer caressa les oreilles du chien sans détourner son regard de Josie.

— Qu'est-ce qui s'est passé ?

Archer poussa Max sur le côté et fit quelques pas vers elle.

— Faye vient de me mettre dehors, Archer. Je me retrouve toute seule avec Hannah.

Archer passa la petite serviette sur ses épaules. Josie s'approcha de lui ; il lui tendit la main et l'attira à lui. Il était encore humide d'avoir pris sa douche. Des gouttelettes se nichaient parmi les poils de sa poitrine. Josie posa sa tête sur son épaule et sentit les bras d'Archer se refermer autour d'elle. Il l'enveloppait comme le plus précieux des trésors.

— Tu veux de l'aide ?

— Ça te poserait un problème de m'aider à prouver que Rayburn était un vrai malade ? demanda-t-elle tristement.

— Aucun problème, Jo. Vraiment aucun.

26

« Même s'il y a ne serait-ce qu'une once de vérité dans ce qu'ils disent à propos de ce juge, cette fille avait le droit de faire ce qu'elle a fait. Si elle l'a fait. Voilà. Pas besoin d'en dire plus. Le film Autopsie d'un crime[5]*, ça vous dit quelque chose ? »*

Débat radio – Inland Valley

« Alors, bon, la vraie question c'est : est-ce que le gouverneur Davidson savait que ce type était un pervers quand il l'a nommé ? Si c'est le cas, alors je vais voter pour les républicains. Hé, et le fils du mec en question ? C'est peut-être un pervers lui aussi. La politique... pfff... Davidson peut aller voir ailleurs si j'y suis. »

Débat radio – Sacramento

« Hé, vous avez vu à quoi ressemble cette meuf ? Seize ans aujourd'hui, ça n'a plus rien à voir avec seize ans autrefois. Si ça se trouve, elle adorait ça. »

Débat radio – Hollywood

« Si seulement ils voulaient bien réintégrer la prière dans les écoles... »

Débat radio – San Diego

---

5 *Autopsie d'un crime* ou *The Burning Bed* (littéralement, « Le lit en feu ») raconte l'histoire d'une femme victime d'un mari violent qui, ne trouvant aucune aide à l'extérieur, finit par mettre le feu au lit où dort son conjoint après que celui-ci l'a violée. *(N.d.T.)*

Josie sortit du terminal trois et déposa son sac marin à ses pieds. Elle appela Archer sur son portable. Il se trouvait à l'endroit prévu, le Starbucks à la sortie de Sepulveda, et sirotait un café en attendant son appel. Dix minutes plus tard, son Hummer se frayait un chemin dans la circulation de l'aéroport pour s'arrêter juste devant elle. Josie jeta son sac sur la banquette arrière puis monta à l'avant.

Ils se penchèrent l'un vers l'autre et s'embrassèrent. Archer jeta un coup d'œil au rétroviseur et rejoignit le trafic avant même que ne retentisse le clic de la ceinture de sécurité de Josie. Il dépassa l'embranchement vers Sepulveda sud qui les aurait ramenés chez eux pour emprunter Century Boulevard à une allure plutôt satisfaisante pour cette heure de la journée.

— Où est-ce qu'on va ? demanda Josie, déçue de ne pas prendre le chemin de son domicile.

— Dîner, répondit-il.

— Il est 15 heures, lui fit remarquer Josie.

— C'est vrai, mais ça va nous prendre un moment pour y aller.

— D'accord.

Elle soupira et baissa la vitre. Il avait fait un temps glacial à San Francisco. Le temps était nuageux sur Los Angeles mais il faisait encore assez chaud pour que Josie soit à l'aise avec un simple chemisier. Elle posa le coude contre le rebord de la fenêtre ouverte et passa son bras gauche sur le dossier du siège.

— Le récit d'Hannah tient la route, annonça Josie. J'ai retrouvé Lyn Chandler. Elle a été greffière pour Rayburn pendant six mois durant sa troisième année de fac de droit. Et aujourd'hui elle est en route pour devenir associée chez Monikar & Finacker. Une fille intelligente. Jolie. Menue. Noire américaine à la peau claire.

— Intéressant, commenta Archer en changeant de voie.

Son véhicule massif zigzaguait au sein de la circulation

avec l'aisance d'un skieur slalomant sur des skis de compétition.

— Donc Lyn Chandler travaillait pour Rayburn depuis trois mois quand, un jour, il a posé la main sur son épaule et serré fort. Tu sais, il lui a pincé ce petit nerf, là, précisa Josie en posant brièvement la main sur la nuque d'Archer. Elle dit qu'au départ ça ne l'a pas étonnée plus que ça. Il l'avait déjà touchée auparavant, sans que ça ait quoi que ce soit de sexuel. D'habitude le contact était bref, dans un contexte où il examinait le travail qu'elle faisait pour lui. Mais cette fois il lui avait fait mal. Elle le lui a dit mais Rayburn a pris ça avec légèreté. Il lui a dit que si elle voulait devenir quelqu'un, il fallait qu'elle s'endurcisse. Que c'était nécessaire pour qui voulait défendre la loi.

— Histoire de la culpabiliser. Bien vu, marmonna Archer sur un ton froidement approbateur.

Il avait toujours une certaine appréciation pour l'efficacité, que ce soit chez les flics ou les criminels.

Josie rajusta ses lunettes de soleil alors qu'Archer s'arrêtait à un feu rouge. Leur environnement avait changé. Les entrepôts et les hangars du quartier de l'aéroport avaient laissé place à l'une de ces artères quelconques qui reliaient les quartiers vitaux de LA. Celle-ci était bordée d'un alignement de petites maisons et de boutiques plus petites encore. Il y avait des barreaux à toutes les fenêtres, des graffitis sur toutes les surfaces planes. Les panneaux d'affichage étaient en espagnol. Plutôt que proposer des sièges couchettes à destination de l'Orient, ils faisaient la publicité pour le planning familial ou une marque de bière pas chère. Josie inclina la tête en arrière et ferma les yeux, comme si elle essayait de se remémorer le déroulement chronologique de son entretien. Archer appuya sur l'accélérateur, Josie reprit le cours de son récit.

— Il y a mieux, dit-elle. Rayburn avait laissé un couteau déplié dans le tiroir du haut de son bureau. Soigneusement aiguisé. Lyn Chandler avait plongé la main des centaines de fois dans ce tiroir pour récupérer l'agenda du juge, mais cette fois une lame dépassait de la couverture. Elle s'est coupé la main et a voulu utiliser la salle de bains privée de Rayburn pour prendre une serviette et stopper l'hémorragie. Il a refusé. Il n'a pas proposé de l'aider et lui a suggéré d'utiliser les toilettes des greffiers au bout du couloir. Rayburn l'a laissée nettoyer sa plaie là-bas et lui a dit qu'elle pourrait aller voir un médecin durant sa pause déjeuner si elle le jugeait nécessaire. Mais selon lui, la coupure avait l'air propre et nette.

— Trop aimable de sa part, commenta Archer. Comment a-t-il expliqué la présence du couteau ?

— Il ne l'a pas fait. D'après Lyn, il n'expliquait jamais rien. Ni quand il lui a laissé tomber un énorme dictionnaire juridique sur la main, ni quand il lui a saisi le bras avec assez de force pour lui faire un bleu. Il continuait simplement de parler comme s'il ne s'était rien passé. Elle a dit que c'était très bizarre. En rentrant chez elle, elle se demandait toujours s'il s'agissait seulement d'accidents. Si c'était elle qui divaguait.

— On dirait qu'il appréciait les sévices psychologiques aussi bien que physiques. C'est pour ça que personne n'a jamais vu clair dans son jeu. Rayburn devait être d'un sang-froid à toute épreuve, dit Archer. Qu'est-ce que tu as obtenu au final ?

— Je lui ai demandé de témoigner. Elle a refusé. Le salopard a beau être mort, il y a trop de gens qui voient toujours en lui un juge modèle. Elle considère qu'il vaut mieux pour elle avoir été la greffière d'un juge respecté durant six mois plutôt que celle qui lancerait des accusations contre lui.

Josie laissa son bras retomber depuis le dossier pour ouvrir son sac. Le temps avait été sec à San Francisco. Sa peau la tirait, mais elle n'avait aucune crème avec elle, rien qui puisse apaiser cette sensation qu'elle allait se craqueler comme du verre ancien. Elle referma le sac d'un revers de la main.

— Je pourrais l'assigner à comparaître mais elle orienterait son témoignage de façon à avoir l'air reconnaissante envers

Rayburn de l'avoir incitée à rester sur le qui-vive. Et toi ? Qu'est-ce que tu as trouvé ?

— Rayburn a fait l'objet de deux mesures disciplinaires quand il faisait partie de la police de LA.

— Ça remonte à la préhistoire.

— Mais ça sert quand même notre objectif. La preuve d'un comportement répété de sa part. Il s'en est pris à des prostituées. L'une d'entre elles a été bien tabassée. Coupures, brûlures. Une autre a trébuché et Rayburn lui a démis l'épaule et cassé des dents en l'aidant soi-disant à se relever. Ça ne date pas d'hier, j'ai eu l'info auprès de deux flics à la retraite. D'après eux les prostituées ont eu ce qu'elles méritaient.

— On a un espoir de retrouver ces femmes ? demanda Josie sans trop y croire.

— Aucun.

Archer appuya sur les freins. Une femme tentait de faire passer une poussette et trois petits enfants au milieu de la route, alors qu'un passage piéton se trouvait à moins d'un pâté de maisons de là.

— Mais j'ai une piste pour quelque chose de plus récent, dit-il. Et c'est ici qu'on va savoir si ma source est fiable ou non.

Archer continua jusqu'au bout de la rue puis tourna brusquement à gauche et mit fin à la conversation en tirant le frein à main. Il demeura assis une seconde de plus puis sortit de la voiture. Josie l'imita et le retrouva devant le capot contre lequel elle s'appuya, les épaules en arrière. Elle contracta ses muscles fessiers pour se débarrasser de l'engourdissement lié à l'avion et en profita pour examiner les alentours.

La zone commerciale avait connu des jours meilleurs. Le parking aurait eu besoin d'être refait. Les lignes blanches qui délimitaient les emplacements s'étaient transformées en pointillés. Des vandales avaient cassé les vitres de la cabine téléphonique ; le téléphone lui-même n'avait plus de combiné. L'alignement de boutiques commençait par un marchand de vin et se terminait par un teinturier. Le plus gros chiffre d'affaires allait visiblement au vendeur de spiritueux. Entre les deux se trouvaient une animalerie spécialisée dans les serpents, une boutique d'*anime* japonais et le restaurant *Marguerite* qui proposait tamales, burritos et l'encaissement de chèques.

— Nous cherchons une certaine Rosa Cortanza, dit Archer.

Il se dirigea vers *Marguerite* et ouvrit la porte.

— Viens. Je t'offre un taco, et je ne le ferai même pas passer en note de frais.

Alléchée par son offre, Josie descendit du Hummer pour le suivre. L'endroit dans lequel elle pénétra lui fit l'effet d'un petit coin de paradis.

À Los Angeles, il y a les restaurants qui servent de la nourriture mexicaine et les restaurants mexicains. Celui-ci faisait partie de la seconde catégorie, celle de la vraie cuisine mexicaine : de la salsa maison, des tortillas faites à la main, de la viande rôtie jusqu'à se décoller toute seule des os, des tacos frits dans le saindoux. Du guacamole dense, d'un beau vert. Du chili. *Carne asada. Frijoles*. Toutes ces senteurs conféraient au lieu un attrait inattendu mais, à l'exception d'une jeune femme qui feuilletait un magazine à l'une des tables, il était désert.

La fille avait des cheveux courts sur le dessus mais longs sur la nuque. Une frange taillée au rasoir retombait au-dessus de ses yeux soulignés de khôl et maquillés de gris. Elle arborait de longs ongles violets au bout desquels scintillaient de faux diamants. Son jean était aussi moulant que son chemisier était ample. Les manches légèrement retroussées permirent à Josie de distinguer un tatouage fait maison sur son avant-bras.

La jeune femme referma son magazine en voyant Archer et Josie s'installer à une table près du mur. Une image de Notre-Dame de Guadalupe semblait bénir leur choix. Juste à côté, une enseigne de néon rouge vantant la bière Coors servait de veilleuse à la Vierge.

La serveuse s'approcha avec un panier de chips et un pot de salsa qu'elle déposa lourdement sur la table. De sous son bras, elle tira deux menus dont la couverture représentait un matador et un taureau. Le matador était dressé sur la pointe des pieds, sa cape fouettant l'air à ses pieds, le corps penché vers l'avant pour transpercer le taureau de son énorme épée. Une image appétissante.

— Rosa Cortanza ? demanda Josie dès que la femme se fut éloignée.

— Elle correspond à la description, répondit Archer en scrutant le menu.

Il ne tarda pas à le refermer pour s'attaquer à la salsa.

— J'aurais bien aimé avoir mon appareil photo, dit-il. Son look me plaît.

Rosa était de retour. Ils passèrent commande : menu numéro huit avec enchiladas, tacos et tamales, haricots, riz et tortillas de maïs en supplément pour Archer, deux tacos pour Josie. La serveuse ne dit pas un mot en prenant leur commande. Sans être revêche, elle ne paraissait pas spécialement se soucier de faire en sorte que leur repas soit agréable.

Rosa Cortanza apporta le menu d'Archer sur un plateau et les tacos de Josie sur une petite assiette. Il leur fallut dix-sept minutes pour manger et ils attendirent cinq minutes supplémentaires avant que Rosa apporte l'addition. Il n'y avait toujours pas d'autres clients. Josie examina Rosa, laissant son attention s'attarder sur la serveuse un peu plus longtemps à chacun de ses passages.

Rosa était une jeune femme qui n'avait nulle part où aller et pas grand-chose à faire. Elle avait du mal à joindre les deux bouts et consacrait visiblement plus de temps à cultiver son apparence à coups de faux ongles et de maquillage qu'à cultiver son esprit. Peut-être avait-elle un enfant qui l'attendait chez elle. Peut-être qu'elle habitait dans un deux-pièces avec une famille nombreuse. Peut-être y avait-il un homme dans sa vie. Il était évident qu'elle avait fréquenté les gangs ; il suffisait de regarder ses tatouages pour le savoir. Mais il était beaucoup plus difficile de deviner si Rosa accepterait de leur parler, et encore moi si elle témoignerait devant un jury. Et le jury en question accorderait-il le moindre crédit à ce qu'cllc pourrait dirc ?

Rosa déposa l'addition avec la même brusquerie que pour la salsa. Archer leva un billet de vingt dollars et elle tendit la main pour le prendre. Ils avaient tous les deux les doigts sur le billet quand il demanda :

— Je me demandais si vous pourriez nous parler de Fritz Rayburn.

Le billet frémit, tendu entre Archer et elle. Les yeux de Rosa s'étrécirent pendant une fraction de seconde, puis elle se mit à rire. Un son joyeux et doux. Elle tira l'argent de la main d'Archer et retourna en riant jusqu'à sa caisse enregistreuse. Au moment de revenir avec la monnaie, elle saisit une chaise au passage. Rosa posa la monnaie sur la table et s'assit à califourchon sur la chaise. Les bras appuyés sur le dossier, elle les dévisagea tous les deux avant de lancer :

— Oh et puis merde. Discutons un peu.

27

— Le mari de ma mère était parti, donc quand le job chez les Rayburn s'est présenté, elle a foncé dessus. Elle a trimé comme une esclave, mais qu'est-ce qu'elle pouvait faire d'autre ? Elle devait nous nourrir et nous vêtir, mon frère et moi. Mon frère était plus vieux. Moi, j'avais dix ans. Bon Dieu, quand on est allés vivre dans cette belle maison, j'ai cru que j'étais morte et montée au paradis.

Rosa ricana du ridicule de son propre fantasme. Elle ouvrit grand l'une de ses mains et tendit ses ongles ornés de faux diamants vers le ciel.

— Pourquoi les pauvres sont tous aussi cons, hein ? On croit que si on vit entre ces murs et qu'on se glisse sous des beaux draps bien blancs le soir dans nos petites chambres du fond, ça veut dire qu'on a touché le gros lot. Et on est tellement reconnaissants. Ça me fait chier. En y repensant, j'arrive pas à croire qu'on se soit laissé avoir par toutes ces conneries.

— Ça ne vous gêne pas qu'on reprenne au début avant d'aborder les conneries en question, Rosa ?

Josie termina le verre que leur hôtesse leur avait offert quand il était devenu évident qu'ils allaient discuter un bon moment.

Rosa avait fermé la porte et retourné le panneau « Ouvert » du restaurant. *Marguerite* était fermé. Non pas que ça risque de déranger qui que ce soit, avait-elle fait remarquer. L'endroit était sur le point de couler et elle restait là simplement parce que c'était sa façon de faire. Elle restait fidèle aux gens, aux lieux, aux choses, jusqu'à ce qu'elles lui pètent entre les doigts, lui chient dessus ou se barrent tout simplement.

Une philosophie que Josie comprenait. Quand Rosa sortit les verres à shot, le sel, les tranches de citron vert et la tequila, Josie se sentit fière de boire avec elle. Elle trinqua à Rosa sur les deux premiers shots. Toutes deux léchèrent le sel sur leurs mains et renversèrent leurs têtes brunes en arrière pour laisser l'alcool brûlant dévaler leurs gosiers jusque dans leurs ventres. Elles mordirent dans le citron vert pour apaiser le feu sur leurs lèvres, puis Rosa remplit de nouveau les petits verres. Josie la remercia d'un hochement de tête mais garda le shot posé entre ses deux mains à plat sur la table. Son regard demeura braqué sur la jeune femme tandis qu'elle calculait mentalement. Rosa avait vingt ans, vingt-deux tout au plus, mais elle paraissait en avoir dix de plus. Cela tenait à sa façon d'être assise là à discuter avec eux, à sa façon de boire avec une apparente indifférence et à sa façon de leur faire sentir, de manière subtile, qu'elle n'était jamais assez détendue pour ne pas demeurer sur ses gardes.

— D'accord. Vous avez l'air d'avoir le temps, je vais vous faire la version longue.

Rosa vida son verre puis le mit de côté. Elle écarta les doigts pour examiner ses ongles. Ceux-ci devaient coûter cher mais elle n'admirait pas le travail de sa manucure. Soit Rosa Cortanza songeait à tout le chemin parcouru, soit elle tentait de rassembler des souvenirs lointains. Elle eut un petit mouvement de la tête, l'un de ces gestes atypiques que les enfants des rues semblaient apprendre avant de savoir marcher. Rosie se demanda où Rosa avait pu l'apprendre. Certainement pas quand elle vivait chez les Rayburn en tant que fille de la bonne.

— Je suis née ici, aux États-Unis. Mes parents étaient des clandestins mexicains. J'ai un frère quelque part au Mexique. Il est rentré à la maison pour Noël, avant qu'on aille vivre chez les Rayburn. Il n'a pas pu revenir ici. Ma mère a toujours prévu de lui envoyer de l'argent pour le récupérer mais ça n'a jamais marché. Il y a eu une sœur après moi. Elle est morte quand elle était encore petite. Il lui aurait fallu un cœur tout neuf, un truc comme ça. Elle est morte et un peu plus tard mon frère est reparti au Mexique. Là, ma mère a commencé à devenir bizarre. Elle se disait qu'elle était une ratée parce qu'il ne lui restait que moi. Toutes ces conneries sur le fait que les enfants sont des dons de Dieu, vous voyez le genre. Ma mère y croyait vraiment. Elle s'est dit qu'elle était maudite parce qu'elle n'était pas capable de prendre soin de ce que Dieu lui donnait. Alors elle s'est mise à m'aimer à mort. Genre, si elle ne s'occupait pas de moi, ça voudrait dire que Dieu était en rogne contre elle et qu'elle irait en enfer.

— Une grosse pression pour les épaules d'une gamine, souffla Archer.

— Vous pouvez le dire ! répondit Rosa en riant. Quand mon père s'est barré pour un petit cul plus ferme, j'ai eu droit à la totale. On aurait cru que j'étais née de la Vierge elle-même. Dieu disait à ma mère qu'elle avait une dernière chance d'aller au paradis. Hé, y'en a un de vous qui fume ?

Archer et Josie secouèrent la tête. Rosa haussa les épaules. Elle avait l'habitude de ne pas obtenir ce qu'elle désirait.

— Pas grave. Donc, bref, ma mère ne pouvait pas garder l'appart sans le salaire de mon père. Elle faisait des ménages. Quarante dollars la baraque. Je croyais qu'on était riches parce qu'elle gardait tout l'argent dans une petite boîte. Je ne savais pas que c'était tout ce qu'on avait. C'était surtout des billets de un ou de cinq, donc ça donnait l'impression d'un paquet de fric, raconta-t-elle en faisant cliqueter ses ongles sur le dossier de la chaise.

» Mais bref, à un moment elle a entendu parler du boulot chez les Rayburn. Un job avec appart sur place. Plus de loyer à payer. Et je pourrais aller dans les écoles de Palisades. Dieu lui livrait le truc sur un plateau d'argent. Elle a passé une nuit entière à prier à genoux quand elle a décroché le poste.

Il y eut du bruit du côté de la porte. Deux hommes en bleu de travail avaient visiblement faim. Rosa se tourna pour regarder, sans leur prêter plus d'attention. Comme ils insistaient, elle leur cria quelque chose en espagnol, sur un ton qui laissait penser qu'elle se fichait de perdre des clients.

— Est-ce que Rayburn vivait là-bas en permanence ? voulut savoir Archer.

— Le vieux juge ? Bon, j'imagine qu'il était pas si vieux que ça, mais à mes yeux il l'était. Un vieux papy tout gentil, commenta Rosa avec un rire sans joie. Mais qu'est-ce que j'en savais ? J'étais une gamine. Bref, ouais, le vieux et son fils habitaient là.

— Et la vie n'était pas si belle que ça ? demanda Josie.

— Pendant un temps, si. J'allais et revenais de l'école avec le bus scolaire. Ça faisait une trotte pour remonter jusqu'à la maison parce que le bus ne passait pas par cette rue. Il aurait pas fallu que des bus viennent enlaidir les jolies rues de Palisades, hein. Et ça nous amène à la partie juteuse. Le vieux faisait pas mal d'allers et retours. Il voyageait beaucoup.

Rosa appuya son menton sur ses bras croisés. Elle avait une larme tatouée près de son œil droit, ce qui signifiait qu'elle avait perdu quelqu'un au sein d'un gang. Et, si elle avait traversé le même genre d'épreuves qu'Hannah, son âme était sans doute marquée par cent mille larmes de plus.

— Un jour, il pleuvait quand je suis sortie du bus. La voiture de Rayburn est arrivée dans le quartier au même moment. Je ne sais pas si c'était planifié ou juste un coup du destin. Vous voyez ce que je veux dire. En tout cas, il était là. Il m'a récupérée et m'a ramenée à la maison. Faut dire, c'était pas n'importe qui. Grosse bagnole. Grande maison. Un juge. J'étais en sécurité dans la maison de Rayburn. Personne ne pouvait m'emmerder. (Elle émit un petit rire nasal.) Quelle conne je faisais !

» Ce mec était un malade. Ça a commencé par de petits trucs, genre me pincer par-ci, me pousser par-là. J'ai eu une écharde, il s'est servi d'un canif pour la faire sortir. Mais c'est ce jour de pluie que j'ai su que j'étais vraiment dans la merde. Il m'a fait monter dans la voiture alors que j'étais à mi-chemin de la maison. J'étais toute mouillée. Rayburn m'a fait entrer, il m'a emmenée dans sa salle de bains privée pour me sécher. Il m'a dit qu'il voulait aider ma mère parce qu'elle bossait vraiment dur. Qu'on allait lui faire une surprise, que je serais toute propre.

» Rayburn a pris une serviette et m'a épongé les épaules, les jambes. Rien de bizarre. Puis il en a pris une autre pour me sécher les cheveux. Vous savez comment on s'y prend ?

Rosa releva le menton et les dévisagea pour s'assurer qu'ils étaient attentifs. Elle leva les mains et mima les gestes.

— Il m'a mis la serviette sur la tête et s'est mis à frotter, mais vraiment très fort. J'imagine que j'ai dû crier, ou m'écarter, ou un truc du genre. Il s'est arrêté. Il a maintenu la serviette sur ma tête pendant une minute avant de la retirer, très, très lentement. En levant les yeux, j'ai pu le voir dans le miroir. Je n'oublierai jamais la façon dont il me regardait.

L'expression de Rosa changea. Ses traits se crispèrent, muscle après muscle, comme les volets d'une maison se refermant pour se protéger d'une tempête.

— Il réfléchissait, l'air hyper concentré, comme s'il cherchait un truc sans parvenir à le trouver. Vous voyez quand quelque chose change mais qu'on n'arrive pas à mettre le doigt dessus ? C'est ce qui lui est arrivé. C'était comme s'il avait fondu. Je ne sais pas comment l'expliquer. Ses yeux n'avaient plus rien de gentil. Ils étaient morts. On aurait dit que son visage avait perdu tous ses muscles. Sa peau pendait à ses pommettes. On se serait cru dans un film d'horreur. Quelque chose clochait sérieusement.

Rosa se tut. Elle demeura silencieuse, juste assez longtemps pour se retrouver de nouveau dans cette salle de bains, ses grands yeux bruns et innocents rivés sur Fritz Rayburn. Lorsqu'elle reprit la parole, elle s'exprimait d'une voix lente empreinte de tristesse.

— Donc, bref, il s'est mis en colère, a prétendu qu'il ne m'avait pas fait mal. Alors je me suis dit que j'étais une petite salope ingrate et que si j'étais pas capable d'accepter gentiment une faveur qu'on me faisait, mieux valait que je m'en aille. Mais quand j'ai essayé de sortir, il m'a agrippé par le bras. Là, Rayburn m'a dit qu'il fallait toujours finir ce qu'on avait commencé. Toujours. Alors j'ai décidé d'obéir. Franchement, qui j'étais pour lui dire non ? Je suis restée là, debout dans cette grande salle de bains en marbre. Je me voyais dans tous ces grands miroirs. Et lui aussi. J'avais l'air d'un rat mouillé alors que lui portait un beau costume gris et une cravate d'un bleu brillant. Sa chemise était super blanche. Ma mère lui repassait ses chemises. Elle mettait tellement d'amidon qu'elles auraient pu tenir debout toutes seules après. Le juge était impeccable alors que moi j'avais l'air de ce que j'étais : une petite merde.

Rosa prit une profonde inspiration. Elle regarda d'abord Archer puis s'adressa à Josie.

— Donc j'observais son reflet. Il m'a contourné pour venir se mettre devant moi, mais face au miroir. Moi, j'étais comme un petit soldat, le dos bien droit et les bras le long des flancs. Je me souviens que je tremblais mais que je me disais qu'il ne fallait pas que je lui montre sinon il se fâcherait. Il a pris le sèche-cheveux et l'a tenu contre lui. Je m'en rappelle : ça donnait l'impression qu'il rechargeait un pistolet. Il l'a tenu devant lui pour vérifier les réglages. Et puis il s'est retourné et a pointé le truc vers moi. Pas sur mes cheveux, sur mon visage. Il ne l'a pas allumé, il l'a juste braqué vers moi et puis il s'est déplacé tout doucement jusqu'à se retrouver derrière moi. Le truc était toujours pointé vers ma tête, comme s'il me tenait en otage.

» Il nous regardait dans le miroir. Il a posé une main d'un côté de ma tête, avec le sèche-cheveux braqué sur l'autre. Il a écarté mes cheveux pour que mon cou soit visible. J'avais froid à cet endroit, mes cheveux humides étaient collés contre ma peau.

» Rayburn a fait passer le sèche-cheveux dans son autre main de manière à ce que le cordon s'enroule autour de mon cou, poursuivit Rosa en mimant la situation. Là, j'ai levé les mains pour faire passer le fil par-dessus ma tête. Il m'a dit de ne pas y toucher. Il parlait d'une voix douce, comme s'il me disait de me rendormir. Alors j'ai lâché le cordon, même si je le sentais se resserrer autour de mon cou. Je tremblais comme une feuille. Il ne m'était jamais rien arrivé de grave avant, mais je savais que là j'étais mal.

Rosa eut un sourire désabusé comme si elle ressentait une forme d'appréciation malsaine pour cet instant particulier à présent qu'elle pouvait y revenir.

— Mais il s'y est pris tellement en douceur. Tellement lentement. Rayburn a allumé le sèche-cheveux, en position « chaud ». D'abord il l'a positionné de façon à ce que mes cheveux me retombent sur le visage. Il a passé les doigts dedans. Ses doigts se prenaient dans les nœuds. Il tirait dessus et les larmes me sont montées aux yeux tellement ça faisait mal. À un moment, j'ai vu qu'il avait arraché un gros paquet de cheveux. Je crois qu'il a senti que je tremblais parce que son flanc touchait mon dos. Il a eu un petit sourire. Juste un petit sourire. Puis il s'est mis à sécher au niveau du cou. Ça devenait vraiment chaud. J'ai bougé la tête. Ça faisait tellement mal. Il…

Rosa porta une main à sa bouche. Puis elle tendit le bras et poussa son verre à shot vers le centre de la table. Archer le lui remplit et Rosa le vida rapidement, sans se soucier de sel ou de citron vert.

— Merde, ça fait longtemps que je n'y avais pas repensé, marmonna-t-elle. Donc, là, avec sa main libre, Rayburn m'a saisi la tête et m'a plaqué ce putain de sèche-cheveux dans le cou. Directement dessus. Bon Dieu, j'ai senti l'odeur de ma peau qui brûlait et je me suis mise à crier. Ce salopard a maintenu sa prise pendant une seconde de plus avant d'écarter le sèche-cheveux. Ça me brûlait horriblement. Croyez-moi, c'était comme chauffé au rouge.

Rosa souleva les cheveux sur sa nuque et se tourna afin qu'Archer et Josie puissent voir la cicatrice blanche et boursouflée.

— Ce salaud m'a marquée au fer rouge.

Ils restèrent assis sans rien dire. Archer et Josie regardaient fixement Rosa, laquelle avait baissé la tête, paupières mi-closes. Elle finit par se tourner de nouveau vers eux, les yeux embués de larmes qu'elle se hâta d'essuyer, comme honteuse de leur présence.

— Et ensuite ? demanda Josie.

— Ensuite il est redevenu normal. Il m'a dit que la brûlure avait l'air moche. Qu'il savait que je ne voulais pas embêter ma mère et que je ferais mieux d'arrêter de pleurer. Et puis il m'a demandé si je ne me sentais pas mieux maintenant que j'étais bien sèche, si je ne trouvais pas que la pluie avait quelque chose d'agréable.

— Et ça s'est fini comme ça ? insista Josie, pour qui le moindre détail incriminant comptait.

— Non. Il m'a donné un tube de pommade. M'a dit que ça apaiserait la douleur à l'endroit où je m'étais brûlée accidentellement. Purée, c'était vraiment ça le plus bizarre. Agir comme ça et prétendre ensuite que c'était un accident. Je ne l'oublierai jamais. Jamais.

L'après-midi suivit son cours ; le soir arrivait tôt à présent. Rosa se leva deux ou trois fois. Elle alluma les différentes lampes, y compris le néon « Coors » près de l'image de la Vierge Marie. Elle continua à raconter son histoire tout en réchauffant les *frijoles* à feu doux. Josie l'aida à disposer les couverts pour les clients – Rosa disait qu'ils arriveraient après avoir quitté leur travail à l'usine ou à l'aéroport, en chemin vers leurs maisons minuscules ou leurs appartements délabrés.

Rosa leur raconta un règne de la terreur qui avait duré jusqu'à ses quatorze ans.

Rayburn s'en prenait à elle quand elle s'y attendait le moins. Elle passait le plus possible de son temps à l'école. Elle esquivait les questions de sa mère, supportait ses lamentations quant au fait que Rosa était en train de mal tourner, qu'elle s'éloignait de la maison et n'allait plus à l'église. Dieu allait envoyer la mère de Rosa en enfer pour n'avoir pas su faire son travail de femme, ni en tant qu'épouse ni en tant que mère.

— J'en avais tellement ras-le-bol d'entendre ces conneries.

— Mais vous n'avez jamais rien dit.

Josie avait parlé d'une voix douce tout en plaçant couteau et fourchette sur une petite table. Au même moment, Rosa se pencha pour poser le sel et le poivre. Leurs regards ne se croisèrent pas.

— Il aurait renvoyé ma mère, dit Rosa. Elle aurait été expulsée. On peut faire face à beaucoup de choses quand il s'agit de sa mère, vous savez. Je la protégeais. J'étais courageuse pour elle. Je voulais que ma maman aille au paradis.

Josie tressaillit et Rosa s'en aperçut. Elles avaient quelque chose en commun, après tout, l'avocate et la femme qui servait bières et haricots.

— Ouais, je vois que vous savez, souffla Rosa.

Josie se redressa.

— Ça n'a pas duré éternellement, dit-elle. Vous avez survécu. Rayburn s'est désintéressé ?

Rosa secoua la tête.

— Non, jamais. Il me faisait du mal dès que j'étais seule. Le principal m'a dit que j'avais de la chance qu'un grand homme tel que lui s'intéresse à une fille comme moi. Le plus souvent, il parlait. Il me disait ce qu'il prévoyait de faire. Il me murmurait ça à l'oreille parce qu'il aimait voir ma peur. Non, il adorait ça. Et puis un jour il a fait le pire truc possible.

Rosa avait du mal à parler. Elle pâlit. Ses yeux cernés s'assombrirent jusqu'à ressembler à des puits sans fond. Josie avait l'impression qu'à travers eux elle aurait pu tendre le bras et toucher du doigt la douleur qui avait quitté le corps de Rosa pour continuer à vivre dans son cerveau.

— Rosa…, dit Josie à mi-voix.

Archer s'empara de la bouteille sur la table et l'inclina en direction de la jeune femme. Mais Rosa fit un geste de la main qui semblait dire que boire ne l'aiderait pas vraiment.

— C'était juste avant Noël. Les services d'immigration sont venus. Plus tard, Rayburn m'a dit qu'il avait fait déporter ma mère. Ils ne m'avaient pas emmenée avec elle parce que j'étais citoyenne américaine. Merveilleux pays, non ?

— Qu'est-ce qui est arrivé à votre mère ? demanda Archer.

— Je ne sais pas.

Rosa eut un sourire vacillant, comme si elle avait été victime d'une hémorragie émotionnelle et avait désespérément besoin d'une transfusion.

— Elle n'est jamais revenue me chercher. Bon sang, elle a sans doute pensé qu'on s'occuperait bien de moi.

— Qu'est-ce que vous avez fait ?

Penché sur son siège, Archer la regardait, une jambe partiellement levée, un bras appuyé sur la table. Elle le gratifia d'un petit sourire en lui répondant :

— Cette nuit-là, je suis allée chez une amie. Il n'y avait pas beaucoup de Mexicaines au lycée de Palisades. On se serrait les coudes. Quand les parents de ma copine m'ont mise dehors, je me suis trouvé de nouveaux amis dans la rue.

» Quand le gouverneur a nommé Rayburn, j'ai explosé de rire. Je m'en souviens parce que j'étais en prison pour avoir agressé un type qui essayait de me baiser alors que je voulais pas. Je l'avais presque tué, le mec. Je pense que c'était une sorte de réaction à retardement. Il m'avait fait du mal et cette fois j'avais rendu les coups. Je me retrouvais en cabane alors que lui était libre. Donc quand j'ai vu qu'un type comme Rayburn était chargé de faire régner la loi, je me suis dit qu'on était tous niqués. Je me sentais en sécurité en prison et j'y suis restée assez longtemps pour avoir mon certificat de fin d'études secondaires. J'avais une prof qui s'occupait bien de moi. Elle s'est assurée que je savais parler correctement au cas où j'aurais voulu un vrai boulot en sortant.

Rosa remplit la dernière salière, revissa le bouchon et la déposa soigneusement à côté du poivre. Ses doigts s'attardèrent un instant sur le verre bon marché.

— Je crois que ma mère est morte. C'est comme un pressentiment. Mais vous savez quoi ? demanda-t-elle sans chercher à croiser le regard d'Archer ou Josie. Je crois qu'elle est au paradis. Elle n'était pas au courant pour Rayburn. Elle a fait de son mieux.

Ils n'eurent pas beaucoup de temps pour réfléchir à ce qui avait pu advenir de l'âme de la mère de Rosa. Celle-ci avait déverrouillé la porte, qui s'ouvrit. Un homme patibulaire entra, un minuscule bébé dans les bras. Une femme à la superbe chevelure noire le suivait. Ils s'assirent dans le coin opposé, prenant sans doute Archer pour un flic.

Rosa suivit la routine habituelle. Salsa et chips posés sans ménagement sur la table, menus tendus à bout de bras. Verres d'eau remplis, sans glace. Elle fit plusieurs allées et venues avant de retourner vers Josie et Archer et de récupérer la bouteille de tequila sur la table.

— Bon, on s'est bien marrés mais là c'est l'heure de pointe, dit-elle, impassible.

Josie tendit la main et agrippa la manche de Rosa.

— Vous accepteriez de témoigner pour nous ? Ma cliente a seize ans. Rayburn s'en est pris à elle.

— Ouais, je sais. Je lis les journaux. Je n'ai rien à perdre mais je crois pas que ce soit un bon plan. Le procureur va ressortir mon casier.

— Mais vous ne dites pas non ? voulut savoir Josie.

Rosa secoua la tête.

— Nan. Je mettrai même une robe si vous voulez. Pour couvrir tout ça, genre.

Elle retroussa ses manches pour laisser voir ses tatouages.

— Merci.

Josie lui tendit sa carte. Rosa l'examina un instant avant de la prendre.

— S'il y a autre chose qui vous revient, appelez-moi. D'accord ?

— J'ai l'impression que je vais souvent repenser à Rayburn.

Archer laissa un gros pourboire et Josie serra la main de Rosa. Celle-ci retourna prendre la commande du gros costaud. Archer tenait la porte ouverte pour Josie. Elle était sur le point de partir quand elle se souvint de quelque chose. Voyant que Rosa retournait aux cuisines, Josie la suivit.

Il faisait très chaud dans la petite cuisine. La jeune femme était en train de faire sauter poivrons et oignons dans une poêle chaude. Elle jeta un coup d'œil à Josie par-dessus son épaule.

— Rosa, vous n'avez jamais vraiment parlé de Kip Rayburn, fit remarquer Josie. Il vivait dans la maison, n'est-ce pas ?

Rosa haussa les épaules.

— Si on peut dire. Je suis pas sûre qu'il ait vraiment vécu un jour.

— Mais il était dans la maison. Il n'était pas au courant de ce que son père vous faisait subir ?

La jeune femme jeta une poignée de morceaux de poulet dans la poêle puis tendit la main vers un énorme pot de cumin.

— Il n'y prêtait pas attention. À ses yeux, j'aurais pu être le chien. Je faisais de mon mieux pour l'éviter et lui se tenait le plus possible à l'écart de son père. C'était super tendu entre eux, dit-elle en remuant les poivrons. Si le vieux aimait un truc, Kip le détestait. Si Kip adorait quelque chose, le vieux était contre. Peu importe ce que ça pouvait être. Moi, un morceau de viande, la couleur du papier peint. (Elle haussa les épaules.) La seule différence entre eux était que Kip se contentait de détester ce qu'aimait son père. Le vieux détruisait ce que son fils aimait.

Rosa disposa une épaisse couche de poulet et de poivrons sur des tortillas qu'elle roula sur elles-mêmes et arrosa de sauce verte. Puis elle se tourna vers Josie avec un sourire oblique.

— Une chance que Kip ne m'ait pas aimée, hein ?

28

Malgré l'obscurité, il n'était pas si tard quand Archer s'arrêta devant la maison de Josie. Celle-ci gardait la tête en arrière, les yeux fermés. Elle donnait l'impression de dormir mais réfléchissait en fait au mode de fonctionnement de Rayburn. Ses préférences étaient claires. Des filles dépendantes. Des femmes de couleur. Jeunes. Qui acceptaient toutes la présence de Fritz comme un mal nécessaire dans leur vie. Toutes avaient beaucoup à perdre : leurs mères, leurs carrières. Toutes estimaient qu'elles ne pouvaient pas riposter. Toutes sauf Hannah qui était plus instable encore que les autres, ce qui la rendait encore moins crédible.

— On est arrivés, Jo, dit Archer.

— Merci, Archer, murmura Josie. On a fait du bon boulot aujourd'hui.

Archer récupéra le sac de Josie à l'arrière.

— Tu entres ? lui demanda-t-elle.

— C'est comptabilisé dans le temps de travail ?

Josie haussa les épaules.

— Et si je réponds non ?

— Alors je viens.

Archer lui porta son sac, un bras passé autour de ses épaules. Josie récupéra le courrier, ouvrit la porte et alluma la lumière. Max émergea tranquillement de la pièce du fond. Archer lui offrit une caresse puis le fit sortir dans l'arrière-cour en prenant soin de laisser la porte-fenêtre ouverte.

Josie remplit le bol de Max de nourriture pour chien puis changea son eau. Ça faisait du bien d'être rentrée. Elle mit la cafetière en route. Archer s'était aventuré dans la salle à manger et regardait les assiettes de sa mère.

— J'aime bien celles-ci, dit-il en désignant le mur.

— Tu dis ça à chaque fois que tu les vois, répondit Josie en riant.

Josie aussi les aimait. Les assiettes décorées de danseuses hawaïennes de sa mère constituaient son trésor. Deux étaient intactes, la troisième cassée. Des années plus tôt, le père de Josie l'avait fait tomber en emballant toutes les affaires d'Emily. Plus tard, pendant qu'il dormait, Josie avait ouvert les cartons et récupéré les deux assiettes. Elle avait ensuite sorti celle qui était brisée de la poubelle et caché les trois dans sa chambre. C'était les trois premières décorations qu'elle avait mises au mur une fois installée chez elle. On distinguait encore la fêlure qui coupait en deux l'une des danseuses. Josie s'était autrefois convaincue qu'elle conservait ces assiettes éminemment kitsch parce qu'un jour sa mère reviendrait et lui en serait reconnaissante. À présent, elle savait qu'elle les avait gardées pour se rappeler que ce qui est brisé peut être réparé mais qu'une cicatrice demeure.

Archer repartit tranquillement vers le salon ; Max revint dans la maison. À cet instant, le monde semblait tourner rond. Josie remplit deux tasses de café, dont une qu'elle donna à Archer en passant derrière lui.

— Qu'est-ce que tu vas faire, Jo ? demanda-t-il.

— J'envisage d'organiser les choses en deux phases. La première est l'agression contre Rayburn. Je n'hésiterais pas à appeler Rosa à la barre. Elle attire la compassion. Rudy n'arrivera pas à la faire céder. Et j'aimerais trouver quelqu'un d'autre capable de corroborer tout cela devant le tribunal.

Josie prit une gorgée de café. Elle réfléchit, les yeux tournés vers le sol.

— Pour ce qui est de l'incendie volontaire, je vais m'appuyer sur les médecins. Hannah n'aurait pas pu mettre le feu à son studio. C'est une défense claire, compréhensible si je l'organise de cette façon.

— Ce jury va vouloir un autre responsable potentiel pour l'incendie.

— Alors on se tournera vers Kip. C'est lui le meilleur candidat. Rosa a dit une chose qui me donne envie de m'intéresser d'un peu plus près à lui. Ce n'est pas l'idiot passif que j'imaginais. Il l'a prouvé durant le procès. Il y a beaucoup de colère en lui. Je veux savoir à propos de quoi Kip et son père s'affrontaient. S'il s'agissait de Linda, d'Hannah ou de leurs affaires comme il le prétend…

Josie s'interrompit en remarquant la diode clignotante sur son répondeur. Par habitude, elle appuya sur « Play » et prit une minute pour rassembler ses idées.

Le premier message émanait de la secrétaire d'Ian Frank. Oui, monsieur Frank rencontrerait Josie dans la matinée, à 9 heures précises.

— Tu veux que j'y aille avec toi ? proposa Archer. Ça pourrait être utile d'avoir une oreille de plus pour écouter ce que l'ancien partenaire de Rayburn a à dire.

— Non. J'irai le voir seule. Tu devrais te rendre…

La machine s'était remise à parler. C'était Hannah qui voulait savoir si Josie allait bien. Et qui comptait. Elle le faisait à voix basse, mais Josie l'entendit. Puis Hannah demandait que Josie l'appelle quand elle le pourrait. Il y eut ensuite un son étouffé, le bruit du combiné heurtant quelque chose puis la communication s'interrompit.

Josie arrêta le répondeur et décrocha le téléphone. Elle composa le numéro de la maison de Malibu.

— Elle n'avait pas l'air bien, commenta brièvement Archer. (Puis :) Pas de réponse ?

Josie secoua la tête et raccrocha.

— Elle est sûrement sortie faire sa balade, dit Archer après avoir consulté sa montre.

— Sûrement.

Mais Josie était troublée. Elle ralluma le répondeur avec l'espoir que le message suivant serait un nouvel appel d'Hannah. Elle eut la surprise d'entendre la voix de Linda. Celle-ci en avait eu assez de rester enfermée dans la maison et s'était rendue au restaurant Borelli. Elle avait besoin de voir Josie. « Josie, s'il te plaît. »

Archer paraissait surpris.

— S'il te plaît ?

— S'il te plaît, répéta Josie avec un sourire.

— Tu veux que je t'accompagne, Jo ?

— Avec plaisir.

Josie entra dans sa chambre, déposa son sac marin sur le lit et ressortit avec son blouson en cuir sur le dos.

— J'imagine qu'Hannah est avec elle, dit-elle.

— Sans doute, répondit Archer.

Ils se séparèrent sur le seuil. Josie voulait marcher et dissiper les brumes de tequila dans son esprit. Archer ramena le Hummer au garage. Ils se retrouvèrent devant l'entrée de chez Borelli à moins d'une minute de distance.

Linda attendait à l'intérieur du bar, assise à une table pour deux. Elle était entièrement vêtue de noir, depuis le bout de ses bottes italiennes jusqu'au mascara étalé sur ses cils. Elle sourit en voyant entrer Josie mais son expression se figea quand elle comprit que l'homme qui avait ouvert la porte était avec elle.

— Linda ? lança Josie en guise de salutation.

— Qui est-ce ? demanda Linda en dévisageant Archer.

— Archer. Linda Rayburn. Il travaille avec moi sur la défense d'Hannah.

Linda hocha la tête. Archer l'observa un instant avant de prendre congé. Il attendrait au bar pendant que les deux femmes discutaient.

Une fois qu'elles furent seules, Linda souleva son cocktail en direction de Josie.

— Tu veux quelque chose ?

— Ouais. J'aimerais savoir où est Hannah, dit Josie en s'asseyant.

— Elle est à la maison, répondit Linda, visiblement agacée de ne pas être celle qui dirigeait la conversation. Je voulais dire : est-ce que tu veux quelque chose à boire ?

— Non, merci. Et je ne suis pas sûre qu'Hannah soit chez vous. Je viens d'appeler. Personne n'a répondu.

Linda chassa ses inquiétudes d'un geste de la main.

— Elle est sans doute sortie faire ton tour. Tu sais comment elle est. Deux-trois fois le tour de la baraque. Une petite danse bizarre sur le sable. Retour à la maison. Et on recommence. À ta place je ne m'en ferais pas pour ça.

Josie prit une profonde inspiration. Elle posa ses coudes sur la table et appuya son menton sur ses doigts entrecroisés.

— Mais je m'inquiète, Linda. Et si tu n'es pas avec Hannah et que je ne peux pas la joindre, c'est que tu enfreins les ordres du tribunal. Le juge Norris ne t'a pas dit d'emmener Hannah à la maison et de l'y enfermer. Il a dit que tu étais censée la surperviser.

— Il ne parlait pas d'être avec elle vingt-quatre heures sur vingt-quatre, gémit Linda.

— Mais si.

— Eh bien, c'est ridicule. Elle est au milieu de nulle part et elle n'a pas de voiture. Tu sais, il y a des choses que je dois absolument faire. C'est comme ça, c'est tout.

— Quoi par exemple ? Sortir discrètement de chez toi pour aller retrouver ton mari ?

Linda se raidit et reprit son verre. Elle but longuement puis hésita un instant avant d'abaisser lentement le bras. Elle reposa son verre et l'observa pendant une minute, comme si elle comprenait soudain qu'il ne lui fournirait aucune réponse.

— Non. Comme de m'éloigner un peu pour voir une amie, dit Linda à mi-voix.

— Bon Dieu, Linda, souffla Josie.

— Non. Je suis sérieuse. Ne prends pas ce ton. Ce n'est pas un jeu…, insista Linda, visiblement mal à l'aise à l'idée de tomber le masque. Écoute, je ne sais pas pour toi, mais pour moi les choses n'ont pas tellement changé depuis l'université. Nous n'avons jamais été très douées pour nous faire des amis.

— J'étais trop occupée à étudier, lui rappela Josie.

— Et moi trop occupée à chercher mon prochain mec, dit Linda. Là je me retrouve seule. Je n'ai jamais été seule avant. Kip ne m'a pas appelée. Il refuse de venir me voir. Toutes les femmes que je fréquentais gardent leur distance en attendant de voir comment tout ça va se terminer. Bon sang, Josie, je ne suis pas en pierre. J'ai besoin de quelqu'un à qui parler.

— Ça ne te ressemble pas de t'apitoyer sur toi-même, commenta Josie.

— Ce n'est pas ça. Je me sens seule, Josie, et ça fait un moment que ça dure.

— Alors imagine ce qu'Hannah peut bien ressentir.

Linda ferma les yeux en soupirant ; elle porta sa main libre à son front.

— J'ai passé ma vie entière à imaginer ce qu'Hannah pouvait bien ressentir.

Elle baissa la main. Linda avait l'air triste et les yeux rougis mais Josie se dit que c'était l'alcool. C'était peut-être la première fois qu'elle voyait Linda Rayburn ivre.

— Tu crois que je ne sais pas exactement quel genre de mère j'ai été ? J'étais trop jeune pour avoir un bébé et j'ai forcé Hannah à grandir trop vite. Peut-être que j'ai cru qu'elle serait comme une amie portable à emmener partout avec moi. Je ne savais pas comment être une mère. Toi tu as été maligne, tu n'as jamais eu d'enfant. Les femmes comme nous ne devraient pas en avoir.

Elle leva de nouveau son verre. Josie le regarda boire sans savoir comment répondre. Elle était préparée à se battre, à défendre sa stratégie. Mais à présent que Linda faisait appel à son amitié, Josie se sentait déstabilisée.

— Tu veux que je te dise un truc ? ajouta Linda cn sc penchant vers elle. Je croyais qu'élever Hannah consisterait à la nourrir et à la vêtir jusqu'à ce qu'elle ait dix-huit ans. Mais c'est plus compliqué que ça. C'est seulement après ces événements que j'ai compris que j'aimais vraiment ma fille. Je l'aime vraiment, bcaucoup, et c'est ça le plus dur…

— Alors pourquoi est-ce que tu es prête à la trahir ? l'interrompit Josie. Pourquoi est-ce que tu prends des risques avec sa liberté à cet instant même ? Tu n'es pas idiote. Tu sais que Norris voulait que tu restes auprès d'Hannah vingt-quatre heures sur vingt-quatre et sept jours sur sept. Tu veux qu'elle retourne en prison ?

— Qui ira raconter à Norris que je me suis autorisé une petite pause ? Toi ? J'en doute, répondit Linda avec un soupir. Tu vois, c'est ça qui est bizarre. Tu es plus attachée à Hannah qu'à moi, donc tu es prête à faire plus pour elle que pour moi. C'est injuste. Tu as d'abord été mon amie. Et si j'ai besoin de toi maintenant ?

— Ne fais pas ça, Linda. Ne te sers pas des gens, en particulier pas d'Hannah, dit Josie d'un ton las. Il ne s'agit pas de savoir qui j'aime et qui je n'aime pas, c'est une question de règles.

— J'en ai assez des règles ! s'exclama Linda dont les yeux s'embuaient de nouveau. Tu ne sais pas ce que j'ai traversé. À chaque fois que j'essaye de jouer selon les règles, je me retrouve à terre. Tu sais, j'aimais vraiment le père d'Hannah et j'ai essayé d'être là pour lui. Qu'est-ce que ça m'a valu ? De me faire constamment engueuler et taper dessus. Alors j'ai commencé à coucher à droite à gauche et à m'amuser. Et tu sais ce que j'ai récolté ? De bons moments, des jolies choses, de l'argent, encore plus d'engueulades et de coups. Et puis j'ai rencontré Kip, et tu sais à quoi j'ai eu droit ? À tout ce que j'avais toujours voulu : quelqu'un qui avait besoin de moi, de belles choses et une belle maison pour ma fille et moi. Il m'aimait en retour. Il avait besoin de moi.

Linda fit signe au barman pour lui commander un autre verre. Il hocha la tête. Josie croisa le regard d'Archer pendant quelques secondes et elle sut à quel point elle était chanceuse. Les deux femmes restèrent silencieuses tandis que le verre vide était remplacé par une nouvelle boisson. Linda s'en empara.

— Maintenant tout ça va disparaître. Kip ne vit plus avec moi. Le gouverneur n'est plus certain de vouloir le nommer à la Cour suprême de Californie. Tu t'agites dans tous les sens pour essayer de prouver que Fritz était un malade. Et c'était le cas, je n'ai pas de doute là-dessus. Mais bon Dieu, Josie, c'est fini. Il est mort. Il est mort et tout allait bien se passer jusqu'à ce que tu fasses ça à Kip. Bon sang, Josie, tu ne vois pas ? Ce que tu lui fais à lui, ou à Hannah, tu me le fais aussi à moi. Je croyais qu'on était amies. J'ai vraiment besoin que tu sois mon amie.

— Je suis ton amie. J'essaye de sauver ta fille.

— Comment ? En sacrifiant mon mari ?

— Si on doit en arriver là. Si c'est là qu'est la vérité.

— Tu te moques de la vérité.

Linda abattit son poing sur la table. La petite bougie tressauta et sa flamme vacilla.

— Tu veux seulement prouver que tu peux blanchir Hannah comme tu l'as fait pour cette autre femme. Tu te foutais bien de savoir la vérité à l'époque.

Linda tourna la tête mais Archer était là, qui la fixait des yeux. Mal à l'aise, elle pivota de nouveau vers Josie, à temps pour voir une ombre passer sur son visage.

Linda tira une cigarette de son étui et tenta de l'allumer

avec son briquet, en vain. Elle ouvrit alors son sac à main pour en sortir une boîte d'allumettes. Le bout soufré s'embrasa, illuminant le centre de son visage. Elle souffla la flamme, jeta l'allumette dans le cendrier et inspira longuement la fumée avant de la recracher par petites bouffées. Elle avait incliné la tête en arrière et ses cheveux lui arrivaient en dessous des épaules. La fumée s'éleva vers le plafond. Elle observa les volutes tandis que Josie l'observait, elle. Il était illégal de fumer dans un restaurant de Los Angeles ou des alentours. Personne ne dit rien. Personne n'empêchait jamais une belle femme de faire quoi que ce soit.

— Tu n'es pas sûre pour Hannah, n'est-ce pas ?

Linda laissa échapper un petit rire, mais c'était un son affreux, sans joie.

— Mon Dieu, tout ce temps à me demander si je ne suis pas à côté de mes pompes. Mais en fait c'est toi. Tu as commencé quelque chose et tu veux aller au bout, peu importe à qui tu feras du tort. Et pourtant tu n'es toujours pas certaine qu'Hannah n'a pas fait le coup.

— Ne sois pas ridicule.

Linda se pencha en travers de la table, cigarette levée.

— Non, non, insista-t-elle. Tu as pensé la même chose que moi. Et si tu te trompais sur Hannah, si elle était comme cette femme que tu as disculpée ? Celle qui a tué ses gamins après que tu l'as défendue.

— Ça n'a rien à voir. Rien du tout, affirma Josie.

Linda écrasa sa cigarette.

— Peut-être que si. Peut-être qu'Hannah t'a embobinée de la même manière que cette femme. Peut-être que tu vas foutre en l'air la vie de Kip et la mienne et renvoyer Hannah à la maison et…

Josie se leva. Sa chaise vacilla et elle tendit le bras pour la rattraper. Linda étrécit les yeux et serra les mâchoires. Elle agrippa Josie et inclina son visage vers elle. Dans la lumière feutrée du restaurant, son cou semblait d'albâtre et ses yeux scintillaient comme des joyaux.

— Pour une fois dans ta vie, pense aux autres plutôt qu'à ce que tu veux !

— Personne ne compte à part Hannah, répondit Josie dans un murmure. Pourquoi est-ce que tu refuses de le comprendre ?

— Parce que la vie est plus compliquée que ça et que tu le sais mieux que personne.

Ses doigts s'enfoncèrent avec force dans le bras de Josie. Elle était prête à tout pour se faire entendre.

— Tu t'es aussi laissé aveugler par cette femme, Davis. Elle n'était pas ce qu'elle prétendait être. Tu l'as innocentée et elle en a profité pour tuer ses enfants. J'ai vu des photos. Ces gamins avaient l'air de petits anges endormis, non ? Recouverts de draps blancs, les bras croisés sur la poitrine. Leurs cheveux clairs étalés sur les oreillers.

Josie retira son bras mais Linda continuait sa tirade avec une énergie frénétique. Sa voix avait quelque chose d'hypnotique.

— Et quand ils ont retiré ces draps, ces petits enfants n'avaient plus de corps, hein, Josie ? Leur mère leur avait ouvert la poitrine et le ventre pour prélever tous les organes. Juste histoire de voir si elle y arriverait. Sans autre raison.

— Je n'ai pas besoin d'entendre ça. Ça n'a rien à voir avec Hannah, rétorqua Josie.

— Ça a tout à voir avec Hannah, et moi, et Kip, gronda Josie en se relevant à moitié. Sauf que cette fois ce sera peut-être la fille qui tuera la mère. Cette femme s'est servie d'un couteau pour faire son sale travail. Hannah a mis le feu. Mais au final, ça revient au même, non ? Des gens meurent d'une manière atroce parce des malades sont laissés en liberté plutôt que d'être tenus responsables de leurs actes.

Josie écoutait mais elle ne voyait plus que les lèvres de Linda qui s'enroulaient autour de mots qu'elle ne pouvait pas comprendre.

— J'imagine qu'au final je voudrais comprendre pourquoi tu n'as pas retenu la leçon, Josie ? Pourquoi tu n'as pas appris à faire preuve de prudence ? Tu veux me voir dans le même état que Fritz ? Avec les jambes calcinées et les poumons brûlés de l'intćricur…

— Ça n'arrivera pas.

Josie se redressa. Elle sentait sur elle le regard d'Archer prêt à venir à son secours. Mais qui pourrait la secourir face à des souvenirs, des possibilités, des visions ?

— Ne me fous pas en l'air, Josie. Ne fous pas ma famille en l'air. Ne commets pas une erreur qui pourrait nous faire du mal à tous. Envoie Hannah là où elle sera à sa place. Trouve-lui de l'aide, Josie. Et aide-moi.

Josie ferma les yeux pour tenter de chasser l'idée que Linda puisse avoir raison. Ses jambes étaient flageolantes, sa respiration hachée. Peut-être n'était-ce pas Hannah qui avait besoin d'être défendue mais ceux qui l'entouraient. En ouvrant les paupières, Josie se sentit soudain épuisée. Ses lèvres s'entrouvrirent mais aucun son n'en sortit. Linda la dévisageait, son sac à la main, prête à partir. Mais elle avait une dernière chose à dire.

— Aucun d'entre nous ne sait vraiment quelle est la bonne chose à faire, Josie. Je suis venue ici ce soir uniquement parce que j'avais besoin d'une amie. Mais je doute d'en avoir trouvé une. En faisant libérer Hannah, c'est avec ma vie que tu joueras. Et si tu continues de pointer Kip du doigt, tu joueras avec la sienne. Pourtant, tu ne sais toujours pas si Hannah est vraiment innocente. Comment pourras-tu te regarder dans la glace si tu fais deux fois la même erreur et que tu es responsable d'avoir laissé une autre tueuse en liberté ?

— Ce n'est pas la même chose, Linda. Pas la même chose du tout.

Josie plaqua ses doigts sur sa tempe. Elle avait mal à la tête. La tequila sans doute. À moins que ce ne soit l'inquiétude à propos d'Hannah. L'angoisse envahissait son cœur et son âme, la faisait douter de ses motivations, de son jugement.

— Bien sûr que c'est la même chose, chuchota Linda de manière pressante. Peut-être que tu ne le vois pas, mais moi si. Parce que c'est moi qui dois dormir dans cette maison, moi qui me retrouve seule sur place avec Hannah. Chaque soir, en me couchant, je me demande si je vais me réveiller. J'ai peur, Josie. Je ne te demande pas d'abandonner le procès. Je ne te demande pas de me pardonner mes erreurs de mère, mais je ne devrais pas me retrouver à avoir peur de mourir pour ça.

Josie baissa le bras. Elle n'allait pas se laisser séduire par les spéculations de cette femme. Ni par ses menaces.

— Arrête, Linda. Tu n'as peur de rien du tout. Tu n'as jamais eu peur.

— Très bien, Josie. Crois ce que tu voudras. S'il se passe quelque chose, tu seras l'unique responsable. Et quand ça arrivera, tu seras seule face à tes responsabilités. C'est peut-être ça le plus triste.

Linda laissa Josie seule debout près de la table. Archer s'approcha et tira une chaise pour elle. Josie s'assit.

— Prends ton temps, Jo, dit Archer.

Il s'installa sur le siège que Linda venait de quitter.

— On ne peut pas dire qu'elle ait réchauffé l'ambiance.

Josie releva brièvement les yeux puis détourna le regard. Au bout d'un moment, cependant, elle reporta son attention sur lui et le fixa droit dans les yeux.

— Est-ce que je pourrais me tromper sur Hannah ? demanda-t-elle.

— Oui. C'est possible.

— Tu penses que c'est le cas ?

Il secoua la tête.

— Rayburn lui a fait beaucoup de mal. Peut-être qu'elle a pété un câble. Je ne sais pas. Je pense que c'est une question de foi.

— La foi, je n'en ai pas, Archer.

— T'inquiète, moi si, répondit-il.

Il plongea la main dans sa poche et en sortit deux billets qu'il glissa dans le petit étui noir que le barman avait laissé sur la table. Après avoir respiré à fond, Josie tendit la main vers son téléphone. Elle composa de nouveau le numéro d'Hannah. De nouveau le téléphone sonna dans le vide.

— Il faut que je rentre, Archer.

— Elle ne répond toujours pas ?

Josie fit non de la tête.

— Ne t'inquiète pas pour ça, ma chérie. Sa mère ne tardera pas à rentrer. Si quelque chose ne va pas, elle appellera. Elle n'est pas bête à ce point, dit Archer.

Josie se leva et il l'imita. Josie était déjà à mi-chemin de la porte lorsque Archer l'appela. Elle tourna la tête vers lui. Il se baissa pour ramasser quelque chose par terre avant de la rejoindre.

— J'ai un cadeau pour toi, dit-il. De la part de Linda Rayburn.

Archer prit la main de Josie, y déposa quelque chose et referma ses doigts dessus. En les dépliant, elle découvrit la boîte d'allumettes que Linda avait sortie de son sac à main, les allumettes qui étaient venues à la rescousse de son élégant briquet argenté qui ne s'allumait pas.

— Coffee Haus, dit Archer.

— Elle s'y arrête parfois, dit Josie avec lassitude.

Elle faisait tourner la boîte entre ses doigts sans y prêter beaucoup d'intérêt.

— On ne peut pas dire que ce soit juste à côté de Malibu, donc soit elle est passée par là pour aller voir son mari, soit…

Archer hésita.

— Soit ?

— Soit Linda Rayburn les avait dans son sac depuis tout ce temps. Les flics ont fouillé la maison, mais je te parie qu'ils n'ont pas fouillé ses habitants.

Josie referma les mains sur les allumettes.

— Tu iras vérifier ?

— Demain à la première heure, ma chérie.

Archer lui passa un bras sur les épaules et la guida au-dehors.

— Je passerai du côté de Malibu pendant que j'y suis. Juste un petit détour pour m'assurer qu'Hannah va bien ?

— Merci, Archer. Tu veux passer la nuit chez moi ?

Il secoua la tête.

— Pas ce soir. Tu es fatiguée. Repose-toi un peu.

Josie l'embrassa et passa les bras autour de sa taille. Son contact était agréable mais il avait raison. Elle avait besoin d'être un peu seule pour réfléchir à tout ce qui s'était récemment passé. Elle releva le col de sa veste et rentra chez elle à pied.

Josie s'allongea sur le canapé, le téléphone dans une main, l'autre plongée dans la fourrure de Max. Son regard restait braqué sur la baie vitrée, bien qu'elle ne puisse pas voir l'océan. Refusant de s'endormir sans avoir parlé à Hannah, certaine que les protestations et les accusations de Linda la tiendraient éveillée toute la nuit, Josie se laissa néanmoins gagner par le sommeil. Elle rêva de gamins morts et de femmes sans enfant.

29

Hannah était assise sur son petit tabouret dans le sable. Elle avait apporté un joint mais n'y avait pas touché. Elle avait passé la nuit à arpenter la plage, la maison, sa chambre en mesurant les distances parcourues pour passer le temps jusqu'au retour de sa mère. Josie n'était pas là. Hannah avait laissé un message et Josie allait la rappeler. Elle en avait la certitude. À un moment, Hannah crut entendre sonner le téléphone et se précipita vers la maison. Mais ce devait être un effet de son imagination. Il n'y avait personne à l'autre bout du fil. Elle retourna vers la plage, vers son tabouret et la nuit froide et humide, jusqu'à ce que froideur et humidité deviennent intenables. Elle finit par retourner dans sa chambre en se disant qu'elle aurait aimé ne pas être seule… jusqu'à ce que son souhait soit exaucé.

Kip était entré, de façon si discrète, si inattendue, qu'Hannah faillit mourir de peur. Cela faisait plusieurs jours qu'elle ne l'avait pas vu et rien n'avait changé : ni son visage allongé, ni ses cheveux bruns clairsemés, ni sa chemise blanche, son manteau beige, son pantalon habillé. Son apparence était la même mais il y avait quelque chose de différent. Kip la regardait droit dans les yeux. Comme s'il la voyait vraiment. Il n'avait jamais fait ça auparavant.

— Où est ta mère ?

Hannah secoua la tête. Elle tenta de répondre, sans y parvenir. À sa deuxième tentative, elle parvint à émettre un murmure :

— Je ne sais pas.

Kip ne bougeait pas. Il ne donnait même pas l'impression de respirer, mais son regard s'attarda sur Hannah. Il contempla les boucles de sa chevelure, les reliefs de ses pommettes, ses lèvres, le col de son tee-shirt, la naissance de ses seins. Les bras d'Hannah se couvrirent de chair de poule. Même si elle respirait plus lentement, son cœur battait à toute vitesse. Peut-être que tout ne s'était pas arrêté avec la mort de Fritz. Peut-être…

Kip fit un pas. Il repartait. Non. Il changea d'avis. De là où elle se trouvait, Hannah apercevait la fente à l'arrière de son manteau, le reflet du talon de sa chaussure. Elle sentit qu'il réfléchissait. Sa haine suintait même à travers le mur. Il leva son talon, comme s'il était sur le point de reprendre sa marche. Mais il pouvait tout aussi bien repartir en arrière. Elle pria pour qu'il disparaisse. Au lieu de quoi Kip Rayburn s'avança droit vers elle. Elle se recroquevilla sur son tabouret. Il se dressait devant elle, si proche qu'elle percevait son odeur. Un parfum de peur. Un parfum qu'elle connaissait bien.

— Tu n'es qu'une petite conne. Sans toi, tout se serait bien passé. Tout.

Kip se baissa, s'accroupit afin de pouvoir la regarder droit dans les yeux.

— Ta simple existence m'est odieuse. Ce que tu as fait à mon père me retourne les tripes.

— Je ne l'ai pas…, dit Hannah.

— Pas quoi ? Pas frappé ? Pas poussé ? Pas séduit ? Pas réduit à un état tellement inférieur à ce qu'il était ? Pour moi, si, tu l'as fait, soupira-t-il. Mais le plus triste c'est qu'au final c'est entièrement de ma faute. Je t'ai fait entrer dans cette maison. Je savais qu'il était faible et je t'ai amenée ici pour le tenter. On ne pourrait pas être plus coupables, toi et moi. Mais c'était mon père, Hannah. Le mien. Et tu me l'as pris alors qu'il ne voulait pas vraiment de toi.

Kip pointa un doigt vers elle. Son désir de lui nuire était tel qu'il tremblait de tout son corps.

— En fait, personne n'a jamais voulu de toi, n'est-ce pas ?

— Ma mère voulait de moi. Veut de moi, chuchota Hannah.

— Vraiment ? demanda Kip en se redressant pour balayer la pièce du regard. Alors où est ta mère ? Je ne la vois pas. Si vraiment tu comptes pour elle, pourquoi n'est-elle pas ici, hein ?

Hannah secoua la tête. Elle s'était mise à compter en remuant silencieusement les lèvres. Mais Kip en avait assez. Il lui prit la tête entre ses mains pour la forcer à s'arrêter et la tira vers lui en la soulevant à moitié de son petit tabouret.

— Arrête ça ! Arrête ou je vais…

Au moment même où Hannah le crut prêt à lui broyer le crâne entre ses mains, ils entendirent du bruit. Une porte qui se refermait. Des pas. Ils se retrouvèrent comme paralysés, brusquement rappelés à l'existence d'un autre monde en dehors de leur petite lutte de pouvoir privée. Kip relâcha lentement sa prise. Il était pâle et tremblait, comme s'il était surpris de pouvoir se montrer aussi agressif. Mais ce n'était pas une vraie surprise. Le sang de son père coulait dans ses veines.

— Kip ?

Linda Rayburn se tenait sur le seuil et contemplait la scène. Hannah, les jambes remontées contre sa poitrine et coincées entre ses bras, tremblant comme si elle était gelée jusqu'aux os. Kip était appuyé contre le mur, les bras le long du corps, avec sur le visage une expression où se mêlaient la colère, le chagrin et, pardessus tout, la haine.

Personne ne dit rien. Finalement, Kip se propulsa vers la porte et passa sans un mot devant sa femme. Paniquée, Linda se mit à crier sur Hannah :

— Qu'est-ce que tu lui as fait ? Hein ?

— Maman, je…

Mais Linda n'attendit pas sa réponse. Elle se précipita à la poursuite de son mari.

— Kip, attends. Attends !

Elle le rattrapa dans la salle à manger mais dut bondir en travers de son chemin pour l'obliger à s'arrêter.

— Écarte-toi, Linda. C'est terminé. Ma vie est finie. Tout est fini. Et c'est sa faute à elle. Je ne veux pas la voir. Je ne veux pas d'elle dans ma maison.

— Et moi ? Tu veux de moi ? Ce n'est pas pour ça que tu es là ? Tu es venu me chercher, n'est-ce pas ? Je peux arranger les choses. Je l'ai toujours fait et je le ferai toujours.

Linda bloquait le passage de Kip, bras levés. Elle posa les mains sur sa poitrine, ses épaules.

— Pousse-toi ! dit-il en repoussant ses mains.

Mais elle insista.

— Non, réponds-moi. Kip, pour une fois dans ta vie, exprime ce que tu veux. Qu'est-ce que tu veux ?

Kip lui agrippa les poignets et la secoua.

— Je veux que les gens arrêtent de parler de nous. Ça me rend malade. Je ne peux plus aller nulle part. Les gens me demandent si mon père m'a vraiment fait subir toutes ces choses. Au club, ils font des blagues sur les femmes, les filles et mon père. Ils me regardent et se demandent si j'ai un jour fait la même chose que lui. Le gouverneur a appelé. Il retire ma nomination. Tu peux y changer quelque chose ?

— Oui. Oui. Je te le promets. Je vais aller lui parler, on trouvera une solution. Tout va bien se passer, insista Linda.

Elle avait désespérément besoin de l'apaiser. Une tâche impossible.

— Ne dis pas n'importe quoi. Rien n'ira comme il faut. Pas avant qu'elle soit partie loin d'ici.

Il tourna vivement la tête pour fusiller Hannah du regard. Elle les avait suivis avec prudence, en rasant les murs et les meubles pour voir d'où venait le danger. Mais les yeux de Kip fixaient le vide. Il ne voyait rien, ne pouvait rien faire. Il baissa le menton et secoua la tête.

— Tout allait bien quand il n'y avait que lui et moi. Personne n'était au courant. Je pouvais tout encaisser si personne ne savait.

Linda l'attira à elle. Comme il résistait, elle se plaqua contre lui et le serra de force dans ses bras, animée par la colère et sa détermination à stopper l'hémorragie émotionnelle qui, chez Kip, risquait de tuer la raison.

— Je sais. Je comprends, crois-moi. J'ai vécu la même chose. Mais je peux arranger ça.

Ellc l'apaisa avcc la vérité. Une vérité affreuse et laide, celle qui voulait que la faiblesse soit plus facile à digérer en privé, derrière les portes closes, loin de la lumière. Fritz le savait. Kip le savait. Et, plus encore qu'eux, Linda le savait. Les faibles étaient liés entre eux. Peut-être était-ce la raison pour laquelle Fritz, Kip et Linda avaient aussi aisément pu cohabiter. Certes la faiblesse d'Hannah était manifeste, mais elle ne façonnait pas son cœur et son âme : elle touchait simplement aux tissus délicats de son esprit. Peut-être était-ce pour cela qu'Hannah n'avait jamais trouvé sa place chez les Rayburn.

— Maman ?

Instinctivement, Linda resserra les bras autour de Kip, comme pour le protéger de sa fille. Kip se libéra de sa prise et vint se placer derrière sa femme. Il se passa une main dans les cheveux. Son visage ordinaire avait rougi sous l'effet d'émotions longtemps gardées secrètes.

— Laisse-le tranquille, dit Linda à voix basse en s'approchant d'Hannah. Tu n'en as pas fait assez ?

Le regard de la jeune fille oscillait entre Kip et sa mère. Elle tendit la main pour toucher le bras de Linda. Une fois, deux fois, trois fois… puis Linda l'écarta d'une tape sur les doigts.

— Je t'en prie, maman. Je n'ai rien fait. Il est venu ici et il m'a fait peur. J'ai cru que ça allait recommencer comme avec Fritz.

— Arrête.

Linda saisit sa fille par le bras et la guida fermement vers la chambre. Elle poussa Hannah contre le mur, hors de vue de Kip.

— Ça ne recommencera pas. Ne t'avise même pas de penser ça. Kip ne ferait pas ça. Mais ne le provoque pas, c'est tout ce que je te demande.

— Mais…

Hannah s'agitait pour tenter d'agripper sa mère. Linda lui prit les mains et les serra entre les siennes.

— Je te demande de me faire confiance. Je dois d'abord m'occuper de Kip pour pouvoir m'occuper de nous, de toi.

— Non, je refuse. Je ne m'occuperai plus d'elle ! cria Kip dans leur dos.

Linda lâcha les mains d'Hannah. Kip n'en avait pas terminé avec elles.

— Calme-toi, Kip. On va régler tout ça.

— À toi de régler ça. De t'en occuper, répondit-il en se dirigeant vers la sortie. Mais pas avec mon argent. Pas dans ma maison. Pas pour cette petite conne !

— Bon Dieu…, souffla Linda en le voyant sortir en trombe. Kip, attends ! Je viens avec toi.

— Maman ! s'écria Hannah, des sanglots dans la voix. Ne me laisse pas. Je t'en prie, maman. Ne pars pas. Non !

Linda montra les dents et se retourna vers sa fille, les yeux brillants. Sa vie était en train de foutre le camp et elle n'allait pas la laisser filer sans se battre.

— On a besoin de lui, espèce de petite conne ! siffla-t-elle.

Puis elle se détourna de nouveau pour courir après son mari.

C'est à ce moment qu'Hannah changea le cours des choses. Avec un hurlement, elle passa devant sa mère et fonça sur Kip Rayburn. La peur d'être laissée seule l'avait rendue folle, elle était terrifiée à l'idée que sa mère – sa mère qu'elle aimait au-delà de toute raison et pour qui elle aurait fait et avait fait n'importe quoi – puisse l'abandonner pour Kip.

— Tu ne peux pas l'emmener. Elle doit rester ici ! Je ne dois pas rester seule ! cria Hannah.

Elle glissa sur le plancher humide et ses genoux heurtèrent violemment le sol. Mais elle se retrouva assez proche de Kip pour lui agripper les jambes. Elle s'accrocha, tira de toutes ses forces. Kip tituba et tomba vers l'avant ; son épaule vint s'écraser contre le mur. Les toiles noir et rouge de Fritz tressautèrent tandis qu'il tâchait de retrouver son équilibre.

Hannah grogna en remontant le long de sa jambe. Elle s'accrochait à ses vêtements en poussant de petits cris. Mais Kip était rapide. Il lança un coup de pied de sa jambe libre et atteignit Hannah à la tempe. Elle partit en arrière et roula contre le mur d'en face. Linda lâcha un gémissement. Hannah leva un bras contre son front et plaqua son autre main sur sa bouche pour étouffer une expression de douleur. Elle ne crierait plus. Plus jamais. Jamais devant lui.

— Kip, arrête !

Linda s'était jointe à la mêlée, sans cesser de crier.

Hannah entendit Kip arriver. Elle entendit les talons de Linda cliqueter sur le sol et les grognements de Kip qui luttait contre sa femme. Puis ce fut terminé. Seul résonnait le bruit de leur respiration sous les hauts plafonds de la maison. Hannah sentit la présence de Kip au-dessus d'elle. Elle ouvrit les yeux. Elle refusait de les garder fermés : elle allait voir ce qui arriverait. Cette fois, Hannah Sheraton était bien décidée à regarder les événements se produire.

Mais Kip Rayburn ne fit rien. Il se contenta de rester là, les poings serrés, le regard fixé sur elle.

Hannah se releva maladroitement, avec lenteur. Kip fit un pas en arrière. Elle s'appuya contre la table, peinée de constater que Linda attendait simplement de voir ce qui allait se passer, qui allait gagner. Kip recula, encore et encore, jusqu'à atteindre la porte. Hannah l'observait. Sa tête lui faisait mal. Elle tendit une main pour reprendre son équilibre, puis fit un pas en avant, suivi d'un autre. Ses lèvres bougeaient au rythme d'un nouveau comptage.

— Deux, chuchota-t-elle. Trois. Quatre…

— Tu es folle, dit froidement Kip.

Hannah cessa de bouger, de compter, de penser. Linda demeura immobile, même quand Kip passa devant elle et sortit pour retourner à sa voiture. La mère et la fille s'entreregardèrent : l'une suppliait qu'on l'aide, l'autre rassemblait toute sa détermination. Linda se précipita vers Hannah et la prit par les épaules pour la secouer avec force.

— N'appelle personne ; ne réponds pas au téléphone. Si tu le fais, ils t'emmèneront loin d'ici. Ils le feront, crois-moi. Ils viendront te chercher, Hannah. Tu comprends ? Ne fais rien jusqu'à ce que je revienne. Je vais arranger les choses, si tu ne viens pas tout gâcher.

Ce furent les derniers mots que prononça Linda Rayburn avant de sortir en courant après son mari. Hannah tituba derrière elle mais s'arrêta avant d'atteindre l'extérieur. Elle entendit deux claquements de portière et le crissement de pneus dans l'allée. Dans le silence qui suivit, Hannah Sheraton s'affaissa sur le sol du patio carrelé. Elle n'avait plus pour compagnie qu'une femme en bronze au visage torturé, debout, solitaire, au centre du bassin de la maison de Fritz Rayburn.

***

Hannah s'habilla en hâte. Un manteau. Un bonnet. Une écharpe. Son regard se posa de nouveau sur le téléphone ; elle avait envie d'appeler Josie.

Ne parle à personne.

Ne va pas tout gâcher.

Ils t'emmèneront.

Tout en boutonnant son manteau, Hannah traversa la maison au pas de course et ouvrit la porte donnant sur l'extérieur. La Volkswagen était là, toujours bloquée par un sabot. La vieille Mercedes se trouvait au garage. Hannah courut jusqu'à la cuisine et chercha dans le tiroir où les adultes rangeaient les doubles des clefs. Rien. Elle tira un peu plus sur le tiroir pour fouiller au fond mais son geste fut trop vif et le tiroir tomba bruyamment par terre.

Hannah bondit en arrière avec un juron puis se détourna du contenu répandu au sol. Si la clef de la Mercedes n'était pas là, elle n'avait pas le temps de la chercher. Il fallait qu'elle trouve une solution et il n'y avait qu'un endroit où elle puisse aller.

Quelques secondes plus tard, elle retraversa la maison, passa comme une flèche devant les toiles de Fritz, franchit le seuil et laissa la statue de bronze derrière elle. Elle passa précipitamment le portail sans se donner la peine de le refermer. Hannah continua de courir jusqu'à l'autoroute. Le grondement de l'océan la poussait à avancer, le bruit des voitures l'attirait vers la route. Quelqu'un s'arrêterait pour la prendre en stop. Il le fallait. Elle les obligerait à s'arrêter. Il fallait que quelqu'un l'emmène vers sa destination avant qu'elle fasse quelque chose qu'elle n'aurait pas dû.

*
**

Linda Rayburn se tenait nue près des longues fenêtres qui surplombaient la cour de la maison de Palisades. Elle avait passé un bras sous ses seins lourds ; l'autre était replié, ses doigts tenant une cigarette. Elle la porta machinalement à ses lèvres et emplit ses poumons de fumée qu'elle conserva quelques instants avant de la laisser s'échapper entre ses lèvres.

Derrière elle, Kip dormait dans le grand lit, recroquevillé sur lui-même comme un enfant, une main glissée sous sa joue, épuisé par sa débâcle. De là où était Linda, elle pouvait voir l'aile ouest de la maison. Le bois calciné avait été déblayé et une nouvelle structure s'élevait à sa place, délimitant la pièce telle qu'elle avait été avant l'incendie. Les cordons en plastique encerclant la scène de crime avaient depuis longtemps disparu. Et le petit gamin en pierre urinait de nouveau dans la fontaine. Les jardins étaient parfaitement taillés. Les étoiles scintillaient. La ville de Palisades dormait et Linda aurait voulu poser la tête sur l'oreiller pour faire de même. Mais trop de choses réclamaient son attention.

Hannah. Numéro un. Toujours Hannah. La scène n'avait pas été belle à voir. Kip avait eu tort de lui donner un coup de pied, Linda avait eu tort de l'abandonner. Mais ce qui était fait était fait. Linda aurait dû se sentir coupable d'avoir suivi Kip, mais ce n'était pas le cas. Un défaut génétique. Sa défaillance permanente. Elle était comme ça et ne présenterait d'excuses à personne, ne culpabiliserait pas. On faisait avec ce qu'on avait, on faisait ce qu'on pouvait et on faisait des choix en fonction des besoins. Kip avait plus besoin de Linda qu'Hannah. Et Linda avait besoin de Kip. Hannah était forte et l'avait toujours été. Elle survivrait à cette nuit. Linda n'était pas certaine que ça aurait été le cas de Kip si elle l'avait laissé seul.

Josie. Elle aussi revenait dans ses pensées. Étrange comme, dans le noir, Linda y voyait soudain aussi clairement. Sa rencontre avec Josie datait de si longtemps, et leur cohabitation avait été plutôt brève. Pourtant c'était comme si Josie l'avait accompagnée chaque jour depuis la fac, regardant par-dessus son épaule, la jugeant. Linda s'appuya dos au mur et regarda la fumée de cigarette s'élever en volutes vers le plafond. Elle devait admettre que c'était une construction de son esprit, cette histoire avec Josie. Ce sentiment de compétition, l'impression de ne pas être aussi bonne que Josie Bates. En tout cas, ça l'avait été. À présent, c'était réel. Les deux femmes s'affrontaient autour du futur d'Hannah et ce n'était pas ce à quoi Linda s'était attendue en demandant l'aide de Josie. Linda avait cru à une situation gagnant-gagnant, mais elle était en train de perdre.

La cigarette remonta jusqu'à ses lèvres. La fumée emplit ses poumons.

Non, ce n'était pas du tout ce à quoi elle s'était attendue.

Elle parcourut la pièce des yeux. L'endroit était plus beau que tout ce qu'elle aurait pu imaginer durant les années précédant sa rencontre avec Kip. Elle laissa son regard se poser sur son mari.

Kip. Kip. Linda aurait voulu croire qu'elle l'aimait mais la vérité était qu'elle ne savait pas comment faire. Il faisait d'elle le centre de son univers, ce qui était plus que tout ce qu'elle avait pu connaître, et elle lui en était reconnaissante. Il avait eu la vie dure avec Fritz. Linda comprenait. Elle avait de la compassion pour lui. Elle appréciait aussi Kip parce qu'il n'exigeait pas grand-chose. Mais l'aimer ? Non. Quelque chose était cassé en elle. Elle n'était pas capable d'aimer comme les autres. Mais pour Kip, elle s'en approchait. Pour Hannah, plus encore. Pour elle-même ?

Eh bien…

Linda écrasa sa cigarette et se glissa dans le lit auprès de son mari. Celui-ci se détendit et s'étira. Elle passa ses bras autour de lui et appuya son visage contre son dos. Elle aurait pu connaître pire. Elle avait connu pire que Kip Rayburn. Au bout du compte, c'était pour Hannah qu'elle s'inquiétait vraiment. Pauvre Hannah, triste, malade, dangereuse. Seule Linda savait à quel point Hannah pouvait être dangereuse et cela la terrifiait.

30

« L'autoroute 405 est embouteillée et la bretelle donnant sur la 10 pour accéder au centre-ville complètement bouchée. L'heure de pointe commence tôt. Attendez-vous à une attente encore plus longue que pour passer devant le juge des divorces. »

Point routier sur la radio KFWB.

⁂

— Je suis navré de vous avoir fait attendre, mademoiselle Bates. La circulation ne cesse d'empirer sur l'autoroute.

Voyant entrer Ian Frank, Josie mit fin à son coup de fil avec Archer, lequel était en route pour Malibu. Ian Frank n'était pas du genre à perdre son temps en politesses mais pas non plus à ignorer les convenances. Il était courtois, concentré et à l'aise dans son univers. Un univers des plus remarquables.

Cet homme, multimillionnaire, passait sa vie professionnelle dans une pièce qui, au premier regard, n'avait rien d'impressionnant. Le second regard révélait la vérité. Le bureau était dépouillé, avec des lignes simples, de même que son siège. Mais le bois et le cuir étaient d'une qualité exceptionnelle. Là où œuvres d'art et documents honorifiques avaient la faveur de Rayburn, les murs du bureau de Frank étaient remarquablement dénudés, à l'exception de son diplôme de la faculté de droit d'Harvard. Et celui-ci était accroché sur un coin du mur près de la porte, comme si, une fois obtenu, il n'avait plus beaucoup d'importance. De grandes plantes au feuillage dense égayaient les coins. Les fenêtres, qui s'étendaient du sol au plafond, offraient une vue spectaculaire sur les collines d'Hollywood dans le dos d'Ian Frank. Derrière Josie, la vue était tout aussi riche. L'œil se heurtait à la silhouette en escalier des immeubles du centre-ville avant de glisser par-dessus les agglomérations qui émaillaient le chemin jusqu'à la côtc. Durant les beaux jours d'été, Ian Frank devait apercevoir l'océan, mais Josie doutait qu'il se laisse tenter par une journée à la plage plutôt qu'au bureau. Il y avait chez lui quelque chose d'un fermier ; il levait la tête pour voir d'où soufflait le vent. À la façon dont il l'avait accueillie, Josie s'imagina qu'elle n'était qu'une petite brise dans le monde d'Ian Frank.

— Alors, que puis-je pour vous ?

— Je voudrais vous parler de Fritz Rayburn, répondit Josie.

Il le savait déjà, évidemment.

— Que pourrais-je vous dire ? Je ne me souciais pas beaucoup de la vie personnelle de Fritz quand il était en vie et je ne m'en soucie pas plus aujourd'hui.

— Ne croyez-vous pas que vous devriez, monsieur Frank ? demanda-t-elle.

— Et pourquoi cela, mademoiselle Bates ?

Ian Frank paraissait amusé.

— Parce qu'un cabinet d'avocats s'appuie sur sa réputation et que la tempête qui frappe les Rayburn pourrait l'affecter. Me parler d'eux pourrait permettre de limiter les dégâts.

Ian se mit à rire. Il avait un merveilleux visage, avec une belle chevelure d'un gris foncé. Élégant, bel homme, il attisait certainement les convoitises de nombre de veuves et de divorcées.

— La participation de Fritz Rayburn dans ce cabinet a été placée en fiducie lorsqu'il a été nommé juge. Il n'exerçait plus en tant qu'associé. Quoi que vous découvriez, cela pourrait avoir un impact sur votre cliente mais, sur le bilan de mon cabinet, notre réputation aura toujours la même valeur qu'hier ou que l'avant-veille.

— Vous semblez être le seul à ne pas vous inquiéter de l'impact des habitudes de Fritz Rayburn. Le gouverneur est inquiet. La famille est inquiète. Le procureur aussi, fit remarquer Josie.

— Le gouverneur a des raisons de l'être. Il a beaucoup misé sur son soutien à Fritz en tant que candidat. Personne ne voudra croire que les défauts de Fritz n'ont pas été découverts durant la vérification de ses antécédents. Alors, si Fritz ne marchait pas tout à fait droit et que le bureau du gouverneur l'a passé sous silence, ce sera un vrai cauchemar en termes de relations publiques. Une fois que quelque chose se sait, impossible de le faire oublier.

Ian secoua la tête, l'air sûr de son fait.

— Quant à Kip, poursuivit-il, il sera déçu et embarrassé que la nomination n'aille pas jusqu'à son terme, mais il restera un associé au sein de mon cabinet. L'argent apaise bien des maux. Mais quoi qu'il en soit, faits avérés ou rumeurs, rien de tout ceci ne m'affectera.

— Vos clients pourraient être d'un autre avis.

Josie le désigna du doigt, comme s'il conservait les personnes en question blotties dans sa poche de poitrine.

— Bah, la moitié de mes clients s'inquiètent de leur propre squelette dans le placard, mademoiselle Bates. En fait…

Il s'interrompit quand la porte s'ouvrit. Hors du champ de vision de Josie, une femme vint consciencieusement donner à Ian Frank une raison de mettre un terme à son rendez-vous.

— John Blosser est en route, indiqua-t-elle avec l'intérêt de quelqu'un qui avait prononcé ces mots un millier de fois sur autant de jours.

— Merci, May. Mademoiselle Bates et moi avons presque fini.

Ian Frank reporta toute son attention sur Josie, avec un

regard ridiculement condescendant censé l'inciter à faire vite. Mais Josie n'allait pas céder d'un pouce.

— Vous ne m'intimidez pas, monsieur Frank, pas plus que votre analyse clinique de la conduite de Fritz Rayburn. J'ai longtemps vécu dans un endroit tel que celui-ci. J'étais assise dans un fauteuil exactement comme le vôtre. Je sais, dans un tel environnement, que rien n'est sacré, pas même l'idée que les affaires constituent un monde à part. Je suis la preuve vivante que ce n'est pas le cas.

— Je connais votre passé, mademoiselle Bates, mais cette situation est très différente. Nos affaires portent sur des chiffres, des fusions, de vastes successions, la gestion de corporations, répliqua Ian Frank avec aisance. Le genre de choses qui ne titille pas l'intérêt du public.

— Sauf si quelqu'un raconte l'histoire comme il faut. Et je peux la raconter d'une façon qui incitera les gens à s'y intéresser. Pensez-vous que tous les parents de Californie seraient heureux d'apprendre que l'homme qui conseillait juridiquement la marque Comfy Toys terrorisait également des jeunes filles ? Pensez-vous que la très active coalition noire de cet État tendra l'autre joue lorsqu'elle découvrira la préférence appuyée de Rayburn pour les femmes de couleur ?

— Pour ma part, je serais curieux de savoir pour qui les parents californiens auraient le plus de mépris : une avocate qui se sert de son influence pour tenir une adolescente à l'écart de sa mère ou un vieil homme décédé qui n'avait plus d'affiliation directe avec ce cabinet depuis sept ans ? Et si Kip Rayburn devait admettre que son père se montrait trop zélé en matière de discipline, cela lui vaudrait beaucoup de compassion, vous ne croyez pas ? Oh, mademoiselle Bates, nous pouvons tous jouer à manipuler les faits. Quand tout sera fini, ni vous ni moi ne gagnerons mais je garderai l'avantage. Je connais mes clients. Leur capacité de concentration est encore moins élevée que la mienne.

Josie se pencha en avant sur son siège. Elle allait essayer une autre approche. Une approche qui allait sans doute échouer mais, à situation désespérée, mesures désespérées.

— Alors parlez-moi de Fritz Rayburn et de son fils parce que vous êtes quelqu'un de bien, monsieur Frank. Faites-le parce que cela pourrait aider Hannah Sheraton.

Une lueur d'intérêt passa dans le regard d'Ian Frank. Pour la première fois depuis le début de la conversation, il se sentait réellement impliqué.

— Ce n'est pas comme si je n'avais pas de sympathie pour votre cliente, mademoiselle Bates. Ma sœur a une fille du même âge. Il est difficile de savoir ce qui est vrai et ce qui ne l'est pas, même lorsqu'il s'agit de son propre enfant, donc je serai sincère. Je ne sais rien avec certitude qui soit susceptible de vous aider. À mes yeux, si quelque chose n'est pas un fait avéré, alors cela n'existe pas et il n'y a rien à dire de plus. Le fait que vous vous exposiez ainsi est tout à votre honneur mais, d'un autre côté, vous n'avez pas grand-chose à perdre, n'est-ce pas ? Ce n'est pas mon cas.

Josie s'empressa d'exploiter cette ouverture. Ce n'était qu'une faille minuscule dans l'attitude policée d'Ian Frank mais cela suffisait à prouver qu'il avait une conscience.

— Vous avez raison. Je n'ai rien à perdre, ce qui veut dire que je peux me battre bec et ongles. Dites-moi simplement ce que vous soupçonnez. Donnez-moi accès aux dossiers de vos employés. Laissez-moi parler aux femmes de ce cabinet. Dites-moi si vous savez quelque chose à propos de la dispute entre Fritz et Kip Rayburn. Je n'ai besoin que de votre permission. Je serai discrète. Vous n'avez qu'à me donner l'épée. Je tuerai le dragon et vous pourrez garder le château.

Ian posa les coudes sur son bureau impeccablement rangé, mains jointes. Il appuya brièvement ses doigts contre ses lèvres puis posa les mains à plat devant lui. Il n'avait pris qu'une seconde pour réfléchir.

— Il n'y a pas un homme d'affaires sur cette planète qui croirait ce que vous venez de dire. Non, je ne vous ouvrirai pas les portes du cabinet. Même si j'ai foi dans le pragmatisme de nos clients, je ne vous aiderai pas à faire pencher la balance du mauvais côté. Je sais que vous êtes une bonne avocate, mais je suis sans doute meilleur. Si vous tentez d'obtenir une ordonnance pour accéder à mes dossiers, je vous en empêcherai, dit Ian en écartant les mains, comme dans un geste d'excuse. Vous pourriez finir par obtenir ce que vous voulez, mais je vous retarderai jusqu'à ce que ce procès soit terminé. Je protégerai ce qui m'appartient et rien ne pourra me faire changer d'avis.

— Je croyais que ce cabinet appartenait également à Kip à présent, lui rappela Josie.

— Vous pensez qu'il vous donnerait la permission d'enquêter dans son propre fief pour nuire à la réputation de son père ? demanda Ian en riant.

— Non, j'étais simplement curieuse de savoir s'il comprenait qu'il ne serait jamais que le second violon par ici. Que c'est vous qui prendrez toutes les grandes décisions.

— C'est exactement comme ça que ça se passe, mademoiselle Bates. Et je ne crois pas que cela dérange Kip. J'ai eu du succès à la tête de ce cabinet. Je continuerai à bien faire mon travail et le rendrai riche. Je le soutiendrai s'il est nommé en tant que juge. J'ai beaucoup de respect pour Kip.

— Le juge Rayburn avait-il le même respect pour son fils ?

— Je n'en ai aucune idée, répondit Ian avec un nouveau rire. Fritz et moi n'étions pas amis. Nous étions associés dans les affaires. Nous prenions des décisions d'affaires.

On y était. Le moment que Josie avait attendu. Ian Frank mentait. Josie avait interrogé trop de témoins, mené trop d'entretiens, représenté trop d'accusés pour ignorer que les mensonges ne s'accompagnaient pas toujours de gouttes de sueur et d'une voix tremblante. Parfois, les mensonges se présentaient comme avec Ian Frank, derrière une expression tellement maîtrisée qu'elle en devenait artificielle. Il la regardait droit dans les yeux avec sur ses lèvres le soupçon d'un sourire. L'expression était là avant qu'elle ne pose la question et n'avait pas bougé. Il n'avait pas réagi au ridicule de la question en l'écartant d'un geste de la main ou en se calant au fond de son siège comme si elle lui faisait perdre son temps.

— Menteur. Le partenariat entre les associés d'un cabinet est plus intime que beaucoup de mariages. Vous savez tout.

Josie posa la main sur le bureau en s'assurant de ne pas détourner le regard.

— Vous ne vous souciez pas de la dimension émotionnelle associée à l'héritage de Fritz Rayburn. Alors quel accord aviez-vous conclu ? Kip devait-il devenir un membre actif du cabinet ? Devait-il simplement récolter ses parts d'associé ? Il a bien dû y avoir des documents signés, des discussions, des décisions. Fritz et vous étiez-vous des deux côtés de la barrière à propos de ce bon vieux Kip ?

Le regard d'Ian Frank s'assombrit. Il était méfiant, sur ses gardes. Des histoires de déviances sexuelles dans l'intimité pouvaient être ignorées mais Josie s'avançait désormais sur des terres sacrées : celles du cabinet.

— Fritz ne savait pas qu'il allait mourir, mademoiselle Bates. La transmission de ses intérêts au sein du cabinet ne constituait pas vraiment sa priorité.

— Fritz Rayburn était avocat, monsieur Frank, tout comme vous, répliqua Josie. Les avocats ne laissent rien au hasard quand il s'agit de leur cabinet. Kip était-il le fils bien-aimé à qui l'on voulait confier l'héritage du père malgré vos objections ? Ou bien l'accueilliez-vous à bras ouverts tandis que Fritz voulait le contrôler ? Quel accord avez-vous conclu ? Autant me le dire tout de suite parce que je vous assure que je ne lâcherai pas l'affaire avant de l'avoir découvert.

— Monsieur Frank ?

Ian Frank leva les yeux vers la porte. May était de retour.

— Oui, quoi ?

L'expression de la femme passa de l'indifférence à la surprise. Difficile de se faire aboyer dessus quand on suivait simplement les ordres.

— Monsieur Blosser est dans l'ascenseur.

Ian Frank la congédia en reportant son attention vers Josie. Celle-ci poursuivit l'offensive.

— Je sais que Kip et Fritz ont eu une dispute majeure avant sa mort. Je veux savoir si c'était à propos de leurs affaires. Je n'ignore pas que vous…

Ian Frank se leva brusquement et lui tendit la main en annonçant :

— Cet entretien est terminé, mademoiselle Bates. J'ai un rendez-vous.

Josie hésita. Elle se leva à son tour mais sans serrer la main de l'avocat.

— Je vous ferai citer à la barre, monsieur Frank. Pensez à libérer votre agenda.

Ian Frank abaissa son bras tendu. Il n'était pas insulté, ni assez bête pour ne pas prendre le message au sérieux.

— C'est votre prérogative, mademoiselle Bates. À vrai dire, si mon emploi du temps me le permet, je pourrais même me présenter. Ce pourrait être drôle de voir ce qui se passerait entre nous devant un tribunal.

— Je veux croire que vous n'ignoreriez pas une citation à comparaître ? demanda Josie en haussant un sourcil.

— J'ai toujours constaté que la cour faisait preuve de beaucoup de compréhension face aux emplois du temps d'avocats très occupés. Même les juges savent qu'au final notre métier consiste à faire des affaires, lui rappela Ian.

— Non, monsieur Frank. Au final, nous parlons de la vie d'une jeune fille et je parie que le système verra les choses comme moi. Si je veux vous voir à la barre, alors vous y serez.

Josie sortit immédiatement après cette déclaration et Ian Frank la laissa partir sans un mot de plus. Le temps qu'elle parvienne à l'ascenseur, il était déjà occupé à dicter un mémo. Quand l'ascenseur arriva, Josie dut faire un pas en arrière pour laisser passer un homme pressé. La réceptionniste le salua comme étant monsieur Blosser, l'homme qu'attendait Ian Frank.

Durant les quelques minutes nécessaires pour transporter Josie cinquante-quatre étages plus bas, Ian Frank et son client s'étaient sans doute mutuellement tapés dans le dos avant de s'asseoir pour parler affaires. Ian Frank n'avait probablement pas accordé la moindre pensée supplémentaire à Josie Baylor-Bates.

Mais quelqu'un d'autre si.

Des doigts se posèrent sur le bras de Josie, un contact léger et inattendu. L'esprit de Josie était concentré sur la richesse des possibilités offertes par l'affrontement entre Kip et Fritz mais voilà qu'une femme inconnue faisait dérailler le cours de ses pensées. La femme se pressa contre Josie et l'attira dans un coin du hall d'entrée avant qu'elle n'atteigne la porte donnant sur le parking privé. Josie baissa les yeux pour voir qui insistait ainsi pour bénéficier d'un peu de son temps. Il s'agissait de May, dont le travail consistait à interrompre Ian Frank.

— Il faut que je vous parle, dit-elle à voix basse.

Elle baissa les yeux tout en prenant Josie par le bras. La petite femme mena habilement la grande jusqu'à une alcôve. Elle incita Josie à reculer jusqu'à ce qu'elles soient largement dissimulées derrière une paroi de marbre noir et une rangée de téléphones.

— Je ne veux pas témoigner devant la cour, d'accord ? Je ne veux pas perdre mon boulot, d'accord ? Mais il faut bien que quelqu'un vous parle de lui.

May avait établi les règles avant même que Josie sache à quel jeu il était question de jouer.

— Vous voulez parler de Fritz Rayburn ?

— Non, non. Pas le vieux. Le jeune. Kip. Drôle de nom pour un homme adulte. C'est sur Kip que vous avez des choses à apprendre.

Elle regardait Josie en plissant les yeux mais son ton de voix était le plus révélateur. May espérait qu'elle n'était pas en train de s'adresser à une idiote.

31

La conversation ne dura pas plus de cinq minutes. May était son nom de famille. Elle ne donna pas son prénom. Il n'aurait pas été difficile de l'obtenir mais Josie ne le ferait qu'en cas d'absolue nécessité. May correspondait à l'impression initiale de Josie : elle était exigeante, professionnelle et directe.

Elle avait entendu les questions que posait Josie. Sur Kip Rayburn. Sur Fritz Rayburn. Cela faisait quinze ans qu'elle travaillait pour le cabinet. Elle avait vu beaucoup de choses. Elle n'allait pas mentir. S'il avait été question d'autre chose, ses lèvres seraient restées scellées, mais elle avait suivi cette affaire. May en avait entendu parler dans les journaux, aux informations télévisées et en avait parlé avec ses collègues du cabinet. Oh oui, malgré ce que pensait monsieur Frank, les gens au cabinet parlaient énormément de Fritz, y compris certains clients. May jugeait affreux que l'on ait décidé de juger Hannah comme une adulte. Elle n'était pas convaincue que l'adolescente ait tué son grand-père. Pourquoi ? Parce que May savait que d'autres personnes en voulaient au juge Rayburn. Non pas qu'elle ait apprécié la façon de faire de Josie. Cette histoire d'émancipation était brutale. Il y avait sans doute un autre moyen. Mais c'était comme ça. C'était le jeu. Quoi qu'il en soit, au bout du compte, May partageait l'intuition de Josie.

— Plus précisément ?

Josie voulait entendre tout ce que May savait.

— Kip Rayburn, répondit May. Ça faisait six mois que son père et lui s'affrontaient et ça commençait à s'envenimer.

— Parce que ? l'aiguillonna Josie.

À vrai dire, May n'avait pas l'air d'avoir besoin d'encouragements, elle paraissait surtout attendre que Josie pose ses questions. Elle avait passé trop de temps auprès d'avocats.

— Le juge Rayburn allait remettre ses parts d'associé à monsieur Frank à moins que son fils…

May s'interrompit et secoua la tête. Elle fit la grimace, comme si elle avait un goût amer dans la bouche.

— À moins que son fils ne divorce. Je n'avais jamais entendu une chose pareille. Le vieux voulait que son fils échange sa femme contre de l'argent. Je les ai entendus se disputer. J'ai tapé le codicille de son testament.

May avait entendu au moins trois disputes à ce sujet. Monsieur Frank n'y était pas favorable. Kip avait travaillé auprès du cabinet ; il constituait un atout. Le juge Rayburn restait inflexible. Il détestait Linda et sa « mulâtre » de fille. May avait entendu monsieur Frank accuser le juge Rayburn d'agir comme un salaud, juste pour rendre Kip malheureux, simplement parce qu'il en avait les moyens. Il était en colère parce que le juge Rayburn exploitait le cabinet de manière malhonnête. Cela faisait un long moment que monsieur Frank n'appréciait guère monsieur Rayburn. Elle le voyait à la façon dont monsieur Frank répondait au téléphone quand le juge appelait ou à sa manière de diriger le cabinet comme si c'était le sien, sans consulter le juge Rayburn sur les questions d'importance.

— Alors, que s'est-il passé ? demanda Josie.

— Je l'ignore, admit May avec un haussement d'épaules. Je ne sais pas ce que Kip Rayburn avait décidé de faire mais son père voulait précipiter les choses. Pour une raison ou une autre, il exigeait que Kip prenne rapidement sa décision. Maintenant que j'ai appris ce qu'il avait fait à cette fille, peut-être qu'il voulait se débarrasser des preuves. Expulser la mère hors de la maison et sa fille avec. C'est peut-être pour ça qu'il a proposé cet accord bizarre à Kip.

— Madame Rayburn était au courant ? voulut savoir Josie.

— Je ne l'ai jamais vue. Je n'en sais rien. Mais je sais que Kip était prêt à se battre. Il ne voulait pas divorcer. Il disait qu'elle l'aimait alors que personne ne l'avait jamais aimé. C'était triste. Je l'ai entendu pleurer, une fois. Le vieux juge se moquait de lui.

— Vous croyez qu'il était assez en colère pour commettre un acte désespéré ? Assez furieux pour tuer son propre père ?

Josie porta son regard sur quelque chose dans le dos de May. Un homme s'était arrêté à l'entrée de l'alcôve. May jeta un coup d'œil par-dessus son épaule et s'écarta d'un pas. L'homme changea d'avis et prit la direction du parking. May baissa la voix et se mit à parler plus vite.

— Je ne sais pas. Je n'ai assisté qu'à une partie de leurs échanges. Ils étaient vraiment en colère. Je les ai entendus élever la voix et ce n'était pas le genre de choses qui se produisait quand monsieur Frank dirigeait seul le cabinet. Même lui s'emportait parfois quand les deux autres s'étripaient. Le plus triste était que le juge Rayburn semblait beaucoup s'amuser. Je crois qu'il aimait malmener son fils… et peut-être même monsieur Frank. Qu'il faisait ça depuis tellement longtemps que c'était devenu une seconde nature. J'étais vraiment désolée pour Kip Rayburn. Inacceptable pour un homme adulte d'être traité comme ça.

— Et monsieur Frank ?

Josie gardait un œil sur les allers et venues en dehors de l'alcôve. Personne ne s'intéressait à elles.

— Quoi donc ?

Suivant l'exemple de Josie, May restait attentive à ce qui se passait derrière elle.

— Peut-être était-ce dans son intérêt que Kip ne divorce pas. Il n'aurait plus eu de comptes à rendre à quiconque si Rayburn venait à mourir. Peut-être avait-il envie d'accélérer le processus, histoire d'avoir le cabinet pour lui seul.

May leva les yeux au ciel. Il y avait deux choses qu'elle

comprenait mieux que la plupart des gens : la loi n'était pas toujours une question de justice et les avocats manquaient parfois de sens pratique.

— Si monsieur Frank avait tué le juge Rayburn, il se serait quand même retrouvé avec Kip comme associé. Le codicille n'avait pas été officialisé. Non, si vous devez suspecter quelqu'un, suspectez le fils. Il était entre le marteau et l'enclume et souffrait terriblement. La fille n'avait aucune importance pour lui, mais la mère c'était une autre histoire.

⁂

Archer n'eut pas besoin d'aller loin pour comprendre qu'il y avait un problème dans la maison de Malibu. L'énorme portail de cuivre était entrouvert comme si quelqu'un s'était faufilé en hâte hors de la propriété. De son poing serré, il le poussa pour l'ouvrir complètement. Puis il entra en lançant un appel dans l'espoir que quelqu'un, n'importe qui, lui réponde. L'endroit était aussi silencieux qu'un tombeau.

Prenant soin de ne toucher à rien, Archer explora les lieux. Porte d'entrée : ouverte. Tapis de l'entrée : décalé sur le côté, un coin rabattu. Salle à manger : deux chaises par terre.

Il se déplaçait lentement, sur ses gardes. Il progressait en silence à présent, ne sachant s'il allait tomber nez à nez avec quelqu'un ou devoir enjamber des cadavres.

Rien dans le couloir.

La chambre d'Hannah. La pagaille. Tabouret renversé. Une lame posée dans un petit bol. Archer scruta la pièce : pas de sang. Bon signe. Une porte vitrée qui donnait sur la plage. Ouverte. Examen plus soigneux. Du sable sur le seuil. Éparpillé en éventail. Il n'y avait pas de vent, donc la porte avait dû rester ouverte toute la nuit.

Archer se dirigea vers l'étage. Il longeait les murs, examinait chaque embrasure de porte. Toutes étaient ouvertes. Et le silence demeurait total. La chambre principale était immaculée. Personne n'avait dormi dans le lit. De retour au rez-de-chaussée, il enveloppa son doigt dans le tissu de son tee-shirt et activa le répondeur. Il n'avait aucune envie qu'on retrouve ses empreintes digitales à travers la maison. Il y avait deux messages de Josie qui demandait à Hannah de la rappeler. Dans la cuisine : de la pagaille partout par terre. Un tiroir plein de babioles avait été arraché et renversé. Pas de verres, pas d'assiettes, pas de nourriture, rien de normal. Quoi qu'il ait pu se produire, c'était arrivé vite et selon un cheminement précis : depuis la chambre d'Hannah, à travers la salle à manger et le salon, puis par la porte d'entrée et le portail extérieur.

Pouf.

Tous disparus.

Il fit le tour du périmètre à la recherche d'éventuels indices quant à ce qui avait pu se passer. La voiture de Linda se trouvait dans l'allée, portières déverrouillées. La Volkswagen d'Hannah avait toujours son sabot. Quelqu'un était venu chercher Linda, ou Hannah, ou les deux. Kip, devina Archer. Mais Kip n'aurait même pas emmené Hannah au coin de la rue si elle l'avait supplié à genoux.

Archer planta ses pieds dans le sable blanc, les yeux tournés vers la mer. Si Linda avait été emmenée ailleurs et Hannah laissée sur place, où était-elle ? Il espérait que son corps ne se trouvait pas là-bas, quelque part au milieu des vagues. Il n'y avait qu'un seul moyen de le découvrir et ça ne consistait pas à passer un coup de fil pour poser poliment la question. Il allait devoir trouver le duo infernal – Kip et Linda – et les regarder droit dans les yeux pour découvrir la vérité. Archer entreprit de repartir en contournant la maison au moment même où une vieille Chrysler Valiant se garait sur le chemin. Une femme vêtue de blanc en sortit, un pull passé par-dessus son bras et un sac de courses à la main.

La bonne.

— *Hola !* l'interpella Archer en venant à sa rencontre.

Il lui fallut moins de deux minutes pour établir qu'elle venait un jour sur deux. Elle ne lui serait d'aucune utilité. Il la remercia, l'avertit que l'endroit était en désordre et l'entendit maugréer « la routine ! » en espagnol avant de réintégrer sa voiture. Il mit le cap sur Palisades pour rendre une petite visite au Coffee Haus et remonter la piste du couple Rayburn.

***

Josie se retrouva à rouler au pas sur l'autoroute, traversa le tronçon embouteillé et remit les gaz dès qu'elle eut dépassé l'embranchement de Century. Sa décapotable vibrait, elle entendait le ronronnement du moteur sous le capot comme en réponse au bouillonnement sous son crâne. Elle aurait aimé appeler Archer mais savait qu'il serait impossible de l'entendre par-dessus le bruit de l'autoroute. Aussi Josie prit-elle mentalement des notes tout en se décalant sur la file de gauche pour dépasser un poids lourd et sa remorque.

Archer était au sommet de ses priorités. Elle allait le faire courir en tous sens durant les trois jours à venir pour vérifier chaque aspect de la vie des Rayburn : les femmes avec qui Linda passait du temps à la salle de sport, les rares avec qui elle prenait des verres, celles auprès de qui elle siégeait dans les œuvres de bienfaisance où le nom de Rayburn était le bienvenu. Josie lui demanderait aussi d'aller interroger les épouses des associés de Rayburn & Frank. Puis Archer irait au club de Kip pour s'entretenir avec ceux qui le connaissaient bien. Objectif : découvrir qui était au courant du « contrat » de Fritz avec son fils.

Josie changea de nouveau de file, en captant au passage quelques brèves images : un homme parlant dans son portable, une Mercedes grise, une fille qui chantait à tue-tête dans une Toyota blanche. Les panneaux publicitaires défilaient dans une avalanche de couleurs et de lumières. Les messages d'infos électroniques avertissaient d'un ralentissement à la prochaine sortie mais Josie passa devant à toute vitesse : pas d'embouteillages en vue. Elle quitta l'autoroute au niveau de Rosecrans. Trente minutes plus tard, elle arrivait chez elle après être passée par les petites rues. Josie récupéra son sac, descendit le long de l'allée et activa par-dessus son épaule la porte télécommandée du garage. Fouillant dans son sac à la recherche de ses clefs, elle tourna d'un pas vif au coin du garage et ralentit brusquement l'allure, stupéfaite de découvrir qui l'attendait sur le pas de la porte.

⁂

— Hé !

— Hé ! répondit Archer en levant la main.

Il arpentait l'impeccable gazon qui entourait la propriété des Rayburn à Palisades. Le jeune qui l'avait interpellé était petit, bronzé et musclé. Il avait retiré sa chemise et se trouvait entouré d'au moins deux mille dollars en fleurs et plantes décoratives.

— Vous avez amené le paillis ?

— Non. Désolé. C'est pas moi.

— Merde. J'ai besoin de ce paillis. Les parterres sont complètement morts à cause de l'incendie. Il faut que j'installe un paillis si on veut que ça tienne. Ça fait deux heures que j'ai appelé l'entreprise.

— Navré, dit Archer avec un haussement d'épaules. Je ne peux pas vous aider. Je cherche les Rayburn. Ils sont là ?

— Je suis arrivé vers 6 heures. Je n'ai vu personne.

Le jeune homme plissa les yeux en direction de la bâtisse centrale.

— J'ai vu leurs voitures, mais eux non.

— Archer.

Il tendit la main et serra celle du gamin.

— René, répondit celui-ci.

— Ravi de te connaître. En fait, je cherche la fille.

— Hannah ? Je ne l'ai pas vue non plus.

— Et avant l'incendie ? Tu as vu quelque chose à l'époque ? Quoi que ce soit qui sorte de l'ordinaire ?

René leva les yeux vers le soleil, sourcils froncés, en réfléchissant.

— Je ne viens qu'une fois par semaine. Je ne sais pas vraiment ce qui est ordinaire. Ils passent devant moi sans me regarder. Sauf Hannah. Elle me disait bonjour quand elle me voyait. Le vieil homme n'aimait pas ça.

— Il s'énervait ?

— Non. Je ne l'ai entendu s'énerver qu'une seule fois. J'étais resté tard parce que les arroseurs automatiques ne marchaient pas correctement. Je me trouvais là-bas…, expliqua-t-il en désignant du menton une baie de fenêtres à vitraux. J'étais en train de tripoter le minuteur pour essayer de le remettre à zéro et là j'ai entendu le vieux et son fils qui s'engueulaient. Je n'avais jamais entendu un mot plus haut que l'autre dans la maison auparavant, et d'un seul coup on aurait dit la troisième guerre mondiale.

— Qu'est-ce que tu as fait ?

Archer se dirigea vers la fontaine et plongea la main dans l'eau claire et fraîche. René le suivit.

— J'ai écouté, répondit-il en riant. C'est pas comme si le jardinage était super passionnant.

— Tu as entendu ce qu'il disait ?

— Vous êtes un flic ? demanda René.

— Juste un ami de la jeune fille.

— Je n'ai pas entendu grand-chose. Je… (René hésita.) Hé, vous n'allez pas leur dire que j'écoutais, hein ? Je ne veux pas me faire virer.

Archer secoua la tête et donna une pichenette dans l'eau.

— Tu n'as aucune inquiétude à avoir avec moi. Je suis curieux, c'est tout.

— En fait, j'ai surtout entendu que ça criait, j'ai pas compris tous les mots. Après le plus jeune s'est approché de la fenêtre et s'est mis à hurler sur le juge. Et je l'ai entendu dire « elle, c'est ton problème, pas le mien ! » et « de quoi est-ce que tu as peur ? ».

» Ensuite il s'est éloigné et je n'ai pas compris ce qu'il disait. Juste qu'il continuait à gueuler. J'avais presque réglé le problème d'arrosage quand j'ai entendu un gros bruit. J'ai plongé dans l'herbe en croyant que c'était un coup de feu. Mais non. Quelqu'un avait jeté un truc contre le cadre de la fenêtre, expliqua René à qui ce souvenir faisait secouer la tête. J'aurais vraiment été mal si ça avait cassé la vitre parce que j'étais juste en dessous !

— Qu'est-ce qui s'est passé ensuite ?

— Rien, répondit simplement le jeune homme. Ils ont dit deux ou trois autres trucs que je n'ai pas compris. Et puis j'ai fini mon job et je suis parti.

— Ça remonte à quand ? voulut savoir Archer.

— Un ou deux jours avant qu'il y ait le feu.

— Autre chose après ça ?

— Pas que je sache. Personne n'habitait plus ici après l'incendie. Je me suis juste occupé des espaces verts.

René plissa les yeux et désigna du menton le chemin circulaire devant la maison.

— Ils sont rentrés.

Archer suivit son regard. Linda Rayburn venait de sortir par la porte. Elle était vêtue d'une longue robe vaporeuse orangée qui ne laissait pas beaucoup de place à l'imagination.

— Quelle nana, soupira René.

— Ouais, répondit Archer. Un amour de femme.

***

— Faye ?

Josie parcourut les derniers mètres jusqu'à Faye Baxter

pour lui donner une accolade. Elle s'écarta ensuite, le temps d'attraper ses clefs et de se précipiter vers la porte d'entrée.

— Mon Dieu, je n'arrive pas à croire que tu sois là. Je suis tellement contente de te voir. Je peux te le dire : tu m'as m…

— Josie, je suis désolée. Je n'ai pas réussi à te joindre au téléphone.

Faye parlait vite mais Josie ne lui avait pas laissé le temps de finir. Faye essaya de nouveau, en élevant la voix pour se faire entendre.

— J'ai essayé sur ton portable mais ça ne passait pas.

Josie ouvrit la porte et, d'un mouvement de tête, fit signe à Faye de la suivre.

— J'étais au centre-ville, dit-elle. Sans doute hors de portée. Rentre donc. Ça fait combien de temps que tu es là ?

— Environ vingt minutes. Josie, j'ai…

Faye se rapprocha de Josie.

— Une seconde. Je dois faire sortir Max.

Josie avait déjà un pied à l'intérieur quand Faye posa sa main sur son épaule.

— Josie, arrête ! s'écria-t-elle. Arrête, répéta-t-elle sur un ton plus doux.

— Quoi ? Qu'est-ce qu'il y a ?

Josie lâcha sa mallette. Faye avait toute son attention.

— C'est Hannah. Elle a été blessée.

Le rouge monta aux joues de Josie.

— Où ? Où est-elle ?

— À l'hôpital de Long Beach.

— Long Beach ? Mais qu'est-ce qu'elle faisait là-bas ?

— Je ne sais pas. Je sais seulement qu'elle est sérieusement amochée.

— Je t'en prie, ne me dis pas qu'elle a essayé de se suicider ? supplia Josie.

Faye secoua la tête.

— Non, rien de ce genre. C'était un accident. Elle faisait du stop. Un camion a fait un écart pour éviter une voiture et l'a heurtée. Elle était à Huntington Beach et les ambulanciers l'ont emmenée à l'hôpital de Long Beach. Hannah avait ta carte avec le numéro du bureau dans la poche. L'infirmière de l'unité de soins intensifs n'a regardé dans ses vêtements que ce matin. Hannah est là-bas depuis tard hier soir.

— Linda est au courant ?

— Pas par moi. J'ai dit à la police qui était Linda, donc j'imagine qu'ils ont dû la contacter à l'heure qu'il est.

— Possible. Pas sûr, répondit Josie, les poings sur les hanches. Je te jure, je ne comprends pas comment elle a pu laisser Hannah toute seule. Quel gâchis. C'est incroyable qu'Hannah ait fugué. Je lui avais dit…

Josie s'interrompit soudain. Elle porta une main à son front.

— Bon sang, ça veut dire qu'Hannah est toute seule à l'hôpital.

— Je ne sais rien d'autre, Josie, dit Faye, les mains jointes dans un geste d'excuse.

— Je sais. C'est normal. J'apprécie que tu sois venue me prévenir, Faye. Vraiment.

Josie tourna plusieurs fois sur elle-même. Puis elle fit claquer sa paume contre le mur, doigts écartés, et traversa le salon à toute vitesse pour arracher le téléphone de son socle.

— Linda voudrait être nommée mère de l'année et elle laisse Hannah toute seule pour faire ce qu'elle veut. Dieu qu'elle est stupide ! Norris va renvoyer Hannah en prison avant que Linda ait compris ce qui se passe. Et ce sera sa faute.

— Norris n'aura peut-être pas le temps de révoquer la liberté conditionnelle d'Hannah, Josie. Du peu que j'ai compris, elle pourrait ne pas survivre assez longtemps pour ça.

Josie écarta le combiné de son oreille. Faye perçut la

sonnerie du portable de Linda Rayburn auquel personne ne répondait, puis la voix de Linda se fit entendre. Elle n'était pas disponible mais si son correspondant voulait bien laisser un message, elle le rappellerait.

Fayc saisit lc téléphone et le plaqua contre son oreille tandis que Josie ressortait en courant de la maison.

32

Infirmière des soins intensifs. — Vous êtes de la famille ?

Josie. — Oui.

⁂

Hannah n'était plus si belle désormais.

Elle était tuméfiée, à vif, rasée, contusionnée, brisée.

Une moitié de son visage était rouge et noire, sa peau déchiquetée à l'endroit où elle avait heurté l'asphalte. Des particules microscopiques de goudron étaient encore incrustées dans son épiderme. Une partie de ses cheveux avait été rasée depuis le sommet de son crâne jusqu'à sa tempe droite et une longue ligne de points de suture courait depuis le coin de son sourcil jusqu'au sommet de la zone rasée. Une machine monstrueuse lui maintenait la tête ; elle était chevillée à un cadre qui l'empêcherait de bouger si jamais elle se réveillait. L'un de ses bras était recouvert de bandages, du bout des doigts jusqu'à l'épaule. L'autre était pris dans une attelle. Josie put deviner la forme des jambes d'Hannah et poussa un soupir de soulagement en en dénombrant deux. Sans son maquillage, ses piercings, sans qu'on puisse croiser ses fameux yeux verts, Hannah devenait soudain ce que Josie avait toujours argué qu'elle était : une enfant blessée.

Josie toucha les draps qui enveloppaient soigneusement la jeune fille. Ses doigts tremblaient. Son bras lui paraissait lourd. Le souvenir des enfants Davis, morts sous leurs draps blancs impeccables, s'imposa dans son esprit. Elle retira sa main. Au lieu de regarder sous les couvertures, Josie se pencha en avant et toucha ce qui restait de la chevelure d'Hannah en murmurant :

— Hannah, qu'est-ce qui t'a pris ? Hannah ?

La jeune fille ne répondit pas mais une autre voix demanda :

— Qui êtes-vous ?

Une femme de petite taille vêtue d'une blouse stérile verte était entrée dans la pièce comme si les lieux lui appartenaient. Un masque chirurgical et un stéthoscope étaient suspendus à son cou. Elle jeta un coup d'œil à Josie, s'empara du dossier d'Hannah pour l'examiner quelques instants puis contempla les moniteurs et enfin Hannah elle-même. Il était clair qu'elle attendait néanmoins une réponse.

Josie écarta sa main du lit.

— Josie Baylor-Bates, dit-elle.

— Vous n'avez pas vraiment l'air d'être quelqu'un de la famille. Seuls les proches sont censés être ici.

La femme à la blouse verte reposa le dossier au pied du lit.

— Je suis son avocate. Les flics ont appelé mon bureau. Je viens d'avoir le message.

— Son avocate, hein ? dit la femme avec un sourire. J'imagine que dans certains cas ça tient lieu de famille. Vous avez dû arriver avant lui.

— Avant qui ? demanda Josie en regardant par-dessus son épaule.

— Il y a un flic dehors, expliqua la femme d'un ton détaché. Il n'est pas censé laisser qui que ce soit entrer ou sortir. Je lui ai dit que la petite ne risquait d'aller nulle part pour le moment, la pauvre, et qu'il pouvait rentrer chez lui. Mais apparemment il compte bien rester.

La femme régla le goutte-à-goutte de la perfusion d'Hannah. Puis elle examina de nouveau l'un des moniteurs situés au-dessus du lit.

— Je m'appelle Fran Taglia, dit-elle. C'est moi qui me

suis occupée d'elle aux urgences.

Le docteur Taglia fit un pas en arrière, une expression de détachement compatissant sur le visage.

— Elle n'a pas l'air d'une meurtrière, ajouta-t-elle.

— Elle est même très loin du compte, souffla Josie. Vous savez ce qui s'est passé ?

— Pas les détails. Je sais seulement que c'était un accident de voiture. Ils ont dû la heurter violemment.

Taglia croisa les bras en soupirant.

— J'aimerais pouvoir dire que c'est une fille chanceuse mais je crois que cette gamine n'a jamais eu de chance de toute sa vie. J'ai suivi son procès. Je pensais que vous aviez trouvé un accord parce que je n'en avais plus entendu parler depuis un moment.

— Il y a eu une suspension d'audience. Malheureusement, nous ferons de nouveau la une dès que la presse aura eu vent de l'accident. Elle était censée être accompagnée vingt-quatre heures sur vingt-quatre.

— Ne vous inquiétez pas sur ce plan. Le vingt-quatre heures sur vingt-quatre, sept jours sur sept, c'est notre genre.

Le docteur Taglia leva la main et s'appuya sur la tige porte-sérum comme elle aurait pu le faire sur un piquet de clôture. De l'autre côté du couloir provenaient les applaudissements de l'émission *Jeopardy*. Le bruit étouffé d'une sonnette d'appel se faisait entendre. Une série de tintements métalliques accompagnait la collecte des plateaux-repas. Les effluves d'alcool, de médicaments, de corps restés longtemps sans être lavés, de baumes et de crèmes agressaient Josie. Taglia, elle, paraissait immunisée.

— Nous allons garder Hannah sous sédatifs pour qu'elle ne bouge pas la tête, dit-elle. Elle a un œdème cérébral. Son cou est amoché. Il y a une fêlure très fine à la base de son crâne et une plus importante du côté droit de sa tête. Nous sommes déjà intervenus pour arrêter l'hémorragie interne. Elle a subi un éclatement de la rate et l'un de ses poumons a été perforé. Pris ensemble, ça paraît écrasant mais Hannah est jeune et en bonne santé. Elle survivra à tout ça si elle le désire.

Le docteur Taglia se redressa pour regarder Josie.

— J'ai vu ses bras. Elle s'automutile. Les gens qui font ça ont généralement beaucoup souffert. Peut-être qu'elle préférera rester allongée là et se laisser partir.

— Non, elle ne fera pas ça, répondit Josie avec certitude. Nous sommes allées trop loin pour qu'elle fasse ça.

— À moins qu'elle n'ait pas eu envie d'aller aussi loin que vous, fit remarquer Taglia.

— J'imagine qu'il faudra attendre qu'elle se réveille pour le savoir, n'est-ce pas ? répondit Josie en haussant les sourcils.

— J'imagine.

Le docteur Taglia regarda sa montre. Elle avait mieux à faire que débattre avec une avocate.

— Il y a un bouton d'appel juste derrière sa tête. Si elle bouge, sonnez.

— Si quelqu'un doit vous appeler, ce sera moi, pas elle ! lança une voix.

Linda Rayburn s'arrêta un instant dans l'embrasure de la porte avant d'envahir la pièce de toute sa présence.

— J'exige que cette femme sorte immédiatement d'ici, et j'exige de savoir qui l'a laissée entrer. Seule la famille est censée accéder à la chambre et je ne la considère certainement pas comme un membre de la famille. Maintenant, sortez-la d'ici !

— Hé…

Le docteur Taglia arrêta Linda d'un seul mot accompagné d'une main posée sur son épaule.

— Je pense que vous feriez mieux de baisser la voix, dit-elle.

Linda écarta brusquement la main de Taglia.

— Et vous feriez mieux de ne pas vous mettre en travers

de mon chemin ! Je suis la mère d'Hannah et je souhaite rester seule avec ma fille jusqu'à ce que le médecin qui l'a traitée veuille bien trouver le temps de venir me parler.

Elle tenta de passer devant Taglia pour approcher du lit mais le médecin n'était pas si facile à impressionner. Cette fois elle agrippa Linda par le bras et la retint. Son ton restait néanmoins amical et empreint de sollicitude.

— Bon, ça tombe bien car je suis le médecin en question. Maintenant, détendons-nous ou bien l'homme qui se tient derrière cette porte vous escortera jusqu'à la salle d'attente pour que vous puissiez vous calmer.

Le docteur Taglia haussa un sourcil. Linda s'étant tue, elle lui prit la main.

— Merci. Je suis contente que vous soyez là. Hannah a besoin d'une raison de revenir dans le monde des vivants. Ce dont elle n'a pas besoin, par contre, c'est d'une furie en colère à son chevet. Elle est sous l'effet de sédatifs puissants mais ça ne veut pas dire qu'elle n'entend ni ne ressent rien. Alors, on est sur la même longueur d'onde ?

Linda se redressa de toute sa taille et retira sa main.

— Oui. Maintenant, je voudrais s'il vous plaît demander à ce que seule la famille reste dans la chambre.

— Linda, intervint Josie, donne-moi quelques minutes. C'est tout ce que je demande.

Linda lui décocha un regard de pur mépris.

— C'est de ta faute si elle est blessée, Josie. Elle a fait une fugue. Elle ne supportait plus ces disputes et ces chicanes. Elle ne voulait pas que tu…

Josie s'écarta du lit d'Hannah, de crainte que la jeune fille endormie ne l'entende. Instinctivement, Linda l'imita.

— Linda, avant de parler à Rudy Klein et au juge Norris, j'ai besoin de savoir où tu étais la nuit dernière. J'ai besoin de le savoir maintenant.

— Tu voudrais me mettre ça sur le dos ? Ça c'est fort de café !

Josie détourna la tête devant les murmures fielleux de Linda. Mais celle-ci pencha la sienne pour obliger Josie à la rcgardcr.

— Qu'est-ce que tu connais au fait d'être mère ? Tu n'en as même pas eu une. Tu ne sais rien des choix qu'il faut faire pour protéger son enfant. La nuit dernière, j'étais fichue quoi que je fasse. Tu ne crois pas que ça va me miner pour le restant de mes jours ?

Une rage intense s'empara de Josie mais elle baissa encore un peu plus la voix afin que Linda soit la seule à attendre ce qu'elle allait dire.

— Tu as fait ce que tu avais envie de faire hier soir ; je ne sais simplement pas où. Je te jure que quand je découvrirai où tu étais, je recommanderai à Norris de t'inculper pour outrage et mise en danger d'un enfant. Et ça veut dire une peine de prison, Linda.

— Tu voudrais que ça marche dans les deux sens, Josie ? Tu veux qu'Hannah soit une adulte jusqu'à ce qu'elle déconne et alors tu voudrais que ce soit ma faute parce que je n'étais pas en train de la surveiller. Va te faire voir, Josie.

Josie fit marche arrière. Elle avait perçu le danger dans le comportement de Linda. Tout cela n'apporterait rien de bon à Hannah.

— D'accord, tu as raison. Je suis désolée. Il est temps pour nous d'agir en adultes et de laisser Hannah être une enfant. Mais quand elle ira mieux, Norris voudra qu'elle soit placée dans un endroit surveillé.

— On s'en souciera le moment venu.

Linda en avait assez mais Josie se devait d'insister. Aussi émue soit-elle de voir Hannah gravement blessée, Josie restait une avocate. Elle savait qu'il était nécessaire d'avoir un plan de secours.

— Linda, des erreurs ont été commises des deux côtés. Je te demande pardon pour les miennes mais le fait est que nous devons nous mettre d'accord sur un plan pour le tribunal.

Josie marqua un temps d'arrêt ; elle arrivait presque à se convaincre qu'avoir laissé Hannah seule était une erreur de la part de Linda plutôt que de la complaisance égoïste.

— Je voudrais que Norris me confie Hannah plutôt que de la faire passer par le circuit classique. De cette façon tu pourras toujours la voir et...

Linda agrippa le bras de Josie et lui répondit entre ses dents serrées :

— Qu'est-ce qui ne va pas chez toi ? Mon mariage est en ruine, Hannah gît là inconsciente et tu te demandes avec qui le juge lui permettra d'habiter ? Et si tu t'inquiétais déjà de savoir si elle va vivre ? Hein, qu'est-ce que t'en dis, Josie ?

— Madame Rayburn. Madame Rayburn, intervint le docteur Taglia. Arrêtez. Tout cela ne fait du bien à personne.

Linda relâcha sa prise sur Josie.

— Elle veut que ma fille aille vivre avec elle. Comment peut-elle me demander de prendre ce genre de décision ? demanda-t-elle à voix basse, comme si le médecin avait la réponse.

— Vous n'avez aucune décision à prendre dans l'immédiat, lui assura Taglia.

Elle guida Linda vers un siège près du lit. La mère d'Hannah paraissait aussi faible que sa fille, toute pugnacité évanouie. Lorsqu'elle reprit la parole, c'était comme si elle n'était qu'une observatrice curieuse d'en savoir un peu plus.

— Est-ce qu'elle a mal ? Si elle meurt, est-ce qu'elle souffrira ?

Taglia capta le regard de Josie en même temps qu'elle posait la main sur l'épaule de Linda.

— Elle ne souffre pas. Je vous promets que nous avons pris toutes les précautions pour soulager votre fille. Tenez bon pendant soixante-douze heures, d'accord ? Je vous promets qu'elle ne mourra pas.

— Vous êtes sûre ? Vous êtes vraiment sûre ?

Le docteur Taglia hésita. Ce n'était pas la question en elle-même qui l'étonnait, plutôt la façon dont Linda la lui posait, comme si elle voulait que Taglia vérifie de nouveau.

— Oui, j'en suis sûre, répondit Taglia avec une petite tape sur l'épaule de Linda. Si Hannah sait que vous êtes là, tout ira bien. D'accord ?

Linda avait les épaules rentrées, la tête baissée. Le docteur Taglia s'éloigna doucement, mais pas assez vite pour rater la question suivante.

— Est-ce qu'elle a dit quelque chose à mon sujet ? murmura Linda.

Josie se rapprocha, curieuse d'entendre la réponse.

— Hannah ne pouvait pas vous réclamer, mais je sais qu'elle voudrait que vous soyez ici, répondit le médecin. Elle a peut-être dit quelque chose à ceux qui l'ont transportée jusqu'ici.

— Qui s'en est chargé ?

Linda regardait toujours sa fille.

— Les ambulanciers ? Leur nom sera sur le rapport d'accident. Je m'assurerai que vous en aurez un exemplaire. Pour le moment, restez simplement auprès d'Hannah.

Le docteur Taglia eut un petit haussement d'épaules puis s'éclipsa. Il y avait d'autres patients, d'autres personnes en attente de soins. Josie vint se placer au pied du lit.

— Linda, j'aimerais rester avec vous.

— Ne dis rien, Josie. Va-t-en, c'est tout, maugréa Linda.

— Hannah a besoin de nous deux à présent, insista Josie.

— Va-t-en, Josie, ou je te jure que je te ferai la peau !

Linda s'exprimait d'une voix sombre, intense, dont les accents rendaient la menace terriblement réelle.

— Moi aussi je tiens à elle, souffla Josie.

Elle était stupéfaite de constater à quel point. Mais Linda demeurait inflexible. Elle tourna la tête vers Josie. Ses yeux verts étaient tellement semblables à ceux d'Hannah, et en même temps si différents : plus durs, usés par la vie, et sans merci.

— Je ne t'ai jamais demandé d'avoir de l'affection pour ma fille. C'était ta cliente. Rien de plus, Josie. Hannah n'était que ta cliente. Maintenant, dehors ! Va-t-en.

Josie ouvrit la bouche pour dire quelque chose puis se ravisa. Il quitta la chambre sans un mot. En passant devant le policier en uniforme, elle comprit que Linda avait tort. Hannah n'appartenait plus à aucune d'entre elles désormais. Rudy Klein l'avait placée sous tutelle judiciaire.

33

— Arrête, murmura Josie en repoussant les mains d'Archer.

Celui-ci roula sur le dos au milieu de l'enchevêtrement de draps et de couvertures. Quelques minutes plus tôt, ils avaient eux-mêmes formé un enchevêtrement de bras et de jambes, de lèvres et de mains. En quête des plaisirs de l'amour, ils n'avaient trouvé que du sexe, qui plus est décevant.

Ils regardaient désormais vers le plafond, incapables de distinguer quoi ce soit dans l'obscurité, terriblement conscients de leurs déceptions, désillusions et désenchantements mutuels. Archer parce qu'il ne pouvait rien faire pour aider Josie ; Josie parce qu'elle ne pouvait rien faire pour aider Hannah.

— Ce n'était pas ta faute, finit-il par dire.

— Qu'est-ce qui n'est pas ma faute, exactement ? voulut savoir Josie. Qu'Hannah s'est enfuie ou qu'elle a été blessée ? Ou bien qu'il y a un garde qui la surveille, ou qu'elle va retourner en prison ? Ou que Linda et moi sommes enferrées dans ce conflit bizarre à propos de ce qui est le mieux pour elle ?

Archer demeura silencieux, immobile. Il savait que le seul moyen pour guérir l'âme de Josie était de la laisser parler.

— Peut-être que la police est en faute ? Sa mère ? Son père… qui qu'il puisse être. Son beau-père ? Rudy ? C'est peut-être la faute d'Hannah elle-même, Archer. Je n'ai pas écarté cette possibilité, crois-moi. Tu sais, c'est peut-être simplement une gamine sociopathe et meurtrière qui pensait savoir comment exploiter le système mais s'est retrouvée coincée dans ses rouages et a paniqué.

Josie pivota sur le flanc, tournant le dos à Archer.

— Peut-être qu'elle me fuyait. C'est déjà arrivé avant que des gens me quittent sans dire un mot.

Archer serra les dents. C'était trop. Il se redressa et posa les pieds par terre. Il aimait Josie mais il connaissait trop bien ce refrain, cet apitoiement sur elle-même, ces lamentations de petite fille. Les gens apprenaient à surmonter les galères. Le moment était venu pour Josie de le faire.

— Ce n'est pas toi qu'elle fuyait. Elle s'enfuyait de cette maison, c'est tout. Ce qui est bizarre, c'est qu'elle allait vers le nord, sur l'autoroute qui remonte le long de la côte. J'ai pris des photos sur le site de l'accident.

— Eh bien, quel homme efficace tu fais, Archer. Sauf que savoir de quel côté de la route elle se trouvait ne changera rien. Rudy dira simplement qu'elle fuyait. Tu devrais le savoir.

— Hé, Jo. Je ne suis pas ton ennemi. Et ça ne te ressemble pas d'être comme ça.

Archer se dirigea vers la salle de bains. Dans la pénombre, Josie ne distinguait que sa silhouette : massive, emplissant sa chambre, occupant son espace alors qu'elle aurait voulu être seule.

— Oh, bon sang, grommela-t-elle. Merde, mais tu comprends rien ! lui cria-t-elle comme il s'apprêtait à fermer la porte de la salle de bains.

Archer rouvrit brusquement la porte. Il la tenait à deux mains, comme s'il tentait de se maîtriser.

— Je comprends ce que c'est d'être sur une affaire difficile. Je sais ce que c'est d'avoir l'impression de s'être fait royalement entuber par sa cliente.

— Hannah ne m'a pas entubée. Je me suis tiré une balle dans le pied toute seule en me prenant d'affection pour elle au lieu de bosser comme une avocate devrait le faire.

Josie se redressa et tendit la main vers son tee-shirt. Elle n'avait pas envie d'être nue devant Archer. Elle n'avait pas envie de la moindre intimité dans une vie qui lui paraissait si dure et incontrôlable.

— Tu ne me connais que depuis un an, Archer. Tout s'est toujours bien passé pour nous. Tu ne m'as jamais vue quand les choses vont mal. Maintenant tu vois. Je suis en colère, je suis triste et je suis toute retournée parce qu'il s'est passé quelque chose et que je n'étais pas là pour Hannah. Sa mère non plus. Ce n'est qu'une gamine et elle essayait…

Archer leva les mains dans un geste de frustration.

— Jo, arrête de retourner cette histoire dans tous les sens. Tu n'aurais rien pu y changer. Hannah faisait une fugue, bon Dieu !

Il s'approcha du lit et tendit la main pour lisser la chevelure de Josie qui faisait des épis là où elle frottait contre l'oreiller. Il posa ensuite les doigts sur ses cuisses nues et s'accroupit en parlant à voix basse.

— Je suis désolé qu'elle soit blessée et qu'elle retourne en prison. Mais des tuiles arrivent parfois, Jo. Tu ne peux pas régler tous les problèmes du monde, seulement tenter d'améliorer certaines choses.

— Je n'avais qu'une affaire à suivre, Archer. Avant, j'étais capable de jongler avec dix. Si seulement j'avais passé un coup de fil supplémentaire à Hannah hier soir. Si j'avais renvoyé immédiatement Linda chez elle… (Elle laissa ses paroles en suspens avant de conclure :) Mais voilà, je ne l'ai pas fait.

— Hannah a fait ses propres choix. Tu ne l'as pas poussée. Tu ne peux pas défendre quelqu'un qui ne veut pas être défendu, fit remarquer Archer.

— Ou quelqu'un qui est coupable. C'est ça la prochaine étape de ton petit sermon, Archer ?

— Jo. S'il te plaît, arrête ça.

Josie repoussa ses mains. Il battit en retraite mais ne céda pas.

— Écoute, dit-il, je t'ai donné tout ce que j'avais trouvé et nous savons tous les deux ce que l'accusation va en faire. Le conflit entre les Rayburn concernait Hannah. Tout porte à croire qu'Hannah faisait une fugue. Elle admet s'être trouvée dans les appartements de Rayburn, elle admet l'avoir frappé. Appelle Klein. Vois si vous pouvez conclure un arrangement. Le procureur ne doit pas être ravi de la tournure des événements. Il pourrait être dans l'intérêt de tout le monde de mettre un terme à cette affaire.

— Qu'est-ce que tu veux, Archer ? Qu'est-ce que tu fais là ? Je n'ai pas besoin qu'on vienne me dire de jeter l'éponge. J'y ai déjà pensé, répliqua Josie en enfonçant ses poings dans l'oreiller. Mais ça ferait de moi une lâcheuse, ou une imbécile puisque j'ai cru ce que me disait Hannah. Bien sûr, c'est comme ça que j'ai envie de me voir : comme une lâcheuse et une imbécile !

Archer récupéra son pantalon sur le dos de la chaise. C'était un type plutôt coulant mais même lui avait ses limites.

— Ce que je dis, c'est que tu dois faire face comme une pro. Ton travail consiste à passer ce coup de fil, à t'occuper de ta cliente.

— Je vais m'occuper d'elle. Je vais la défendre.

— Tu vas perdre.

— Tu n'as même pas entendu ma défense. Comment peux-tu la condamner, et moi avec, Archer ? Surtout toi.

— Je ne veux pas qu'elle soit condamnée à vie, Jo. Mais je ne veux pas non plus te voir rêver de cette gamine pour le restant de la tienne.

Archer enfila sa chemise et s'assit au bord du lit, ses chaussures à la main. Il se retourna pour pouvoir la regarder. Même dans le noir, il savait que Josie n'arborait qu'un tee-shirt et un air désespéré.

— Une fois que le procureur aura trouvé le jardinier, tu ne pourras plus invoquer la légitime défense. Il a été clair sur le fait que Kip savait que son père avait peur d'Hannah. L'enquête menée sur l'accident montre qu'Hannah se trouvait à Huntington pour retrouver Miggy Estrada, l'homme avec qui elle a été arrêtée l'année dernière, celui qui s'est introduit chez Fritz Rayburn avec elle. Plus personne ne voudra croire qu'elle n'est qu'une pauvre ado malade.

Josie releva la tête avec une expression de défi.

— Je ne ferai rien avant d'avoir parlé à Hannah. Je veux l'entendre de sa bouche.

— Tu ne peux pas lui parler, elle est inconsciente ! s'exclama Archer, exaspéré.

— Bon Dieu, Archer, je croyais que je pouvais compter sur toi. Je pensais que tu m'avais dit de foncer, de découvrir de quelle étoffe j'étais faite. J'ai l'impression qu'on est tous les deux en train de découvrir de quoi on est fait. Tu peux laisser tomber, Archer, mais ne compte pas sur moi pour faire pareil.

— Il est temps pour nous de reprendre le cours de nos vies, Jo. C'est tout.

Il enfila ses chaussures. Il était prêt à partir.

— J'ai déjà vécu avec une femme qui souffrait ; je ne veux pas recommencer. Arrête les frais, Josie.

— Je ne vais pas me débarrasser d'Hannah. Je refuse de l'abandonner et je ne risque pas de la juger alors qu'elle n'a même pas eu l'occasion de s'exprimer au procès !

— Ce sera encore pire pour elle si elle doit le faire.

Archer se leva ; il la dominait de toute sa taille.

— Tu as prouvé que tu pouvais replonger dans la mêlée et te battre. Maintenant, prouve que tu peux le faire bien.

— C'est exactement ce que je fais. Il y a des millions de raisons de s'enfuir. Peut-être qu'elle avait tout simplement peur. Je m'échinerai à prouver qu'elle est innocente jusqu'à ce qu'elle dise le contraire. Je me fiche des éléments de contexte de Rudy et de ce que quelqu'un a pu te dire aujourd'hui. Elle est blessée et quelqu'un doit l'aider…

La voix de Josie s'était perdue quelque part en elle. Sa phrase resta en suspens. Les larmes menaçaient. Elle était redevenue une petite fille qui luttait pour rester forte alors que son monde s'écroulait autour d'elle sans raison.

Voyant que Josie lui tournait le dos, se recroquevillait et ne lui laissait plus de place dans son lit, dans sa vie, dans cette affaire, Archer fit la seule chose qu'il pouvait faire.

Il partit.

34

« Nous garantissons qu'il affinera vos cuisses, vos fesses et vos abdos en trois semaines ou vous serez remboursé de deux fois le prix d'achat... »

Publi-information, lundi matin 2 h 30.

***

Josie se réveilla en sursaut ; le mouvement fit tomber une cascade de papiers sur le côté du lit. L'accident d'Hannah remontait à deux jours à peine et il lui restait moins de sept heures avant de devoir se présenter au tribunal pour exposer les arguments de la défense. Elle s'était endormie avec la télévision allumée et ses dossiers étalés sur la couverture. Le rapport d'Archer s'y trouvait. Non pas que ça ait la moindre importance. Ce qu'Hannah avait pu faire depuis l'incendie ne serait pas mis en avant par la défense. Seul comptait ce qu'elle avait fait avant. Archer n'était pas d'accord avec cette stratégie ; Josie se lançait seule. Ils travailleraient à ce qui existait entre eux une fois que ce serait fini. Elle n'avait pas besoin de réfléchir pour savoir qu'Archer lui manquait. C'était une évidence.

Josie avait le cou tordu contre un empilement de coussins. Ses lunettes étaient toujours perchées au bout de son nez. Avec un grognement, elle secoua la tête pour recouvrer tous ses esprits et se massa la nuque pour éviter le torticolis. Sentant venir le début d'un second souffle, elle éteignit la télévision et lança la télécommande au pied du lit. Rien de bon à la télé, mais pour le reste les choses se présentaient bien.

L'état d'Hannah restait stable. Sa colonne vertébrale n'avait pas subi de dommages permanents et son œdème cérébral s'était largement résorbé. Son bras allait guérir. Les blessures internes étaient sous surveillance. Hannah ne risquait pas de sortir de l'hôpital demain, mais elle en sortirait. Encore un jour ou deux et Josie pourrait lui parler.

Josie roula hors du lit et ramassa les documents éparpillés pour les remettre dans sa mallette. La lampe de chevet projetait un cercle lumineux sur le couvre-lit fripé. Le reste de la pièce baignait dans l'éclat gris du milieu de la nuit. Max dormait.

Josie alla jusqu'à la salle de bains pour se passer de l'eau sur le visage. Elle fit courir ses doigts dans ses cheveux très, très courts et passa mentalement en revue la liste des témoins. Le docteur Choi, un médecin légiste indépendant qui remettrait en cause l'heure de la mort établie par l'accusation. Il y aurait des pièces à conviction destinées à figurer le chemin emprunté par Hannah lorsqu'elle faisait sa ronde, des calculs mathématiques qui prouvaient qu'il lui aurait été impossible d'allumer deux feux puis d'aller cacher les allumettes. Le docteur McGrath serait présent pour détailler les attributs comportementaux méticuleux des personnes atteintes de troubles obsessionnels compulsifs. Le témoignage de Rosa créerait un gros choc. Une assignation à comparaître avait été délivrée à Lyn Chandler. De peur d'être radiée de l'ordre des avocats, Lyn n'oserait pas commettre un parjure. Le docteur Ritchland, un expert en matière de maltraitance des enfants, viendrait témoigner du fait que les victimes de sévices attaquaient très rarement leurs bourreaux, et encore moins pour les tuer.

Josie éteignit la lumière de la salle de bains, récupéra sa mallette et traversa la chambre pour rejoindre l'entrée. Elle déposa la mallette près de la porte et fit volte-face pour retourner se coucher. Puis elle se figea. Tous ses sens en alerte, elle plissa les yeux pour examiner les portes qui donnaient sur son patio inachevé. Toute envie de dormir s'était envolée. Un papillon s'agita au creux de son ventre. Quelqu'un se déplaçait, là dehors, et tentait d'entrer dans la maison.

Josie se glissa dans le coin de la pièce.

D'accord.

Elle avait peur.

D'accord.

Mais pas si peur que ça.

Avec lenteur, en prenant soin de longer les murs, Josie sortit à reculons du salon. Au même moment, elle perçut un bruit de verre brisé et le cliquetis du verrou. Une fois dans sa chambre, elle ouvrit doucement le tiroir de sa commode et referma ses doigts sur le métal froid et lourd du pistolet de son père. Elle s'écarta du meuble, les yeux toujours braqués sur la porte, et défit le cran de sûreté. Les deux mains sur la crosse, elle pointa l'arme vers l'extérieur tout en rebroussant chemin.

Elle marqua un temps d'arrêt dans une zone d'ombre. Elle sentait la présence de l'inconnu dans la maison. Elle ramena son arme contre sa poitrine, le canon à présent pointé vers le haut et sur sa gauche, puis jeta un coup d'œil dans l'embrasure la porte. L'homme était penché au-dessus de la table de la salle à manger et lui tournait le dos. Décontracté. Sûr de lui.

Josie ramena la tête en arrière et se plaqua contre le mur. Elle ferma les yeux, respira lentement comme son père le lui avait enseigné – la façon de procéder d'un soldat – et refusa de prêter attention aux martèlements de son cœur. Après avoir mémorisé ses premières impressions – l'heure exacte, la façon dont il s'y était pris pour entrer, l'attitude de l'intrus – Josie sortit de sa cachette, planta ses deux pieds sur le seuil, leva son arme, les bras tendus, et visa.

— Redressez-vous lentement et levez les bras en croix ou je vous fais sauter la tête.

35

L'homme obtempéra. Il se mouvait avec la grâce d'un danseur. Ses bras se redressèrent dans un mouvement aérien pour se stabiliser sur les côtés. Il agita les bras et fit pivoter ses mains pour exposer ses paumes. Rien à cacher. Il secoua l'un de ses pieds, puis l'autre. Un petit comique, mais Josie ne riait pas.

Elle se rapprocha à pas mesurés et prudents pour contourner le verre brisé et la porte ouverte, qu'elle referma du pied. Le type était obéissant ; il ne bougea pas. Josie était dos au mur. Les assiettes décorées de danseuses hawaïennes se trouvaient au-dessus de sa tête avec, en dessous, le variateur d'ambiance pour la pièce. Josie régla la lumière au maximum. L'homme près de la table ferma les paupières et détourna la tête de l'éclat soudain. Josie étrécit les yeux mais sans le quitter du regard.

Il était jeune, noir et bien nourri mais plus mince qu'elle ne l'avait d'abord cru. De derrière, elle n'avait vu que sa large veste et son pantalon ample. L'ourlet du pantalon était râpé à force d'avoir traîné par terre, la veste provenait des surplus de l'armée mais il ne s'agissait pas d'un uniforme. Il portait un pull rayé épais de couleur sombre et un diamant à l'oreille. Il avait la peau lisse, un petit nez et une lueur d'amusement scintillait dans son regard. L'inconnu arborait un bouc peu fourni et une impressionnante tignasse de dreadlocks qui retombaient en cascade sur ses épaules et sur son front.

— Du calme, mama, dit-il pour tenter de l'apaiser.

Josie vit briller une dent en or.

— Je toucherai pas un cheveu sur ta tête, poursuivit-il, et

j'ai carrément pas envie qu'il arrive quoi que ce soit à la mienne.

— Pas de problème. Il n'arrivera rien à personne parce qu'on va simplement attendre ici jusqu'à ce que la police arrive.

Josie tendit la main pour s'emparer du téléphone sur le comptoir de la cuisine.

— Ah, tu vas pas faire ça, bébé.

Il fit mine de baisser les bras mais Josie redressa le canon de son arme.

— Allez, mama. J'vais juste baisser les mains, tranquille. Tranquille, d'accord ?

Il descendit les bras centimètre par centimètre, pour voir comment elle réagissait. La gueule du pistolet suivit le mouvement.

— Gardez-les bien en vue, l'avertit Josie.

— Appelle les flics et je te dirai rien de ce que je sais, répondit-il, visiblement agité.

D'un geste lent, il s'empara d'un épais cahier à spirales posé sur la table et le leva à hauteur de son visage.

— Si tu veux aider Hannah, fais pas de bêtises avec les flics.

À la mention d'Hannah, le cœur de Josie avait fait un bond dans sa poitrine. La main qui tenait le téléphone hésita. Elle plissa les yeux pour tenter de déchiffrer les intentions de l'inconnu. Elle était à l'écoute de son instinct, celui qui la prévenait lorsqu'il fallait faire preuve de prudence. Mais il ne s'était pas emballé.

— J'te fais une offre unique, bébé. Pour Hannah, susurra le jeune homme.

D'un geste lent, Josie reposa le combiné sur son support, sans quitter l'intrus des yeux. Le pistolet commençait à se faire lourd. Elle le tint à deux mains et lui fit signe d'aller dans l'entrée. Elle ouvrit la porte du placard.

— Entrez, dit-elle.

— Quoi ? T'es folle ? J'vais pas rentrer là-dedans, s'écria-t-il en reculant et en agitant les bras.

— Mais si. Entrez et ne bougez plus jusqu'à ce que je vous laisse sortir.

Avec force protestations et marmonnements, il passa devant elle et pénétra dans le placard. Il se tourna vers elle, les bras croisés. Josie braquait toujours son arme sur lui.

— Comment vous vous appelez ? demanda-t-elle.

— Miggy, répondit-il.

Josie hocha la tête, ferma la porte et la bloqua à l'aide d'une chaise. Miggy Estrada. *Qu'est-ce que vous dites de ça ?* Josie reprit la direction de la cuisine et du téléphone. Elle composa rapidement le numéro. On décrocha après la première sonnerie. Josie s'appuya sur le comptoir.

— Archer. J'ai besoin de toi.

⁂

— L'était temps ! Tu vas franchement regretter de m'avoir traité comme ça, sérieux.

— J'ai déjà entendu tout ça mille fois, petit con.

Archer agrippa Miggy par le bras et le força à s'asseoir à la table de la salle à manger. Josie s'installa en face et Archer prit le siège à côté d'elle.

— Oh, monsieur est un balèze. Un vieux balèze, rétorqua Miggy.

— Trop balèze pour toi, répondit Archer du tac au tac. Bon, où étais-tu passé ? Qu'est-ce que tu veux ? Et pourquoi es-tu entré ici par effraction pour l'obtenir ?

— J'étais dans une autre boîte, mec. J'savais pas que tu m'cherchais et j'savais pas qu'Hannah était amochée jusqu'à ce matin, mec. Et même si j'savais que tu m'cherchais, tu crois que je suis assez con pour venir te voir direct ? Tout ce que ça m'rapporterait, ce serait d'aller en taule. J'ai pigé comment ça marche au tribunal. Et j'ai pigé comment roulent les avocats.

— Ah ouais ? C'est-à-dire, qu'est-ce que vous savez ?

demanda Josie.

— Genre si j'vous disais que j'étais avec Hannah, que j'étais passé dans leur grosse baraque avant l'incendie, tu me pointerais du doigt en disant que c'est moi qu'a fait le coup. Hannah, je la kiffe. Mais pas assez pour aller au trou. Rêve pas, mama.

— Ce n'est pas comme ça que je fonctionne, répondit Josie.

Elle n'ignorait pas que bon nombre d'avocats auraient volontiers fait endosser le crime à quelqu'un comme lui pour voir acquitter leurs clients.

— Écoutez, je veux juste savoir quelles infos vous détenez. Je voudrais comprendre pourquoi Hannah a pris le risque d'aller en prison rien que pour vous voir. Vous êtes amants ?

Miggy gloussa et sourit, laissant apparaître sa dent en or.

— J'couche pas avec les bébés. Hannah est une beauté, mais c'est un bébé. Elle avait juste besoin de me parler. Elle pensait pas à la prison, elle avait peur, c'est tout. T'étais plus là, sa maman avait filé. Le mec de sa mère s'est pointé et lui a fait peur. Alors elle a filé pour me voir.

— Kip Rayburn était dans la maison de Malibu avec Hannah ? s'étonna Josie.

Miggy hocha solennellement la tête, ses dreadlocks oscillant comme autant de ressorts.

— Il lui a dit qu'elle était folle, mec. Il lui a filé des coups de pied. Il l'a fait flipper. Alors quand elle a vu qu'il se tirait en bagnole et que sa mère allait avec son mec, Hannah a eu peur et elle est partie me rejoindre. Elle risque rien avec moi. Je lui demande rien et elle peut parler.

— Vous alliez l'emmener au Mexique ?

Miggy secoua la tête.

— Non, ça marcherait pas. Hannah et moi, on a déjà essayé, mais elle pouvait pas. Trop dur de quitter sa mère. Hannah kiffe trop sa maman.

Son regard passa de Josie à Archer ; ses yeux aux longs cils laissaient voir son inquiétude.

— C'est grave, ses blessures ? Je serais dég' si Hannah était gravement blessée.

— Elle s'en sortira, affirma Josie sans plus de précisions.

Les minutes défilaient. Ils n'avaient pas beaucoup de temps.

— Mais si elle doit retourner en prison, ce ne sera pas bon pour elle, Miggy. Si vous avez quelque chose à offrir, si vous pouvez l'aider, alors j'ai besoin de le savoir maintenant.

— Hannah avait apporté ça. Elle m'a dit que s'il lui arrivait un truc, n'importe quoi, elle voulait que le bouquin soit en sécurité.

Miggy tira le carnet à spirales de la poche intérieure de sa veste. Il le garda à la main pendant un bref instant puis, d'un geste vif du poignet, le fit glisser en direction de Josie. Archer l'intercepta. Il le plaça entre Josie et lui. Josie ouvrit la couverture. Ces pages contenaient l'âme d'Hannah et le talent que Linda avait vendus pour cinq cents dollars.

Croquis. Aquarelles. Dessins à l'encre et au crayon.

Sa propre main brûlée. Encre noire et aquarelle rouge. Les doigts étaient allongés et la blessure magnifiée. L'œuvre n'épargnait rien au spectateur.

Les ruines de la maison peintes au pastel. Le visage de Fritz Rayburn apparaissait en filigrane au sein des traits figurant les décombres. Archer s'en aperçut et en traça les contours du bout du doigt jusqu'à ce que Josie le voie également.

Elle tourna la page… et eut l'impression de recevoir un coup dans l'estomac. Une femme aux cheveux noirs s'enfuyait loin d'une jeune fille sur fond de maison en flammes. Une image de Linda qui se détournait, horrifiée, laissant Hannah derrière elle.

— Cette fille assure grave et elle s'en rend même pas

compte, commenta tristement Miggy.

Josie referma le carnet à dessin.

— Elle a du talent, Miggy, mais ça ne constitue pas une preuve. Vous n'aviez pas besoin d'entrer ici par effraction pour mc donncr ça. Ça n'aidcra pas Hannah.

— Ce n'était pas les dessins que je voulais te filer, répondit-il en riant.

Il se leva et prit le cahier des mains d'Archer. Cette fois, Miggy l'ouvrit aux dernières pages.

— C'était ce qu'elle a écrit. Là.

Il désignait du doigt un jardin de gribouillages. Des bulles colorées qui épelaient le nom d'Hannah. Le mot « maman » dans toutes ses incarnations. De petits morceaux de phrases. Des croquis de cœurs brisés et des serpents s'enroulant autour de colonnes de mots. Josie tint le cahier à bout de bras pour pouvoir lire sans ses lunettes.

— Écoute ça…, murmura-t-elle.

Privée de soutien
Dans mon cœur, mon esprit
Blessée à vif
Par celle qui m'a donné vie
L'effroi maintenant
Pour toi si aimante
Pour toi si confiante
Abandonnée au nom du désir, du désir, du désir.

— Elle n'avait pas vraiment l'impression de faire partie de la famille, hein ? fit remarquer Archer.

Il pointa une autre note du doigt.

— Celle-ci date du 31 juillet. « Qui choisira-t-il ? ». Elle savait que Fritz voulait que Kip divorce de Linda.

Josie releva la tête vers Miggy.

— Est-ce qu'Hannah savait que Kip était susceptible de divorcer de sa mère ?

— Carrément. Elle pensait que c'était tout de sa faute. Dès qu'un truc moche arrivait, Hannah croyait que c'était sa faute.

Josie croisa les bras.

— Archer, c'est de ça qu'elle parlait. Le divorce, les problèmes entre Kip et Fritz. Elle se croyait responsable, du simple fait de son existence. L'incendie n'était qu'un coup du sort supplémentaire.

— Rudy affirmera qu'Hannah essayait de protéger sa mère en tuant Rayburn, dit Archer.

Josie enfouit son visage entre ses mains. Lorsqu'elle finit par abaisser les bras, ce fut pour s'adresser à la table.

— Il me faut quelque chose de concret.

— J'ai un autre truc…

Miggy fouilla dans sa poche puis tendit un morceau de papier à Josie.

— J'allais laisser ça. C'est ça qu'il faut que tu saches.

Josie lut la note puis secoua la tête et décocha un regard intrigué vers Miggy.

— Demander qui était dans la chambre ? Vous voulez dire la chambre de Fritz Rayburn ?

— Naaan, celle de sa mère, chuchota Miggy en dramatisant. Tu sais qu'Hannah arrête pas de toucher et de vérifier tout un tas de choses, non ?

— Ouais, dit Archer.

— Alors, mec, elle vérifie tout ce qui est important pour elle, mais personne s'est demandé c'était quoi le plus important ?

Miggy s'appuya contre le dossier de sa chaise et sourit en les gratifiant d'un nouvel éclat de sa dent en or. Il leva la main dans un geste quasi papal.

— Sa mère, c'est ça le plus important. Toutes les nuits, elle va jeter un œil sur sa mère. Dernier truc : quelqu'un a demandé à Hannah ce qu'elle avait vu quand elle est allée dans la chambre la nuit où le vieux juge a clamsé ? Hein, vous lui avez demandé ?

36

Josie Baylor-Bates, hôpital de Long Beach, 6 h 15.
— Hannah ? Hannah ? Kip était-il au lit quand tu es allée vérifier que ta mère était bien là la nuit de l'incendie ? Hannah ? Si tu pouvais te réveiller assez pour me parler de Kip…

Hannah Sheraton, hôpital de Long Beach, 6 h 16.
— Demandez-lui à elle…

***

— Mademoiselle Bates, vous faites prendre du retard à ce tribunal.

— Je suis navrée, Votre Honneur, répondit Josie en passant la barre.

Le jury n'était pas encore assis mais les journalistes étaient en place. Le juge Norris n'avait pas l'air agacé, simplement curieux.

— Avez-vous une explication à nous fournir ? demanda-t-il.

— Non, Votre Honneur, seulement des excuses.

Josie posa sa mallette sur la table puis s'installa derrière, sans s'asseoir. Norris s'agitait légèrement sur son siège, l'air pensif. Il se redressa lentement et posa les coudes sur son bureau. Quelques instants plus tard, il leva une main et, du doigt, fit signe à Josie d'approcher. Comme celle-ci contournait la table pour le rejoindre, Norris tourna son regard vers le procureur.

— Vous aussi, monsieur Klein, si vous voulez bien.

Rudy rejoignit Josie. Tous deux levèrent la tête et

s'inclinèrent vers Norris, lequel couvrit son micro de la main.

— Votre cliente, mademoiselle Bates, comment va-t-elle ? demanda le juge.

— Toujours sous sédation mais en voie de guérison. Ils estiment qu'ils pourront la transférer vers la prison dans une semaine, peut-être moins.

Norris hocha solennellement la tête.

— Vous comprenez bien que je ne peux plus accorder de délai supplémentaire ?

— Oui, Votre Honneur. Je suis prête à reprendre le procès, répondit Josie.

— Monsieur Klein ?

— Le ministère public est prêt, Votre Honneur.

Le juge Norris leur fit signe de retourner à leur place. Rudy jeta un coup d'œil vers Josie qui ne lui prêta pas attention. Tous deux restèrent debout tandis que les jurés prenaient place et que le juge Norris déclarait l'audience ouverte. Pour mémoire, il rappela la raison de leur présence à tous puis se tourna vers Josie.

— Mademoiselle Bates.

Elle se leva, l'extrémité de ses doigts en appui sur la table. Elle disposait de plusieurs pages de notes pour chacun des médecins qu'elle avait prévu d'appeler à la barre, des médecins dont les témoignages sembleraient presque superflus si son pari s'avérait payant. Elle mit ces notes de côté pour consulter celles qu'elle avait griffonnées à toute vitesse après avoir vu Hannah. Des idées qu'elle avait transmises à Archer qui, de son côté, cherchait des preuves corroborant les informations que Miggy leur avait données. À cet instant, tandis que l'assemblée attendait de l'entendre, Josie avait beaucoup de mal à choisir : bâtir progressivement sa défense ou frapper là où ça ferait vraiment mal. Finalement, elle leva la tête vers Norris. Elle allait frapper un grand coup.

— La défense aimerait appeler Linda Rayburn à la barre.

Josie se retourna pour regarder Linda descendre l'allée centrale. Si elle était surprise d'être ainsi convoquée, elle n'en laissait rien voir. C'était une femme au-dessus de la mêlée, une dame à qui l'argent réussissait bien. Sa chevelure noire était une fois de plus nouée en chignon. Ses lobes d'oreilles étaient décorés de lunes nacrées en mabé. Son maquillage était d'un grand raffinement et son tailleur valait plus que les salaires mensuels cumulés des jurés. Elle avait cessé de prétendre n'être qu'une maman ordinaire venue soutenir sa fille accusée à tort. Depuis son port altier à l'expression de son regard, Linda voulait que toute l'assistance sache qu'elle était une Rayburn. Personne ne la compromettrait, ni elle ni sa famille. Et surtout pas Josie.

Linda prêta serment. Josie attendit. Elle sentait nettement chaque battement de son cœur dans sa poitrine. Elle craignait que ce qu'elle s'apprêtait à faire soit motivé non par sa quête de justice mais par sa haine envers Linda qui avait commis un crime infâme contre sa fille en l'abandonnant. Si c'était là sa vraie motivation, alors ce serait la dernière fois que Josie officierait en tant qu'officier de justice.

Elle inspira profondément et écarta la question de ses pensées. Elle garderait l'introspection pour plus tard ; elle aurait le temps de décider de sa vérité personnelle par la suite. Pour l'heure, elle avait ses notes à la main. Celles-ci étaient là pour la guider mais elles avaient été rédigées à la hâte peu avant l'aube et n'étaient pas vraiment adéquates si l'on tenait compte de la directive d'Hannah.

Demandez-lui à elle.

Question : votre mari était-il avec vous la nuit de l'incendie qui a coûté la vie à Fritz Rayburn ?

C'était une bonne question mais qui ne servirait à rien sans avoir d'abord posé les fondations adéquates. C'était ainsi que fonctionnait la justice. Un procès était comme un édifice. Josie avait ses briques, Rudy avait les siennes et le jury les regardait construire leur argumentation comme une maison. Les fondations de Rudy étaient bâties sur des preuves scientifiques, sur l'occasion qu'avait eue l'accusée d'agir. Josie construirait son argumentation sur des questions d'émotions, de mobiles et sur les conséquences d'un échec personnel. La fondation la plus solide l'emporterait.

Abandonnant ses notes sur la table, Josie s'approcha du jury puis pivota sur elle-même pour regarder Linda. Mais avant qu'elle ne puisse commencer, la porte s'ouvrit au fond de la salle d'audience. Tout le monde se tourna pour regarder ; seule Josie ressentit du soulagement. Elle se tourna vers le juge.

— Une minute, si vous le voulez bien, Votre Honneur ?

Avec un geste de la main, Norris lui donna la permission d'aller parler à Archer. Celui-ci regarda Josie droit dans les yeux. Son regard était tel qu'elle s'y attendait : parfaitement neutre. Elle ne pouvait qu'imaginer ce qu'Archer voyait dans le sien. Il lui tendit une enveloppe en papier kraft et ils n'échangèrent rien de plus. Archer s'assit au premier rang tandis que Josie examinait le contenu du pli. Elle lut rapidement et digéra les informations. Elle avait immédiatement compris qu'Archer lui apportait le ciment dont elle avait besoin pour convaincre le jury de la solidité de ses fondations.

— Mademoiselle Bates ?

— Navrée, Votre Honneur, marmonna Josie en relevant la tête.

C'était Norris qui l'avait interpellée mais ce fut Linda qui retint son attention. À cet instant, Josie était dotée d'une absolue lucidité. Linda et elle n'étaient pas amies, ne l'avaient jamais été. Elles avaient vécu ensemble en tant que jeunes filles et s'étaient séparées juste avant de devenir des femmes. Ce que Josie avait trouvé amusant, excitant et exotique en tant que jeune fille lui apparaissait désormais comme les signes révélateurs de l'égoïsme, de l'arrogance et de la cupidité de Linda. Celle-ci s'était de nouveau imposée dans la vie de Josie et l'avait forcée à la suivre sur les montagnes russes de son existence. Elle s'était montrée plus forte que Josie ce soir-là. Mais Josie avait désormais quitté le wagon pour se tenir à quai. Elle était en mesure de voir la trajectoire des montagnes russes en question et savait où les rails devaient s'arrêter. Grâce aux informations qu'Archer lui avait apportées, le wagon terminerait sa course aux pieds de Kip Rayburn.

— Madame Rayburn, quel genre de relation avez-vous avec l'accusée ? demanda-t-elle pour commencer.

— Hannah est ma fille, répondit Linda.

— Diriez-vous que vous êtes proches ?

— Extrêmement. Hannah et moi avons traversé beaucoup d'épreuves ensemble.

— Madame Rayburn, étiez-vous mariée au père d'Hannah ?

— Non. Aux dernières nouvelles, ce n'était pas un crime.

Josie ne prêta pas attention au commentaire.

— Donc vous avez élevé Hannah sans le soutien d'une famille ? Pas de grand-mère ? De frères et sœurs ?

— Non. Personne.

— Estimez-vous avoir bien réussi en tant que mère célibataire ?

— Je pense avoir fait du bon boulot. Nous n'avons jamais eu faim. Nous avons toujours eu de quoi nous vêtir. Et nous avons toujours eu un toit au-dessus de nos têtes.

— Est-ce qu'Hannah et vous viviez seules ?

L'expression du visage de Josie demeurait neutre mais Linda avait capté quelque chose. Peut-être un léger étrécissement des yeux de Josie, peut-être était-ce la façon dont elle s'était empressée de poser la question, impatiente d'obtenir la réponse qui déclencherait les hostilités. Quoi que ce puisse être, Linda était sur ses gardes.

— Nous avons parfois vécu seules, répondit-elle avec prudence.

— Quand ce n'était pas le cas, avec qui viviez-vous ?

— J'ai fait des rencontres lorsque j'étais célibataire. Certaines relations étaient plus sérieuses que d'autres.

— Combien de relations sérieuses ont-elles résulté en nouveaux domiciles pour vous et votre fille ? Votre fille envers laquelle vous étiez si dévouée, demanda Josie.

— Objection, Votre Honneur, intervint Rudy. Mademoiselle Bates adopte une attitude moralisatrice et tente d'influencer le jury.

— Madame Rayburn peut répondre à la question, dit Norris. Mais évitons de transmettre des points de vue personnels par le ton ou le choix des mots, mademoiselle Bates.

Le juge fit signe à Linda de donner sa réponse.

— J'ignore combien de relations sérieuses j'ai eues exactement, répondit Linda, lèvres pincées.

— Deux ? suggéra Josie.

— Plus de deux, je pense. Je suis restée assez longtemps célibataire.

— Plus de cinq ? suggéra Josie.

— Il y en a eu quelques-unes, répondit sèchement Linda. Certaines constituaient des relations personnelles ; d'autres étaient simplement des gens qui sont devenus des colocataires.

— Combien de colocataires de sexe féminin avez-vous eues ?

Linda hésita. Elle se mordit la lèvre inférieure. Un geste qui lui donnait l'air pensif. L'étincelle dans ses yeux, elle, lui donnait l'air dangereux. Elle garda néanmoins son calme au moment de répondre.

— Aucune. J'ai constaté que les hommes faisaient de meilleurs colocataires. Ils étaient plus fiables. On pouvait toujours compter sur eux pour… témoigner de leur amitié. Les hommes connaissent le sens de ce mot, contrairement à certaines femmes de ma connaissance.

Linda marqua une pause puis se pencha légèrement en avant.

— Mais si vous essayez d'insinuer que je couchais à droite à gauche, je n'aime pas du tout cette implication. Et je ferais remarquer que ça n'a rien à voir avec l'affaire qui nous concerne.

Le juge Norris écoutait. Rudy n'offrit pas d'objection. Ils étaient aussi curieux que les autres de savoir où Josie voulait en venir.

— J'essaye de déterminer à quelle fréquence vous et Hannah avez déménagé entre le moment de sa naissance et votre mariage avec Kip Rayburn, assura Josie avec décontraction. J'aimerais savoir dans combien d'endroits différents vous avez vécu durant ces quatorze années.

— Je ne me souviens pas. J'ai déménagé pour trouver un meilleur emploi, pour saisir des occasions. Parfois j'ai déménagé parce que je sortais avec quelqu'un de spécial. Je cherchais un endroit sûr où Hannah et moi pourrions vivre, un homme bien avec qui m'installer. Cela m'a pris du temps.

— Combien de fois avez-vous déménagé, madame Rayburn ? reprit Josie.

Elle refusait de laisser l'échange bifurquer dans une autre direction.

— Je ne m'en souviens pas, aboya Linda.

— Pour que ce soit bien clair, reprit Josie, imperturbable, à chacun de vos déménagements vous cherchiez la meilleure situation à la fois pour vous et votre fille. Est-ce que c'est bien ça ?

Linda se détendit un peu.

— Oui, c'est ça, dit-elle.

— Et personne n'était vraiment acceptable jusqu'à ce que vous rencontriez Kip Rayburn. Est-ce exact ?

— Je ne parlerais pas d'être « acceptable ». Je ne suis pas tombée amoureuse avant de rencontrer Kip, expliqua Linda. Car c'est bien de cela qu'il s'agit, n'est-ce pas ? D'amour.

— Oui, madame Rayburn, c'est exactement ça, confirma Josie d'une voix douce.

Il y eut une courte pause avant qu'elle reprenne le fil de son interrogatoire.

— Le fait que Kip Rayburn était très riche, qu'il habitait dans une très grande maison et qu'il portait un nom respecté a-t-il eu une influence sur votre décision de tomber amoureuse ?

— Je n'ai pas décidé d'être amoureuse. C'est arrivé et, oui, j'étais heureuse qu'il dispose d'une situation stable et financièrement solide.

— Donc vous avez épousé Kip Rayburn par amour et parce qu'il pouvait vous offrir, à vous et votre fille, un environnement agréable au sein duquel vivre ? demanda Josie.

— Oui, c'est ça.

— Et le futur de votre fille a joué un rôle important dans cette décision, n'est-ce pas ? ajouta Josie.

— Oui, bien sûr.

— Donc vous avez choisi un homme qui a témoigné devant ce tribunal qu'il n'avait aucun intérêt pour Hannah. Qui, pour tout dire, s'en lavait les mains ?

— Objection, Votre Honneur, lança Rudy. Le témoignage de monsieur Rayburn fait déjà partie du dossier et l'on peut, je pense, en retenir qu'il regrette de ne s'être que peu intéressé à l'accusée.

— Objection retenue. Mademoiselle Bates, si vous avez une question, posez-la. Ou passez à la suite, ordonna le juge Norris.

Josie fit quelques pas vers Linda. Elle avait baissé le menton, les yeux tournés vers le sol. En s'arrêtant, Josie releva la tête et porta son regard vers le banc des jurés, sans se fixer sur quelqu'un en particulier.

— Madame Rayburn, vous êtes-vous un jour considérée

comme une mauvaise mère ?

Le seul bruit audible dans la salle d'audience fut le staccato du clavier de la sténographe, suivi d'un rire incrédule provenant de la barre des témoins.

Le regard de Josie glissa sur Linda pour s'arrêter sur le juge Norris.

— Votre Honneur, j'aimerais que ce témoin soit considéré comme hostile à la défense. Bien qu'il s'agisse de la mère de l'accusée, je suis persuadée qu'elle n'a pas l'intérêt de ma cliente en tête.

— Comment oses-tu… ? souffla Linda.

— Vous avez mon accord, dit Norris.

À ces mots, Josie reporta toute son attention sur Linda Rayburn. Fini de jouer.

— N'est-il pas vrai, madame Rayburn, que vous n'avez pas été une mère parfaite ?

— Au moins je suis une mère, mademoiselle Bates. Je n'ai pas besoin de voler l'enfant de quelqu'un d'autre pour me sentir femme, répondit froidement Linda.

Josie serra les mâchoires et son menton tressauta comme si elle avait reçu un coup bien placé. Mais ça n'avait pas d'importance. Elle était toujours debout et irait jusqu'au bout.

— Votre Honneur, pouvez-vous ordonner au témoin…

— D'accord, céda Linda. Non, je ne suis pas une mère parfaite. Je ne crois pas que quiconque soit un parent parfait ou un individu parfait. Nous faisons tous ce que nous pouvons… vous compris.

— Madame Rayburn, n'est-il pas vrai que vous basiez souvent votre choix d'amis masculins sur leur capacité à vous prendre en charge financièrement plutôt que sur leur personnalité ?

— Non, ce n'est pas vrai. Je n'ai pas été entretenue.

Josie ouvrit l'enveloppe et en sortit une feuille de papier.

— Pour les seize années écoulées, vos relevés fiscaux font

mention de dix lieux de résidence différents. Cela fait deux ans que vous vivez avec Kip Rayburn. Ce qui laisse neuf résidences depuis la naissance de votre fille. Sur ces neuf adresses, on constate que seules deux comprenaient votre nom sur le bail. Vous souvenez-vous des noms qui apparaissent sur les baux ou les titres de propriété des sept résidences restantes ?

— Pas de tous, non, répondit Linda.

Elle porta la main à ses coûteuses boucles d'oreille. Les muscles de son cou étaient tendus. Elle coula un regard vers les jurés. Josie ne s'en donna pas la peine. Elle savait exactement à quel point ceux-ci étaient intéressés.

— Laissez-moi vous rafraîchir la mémoire, madame Rayburn. Dan Burdon de New-York. Un banquier d'affaires. Steve Witsick du New Jersey. Un monsieur qui semble profiter de revenus substantiels par le biais de fonds en fidéicommis, en plus d'avoir été condamné deux fois pour agression sur des femmes. Vous vous rappelez de Dominic Cort…

— Oui, je me souviens d'eux, l'interrompit Linda, menton levé.

— De tous, madame Rayburn ?

— De tous, oui, répondit-elle froidement. Vous voulez que j'en dresse la liste ? Que je donne tous les noms des hommes avec qui j'ai couché même si je n'habitais pas avec eux ? S'il faut en passer par là pour aider ma fille, je le ferai.

— Votre Honneur, la défense harcèle le témoin, dit Rudy, main levée.

— Objection rejetée, dit Norris. Le témoin se contentera de répondre directement aux questions.

Josie plissa légèrement les lèvres. Elle était contente que le juge voie les choses comme elle mais elle n'éprouvait pas de plaisir à faire ce qu'elle avait à faire.

— Donc, quand vous avez pris l'importante décision d'emménager avec ces hommes, vous pensiez que ces relations déboucheraient sur la création d'un foyer stable pour votre fille Hannah ?

— Non. Je veux dire oui. Je…

Les doigts de Linda remontèrent vers sa gorge puis redescendirent le long du col entrouvert de son chemisier. Lorsqu'elle reprit la parole, ce fut d'une voix maîtrisée et dénuée de remords. Linda demeurait forte même sous la pression. Et elle avait compris où Josie voulait en venir.

— Je ne suis pas une sainte, mademoiselle Bates, ni forcément très fine psychologue. J'ai souvent demandé pardon à ma fille pour avoir fait des choix qui n'étaient pas appropriés. J'étais jeune et bête. Ce n'est pas un crime. Rien de tout cela n'est criminel.

Josie s'avança et croisa les bras sur la rambarde de bois qui la séparait de Linda. Elle était si proche qu'elle pouvait sentir et distinguer les contours de son rouge à lèvres, le brillant de son gloss. Josie étudia son visage puis la regarda droit dans les yeux. Linda avait enfin fait un faux pas.

— Et l'abandon, madame Rayburn ? demanda Josie d'une voix claire. Considéreriez-vous l'abandon comme un crime ?

— J'imagine que ça dépendrait de qui on abandonne, répondit prudemment Linda.

Josie s'écarta de la rambarde et tira un autre document de l'enveloppe. Elle suivit une trajectoire en arc de cercle autour de la barre des témoins.

— Votre fille, Hannah, par exemple.

Josie releva les yeux depuis la feuille de papier. Elle inclina la tête comme une parente inquiète de l'état de santé de Linda.

— Considéreriez-vous comme un crime le fait d'abandonner une petite fille de neuf ans pendant, disons, trois jours ?

Linda blêmit. Elle se tourna vers le juge. Mais elle ne recevrait aucune aide de sa part.

Les jurés se penchaient pour mieux voir son visage, en vain. Linda se tenait de profil par rapport à Josie. Une expression de pure haine déformait ses traits, mais elle parvint à se maîtriser. Josie laissa la question en suspens et ce fut Rudy qui rompit le silence. Son timing n'était pas bon ; son objection manquait de toute la passion nécessaire pour être efficace.

— Suppose des faits non prouvés, dit-il.

— Objection retenue, répondit solennellement Norris.

Josie tendit un document au juge. Celui-ci s'en empara, l'examina puis le remit à la greffière.

— Votre Honneur, poursuivit Josie, je vous soumets ici un rapport du département de police de Chicago en tant que pièce à conviction numéro vingt-deux. Madame Rayburn, avez-vous été arrêtée en juillet 1994 pour avoir abandonné votre fille dans une chambre d'hôtel du centre-ville de Chicago ?

Linda était aussi immobile qu'une statue, d'une pâleur fantomatique.

— Madame Rayburn, insista Josie, avez-vous payé une amende et passé quatre mois en prison à partir de juillet 1994 parce que vous aviez été reconnue coupable d'avoir abandonné votre fille, Hannah Sheraton, et d'avoir mis sa vie en danger en la laissant sans argent, sans nourriture et sans supervision ?

Avec lenteur, la tête de Linda pivota en direction de Josie. Les deux femmes se défièrent du regard.

— Oui, répondit Linda d'une voix neutre. Tout cela est vrai.

— Et où étiez-vous, madame Rayburn ?

— J'étais…

Linda hésita. Josie vit qu'elle était en train d'élaborer un mensonge.

— Quoi, madame Rayburn ? lança-t-elle, défiant Linda d'oser mentir. Qu'est-ce qui a bien pu vous empêcher de retourner auprès de votre fille ? Ce devait être quelque chose de très grave.

Une urgence ? Une question de vie ou de mort ? Qu'était-ce donc, madame Rayburn, pour vous maintenir à l'écart de cette enfant que vous aimez tant ?

— J'étais avec un ami et j'ai perdu la notion…

Linda baissa brusquement la tête. Si cela avait été quelqu'un d'autre, dans n'importe quelle autre circonstance, Josie n'aurait pas insisté. Mais la vie d'Hannah était en jeu et, de toute la sienne, la femme qui pouvait la disculper n'avait jamais dit l'entière vérité.

— Perdu la notion de quoi, madame Rayburn ? Du temps ? Vous voulez dire que vous avez oublié votre petite fille de neuf ans parce que vous étiez…

— Je faisais la fête, gronda Linda avec défi.

Elle avait redressé les épaules. Elle éleva la voix et releva la tête. Elle ne laisserait pas ce procès l'intimider ni Josie lui faire honte. Josie qu'elle détestait pour avoir convaincu Hannah de croire aux contes de fées.

— Je faisais beaucoup la fête à l'époque. Je n'en suis pas fière. J'étais très jeune quand j'ai eu Hannah et il m'a fallu un long moment pour mûrir. À certains égards, elle a grandi plus vite que moi. Satisfaite ?

— Je veux simplement que les choses soient claires, madame Rayburn. Vous avez vécu avec un certain nombre d'hommes. À un moment, vous avez abandonné votre fille et été incarcérée pour l'avoir mise en danger.

— Votre Honneur, le passé de madame Rayburn appartient au passé. Ce n'est pas elle qui est jugée ici.

— C'est assez, mademoiselle Bates. Voyons la suite de vos questions.

Norris était agacé, Rudy désorienté et Linda furieuse, mais Josie allait faire les choses exactement comme prévu parce que les seules personnes qui comptaient vraiment se trouvaient sur le banc des jurés.

— Votre Honneur, je souhaite établir un lien entre le comportement passé de madame Rayburn en tant que parent et la façon dont l'accusée a pris l'habitude de vouloir maîtriser son environnement, argumenta Josie.

— Dans ce cas, montrez clairement où vous allez, mademoiselle Bates, ou passez à autre chose.

— Merci, monsieur le juge.

Josie reposa son enveloppe et reporta son attention vers Linda.

— Parlons de la façon dont Hannah a grandi. S'est-elle déjà plainte de votre style de vie ? Du fait de déménager souvent, de changer d'école ?

— Non, jamais, répondit Linda.

— Lui avez-vous déjà demandé si déménager la dérangeait ?

— Nous n'avons jamais abordé le sujet. Hannah était une gentille fille. Elle l'est toujours.

— Hannah exprimait-elle du mécontentement ou de l'anxiété quant à la façon dont vous viviez ?

— Me causer des soucis, vous voulez dire ? Fuguer ? Ce genre de choses ?

— Exactement, répondit Josie.

Linda secoua la tête ; ses boucles d'oreille semblaient trop lourdes à présent.

— Non. Elle n'a jamais rien fait pour causer des problèmes. Elle rentrait toujours directement de l'école. Participait à l'entretien de la maison. Elle ne s'absentait presque jamais.

— Diriez-vous qu'elle semblait obsédée par l'idée d'être à la maison ? Ou au moins obsédée par l'idée d'être dans un endroit familier du fait de vos déménagements fréquents ?

Linda hésita.

— Elle ne s'éloignait pas de la maison. Et parfois elle insistait pour que je ne m'éloigne pas non plus.

— Est-ce au moment de votre abandon qu'Hannah

a commencé à manifester les symptômes de ses troubles obsessionnels compulsifs ?

— Oui, répondit Linda à mi-voix. C'est là qu'elle a commencé à compter.

Faisait-elle autre chose ?

— Elle a commencé à toucher des choses, surtout dans la maison. Les embrasures de portes. Les fenêtres.

— Hannah était particulièrement attentive à toutes les portes de sortie potentielles de chaque endroit où vous viviez, c'est bien ça ? s'enquit Josie.

— Oui, répondit Linda.

— Et est-ce à peu près au même moment qu'Hannah a commencé à vérifier compulsivement d'autres choses ?

— Oui, confirma Linda.

Elle était clairement soulagée de voir que les projecteurs étaient désormais braqués sur Hannah.

— Elle vérifiait souvent les verrous des portes avant d'aller se coucher. Parfois elle examinait ses jouets ou les vêtements dans le placard.

— Suivait-elle le même chemin chaque soir ?

— Oui.

— Quel que soit l'endroit où vous viviez ?

— Même si nous étions dans une chambre d'hôtel, c'était pareil.

— Sa façon de faire changeait-elle ?

— Seulement sur le temps que ça lui prenait, répondit Linda. Cela dépendait de la taille de la maison ou de l'appartement.

Linda coopérait à présent, impatiente d'en finir.

— Et quel était le dernier endroit qu'Hannah vérifiait chaque soir avant de pouvoir s'endormir ?

— Je ne vois pas ce que vous voulez dire. Le dernier endroit qu'elle examinait était simplement le dernier, répondit Linda avec exaspération.

— N'est-il pas exact, madame Rayburn, que le dernier

endroit qu'Hannah vérifie chaque soir est celui où vous dormez ? N'est-il pas vrai qu'Hannah ne peut trouver le sommeil sans être d'abord certaine que vous êtes au lit et endormie vous-même ?

Josie s'avançait lentement vers Linda, dont le pire cauchemar était en train de prendre vie sous les lumières éblouissantes du tribunal. Josie sentait que les gens comprenaient la situation, s'y investissaient, attendaient qu'elle pose la question finale qui changerait le cours de ce procès quelques minutes seulement après le début de sa défense.

— N'est-il pas exact, madame Rayburn, qu'Hannah venait regarder dans votre chambre quatre, cinq, parfois six fois par nuit pour s'assurer que vous y étiez ? Pour être certaine de ne pas avoir été de nouveau abandonnée ?

Josie fit un pas supplémentaire vers Linda, puis un deuxième. Au troisième, elle s'arrêta. Linda n'avait toujours rien dit. Josie éleva la voix.

— N'est-il pas exact, madame Rayburn, qu'Hannah est venue jeter un œil dans la chambre que vous partagiez avec votre mari, Kip, la nuit de l'incendie qui a coûté la vie au juge Rayburn ?

Josie tenait Linda à présent. Norris avait cessé de bouger sur son siège. Rudy était penché en avant, les bras croisés sur la table.

— Madame Rayburn, demanda Josie, Fritz Rayburn a-t-il menacé de ruiner la carrière de votre mari s'il ne divorçait pas ?

— Oh mon Dieu…, souffla Linda.

Elle se couvrit la bouche d'une main tremblante.

— Est-ce ou n'est-ce pas la vérité, madame Rayburn ?

Josie se tourna vers la juge.

— Votre Honneur, si vous voulez ordonner au témoin de répondre à la question.

— Objection, Votre Honneur. Déposition sur la foi d'autrui. Madame Rayburn ne saurait avoir connaissance directe de ce qui se passait entre son mari et le père de celui-ci.

— C'est faux, Votre Honneur, s'empressa de répondre Josie. Hannah était au courant de l'ultimatum. Je voudrais faire inscrire son journal en tant que pièce à conviction vingt-trois. Vous verrez qu'il indique qu'elle savait qu'il était tout à fait possible que sa mère et Kip Rayburn divorcent. Si ma cliente était informée de cet arrangement, alors on peut en conclure que madame Rayburn aussi le savait.

— Je vous autorise à aller au bout de la question, dit le juge en lui faisant signe de poursuivre.

Josie s'élança vers la ligne d'arrivée.

— Étiez-vous informée de cette menace, madame Rayburn ?

— Oui, je l'étais, répondit Linda.

— Et savez-vous quelle décision votre mari avait prise vis-à-vis de cet ultimatum ?

— Jamais il ne divorcerait de moi, chuchota Linda. Jamais.

— Donc, Kip Rayburn était prêt à perdre son héritage, prêt à supporter l'humiliation publique que son père allait lui faire subir, tout cela pour vous ?

— Fritz n'aurait jamais mis sa menace à exécution. Il aimait Kip.

— Il l'aimait tant qu'il l'enfermait dans les placards et a failli lui trancher le doigt. Fritz Rayburn aimait tellement son fils qu'il prenait plaisir à le contrôler par la menace, même à l'âge adulte. Fritz tenait tellement à son fils qu'il voulait le voir renoncer à la seule chose ayant de la valeur à ses yeux, à savoir son mariage ?

— Fritz aimait faire marcher les gens, c'est tout. Il ne l'aurait jamais fait pour de vrai, insista Linda.

— Vous en étiez certaine, madame Rayburn ?

— Oui.

— Votre mari en était-il aussi sûr, madame Rayburn ? Kip Rayburn était-il persuadé que son père reviendrait sur cette menace ou bien Kip Rayburn a-t-il été poussé à chercher un moyen d'empêcher son père, Fritz Rayburn, de saboter sa vie ?

Linda hésita. Elle regarda le juge puis tourna son attention vers Rudy et embrassa les spectateurs du regard, à la recherche de quelqu'un qui viendrait la tirer de ce mauvais pas. Sa main était remontée vers sa gorge, mais le geste n'avait plus rien d'élégant. Ses ongles laissèrent une longue marque rouge le long de son cou avant qu'elle prenne conscience de ce qu'elle était en train de faire.

— Objection, Votre Honneur. Que la défense s'en tienne aux faits. Si mademoiselle Bates veut savoir ce que pensait monsieur Rayburn…

— Je retire ma question.

Josie agita les mains comme si elle pouvait effacer ses dernières paroles. Elle franchit l'espace qui restait entre Linda et elle.

— Madame Rayburn, savez-vous si Hannah a regardé dans votre chambre la nuit de l'incendie ? Moins de quarante-huit heures après que votre mari s'est disputé avec son père à propos de votre situation familiale. Une occasion où votre mari s'en est violemment pris à son père en lançant un vase massif vers le juge Rayburn. Votre fille est-elle venue vérifier votre chambre à coucher cette nuit-là ?

— Oui, répondit Linda d'une voix tremblante.

— Et votre mari était-il au lit avec vous, madame Rayburn ?

Le silence parut enfler jusqu'au point de rupture tandis que les deux femmes s'entreregardaient.

— Madame Rayburn, votre mari était en colère contre son père. Votre mari a témoigné du fait qu'il avait eu une dispute avec son père et avait lancé un objet dans sa direction. Madame Rayburn, votre mari était-il au lit avec vous quand l'incendie a commencé ?

Linda se pencha en avant. Elle s'exprima à voix basse, à

la seule attention de Josie. Elle avait les larmes aux yeux et ses lèvres tremblaient.

— Ne fais pas ça, Josie.

— Répondez à la question, je vous prie. Quand Hannah a fait sa ronde nocturne et regardé dans votre chambre pour s'assurer que vous ne l'aviez pas abandonnée, vous a-t-elle vus au lit, vous et votre mari ?

— Je t'en supplie, chuchota Linda. Ne fais pas ça.

Mais sa voix était dure. C'était plus un avertissement qu'une supplique.

Josie posa les mains sur la rambarde de bois qui emprisonnait Linda.

— Votre mari est-il plus important que votre enfant, madame Rayburn, de la même manière que tous les hommes avec lesquels vous avez pu être ont toujours été plus importants que votre enfant ?

— Déclaration déguisée en question, Votre Honneur ! intervint Rudy.

— Il s'agit d'un témoin hostile, Votre Honneur ! rétorqua Josie sans quitter Linda des yeux. Elle est hostile envers cette cour, envers son enfant et envers toute personne l'empêchant d'obtenir – et de conserver – exactement ce qu'elle veut.

— Mademoiselle Bates, posez votre question, s'agaça Norris.

— Je l'ai fait, Votre Honneur. Et je continuerai à la poser jusqu'à ce que j'obtienne une réponse.

— Inutile. Je m'en charge.

Le juge Norris allait prendre les choses en main.

— Non ! rugit Josie. C'est mon témoin.

— Mademoiselle Bates ! répliqua Norris avec autant de fermeté. Mettez-vous en retrait.

À contrecœur, Josie obéit.

— Madame Rayburn, votre époux se trouvait-il au lit avec

vous la nuit de l'incendie ? Si vous ne répondez pas, ou si vous ne dites pas la vérité, je considérerai cela comme un outrage au tribunal et vous irez en prison. Donc, était-il ou n'était-il pas avec vous ?

La salle d'audience semblait animée d'une vie propre. On avait l'impression que les murs eux-mêmes retenaient leur souffle en même temps que toute l'assistance.

— Non…

Linda s'étrangla sur le mot. Elle inclina la tête en arrière et son long cou gracieux se dressa vers le plafond tandis qu'elle cédait, qu'elle abdiquait, prête à dire à la cour ce qu'elle voulait savoir.

— Était-il allé se coucher en même temps que vous ?

Josie avait repris le fil des questions.

— Non, admit Linda.

— Vous a-t-il rejointe au lit ce soir-là ?

— Non.

— Comment le savez-vous ?

— Je le sais parce que j'étais éveillée. J'attendais. Il était de mauvaise humeur ce soir-là.

— Contre son père ?

— Oui, contre son père, s'emporta Linda. Parce que celui-ci m'avait mal traitée devant nos invités.

— Madame Rayburn, aviez-vous peur que votre mari cède et sauve son héritage en se séparant de vous ?

Linda secoua la tête.

— Jamais. Jamais. Si mon mari avait décidé d'agir ainsi, il aurait déjà rempli les papiers.

— Donc il était prêt à abandonner sa relation avec son père, les parts de celui-ci dans le cabinet et tout le reste pour demeurer auprès de vous ?

— Je n'ai pas dit ça, répondit froidement Linda. Il a dit qu'il arrangerait les choses.

— Et comment, exactement, allait-il arranger les choses, madame Rayburn ? voulut savoir Josie. Comment allait-il s'y prendre ?

— Pas en tuant son père, si c'est ce que vous essayez d'insinucr.

Les épaules de Linda se mirent à trembler. Ce ne fut d'abord qu'un bref spasme, mais Josie était assez proche pour le remarquer. Il ne s'agissait pas d'une manifestation de colère mais de tout autre chose : Linda Rayburn était en train de craquer. La pression imposée par le fait de devoir choisir entre vérité et mensonge l'avait menée jusqu'à son point de rupture. Quand elle pivota vers Josie, ses épaules s'étaient affaissées dans une attitude de défaite et son visage était pâle. Ses yeux verts d'apparence si exotique contemplaient le futur et celui-ci n'était ni beau, ni sûr, ni plein de promesses.

— Alors dites-le à la cour : savez-vous où il était quand l'incendie s'est déclaré ?

— Non, je ne sais pas.

— Madame Rayburn…, commença Josie.

— Josie, s'il te plaît. Ne m'en demande pas plus, supplia Linda. Kip n'a rien fait. Je jure qu'il n'a rien fait.

Josie refusa de l'écouter. Elle était submergée par l'indignation, au nom d'Hannah, de la jeune fille qui avait toujours payé le prix de la lâcheté et de la cupidité de Linda, l'enfant qui avait protégé sa mère en toutes occasions pour passer systématiquement après les hommes dans la vie de Linda.

Josie abattit son poing sur la rambarde pour souligner ce qu'elle allait dire.

— Savez-vous où était votre mari, madame Rayburn ?

— Non. J'imagine qu'il dormait dans la chambre d'amis. Il faisait ça quand…

Josie se retourna vivement et fit deux pas en direction des jurés. Tous les regards étaient braqués sur elle et tous les esprits suivaient son raisonnement.

— Peut-être devrions-nous tous imaginer. Peut-être devrions-nous imaginer que votre mari se trouvait dans l'aile ouest de votre maison, en train d'affronter son père. Peut-être devrions-nous imaginer que, sous l'effet de la colère, il l'a poussé en arrière et que le vieil homme est tombé et s'est cogné la tête.

Josie fit volte-face pour regarder Linda, sans toutefois revenir vers elle.

— Peut-être devrions-nous imaginer que c'est Kip Rayburn qui a répandu de la térébenthine sur le sol et a craqué une allumette afin de protéger ses intérêts dans le cabinet d'avocats de Fritz Rayburn et de rester marié avec vous. Peut-être devrions-nous imaginer tout cela !

Rudy s'était relevé d'un bond pour intervenir.

— Mademoiselle Bates invente une histoire. Il n'y a aucune preuve. Tout cela n'est que pure fiction et conjectures !

— Monsieur le juge, nous avons affaire à un témoin hostile à la défense.

Josie se précipita vers le bureau de Norris et y posa les mains, comme si elle pouvait forcer le juge à valider ses questions.

— Vous l'avez désignée comme hostile et son refus de…

— Non. Non ! s'écria Linda.

Presque hystérique, elle agrippait la rambarde en bois et la secouait comme si elle espérait pouvoir s'échapper en l'arrachant.

— Non. Ne dis pas ça. Kip n'a pas mis le feu. Il n'a pas fait de mal à son père… Il n'aurait pas pu…

— Il n'aurait pas pu quoi, Linda ?

Josie pivota sur elle-même. Ses joues brûlaient sous l'effet de la colère. Elle était impliquée de tout son être dans ce combat au nom d'Hannah et elle ne perdrait pas. Josie était envahie par un sentiment fiévreux de victoire imminente. Cette fois, elle allait gagner. Elle sauverait la bonne personne.

— Pourquoi pas ? Est-ce plus grotesque que d'imaginer qu'Hannah, cette pauvre jeune fille perdue, ait pu mettre le feu ?

Une enfant tellement terrifiée à l'idée de vous perdre, vous et sa maison, qu'elle venait chaque nuit vérifier que vous étiez là ? Pourquoi cela serait-il plus raisonnable ?

— Parce que ce n'est simplement pas juste. C'est injuste.

Linda sc hérissait dc colèrc, mais scs ycux cxprimaient une authentique douleur. Si Josie n'avait pas été si emportée, si la fin de sa quête n'avait pas paru si proche, elle aurait pu se laisser toucher par cette douleur et relâcher un peu la tension du lasso formé par ses questions. Mais l'élan était trop fort. Elle s'avança. Elle pointa du doigt. Elle éleva la voix et, de toute sa hauteur, fondit sur la barre des témoins et resserra la corde autour de Linda, pour la forcer à cracher sa réponse.

— Pourquoi n'aurait-il pas pu le faire ? Pourquoi est-ce injuste de poser la question ? Il n'était pas au lit avec vous. Il n'est arrivé sur les lieux de l'incendie qu'après que celui-ci a été éteint. Ce n'est pas lui qui a appelé les secours, c'est vous. Vous lui avez donné du temps pour s'éloigner. Depuis tout ce temps, vous le protégiez, n'est-ce pas madame Rayburn ? Vous protégiez votre époux au détriment de votre enfant. N'est-ce pas le cas, madame Rayburn ?

La voix de Josie n'avait cessé d'enfler, faisant grimper la tension au sein de la salle d'audience. Les spectateurs étaient à présent divisés entre ceux qui avaient hâte d'apprendre la vérité et ceux qui craignaient de l'entendre. Dans un effort gigantesque, Josie se força à reculer. Sa voix retomba. Elle était épuisée. Ses mains retombèrent le long de ses flancs et elle se redressa de toute sa hauteur.

— Il n'était pas dans la chambre quand Hannah est venue voir. Il n'était pas venu se coucher cette nuit-là. Il se disputait avec son père sur des sujets concernant sa vie et la vôtre. Il n'y a aucune raison pour que votre mari n'ait pas pu provoquer cet incendie, n'est-ce pas, madame Rayburn ?

Josie se rapprocha encore un peu de la barre.

— N'est-ce pas, Linda ?

Celle-ci pleurait à chaudes larmes. Du mascara s'écoulait aux coins de ses yeux. La petite cicatrice près de sa bouche était devenue rouge et laide. Linda elle-même paraissait vieille et épuisée.

— Si, si, il y a une raison, murmura-t-elle.

— Alors donnez-la-nous, dit Josie. Donnez-nous une bonne raison de ne pas imaginer Kip Rayburn déclenchant le feu qui a tué son père.

Linda releva lentement la tête. Elle ne se souciait plus de son apparence ni de savoir à qui elle s'adressait. Elle avait pris sa décision.

— Il n'a pas pu le faire parce que j'ai vu qui l'a fait.

Ses paroles étaient entrecoupées de sanglots hachés. Josie recula, aussi surprise que le reste de l'assistance. Elle se tourna vers le juge mais il n'y avait rien à dire, aucune objection qu'elle puisse lancer. Linda était en train de confesser la dernière chose que Josie ait envie d'entendre.

— Je ne sais pas où était Kip, dit-elle. Il n'était même pas dans la maison. C'était Hannah. J'ai vu Hannah mettre le feu.

— Quoi ? hoqueta Josie.

Elle dévisagea Linda à la recherche d'un signe de mensonge, en vain. Elle ne lut sur ses traits que la violence de son conflit intérieur, la douleur associée à sa décision. Linda avait choisi de livrer Hannah.

— Madame Rayburn, avez-vous conscience de ce que vous dites ? demanda le juge Norris.

Mais Linda ne lui prêta pas attention. Elle voulait parler à Josie.

— Si tu t'étais arrêtée quand tu aurais dû, chuchota-t-elle d'une voix brisée. Si seulement tu avais fait ce que je t'ai demandé de faire et envoyé Hannah se faire soigner, tout ça n'arriverait pas.

— Tu l'as vue ? s'étrangla Josie.

— Quel genre de femme force une mère à faire une telle chose à son enfant, Josie ? Quel genre de femme es-tu ?

À ces mots, Linda enfouit son visage entre ses mains. Mais tout le monde put néanmoins l'entendre demander :

— Comment as-tu pu m'obliger à faire ça ? Comment as-tu pu ?

37

Certaines choses manquaient dans la chambre d'hôpital d'Hannah Sheraton. L'appareillage qui maintenait sa tête en place avait disparu. La perfusion qui la nourrissait avait disparu. Sa pâleur avait presque disparu. Linda avait disparu.

Josie, elle, était toujours là.

La télévision sur le mur en face du lit d'Hannah était allumée. Josie avait coupé le son et regardait défiler les sous-titres en dessous des images changeantes. Elle était passée aux infos. Des caméras l'avaient filmée en train de quitter le tribunal en traversant la foule des journalistes et des militants des droits de la famille tandis qu'Archer, aussi massif que calme, lui ouvrait la voie. Sur l'écran, cela ressemblait à un spectacle muet mais le souvenir des clameurs résonnait encore dans l'esprit de Josie. Les journalistes : « Comment vous sentez-vous, Josie ? Allez-vous jeter l'éponge ? Étiez-vous surprise ? » Les activistes enragés de *Famille d'abord* : « Comment avez-vous pu pousser une mère aussi loin ? Vous avez accusé Kip Rayburn. Détruit une famille. »

Le monde était furieux contre Josie mais personne n'était plus en colère ou plus déçu qu'elle ne l'était d'elle-même. Elle avait enfreint la règle numéro un de l'interrogatoire de témoin : « Ne pas poser la question si l'on n'a pas la réponse. »

Pendant deux heures et quart, tandis qu'Hannah dormait, Josie était restée assise dans cette chambre d'hôpital à essayer de comprendre pourquoi elle avait agi ainsi. S'était-elle simplement laissé emporter par l'aspect dramatique de la situation ? La rencontre tardive avec Miggy, les informations tentantes qu'il lui avait données. La possibilité de non seulement disculper Hannah mais aussi de livrer le vrai coupable à la justice constituait un attrait puissant. Avait-elle rêvé des gros titres qui feraient d'elle une héroïne ayant soutenu Hannah quand personne – pas même sa vraie mère – ne l'avait fait ?

Josie se prit la tête entre les mains. Qui pouvait dire quelles motivations l'avaient précipitée tête baissée vers un tel désastre ? Ou pourquoi elle avait besoin d'entendre Hannah en personne lui confirmer que Linda disait la vérité ? Mais elle en était là. Josie ne partirait pas avant qu'Hannah ait admis son crime.

Et même alors...

Même alors Josie n'était pas prête à jeter l'éponge. Josie savait qu'elle pouvait encore défendre Hannah et lui permettre de ressortir du tribunal en femme libre. Elle en était persuadée.

Elle appellerait Ian Frank et May à la barre pour corroborer les menaces de Fritz contre Kip. Elle ferait témoigner Rosa et Lyn Chandler. Josie reprendrait son plan consistant à faire témoigner des experts médicaux. Elle passerait Linda Rayburn sur le gril et découvrirait les moindres détails de ce qu'elle *croyait* avoir vu. Josie ferait comparaître Kip Rayburn et le réduirait en morceaux devant le jury.

Les conclusions auraient des airs de feuilleton mélo : était-ce Kip qui avait fait le coup ? Linda protégeait-elle son mari en reportant la faute sur sa fille ? Était-ce Hannah qui mentait et Linda qui disait vrai ? Qui pouvait le dire ? Comment savoir ? Quelles preuves, demanderait-elle, l'accusation avait-elle qui puissent les convaincre sans l'ombre d'un doute qu'Hannah était coupable ? Certainement pas le témoignage de Linda, pas après que Josie en aurait fini avec elle. Le jury serait épuisé et Josie leur offrirait le concept moelleux du doute raisonnable sur lequel se reposer. Ils n'auraient plus qu'à s'y abandonner.

Malheureusement, Josie ne pouvait pas épuiser son propre esprit. Elle posa les coudes sur ses genoux et appuya son menton sur ses mains jointes. Son regard se posa sur Hannah Sheraton.

Es-tu coupable ? Est-ce que ça pourrait être toi ?

Et si elle l'était... Et si Josie persuadait le jury qu'Hannah était innocente... Et si Hannah était libérée...

Les fantômes de Josie étaient sur le point de revenir en force quand Hannah Sheraton s'éveilla et demanda à boire.

Josie trébucha en se levant. Elle alla chercher de l'eau et Hannah parvint à la remercier d'un sourire.

— Tiens. Oh, mon Dieu, désolée, je ne suis pas très douée..., dit Josie à voix basse.

Elle prit la paille entre deux doigts et la guida vers les lèvres d'Hannah. Une fois la jeune fille désaltérée, Josie recula d'un pas.

— Tu veux que je te redresse un peu plus ?

Hannah hocha la tête et Josie appuya sur le bouton. Le lit s'inclina en bourdonnant. Le garde à l'extérieur jeta un coup d'œil dans la chambre, plus par curiosité que par inquiétude.

— Tu as meilleure mine, dit Josie.

Hannah cligna des yeux, encore engluée dans la somnolence liée à son traitement. Elle allait un peu mieux chaque jour mais le processus était lent et douloureux. Josie remonta le drap et la fine couverture qui couvraient Hannah. Les paupières de la jeune fille se refermèrent. Elle soupira.

Josie attendit. Elle regarda autour d'elle et nota tout ce qui manquait dans la chambre d'Hannah. Pas de fleurs, pas de cartes, personne pour lui souhaiter de se remettre vite ou d'être bientôt sortie d'affaire. Personne excepté Josie. Et Hannah le savait. Josie sentit les doigts d'Hannah se poser sur sa main. Surprise, elle faillit retirer son bras. Au lieu de quoi elle prit la main de l'adolescente dans la sienne.

— Je suis tellement fatiguée, tout le temps, chuchota Hannah.

— Je sais, dit Josie à mi-voix. Tu es en train de guérir.

— Où est maman ? demanda Hannah. Il faut que je lui dise quelque chose. Je ne veux pas qu'elle s'inquiète.

Josie cligna des paupières, ferma presque les yeux. Elle n'allait pas dire toute la vérité à Hannah, pas tout de suite.

— Ta mère est rentrée à la maison, annonça-t-elle simplement. La journée a été dure au tribunal.

Hannah bougea et fit la grimace. Elle se recala, toujours incertaine de ce que son corps pouvait faire sans douleur, puis se laissa retomber contre le matelas, épuisée.

— Je suis désolée pour l'accident. Je voulais vous le dire à vous particulièrement, chuchota-t-elle.

— Ça n'a plus d'importance maintenant, Hannah. Vraiment plus, répondit Josie.

Du pouce, elle caressait la peau douce du dos de la main de l'adolescente. Les doigts d'Hannah tapotaient contre la paume de Josie. L'adolescente comptait à voix basse, comme si elle récitait une comptine. Josie ne put rester silencieuse plus longtemps.

— Miggy est passé me voir, Hannah.

Le comptage s'interrompit. Hannah ferma les yeux mais sa poitrine se soulevait plus rapidement que lorsqu'elle dormait. Elle écoutait.

— Il m'a dit que tu étais allée voir dans la chambre de ta mère la nuit de l'incendie. J'ai interrogé ta mère à ce sujet. Je lui ai demandé si Kip était avec elle. Elle m'a dit que non. J'ai cru qu'il avait mis le feu.

Hannah gardait les paupières closes ; sa main s'était relâchée entre les doigts de Josie. Elle prit une profonde inspiration.

— Elle vous a dit ce qui s'est passé ?

Elle m'a dénoncée ?

Josie détourna la tête. Elle ne pouvait plus regarder cette enfant. Son regard était toujours détourné quand Hannah ouvrit les yeux. Hannah tapota la main de Josie ; une fois seulement.

— Elle vous a dit quelque chose, n'est-ce pas ?

La gorge d'Hannah était de nouveau sèche. Josie fit mine d'aller chercher l'eau mais Hannah la retint par la main.

— N'est-ce pas ?

— Elle m'a dit qu'elle t'avait suivie cette nuit-là. Elle m'a dit qu'elle t'avait vue mettre le feu.

Josie plongea son regard dans les yeux verts d'Hannah. C'étaient les yeux de Linda. *Allait-elle mentir ou dire la vérité ?* Comment Josie pourrait-elle en être sûre ?

— Elle vous a dit ça ? murmura Hannah.

Elle avait l'air choquée ; les larmes lui montèrent aux yeux.

— Elle l'a dit à la cour, Hannah. Le jury l'a entendu.

Josie rapprocha sa chaise du lit, hésitante. Les muscles de sa mâchoire étaient crispés au point d'en devenir douloureux. Les prochains mots qu'elle allait dire scelleraient leur destin et les lieraient l'une à l'autre pour l'éternité. Si Josie se trompait, elle passerait chaque nuit de sa vie à attendre qu'on lui annonce qu'Hannah Sheraton avait tué de nouveau. Mais si elle avait raison, Hannah n'irait pas en prison.

— Ne t'inquiète pas. J'ai posé les fondations. La cour sait que ta mère t'a abandonnée. Elle sait qu'elle était plus loyale envers Kip qu'envers toi. J'ai des témoins qui affirmeront que Fritz maltraitait les gens. Le jury n'a pas d'autre choix que de t'acquitter. Tu n'as fait que te défendre quand personne – pas même ta mère – ne voulait t'aider. Tu m'entends ? Je vais gagner pour toi.

Hannah se convulsa. Sa poitrine parut soudain devenir concave tandis qu'elle inspirait bruyamment. Sa main serra le bras de Josie pendant un instant douloureux, puis elle retomba sur le lit, silencieuse.

Finalement, sa tête pivota sur l'oreiller et Hannah regarda Josie avec dans les yeux la douleur la plus pure que Josie ait jamais vue.

— Je veux arrêter, Josie, dit doucement Hannah.

Josie raffermit sa prise sur la main de la jeune fille.

— Non, non, Hannah, dit-elle. Je peux discréditer le témoignage de ta mère. Je peux…

Hannah secoua la tête. Des larmes coulaient sur ses joues. Sa voix tremblait mais le message était clair.

— Dites simplement au juge que je veux m'arrêter là. Je sais que vous vouliez y croire. Moi aussi. Mais maintenant, arrêtons-nous. Je suis trop fatiguée, Josie. Alors arrêtons-nous… Dites-le-lui pour moi, termina-t-elle, le regard tourné vers le plafond.

Josie fit mine de protester mais Hannah ferma les yeux. Elle ne voulait rien entendre de plus. Dans un geste délibéré, elle retira sa main de celle de Josie.

C'était terminé.

38

— Qu'est-ce que tu veux que je fasse avec ça ?

Archer soulevait la pile de pièces à conviction que Josie avait prévu d'utiliser pour la défense d'Hannah Sheraton. Elle releva les yeux des dossiers qu'elle était en train de trier et tendit les mains. Archer apporta les documents et les empila contre le dossier d'une chaise pour qu'elle puisse regarder.

— Je n'y crois pas, Archer. Je ne crois pas qu'elle ait fait le coup. En tout cas pas de la façon dont Rudy le prétend. Si Hannah a mis le feu, il ne s'agissait pas d'un meurtre de sang-froid, maugréa Josie en examinant une pièce à conviction, puis une autre.

— Tu ne veux pas le croire, Jo, répondit Archer. Moi non plus. Mais il n'y a rien d'autre que tu puisses faire après le témoignage de sa mère.

— Impossible que je me trompe à ce point deux fois, reprit Josie comme si elle ne l'avait pas entendu.

Elle s'assit en tailleur sur le sol et leva vers lui un morceau de papier, comme s'il pouvait prouver quelque chose.

— Regarde, voilà la chronologie de son parcours dans la maison chaque nuit. Hannah n'aurait pas pu regarder dans la chambre de sa mère, filer vers l'aile ouest, mettre le feu à deux endroits, revenir en courant vers son lit pour cacher le joint et les allumettes sous le matelas puis retourner plonger sa main dans les flammes. Le déplacement jusqu'à la chambre ajouterait trop de temps au total.

Archer demeura silencieux. Il caressa Max en attendant

que Josie s'essouffle toute seule.

— Et il y a autre chose, dit-elle.

Elle laissa le document retomber sur ses genoux et interpella Archer comme s'il faisait partie du jury.

— Réfléchissons ! Si tu étais Linda et que tu voyais ton enfant déclencher un incendie criminel – que tu saches ou non que Fritz était à l'étage – est-ce que tu resterais là sans lui crier dessus ou essayer de l'arrêter ? Bien sûr que non. Tu tenterais de l'en empêcher. Et si tu avais fait ça, il y aurait des preuves physiques pour le prouver. Des allumettes supplémentaires tombées par terre, des marques sur le sol, peut-être même des égratignures sur Linda. Et même si elle ne s'était pas battue pour empêcher Hannah de mettre le feu, Linda ne serait pas restée sans bouger pendant que sa gamine plongeait sa main dans les flammes.

— Peut-être que Linda l'a forcée à le faire. Peut-être qu'elle était ravie de voir Hannah faire ce qu'elle faisait, suggéra Archer.

— Quoi ? Tu veux dire qu'elle n'a pas arrêté Hannah parce que le résultat l'arrangeait ? Possible mais peu probable.

Josie remit la chronologie dans le dossier et reposa celui-ci par terre.

— Je ne sais pas… Plus je réfléchis à tout ça, moins ça a de sens.

— Tu compliques trop les choses, Jo, dit Archer. Tu pars du principe que les allumettes trouvées sous le matelas sont celles qui ont servi à mettre le feu. Tu pars du principe qu'Hannah est repartie en courant vers la maison. Ils n'ont pas fouillé Hannah cette nuit-là. Elle aurait pu avoir un paquet d'allumettes sur elle et s'en être débarrassée par la suite. Tout le monde était trop préoccupé par sa main brûlée, le feu à éteindre et le vieil homme à retrouver pour penser à ça.

— Ouais, ouais, ouais.

Josie se pencha en avant pour examiner un autre document.

— Mais les médecins. Qu'est-ce qu'il faut en penser ? Ils affirmaient tous qu'Hannah n'aurait pas pu mettre le feu à ses peintures. Jamais je ne croirai que…

— Jo. Arrête.

Archer écarta le museau de Max et se leva à moitié de sa chaise pour récupérer les pièces à conviction.

— C'est fini. C'est terminé. Hannah a été condamnée. Et je vais ranger ces trucs chez moi pour que tu puisses dormir la nuit.

— Non !

Elle les lui reprit en le fusillant du regard.

— Ça ne fait qu'une semaine. Hannah pourrait changer d'avis. Elle voudra peut-être faire appel.

— N'y compte pas trop.

Archer se leva et se rendit à la cuisine pour se verser une tasse de café. La cafetière était vide. Il continua la conversation depuis le seuil.

— Elle ne veut plus avoir affaire à personne. Elle a tourné la page, Jo. Tu devrais faire de même.

— J'ai quelque chose à faire. Je vais essayer d'obtenir son transfert vers une unité psychiatrique. Ce sera mieux que d'être une « détenue isolée » ou de se retrouver larguée parmi les prisonnières ordinaires quand elle aura dix-huit ans.

Archer revint dans la salle à manger. Il ramassa un carton et y rangea certaines des pièces à conviction. Il l'écouta se lancer dans un nouveau discours. Un de plus. Passage obligé pour qu'elle puisse un jour tirer un trait sur cette affaire.

— Tu as vu ça ? demanda Josie en lui tendant une photo en noir et blanc.

— J'ai déjà tout vu cinq ou six fois, ma chérie.

Archer tira un morceau de scotch et le coupa avec les dents. Il écarta la bande collante de ses lèvres et jeta un rapide coup d'œil à la photo par-dessus son épaule.

— Bon, et qu'est-ce que tu en as pensé ? Je veux dire, regarde ces marques sous la cendre.

Josie était grincheuse, comme une mère célibataire rentrant chez elle après le travail pour découvrir que les enfants avaient mis la maison sens dessus dessous.

Archer abandonna ce qu'il faisait pour venir s'accroupir auprès d'elle. Il posa une main sur son épaule et regarda la photo.

— Ce sont les empreintes d'Hannah. Ils les ont fait correspondre aux chaussures qu'elle portait. Aucun doute là-dessus.

— Je sais. Mais ses empreintes apparaissent par-dessus les cendres. Je n'y avais pas réfléchi avant.

— C'est-à-dire ? demanda Archer.

— Ce qui veut dire que le temps qu'Hannah arrive sur place, le feu brûlait depuis assez longtemps pour avoir laissé une fine couche de cendres par terre. Hannah a marché dessus. Ce qui signifie qu'elle était là après le début de l'incendie, non ?

— Elle était sans doute là aussi avant qu'il ne se déclare. Puis elle a changé d'avis et est revenue pour tenter de l'éteindre. La façon de penser d'Hannah n'est pas franchement linéaire, Jo.

— Mais il ne s'agit que d'une fine couche de cendres. Ses empreintes apparaissent sur le dessus mais regarde en dessous. Regarde.

Josie fouilla sous un tas de papier pour dénicher une loupe.

— Regarde. Tu vois ces marques régulièrement espacées ? Quoi qu'elles puissent être, elles ont été faites avant le début de l'incendie. Le feu brûlait depuis assez longtemps pour former une fine couche de cendres sur laquelle Hannah a marché. Le labo a examiné ses chaussures. Il y avait de la cendre dessus, mais très peu de poussière. Si elle était entrée dans cette pièce pour mettre le feu, ses empreintes apparaîtraient au-dessus des marques en question, non ? Ses empreintes ne seraient pas visibles par-dessus les cendres, non ? Je ne sais pas pourquoi je ne m'en suis pas rendu compte avant.

Archer gloussa mais il ne souriait pas. Il serra un peu plus l'épaule de Josie.

— Peut-être que l'incendie a été déclenché par un golfeur fou.

— Non, les marques sont trop larges et trop peu profondes pour provenir de chaussures de golf, répondit pensivement Josie.

Archer lui prit la photo des mains et la posa sur la table. Puis il ramassa le dossier et le rangea dans la boîte qu'il s'apprêtait à refermer à l'aide du scotch. Josie le regarda empiler trois dossiers supplémentaires pour les poser par-dessus. Enfin, il scella le couvercle avec le scotch, revint vers Josie, lui prit le visage entre ses mains et lui embrassa le front.

— Du sel dans la plaie, Jo. C'est sûrement les jardiniers qui ont fait ces marques. Hannah a dit qu'elle avait tenté d'éteindre les flammes. Ce qui veut dire que le feu brûlait bel et bien. Si le feu brûlait, il devait y avoir des cendres sur le sol au-delà de la porte. Allez. Cendres ou pas cendres, petits trous dans le sol, tout ça ne veut rien dire. Hannah a avoué le crime.

— Elle m'a dit de tout arrêter, c'est très différent, répondit posément Josie.

Archer baissa les mains. Seul le temps arrangerait les choses. Archer ne réglerait pas le problème en embrassant Josie. S'il avait pu capturer son âme en peine à l'intérieur de son appareil photo, il l'aurait fait.

— N'y pense plus, Jo. Va parler à Faye. Ou viens avec moi à Baja si tu préfères. Mais, quoi que tu fasses, oublie cette affaire.

Josie se releva en agrippant d'une main le pied de la table. Puis elle se laissa retomber sur un fauteuil.

— Je ne peux simplement pas y croire. Il n'y a que des éléments de contexte et des preuves indirectes dans cette histoire. Jusqu'à ce qu'on découvre le truc du divorce. Tu as vu comment est Kip, il peut se montrer très froid. Et il avait toutes les raisons du monde pour…

Archer posa les mains sur les épaules de Josie et entreprit de masser ses muscles crispés. Josie fit pivoter son cou vers la gauche puis vers la droite, en vain. Archer se baissa et lui embrassa la nuque puis le petit coin de peau derrière son oreille où ses cheveux avaient été rasés. Il appuya le bout de ses doigts au même endroit.

— Je ne peux pas t'écouter plus longtemps, et si je ne suis pas là, tu vas arrêter de parler.

Il ramassa sa veste, ouvrit la porte et passa la tête à l'extérieur.

— Au moins il a cessé de pleuvoir. Tu devrais sortir te balader.

— D'accord, maugréa Josie.

Mais elle fut la seule à l'entendre. Archer était sorti. Josie se balança en arrière sur sa chaise, le regard posé sur la photo des preuves. L'image était sombre et granuleuse, pas vraiment le genre de cliché à lancer la carrière d'un photographe. Elle compta les petites marques, sur la largeur et sur la hauteur. Josie observa la photo jusqu'à en loucher. Les photos du lieu de l'incendie, celles de Fritz Rayburn, celles des blessures d'Hannah, celles de Linda debout auprès d'elle à côté du camion de pompiers, elle les avait toutes mémorisées. Mais celle-ci avait été mise de côté, ignorée, et à présent elle paraissait terriblement importante. Maintenant que tout était fini et qu'elle avait échoué.

Josie soupira et laissa sa chaise se reposer sur ses quatre pieds. Elle abandonna l'image sur la table. Ce n'était qu'une photo parmi la centaine d'autres prises ce soir-là. Il y avait trop de « peut-être », trop de chances pour qu'Hannah soit coupable et pas assez pour qu'elle ne le soit pas. Dans tous les cas, Hannah avait plaidé coupable devant le juge Norris. C'était suffisant aux yeux du tribunal. Cela aurait dû l'être aussi pour Josie. Hannah était loin, condamnée à perpétuité sans possibilité de libération anticipée. Il n'existait rien de plus définitif que ça.

Josie plaça tous les dossiers, les feuilles volantes, les photos et les diagrammes dans les cartons de rangement et porta ceux-ci jusqu'à la chambre d'ami. Elle referma la porte en espérant qu'une semaine plus tard, elle aurait oublié que tous ces trucs se trouvaient là. Une fois dans la cuisine, elle rinça la cafetière, posa un doigt sur le message de la part de Rudy Klein qu'Archer avait noté et envisagea de le rappeler. Au lieu de quoi elle s'empara de la vieille laisse rose de Max.

— Hé, mon grand, chuchota-t-elle en s'accroupissant près de lui.

Il leva le museau comme s'il s'apprêtait à l'embrasser. Josie saisit les oreilles du chien dans sa paume et frotta sa joue contre sa fourrure. La langue de Max la rata de peu. Elle recula son visage.

— Ça va. J'apprécie tes efforts pour me consoler.

Josie saisit le collier de Max, attacha le mousqueton de la laisse et sortit.

La nuit était fraîche et humide, sombre et déserte. Josie et Max avaient descendu la moitié de l'allée quand Max s'assit brusquement sur ses pattes de derrière, obligeant Josie à s'arrêter. Il gronda et ses yeux, dans lesquels se réverbérait la lumière du porche, prirent un étrange éclat orangé. Habituée à se fier à l'instinct de Max, Josie s'arrêta en travers du chemin, prête à faire face à ce qui pouvait se trouver derrière l'énorme bougainvillier. Avisant l'intrus, elle se détendit. Le buisson ne cachait pas une menace, seulement une méprisable créature.

— Qu'est-ce que tu veux ?

Aussi tentante que soit l'idée de laisser Max fondre sur Linda Rayburn, Josie attira le chien jusqu'à elle pour l'apaiser. Cela n'aurait de toute façon rien apporté de bon. Cette femme était tel un chat à neuf vies. Elle retombait toujours sur ses pattes… et sur le pas de la porte de chez Josie.

— Je voudrais te parler. Je pense qu'il faut qu'on discute.

— Quand tu voudras me parler, appelle-moi. C'est chez moi ici. Tu n'es pas la bienvenue.

Josie tourna les talons en direction de la plage mais Linda lui passa devant pour l'intercepter. Josie fit un pas de côté. Linda l'imita.

— Il faut que je te parle d'Hannah, insista-t-elle.

— Peut-être que c'est à elle que tu devrais aller parler. Depuis sa naissance elle n'attend que d'avoir une petite conversation avec toi.

— C'est ce que je veux faire, mais elle refuse de me voir.

Josie tira sur la laisse de Max et ils contournèrent Linda. Mais cela ne servit à rien. Elle les suivit en haussant la voix. Elle refusait d'abandonner.

— Tu penses être la seule à te sentir mal ? Tu t'imagines que tu as le monopole des sentiments, Josie ? Josie ? Allez. Hannah est en prison. Je ne veux pas qu'elle meure là-bas sans m'avoir parlé !

— Alors tu aurais dû y penser avant de faire ce que tu as fait, lança Josie par-dessus son épaule.

— Quoi, dire la vérité ? Tu veux dire que j'aurais dû me parjurer ? s'écria Linda. C'est ça que tu sous-entends, mademoiselle Bates, super avocate ?

Josie marqua un nouveau temps d'arrêt. Elle était sur la piste cyclable, presque sur la plage. Elle aurait pu semer Linda en quelques secondes, la laisser loin derrière. Le problème était que Josie n'était pas prête à abandonner Hannah. Et Linda représentait son lien avec elle.

— J'emmène mon chien faire un tour, dit-elle sèchement. Suis-nous si tu veux.

Josie se mit en route d'un pas rapide mais cela ne découragea pas Linda. Elle resta à la hauteur de Josie, le chien entre elles. Josie coula un regard dans sa direction. Linda avait l'air différente mais restait toujours aussi belle. Ce soir-là, elle portait un jean, un pull à col roulé et un coupe-vent. Elle avait rassemblé ses cheveux en queue de cheval. Le sentiment de déjà vu – l'impression de revoir la Linda étudiante – était troublant. Combien de fois étaient-elles reparties côte à côte en direction de leur affreux petit appartement, fatiguées après un entraînement, déçues par la perte d'un match ou électrisées par une victoire ? Elles étaient si jeunes à l'époque, si douées pour encaisser les mauvaises nouvelles et profiter à plein des bonnes. Cela remontait à tellement longtemps. Il fallait désormais beaucoup plus longtemps pour se résigner à une déception. Les pertes ne se mesuraient pas en points mais en vies, en confiance et en affection. Le sentiment de camaraderie que Josie avait autrefois partagé avec Linda avait disparu pour de bon.

Elles arrivèrent à la jetée. Josie et Max tournèrent à gauche. Linda les suivit, comme si elle était tenue en laisse elle aussi. Tous les trois marchèrent jusqu'au bout de la jetée et passèrent sous les hautes lampes dont l'éclat étouffé par la brume marine devenait fantomatique. Les derniers vestiges de la pluie flottaient dans l'air. Les deux femmes ne faisaient pas de bruit en marchant. Elles ressemblaient à des ombres flottant en silence au-dessus des planches de bois usées par les intempéries.

— J'aurai terminé de ranger les dossiers à la fin de la semaine. Dis-moi qui s'occupera de l'appel et je les lui ferai parvenir, dit Josie, plus pour s'entendre parler qu'autre chose.

Le simple fait d'avancer en silence auprès de cette femme la mettait mal à l'aise. Soudain, Josie s'arrêta, incapable de retenir plus longtemps ses pensées.

— Je pense que tu as menti, Linda. Ou, au mieux, que tu n'étais pas certaine de ce que tu as vu ce soir-là. Et j'espère qu'un autre avocat parviendra à te faire cracher la vérité durant l'appel.

Linda l'écoutait, tête penchée sur le côté. Elle baissa les yeux puis se rapprocha de la rambarde qui courait sur toute la longueur de l'embarcadère. Ses épaules se soulevèrent puis s'affaissèrent comme elle respirait l'air salé de l'océan.

— Et de quelle vérité s'agit-il, Josie ? voulut savoir Linda.

Josie fit un pas vers elle, puis un autre. Elle s'exprimait d'une voix basse, sûre d'elle.

— Je crois que la vérité est que tu aurais dit n'importe quoi pour protéger ton mari. Ou bien peut-être que tu voulais simplement que tout se termine. Peut-être que pointer Hannah du doigt était le meilleur moyen de t'en assurer.

Linda releva la tête. Josie distinguait la courbe élégante de son cou, son épaisse chevelure brune et ces longs cils derrière lesquels se cachaient ses magnifiques yeux verts.

— Ce que tu veux dire c'est que ça n'a jamais été Hannah, ni n'aurait jamais pu l'être, soupira Linda. Pourquoi crois-tu être la seule à voir les choses clairement, Josie ? Je me suis toujours posé la question. Pourquoi est-ce toujours à toi d'avoir le dernier mot ?

— Ce n'est pas le cas. Je pose simplement des questions jusqu'à obtenir la réponse finale. Et dans le cas présent, je ne crois pas l'avoir obtenue.

Linda tourna son visage vers le vent venu de l'océan. Elle inspira. Josie entendit l'air quitter lentement ses poumons comme elle exhalait. Finalement, Linda se retourna et posa les coudes sur la rambarde, jambes croisées au niveau des chevilles.

— Tout ça est assez inutile, Josie. Il n'y aura pas d'appel si Hannah n'en veut pas. Et comment le saurai-je si elle ne veut pas me parler ? Hannah refuse de parler à qui que ce soit, point final.

À cet instant, une énorme vague vint s'écraser contre les pilotis. Le vacarme poussa Max à se réfugier derrière Josie. Celle-ci l'attira à elle puis plongea les mains dans les poches de son blouson. C'était une nuit qui incitait au cocooning, le genre de météo qui poussait les habitants des plages à allumer un feu dans les cheminées rarement utilisées, le genre de nuit qui faisait dire aux Californiens qu'ils avaient eux aussi des saisons, le genre de nuit que Josie adorait quand elle partageait son lit avec Archer. L'âme de Josie était lasse. Son esprit était las. Elle n'avait plus envie de se battre avec Linda.

— Qu'est-ce que tu veux vraiment, Linda ? Tu veux qu'on soit amies ? Si c'est ça, tu peux repartir tout de suite. Nous n'avons jamais vraiment été amies et ça ne risque plus d'arriver maintenant.

— Non, je ne suis pas venue pour moi. Je suis ici pour Hannah, admit Linda. J'espérais que tu pourrais la convaincre qu'il faut qu'elle me voie. Les choses ne devraient pas se terminer de cette façon entre une mère et sa fille.

— Les choses dégénèrent parfois entre mère et fille, Linda. Fais-toi à cette idée. Et laisse-la tranquille pour un moment, répondit Josie.

C'était le meilleur conseil qu'elle avait à donner.

— Facile à dire pour toi, il ne s'agit pas de ta fille. Même si tu aurais bien voulu qu'elle s'attache à toi comme une enfant. Tu as essayé de me la prendre avec toutes ces conneries que tu lui as fait avaler comme quoi tu la comprenais, lança Linda sur un ton maussade. Maintenant je veux récupérer Hannah. Je veux que tu ailles lui demander de me parler. Après tout ce que tu as fait, j'estime que tu me dois au moins d'essayer, Josie !

— Tu sais quoi, Linda ? Je pense que nous avons tous déconné dans les grandes largeurs. Donc si tu veux vraiment parler de dettes, c'est envers Hannah que j'en ai une, et personne d'autre. Je ne vais pas la payer en t'obtenant un tête-à-tête avec elle pour te permettre de lui faire du mal une fois de plus. On atteint ma limite. J'en ai ma claque de nous deux.

— Ne me sors pas ce genre d'excuse. J'ai fait ce que je pouvais, s'agaça Linda.

— Ouais, ton intervention lui a vraiment été très utile. Rien de mieux qu'un témoignage oculaire de la part de la mère de l'accusée.

— Quel autre choix avais-je ? s'écria Linda tandis que Josie repartait vers la maison.

Comme elle ne faisait pas mine de s'arrêter, Linda s'empressa de lui emboîter le pas.

— Dis-moi ! Quel autre choix ?

Josie secoua la tête avec un petit rire. Elle s'immobilisa.

— Tu oublies une chose, Linda. Je ne t'ai pas demandé si tu avais vu qui avait mis le feu. Je t'ai demandé où se trouvait ton mari quand l'incendie s'est déclaré. Si tu avais répondu à la question posée, Hannah ne serait pas en prison à l'heure qu'il est.

— Ouais et Kip y serait à sa place pour quelque chose qu'il n'a pas fait, rétorqua Linda. Tu appelles ça un choix ?

Josie reprit sa route. Cette discussion ne servait à rien.

— Arrête ton char. C'est toi qui as envoyé Hannah en prison, pas moi. Ne compte pas sur moi pour te tirer d'affaire, dit-elle.

— Non, ne dis pas ça ! souffla Linda. Je te jure que c'est sorti sans prévenir alors que tu me mitraillais de questions à propos de Kip. Ce n'était pas juste. Ça m'a mise tellement en colère qu'Hannah ose te dire que Kip n'était pas dans notre lit. Après tout ce qu'il a fait pour elle. Je n'arrivais pas à croire qu'elle se soit montrée aussi ingrate. C'est elle qui a causé tout ça.

Josie leva les bras et agita la laisse de Max. Celui-ci accéléra l'allure. Elle le suivit, imitée par Linda.

Quand Josie reprit la parole, sa voix était pleine de colère.

— Hannah n'a jamais eu une parole contre toi ou Kip. Pas une. C'est son ami du centre de désintoxication qui m'a prévenue. Miggy Estrada est passé chez moi et m'a donné le carnet à dessin d'Hannah. Il m'a révélé qu'Hannah venait vérifier ta présence chaque nuit. C'est lui qui m'a parlé de Chicago.

— Ce loser ? C'est lui qui a fait ça ? s'écria Linda, incrédule.

— Si Miggy est à ce point un loser et que c'est auprès de

lui qu'Hannah allait chercher du réconfort, qu'est-ce que ça fait de toi ?

Arrivée à l'extrémité de l'embarcadère, Josie sauta sur le sable encore humide à quelques dizaines de centimètres en contrebas puis aida Max à descendre. Ils se dirigèrent ensuite vers l'eau. L'air nocturne ne faisait rien pour apaiser la frustration de Josie.

Linda sauta à son tour et les rejoignit en courant. Le vent gagnait en force. La brume s'était installée. Les cheveux de Linda commençaient à friser autour de son visage. Elle repoussa les mèches rebelles derrière ses oreilles et suivit le mouvement quand Josie pivota vivement vers la gauche pour esquiver la crête d'une vague. Linda agrippa Josie et la força à se retourner.

— Écoute, depuis que cette gamine est née, j'ai fait de mon mieux. Peut-être que si je n'ai pas posé les bonnes questions à Hannah, c'est parce que je n'avais pas envie d'entendre les réponses, d'accord ? J'avais peur de ses réponses. Tu as fait ce que tu pouvais pour la sauver, mais le fait est qu'Hannah a fini par plaider coupable

— Alors laisse-moi en dehors de tout ce qui pourrait se passer ensuite, Linda.

Une autre vague arrivait. Elle se brisa à quelques pas de là et remonta le long du sable. Josie recula. Linda fit de même, mais trop lentement. Toutes les deux baissèrent les yeux à temps pour voir l'eau se refermer sur les chaussures de Linda.

— Merde.

Celle-ci leva un pied pour se débarrasser de l'eau salée qui s'était immiscée dans la chaussure puis fit plusieurs pas en arrière en voyant arriver une autre vague.

Josie ne bougea pas. L'eau inonda ses pieds et les pattes de Max avant de repartir précipitamment rejoindre l'océan. Elle laissa le sable lisse et humide, prêt à recevoir la vague suivante… ou la prochaine empreinte de pas.

Mon Dieu.

L'esprit de Josie vacillait sous l'impact du coup brutal qu'il venait de recevoir. Là, dans le sable scintillant, se trouvait un motif que Josie avait déjà vu auparavant. Des marques peu profondes au niveau du talon et du bout de la chaussure. Le même motif que celui laissé devant la porte du studio d'Hannah. Un motif appartenant à la personne qui avait arpenté l'aile ouest avant que l'incendie se déclenche, la personne qui s'était éclipsée avant que les toiles d'Hannah viennent alimenter les flammes qui avaient tué Fritz Rayburn. Ces marques avaient été faites par une meurtrière ; ces marques avaient été faites par Linda Rayburn.

— Josie. Bon sang, tu vas être trempée.

Surprise, Josie releva la tête. L'eau revenait mais elle était comme enracinée dans le sable. Son regard passa des pieds de Linda et la surface sablonneuse jusqu'à ce qu'elle capte le regard curieux de Linda.

— Oh, merde.

Josie tira Max contre elle. Il pataugea avec elle pour s'écarter de l'eau. Elle tituba sur le sable, reculant à grandes enjambées. Elle ne savait plus qu'une chose : elle devait s'éloigner de Linda Rayburn.

— Écoute, il est tard. J'ai beaucoup à faire, Linda. Je ne peux plus t'aider. Plus maintenant. Ce n'est plus possible, c'est tout.

Josie reprit la direction de sa maison mais Linda la saisit par le bras. Max baissa la queue et un grondement prit naissance dans sa gorge. Josie regarda la main qui la retenait puis releva les yeux vers le visage de Linda Rayburn. Le vent agitait la queue de cheval de Linda et soufflait sur la nuque exposée de Josie mais ce fut l'éclat dans le regard de la mère d'Hannah qui lui donna la chair de poule.

— Je vais rentrer chez moi, Linda, dit-elle à mi-voix.

— D'accord. Je veux juste être certaine qu'on se comprend.

Linda plongea sa main libre dans sa poche. Josie se crispa. Son regard fouilla la plage déserte. Si Linda avait un couteau ou un pistolet dans sa poche, Josie allait devoir improviser un plan d'action. Mais Linda n'avait ni l'un ni l'autre. Elle lui tendit une enveloppe.

— J'ai ton chèque.

Josie regarda l'enveloppe en essayant de maîtriser son mouvement de recul. Elle refusait de toucher à l'argent sale d'une femme ayant du sang sur les mains, une femme qui avait condamné sa fille unique pour se sauver elle-même. L'idée tournait en boucle dans son cerveau. Elle avait été tellement aveugle, avait ignoré les questions de Linda sur de potentiels témoins oculaires, sur la survie d'Hannah.

— Nous sommes quittes, Linda.

Josie se dégagea de la main de Linda Rayburn et partit à reculons. Elle garda son regard braqué sur l'autre femme pendant quelques instants de plus avant de se retourner et de retraverser la plage. Elle prit soin de marcher à une allure normale mais n'avait qu'une envie : partir en courant. Respirant à pleins poumons dans l'espoir de calmer les battements de son cœur et de clarifier ses pensées qui s'affolaient pour tenter de saisir toutes les implications de ce qu'elle venait de voir, Josie voulait surtout éviter d'attirer l'attention de Linda. Son dos la démangeait à l'endroit où, songeait-elle, Linda la transperçait sans doute de son regard acéré. Arrivée à la piste cyclable, Josie prit le risque d'un coup d'œil par-dessus son épaule. Linda était où elle l'avait laissée, mais tournée vers la mer et non vers Josie.

Linda avait mis les mains dans ses poches. Elle se tenait immobile, jambes écartées, le menton relevé face à l'horizon. Elle aurait dû paraître solitaire ainsi postée sur cette plage déserte, mais Linda Rayburn donnait au contraire l'impression d'être une armée à elle toute seule, plus forte que tous les envahisseurs.

Josie fit le reste du trajet au pas de course.

39

Jose Baylor-Bates, 22 h 34. — Archer, c'est Josie. Rappelle-moi dès que possible. Et même plus vite que ça. Rappelle-moi.

***

— Salut Josie. Qu'est-ce que tu fabriques ?

La voix de Linda Rayburn était si mielleuse qu'on aurait pu croire qu'elle saluait un amant. De quoi l'inciter à revenir au lit, le taquiner pour obtenir une faveur ou encore lui faire comprendre qu'elle savait ce qu'il manigançait. Mais ce n'était pas à un amant que Linda Rayburn s'adressait. Elle interpellait Josie, agenouillée au milieu de la chambre d'appoint, éclairée par la lampe posée sur la petite table.

Josie se raidit en entendant cette voix sensuelle et caustique à la fois. Ses mains tremblèrent et elle fut prise d'une soudaine envie de vomir. Un moment difficile s'annonçait. Josie s'était figée, les mains tendues au-dessus d'une série de photos qu'elle avait sorties de leurs pochettes plastifiées pour les étaler au sol. Josie se rassit lentement sur ses talons tandis que Linda Rayburn s'approchait d'elle, la dominant de toute sa taille, parfaitement sûre d'elle.

Le regard de Josie ne vacilla pas en croisant celui de Linda. Il n'y avait dans ses yeux aucune lueur de surprise, aucune trace de peur trahissant sa stupeur de découvrir Linda chez elle. Une visite importune, inattendue et indésirable.

— J'avais laissé la porte ouverte ?

Linda haussa les épaules d'un air joueur ; le geste d'excuse d'une coquette. Son sourire était à la fois charmant et crispé.

— Non, non, dit-elle. La porte d'entrée est bien fermée.

— J'ignorais que tu savais crocheter les serrures, Linda.

— Je n'en ai pas eu besoin, Josie. Ce n'est pas vraiment l'endroit le plus sécurisé du monde. Tu aurais dû demander à quelqu'un de s'occuper de ce carreau brisé sur la porte de derrière. On rentre chez toi comme dans un moulin.

Josie se laissa rassurer par les ombres apaisantes, la décontraction de Linda. Celle-ci avait remonté la fermeture éclair de son coupe-vent, si bien que le col enserrait le bas de son visage. Ses joues étaient rosies par le froid. Elle portait des gants. Josie ne se souvenait pas d'avoir vu ces gants pendant qu'elles marchaient. Il y avait du sable sur le tapis ; les chaussures de Linda avaient apporté du sable dans la maison. Ses chaussures. Josie les regardait fixement et Linda se mit à rire.

— Tu n'es plus aussi impassible que par le passé, Josie, se moqua Linda. Tu as quelque chose en tête et j'ai comme l'impression que ça a à voir avec moi.

— Tout ne tourne pas autour de toi, Linda, répondit Josie.

Elle tentait un coup de bluff. Linda ne se laissa pas prendre. Elle émit un petit rire.

— Oh, je crois que tu me racontes des bobards. J'ai vu quelque chose changer tout à l'heure. Tu pensais que je n'avais rien remarqué ? C'était comme si une putain d'ampoule s'était allumée au-dessus de ta tête, lança-t-elle en mimant la chose, penchée vers Josie.

Le sourire disparut. Son regard se durcit.

— Et si tu me disais ce qui te tracasse, hein ? Est-ce que ça aurait un rapport avec ce que tu étais en train d'examiner, Josie ? C'est quoi, ça ? Là.

Linda toucha les photos du bout du pied.

— Celle-ci. C'est quoi, celle-ci ?

Josie prit le cliché et le tendit à Linda. Une explication

n'était pas nécessaire mais elle ajouta malgré tout :

— Hannah et toi près du camion de pompiers. Il était 2 heures du matin quand le feu s'est déclenché.

Linda s'empara de la photo, sourcils froncés.

— On ne peut pas dire que je sois à mon avantage, dit-elle en laissant le cliché retomber par terre.

— Tu étais habillée, fit remarquer Josie. Habillée de pied en cap, Linda.

— J'ai enfilé des vêtements en voyant le feu. C'est juste un haut et un pantalon, plus mes chaussures. Ça n'a pris que quelques secondes.

— Mais tu as vu Hannah déclencher le feu, lui rappela Josie. C'est ce que tu as affirmé durant ton témoignage. Tu l'as vue. Si tu l'as vue, alors tu devais être habillée avant que l'incendie se déclare. Donc tu devais être dehors quand ça a commencé. Que faisais-tu dehors ?

Linda examinait ses ongles. Elle regarda autour d'elle sans trouver grand-chose qui l'intéresse.

— Hannah était venue regarder dans ma chambre. Je savais qu'elle le faisait toutes les nuits. Je l'ai suivie quand elle est repartie.

— Tu restais habillée toutes les nuits simplement pour pouvoir la suivre ?

— Non. Seulement cette nuit-là. C'est ce que j'ai fait cette nuit-là.

Linda était prudente à présent, mais elle contrôlait toujours la situation.

— Elle avait des problèmes avec Fritz, Josie. Ça la perturbait. Une bonne mère s'occupe de son enfant. Je voulais être sûre qu'elle n'allait pas s'attirer d'ennuis.

— Si tu la suivais, Linda, pourquoi ne pas l'avoir arrêtée avant qu'elle mette le feu ?

Josie se redressa lentement, comme si sa position était

inconfortable et qu'elle préférait en changer pour discuter. Elle appuya ses doigts au sol, une posture de coureur. Mais lorsqu'elle voulut se relever, Linda leva la jambe et appuya son pied sur l'épaule de Josie pour l'obliger à se rasseoir.

— Pourquoi tu ne restes pas comme ça ? suggéra-t-elle. Ça me convient très bien.

Josie se rassit. Cette fois ses jambes étaient inclinées sur le côté, ses mains posées par terre. Son regard demeurait vigilant, concentré sur le visage de Linda mais également sur ses mains. Elle savait à quel point Linda pouvait se montrer rapide.

— C'était quoi ta question, Josie ? J'ai oublié. C'est tellement différent quand on est assis devant tout le monde dans une salle d'audience. Là, on se souvient de toutes les questions. Il faut vraiment être réactif au tribunal. Ici, c'est différent. Beaucoup plus confortable. J'ai carrément oublié ce que tu me demandais.

— Je veux savoir pourquoi tu n'as pas arrêté Hannah si tu as vu ce qu'elle faisait. Le feu a pris à deux endroits. Tu aurais pu voir le premier, dans la chambre de Fritz Rayburn, par la fenêtre. Hannah aurait eu le temps de verser la térébenthine et de craquer une allumette pour allumer le deuxième foyer. Tu es forte. Et même si tu ne l'étais pas, tu aurais pu l'arrêter rien qu'en criant son nom. Hannah ferait n'importe quoi pour toi. Mais j'imagine que tu le sais.

— Non, soupira Linda. Je ne crois pas que j'aurais pu l'arrêter. J'étais trop loin derrière. Je n'étais pas certaine du trajet qu'elle avait emprunté. La maison était gigantesque. La maison parfaite, Josie. Pour une vie parfaite.

— Hannah suivait le même itinéraire tous les soirs, Linda. Madame Peterson a pu en témoigner.

— Pas forcément cette nuit-là. Qui sait quand les choses peuvent changer ? rétorqua Linda. Mais, vu toutes les questions que tu me poses, on dirait que tu crois qu'il s'est passé autre chose.

— Peut-être que tu étais sur place avant Hannah. Peut-être que Kip n'était pas le seul absent quand Hannah a regardé dans ta chambre. Après tout, si tu as menti sur le fait qu'Hannah a allumé le feu, peut-être que tu as menti en disant que tu étais au lit. D'ailleurs, je ne t'ai jamais demandé si tu y étais, n'est-ce pas ?

Linda retroussa les lèvres.

— Ooh. Elle est bien bonne, celle-là, dit-elle.

— Peut-être que tu n'étais pas si sûre de la dévotion éternelle de Kip. Est-ce que ça n'était pas un peu le cas ? demanda Josie pour la provoquer.

— Ça fait beaucoup de « peut-être », Josie.

— C'est mon boulot. Même si parfois je ne réagis pas aussi vite qu'il faudrait. Mais regarde…

Josie tendit la main vers le carton à côté d'elle. Linda abattit son pied sur les doigts de Josie, qui s'effondra avec un hoquet de surprise. Elle serra les dents contre la douleur comme Linda pesait de tout son poids sur sa main.

— Il n'y a que des photos là-dedans, Linda. Promis.

Linda releva le pied et Josie put extraire sa main de sous la semelle.

— Regarde, je veux juste te montrer le carnet à dessin d'Hannah.

Linda demeura tout près pour pouvoir maîtriser Josie si nécessaire. Celle-ci plongea lentement la main dans le carton. Elle ouvrit précautionneusement le carnet.

— J'ai cru qu'il s'agissait d'une image de toi abandonnant Hannah. Mais il s'agit d'Hannah qui te regarde fuir l'incendie que tu as déclenché. Elle était perdue, apeurée. Ses toiles, ses trésors, se trouvaient dans cette salle, au rez-de-chaussée.

Josie releva la tête vers Linda.

— Hannah n'a pas menti. Elle a réellement tenté d'éteindre le feu, et elle ne savait même pas que Fritz gisait dans sa chambre à l'étage. Elle ne savait pas parce qu'elle a également menti à ce sujet, n'est-ce pas ?

— Fritz la maltraitait. Là-dessus elle n'a pas menti, déclara nonchalamment Linda. Je n'arrive pas à croire que ce salopard ait fait subir tout ça à Hannah.

— Non, je parle d'autre chose. Hannah était entrée dans sa chambre… Elle n'a pas frappé Fritz Rayburn, mais toi oui. La nuit où tu es venue me trouver, tu avais des éraflures sur la main. Des marques qui devaient dater d'environ une semaine. Ton ADN et celui d'Hannah sont proches, virtuellement identiques.

Josie poussa le carnet à dessin vers Linda, aussi loin que possible, si bien qu'elle dut se pencher en avant, en équilibre sur ses genoux. Tout en parlant, elle avait bandé ses muscles et jaugé l'équilibre de Linda.

— Hannah était prête à trinquer à ta place, n'est-ce pas, Linda ?

Celle-ci s'éloigna vers le coin opposé de la pièce. Sa façon de se déplacer évoquait une chorégraphie guerrière. Six pas et un quart de tour sur elle-même. Son visage était de profil à présent, son cou tendu. Elle était hors de portée. Josie se détendit et décida de guetter la prochaine occasion.

— Ça n'était pas censé se passer comme ça. En théorie, tout le monde allait faire des pieds et des mains pour régler ça rapidement parce qu'Hannah était une mineure, parce qu'elle était la petite-fille de Fritz Rayburn. C'était un super plan si l'on songe au peu de temps que j'ai eu pour le mettre en place lorsqu'ils ont compris que l'incendie n'était pas accidentel.

Linda rejeta la tête en arrière et leva les yeux vers le ciel, comme pour réclamer des réponses plutôt que le pardon.

— Qui aurait cru qu'ils pourraient établir des accusations sérieuses à partir de tous ces petits trucs idiots : des allumettes, des cheveux dans la chambre de Fritz Rayburn, tout ça ? J'ai failli mourir quand tu as demandé à Klein de nommer des témoins oculaires durant l'audience de mise en liberté sous caution. Tu t'en souviens ? J'ai cru que j'étais foutue.

Linda se tourna vers Josie. Elle la regardait avec une haine si intense que Josie eut l'impression que son âme venait d'être marquée au fer rouge.

— Et puis tu as tout fait empirer. Un accord avec le procureur, Josie. C'est tout ce que je voulais. Que tu trouves un accord pour elle et l'envoies à l'hôpital. Elle était malade, de toute façon. Deux ou trois ans n'auraient rien changé. Mais non, il a fallu que tu y ailles à fond. Que tu gagnes. Tu sais à quel point c'était difficile pour moi d'être chaque jour face à ma gamine et de savoir que les promesses que je lui avais faites ne valaient plus rien ?

Linda renifla et prit un air hautain.

— Et elle restait là, à encaisser sans rien dire. Drapée dans ce putain de silence moralisateur puant, dans son amour pur, tout ce truc mère-fille. Tu ne crois pas que j'en ai bouffé de la culpabilité à cause de ça ?

Linda toucha la table, le mur.

— Et puis il y a eu toi et Hannah. C'était à toi qu'elle faisait confiance, pas à moi. Ça m'a vraiment fait mal, Josie. Ça m'a mis sérieusement en colère. Plus que ça, j'ai commencé à m'inquiéter. J'ai eu peur qu'elle te dise la vérité. Je savais que tu t'en prendrais à moi si elle le faisait.

— Alors pourquoi tu ne m'as pas dit la vérité ? J'aurais pu t'aider.

Linda prit une profonde inspiration puis vida ses poumons. Elle écarta un peu plus les jambes. Josie baissa les yeux sur ses chaussures. Linda ne remarqua rien.

— C'est une question stupide. Fritz voulait que je débarrasse le plancher. Hannah pensait que c'était sa faute si Fritz forçait Kip à divorcer de moi alors qu'il s'agissait seulement d'une de ses petites distractions pour s'amuser. Kip n'avait aucune patience avec Hannah. Il lui en voulait. Tu crois que si j'avais été inculpée,

Kip serait resté ? J'ai expliqué tout ça à Hannah. Elle a compris.

— C'est pas vrai ! Tu l'as rendue responsable d'avoir gâché ton plan familial parfait ?

Josie parvint à se redresser en position accroupie, de nouveau prête à sprinter s'il le fallait.

— Mais non, bon sang ! répondit Linda en abattant son poing contre le mur. Je lui ai expliqué les choses de la vie. Le fait est que, sans elle, je n'aurais pas eu tous ces problèmes. Il m'a fallu des années pour trouver quelqu'un de valable, quelqu'un qui m'aimait assez pour m'accepter avec ma gamine. J'ai fait ce qu'il fallait pour nous protéger. Je me suis débarrassée de ce vieux pervers. Je me suis sauvée. J'ai sauvé Kip. Je l'ai sauvée, elle. Je nous ai tous sauvés. Quand elle a été arrêtée, c'était à son tour de faire le nécessaire. Ça s'est goupillé comme ça, c'est tout.

Linda fonça vers Josie. Elle se laissa tomber à genoux devant elle, si proche qu'elles percevaient à présent le souffle l'une de l'autre.

— Hannah était foutue sans moi et elle le savait. Si Kip divorçait de moi, on se retrouverait à la rue et je devrais coucher avec le premier mec avec assez de fric pour nous permettre de bouffer. Si Kip restait avec moi mais que Fritz lui coupait les vivres, on se retrouverait à la case départ. Pas d'argent. Pas de prestige. Rien.

— Linda, tu entends ce que tu dis ? demanda Josie à voix basse. Kip est un avocat. Tu ne te serais pas retrouvée dans la misère. Ça ne serait jamais allé jusque-là.

Linda rapprocha un peu plus son visage du sien, les yeux brillants de fureur. Elle inclina la tête comme si elle s'apprêtait à embrasser Josie. Au lieu de quoi elle entreprit, avec une lenteur presque sensuelle, de souligner la stupidité de son interlocutrice.

— Et nous n'aurions pas été riches.

Elle se redressa avant de poursuivre :

— Kip n'aurait pas tenu une minute à vivre dans un petit

trois-pièces avec Hannah et moi en attendant de retrouver une situation.

Josie secoua la tête pour tenter de comprendre ce que lui disait Linda.

— Est-ce que tu as pensé à Hannah, même une fois ?

— Je ne faisais que ça, espèce de garce ! siffla Linda.

Elle s'écarta violemment de Josie et se blottit contre le mur.

— Je ne voulais pas tuer Fritz. Je voulais juste qu'il se montre raisonnable. Mais il s'est mis à rire. Il m'a traitée de tous les noms. Il m'a dit que je n'étais qu'une pouilleuse. Je l'ai frappé. Il est tombé. Il y avait du sang. Après ça, j'ai compris qu'il y aurait pire qu'un divorce si on laissait faire Fritz. Il me ferait traduire en justice et il y prendrait plaisir. Alors j'ai essayé de faire croire à un accident.

Avec un gloussement, elle ramena sa queue de cheval par-dessus son épaule pour la brosser du bout des doigts.

— Je n'ai pas été super surprise quand les flics ont compris que Fritz n'était pas vraiment mort de mort naturelle. Mais c'est Hannah qui m'a étonnée. Je pensais qu'après quelques nuits en prison, elle abandonnerait. Mais elle m'adore, le petit boulet inutile ! Ne te méprends pas, moi aussi je l'aime. Je ne dis pas que le choix était facile. Mais plus tu t'es entêtée à vouloir mettre ça sur le dos de Kip, plus j'ai su que ce serait elle ou moi. Ce n'était que ça, finalement. Une question de survie. Ça a toujours été ça.

La voix de Linda était retombée. Elle cligna plusieurs fois des paupières comme si elle n'y voyait plus clair.

— Tu sais, quand Hannah était à l'hôpital, j'ai prié pour qu'elle meure. Pas seulement pour moi mais aussi pour elle. Elle n'aurait plus eu à s'en faire. Elle n'aurait plus à avoir peur. Hannah aurait pu monter au ciel et compter les anges aux côtés de Dieu.

— Non, Linda. Tu voulais qu'Hannah meure parce que ça serait plus facile pour toi. Ce n'est pas elle la garce dans l'histoire.

Mais ça tu le sais depuis le début.

Avant qu'elle ait pu terminer sa phrase, Linda se jeta sur Josie, bras levé, et la gifla. Elle l'atteignit derrière l'oreille et Josie chuta sur le flanc. Sa tête heurta un meuble à tiroirs. Un goût de sang lui envahit la bouche, sans qu'elle puisse dire précisément d'où il provenait. Elle se redressa à quatre pattes et garda la tête baissée en tâchant de rester immobile jusqu'à ce que la pièce cesse de tourner. Elle priait pour que Linda ne la frappe pas de nouveau. Ses prières furent exaucées : Linda se leva et entreprit de marcher en cercle autour de Josie.

— Tu es aussi pénible qu'elle. Toujours à juger les autres. Oh, tu n'as jamais rien dit quand nous étions à l'université, mais ton côté critique a toujours été là. Exactement comme Hannah. Ça se lisait dans ton regard. Dans la façon dont tu faisais l'inverse de ce que je faisais. C'était toujours là dans ta façon de ne pas dire les choses, Josie. Bon Dieu, vous êtes comme deux nonnes à la con. Deux martyres. Je déteste les martyrs !

Linda haletait. Il lui fallait beaucoup d'énergie pour donner corps à sa version de la vérité. Josie releva la tête. La douleur derrière ses paupières closes était atroce, les sifflements dans ses oreilles insupportables, l'histoire que racontait Linda fascinante. Elle ferma les yeux et attendit, puis les rouvrit en sentant qu'on la touchait. Linda s'était accroupie pour passer ses doigts sous le menton de Josie. Elle la força à relever la tête et le geste de recul instinctif de Josie lui fit voir trente-six chandelles.

— Il n'y avait simplement pas d'autre choix, Josie, reprit Linda sur le ton de la conversation. Qu'est-ce qui arriverait à Hannah si j'allais en prison ? Qui s'occuperait mieux que moi d'une mulâtre foldingue comme elle ? Tu penses que Kip l'aurait prise en charge ?

— Il y avait d'autres options, Linda, répondit Josie. Tu aurais pu quitter Kip.

Linda laissa échapper un rire qui ressemblait presque à un

aboiement. Elle enfonça son doigt dans l'épaule de Josie.

— Ouais, bien sûr, comme si j'allais quitter Kip ? J'ai quarante ans. Mon physique ne tiendra pas éternellement. Je ne suis pas avocate, moi. Comment j'aurais fait pour m'occuper d'Hannah ? Comment j'aurais pu payer tous ces médecins ?

— Peut-être que si tu te contentais de gagner ta vie et d'aimer ta gamine, elle n'aurait pas besoin de tous ces médecins, répliqua Josie.

Linda secoua la tête. Sa main fendit l'air dans une série de mouvements saccadés comme des coups de couteau.

— Et tu continues à me dire ce qui est mieux pour moi et les miens ! Bon Dieu, tu ne t'arrêtes donc jamais ?

Puis elle se fit pensive, silencieuse, tout en jouant avec les doigts de son gant, sourcils froncés.

— La seule chose qui me fait de la peine, c'est que Fritz s'en soit pris à Hannah.

Elle releva la tête ; son regard semblait plus acéré que jamais.

— Le plus drôle c'est que si je l'avais su, Fritz serait toujours en vie. J'aurais pu le menacer de révéler ses maltraitances. Il aurait été obligé d'arrêter de torturer Hannah et de laisser tomber son chantage au divorce. Match nul, la balle au centre.

Linda poussa Josie du bout du pied, en lui heurtant l'épaule. Elle était furieuse.

— Qu'est-ce que tu regardes ? Qu'est-ce que tu regardes depuis tout ce temps ?

La tête de Josie oscillait de gauche à droite. Elle semblait désorientée et répondit d'une voix inarticulée.

— Tes chaussures, réussit-elle à dire.

— Qu'est-ce qu'elles ont ?

Josie se rassit lentement en arrière, en feignant la confusion. Sa tête lui faisait toujours mal, mais la nausée causée par l'attaque de Linda s'était presque dissipée. Josie tendit la main vers les photos et trouva enfin celle qu'elle cherchait. Assise sur ses talons, elle la tendit à Linda.

— C'est quoi ça ?

— Les empreintes de pas d'Hannah dans la pièce où le feu s'est déclaré, souffla Josie.

— Et ?

— Ses empreintes apparaissent par-dessus la cendre.

— Eeeeet ? demanda Linda en étirant le mot jusqu'à en faire presque une obscénité.

— Sous la cendre, il y a ces petites marques.

Josie prit une profonde inspiration pour essayer de s'éclaircir les idées, écœurée par la simplicité de toute l'affaire.

— Exactement comme les semelles de ces chaussures de conduite que tu portes. Des Tod's. Avec leurs petits crampons arrondis.

Josie releva la tête. Elle se sentait beaucoup mieux.

— Tu es entrée dans l'aile ouest avant que le feu se déclenche et tu en es ressortie avant qu'il y ait de la cendre par terre. Hannah a vu ce que tu avais fait. Elle a marché dans la cendre pour entrer dans la maison en flammes et tenter de sauver ses toiles. Tu t'es enfuie. Hannah aurait pu mourir à l'intérieur. Tu… es… une… putain… de garce !

Avec ces mots, Josie bondit vers la jambe de Linda et la faucha en la frappant derrière le genou. La jambe de Linda se déroba sous elle ; elle poussa un cri de surprise en agrippant la petite table à côté d'elle. Celle-ci se renversa et la lampe tomba sur Linda. Empêtrée, Linda tenta de l'écarter mais ne réussit qu'à arracher la prise du mur.

Dans l'obscurité, Josie se redressa en hâte, le bout de ses doigts appuyé par terre. Elle fit le premier pas du sprint qui devait la mener jusqu'à la porte mais le papier glacé des photos était pareil à du verglas. Son pied glissa et elle s'écrasa par terre. Elle eut à peine le temps de rouler sur elle-même pour protéger sa tête avant de heurter le montant de la porte. Un instant plus tard, elle se redressa, agrippa le jambage et se hissa vers la sortie.

Derrière elle, Linda laissa échapper un hurlement de rage. Puis, tout aussi déterminée que Josie, elle chargea. Plus grande et plus massive que Josie, elle heurta lourdement le mur de son épaule. Mais Josie était plus rapide. Elle bondit vers le salon et perdit brièvement l'équilibre avant de se rétablir. Son sentiment de triomphe fut de courte durée. Linda était sur elle et l'attrapa par la jambe qu'elle tira avec assez de force pour jeter Josie face contre terre. En une seconde, Linda immobilisa le bras gauche de Josie dans son dos. À califourchon au-dessus d'elle, Linda Rayburn s'inclina jusqu'à se retrouver couchée sur Josie, qui suffoquait. La joue de Linda reposait contre les cheveux de Josie, ses lèvres tout près de son oreille.

— Qu'est-ce qu'on va faire maintenant, Josie ?

Linda tira plus fort sur son bras. L'épaule de Josie était sur le point de se déboîter. Elle arrivait à peine à respirer et encore moins à parler.

— Ne fais pas l'idiote, Linda, haleta-t-elle. Tu as laissé suffisamment de preuves de ton passage ici pour finir au tribunal.

— Tout comme ce crétin de Miggy. Il sera le premier sur la liste des flics quand on te retrouvera morte. Ton copain Archer confirmera, non ? Je parie qu'il sait que Miggy est venu ici. Mes empreintes n'apparaissent nulle part mais je te parie un million que les siennes si. Je parierais même…

Josie l'entendit avant Linda. Le grondement de Max. Elle tenta de se redresser pour voir où il était mais son visage était plaqué au sol. Elle aperçut le chien qui se redressait sur ses quatre pattes. Il aboya avec force, plusieurs fois.

— La ferme ! hurla Linda.

Elle tira violemment sur le bras de Josie.

— Fais-le taire !

Josie poussa un cri de douleur. Max bondit mais il était âgé et n'alla pas bien loin. Il gronda et claqua des mâchoires tandis que Linda luttait pour le repousser. Elle s'écarta de Josie juste le temps de décocher un coup de pied dans le poitrail de l'animal. Max poussa un cri aigu qui se changea en geignement. Josie tourna la tête assez vite pour voir le chien chanceler et Linda se jeter sur lui dans un accès de rage. Hurlante, elle lui décocha une série de coups de pied. Puis elle s'empara d'une lampe et le frappa à la tête. Les pattes de Max se dérobèrent sous lui et il s'effondra.

Josie n'avait pas besoin de plus de temps. Elle s'élança au pas de course, traversa le couloir puis la salle à manger en direction de la porte de derrière. Linda se rua presque immédiatement sur elle, mais Josie lui échappa et alla percuter le mur de la salle à manger. Au-dessus de sa tête, les assiettes de sa mère se détachèrent. L'une d'entre elles heurta l'épaule de Josie, l'autre s'écrasa au sol avec un bruit sec évoquant un coup de feu.

Linda pivota en direction du son. Les yeux braqués sur Josie, elle se précipita à travers la pièce en renversant les chaises sur son passage. Sa hanche heurta la table qui se décala de plusieurs centimètres. Josie se plaqua contre le mur et se recroquevilla sur elle-même, rassemblant son courage pour l'attaque qui allait suivre. Linda serait sur elle dans une fraction de seconde. Josie attendit, la regarda arriver. Linda lui fonça dessus avec une seule idée en tête : empêcher Josie de révéler ses secrets. Linda Rayburn ne pensait qu'à elle et c'est ce qui causa sa chute.

Aucune stratégie.

Aucune patience.

Aucune réflexion.

Elle bondit.

Malgré sa terreur, Josie ne bougea pas. Elle estima la trajectoire de Linda et n'agit qu'à la toute dernière seconde. Ses doigts refermés sur un éclat de porcelaine, Josie leva la main et frappa. Elle sentit la chair céder sous l'arête effilée du morceau d'assiette qui entama la peau et trancha des veines. Josie pria pour ne pas céder avant d'avoir touché une artère. D'un seul coup, sa main se retrouva couverte de sang. Le liquide chaud lui gicla au visage et dans les cheveux.

Josie détourna la tête mais il était trop tard. Le sang jaillit dans sa bouchc, dans scs ycux, ct sur Linda Rayburn qui s'cffondra entre les bras de Josie Baylor-Bates. L'impact les fit déraper sur le plancher ciré et elles allèrent s'écraser dans le coin de la pièce.

La main de Josie tenait toujours l'éclat de porcelaine enfoncé dans la gorge de Linda Rayburn quand un coup de pied ouvrit brutalement la porte d'entrée. La dernière chose que vit Josie fut un pistolet, un homme en uniforme bleu et le cou ensanglanté de Linda qu'on emportait loin de ses bras.

40

« Suite à un stupéfiant retournement de situation, Linda Rayburn a été inculpée pour le meurtre de Fritz Rayburn, le juge de la Cour suprême de Californie. Elle est actuellement détenue sans possibilité de liberté sous caution en attente de son procès. Vous vous souviendrez sans doute que sa fille, Hannah Sheraton, avait plaidé coupable du crime mais de nouvelles preuves ont démontré que... »

Flash info de la chaîne ABC.

⁂

Josie coupa le contact. Elle connaissait l'histoire par cœur. Journaux, radio, télévision, il n'y avait pas un journaliste dans le pays qui ne l'ait appelée à un moment ou à un autre. Elle avait systématiquement refusé leurs propositions.

Le soleil était de retour, plus fort que jamais, et octobre s'annonçait comme un futur mois à records de chaleur. Josie retira sa casquette de baseball et la jeta négligemment sur le siège arrière. Elle fit glisser ses lunettes de soleil au bas de son nez pour examiner son coquard dans le rétroviseur. Ça n'était pas trop moche. Plus de vert que de violet ; l'ecchymose devrait avoir disparu d'ici une semaine. Son bras gauche était pris dans une attelle mais elle tricha et ouvrit quand même la portière de sa main gauche. Après tout, elle n'avait pas de fracture, juste un bon vieux déboîtement des familles.

Elle prit une profonde inspiration et descendit de la Jeep. Son dernier rendez-vous avec Hannah, à ce même endroit, paraissait remonter à une éternité. Grâce à Archer, elle était encore en vie pour s'en souvenir. Surprise par Linda, Josie n'avait pas correctement raccroché le téléphone. Quand Archer était rentré de chez Burt, son répondeur était en train d'enregistrer des bruits de lutte. Archer s'était immédiatement lancé à sa rescousse, non sans appeler la cavalerie.

Arrivé sur place, il avait pris Josie dans ses bras et l'avait portée jusqu'à l'ambulance. Il n'avait pas prononcé un mot. Ce qu'il ressentait passait par le toucher et le regard. C'était la façon de faire d'Archer. Il était reparti chercher Max et l'avait emmené chez le vétérinaire.

Par la suite, il s'était occupé d'eux avec une telle tendresse, dans un silence si plein d'attention, que Josie en avait pleuré de gratitude lorsqu'elle se retrouvait seule. Personne ne l'avait jamais traitée ainsi, comme s'il avait peur de la perdre.

Mais elle allait bien, à présent, et ce matin-là Archer l'avait embrassée pour lui dire au revoir. Il comprenait que ce qu'elle allait faire ensuite, elle devait le faire seule.

Josie traversa le parking, ouvrit la porte du pénitencier Sybil Brand, se présenta à l'agent au guichet puis attendit qu'Hannah Sheraton soit libérée.

Dix minutes plus tard, Hannah Sheraton apparut dans l'embrasure de la porte et, une fois de plus, Josie Baylor-Bates fut frappée par sa beauté. Sa peau avait toujours la couleur du chocolat au lait ; ses yeux verts étaient toujours aussi clairs et lumineux que des émeraudes. L'unique différence fut qu'en marchant vers Josie Baylor-Bates, Hannah Sheraton ne s'arrêta que deux fois pour faire un pas en arrière avant de reprendre sa marche.

Hannah souriait, un petit sourire triste. Elle tendit la main devant elle. Celle-ci était complètement guérie mais présentait encore les cicatrices dues au feu. Josie hocha la tête en souriant. Elle toucha la main d'Hannah, puis ses cheveux.

— Je crois que tu vas lancer une mode.

Hannah leva la main vers les boucles crépues qui poussaient au-dessus de sa cicatrice. Brisée, réparée, mais avec une fêlure visible. Comme l'assiette hawaïenne. Ses piercings de nez et de langue avaient disparu, de même que les épais bandages autour de son bras. Elle ne portait plus de maquillage. Tout chez elle était dénudé, fragile. Aux yeux de Josie, elle évoquait une feuille blanche et fine attendant la caresse délicate du pinceau venu la définir.

— Peut-être, dit timidement Hannah.

Elle pointa maladroitement du doigt l'œil de Josie.

— Vous aussi vous êtes blessée.

— Alors j'imagine que ça nous fait un point commun, répondit Josie en posant une main sur l'épaule de l'adolescente. Viens. Partons d'ici.

Elles passèrent ensemble le seuil de la prison. Le pénitencier était derrière elles, la Jeep devant. Josie fit le tour pour rejoindre le côté conducteur. Elle prit son temps pour s'installer et grimaça en tendant la main vers le siège arrière pour récupérer son couvre-chef. Hannah l'arrêta. Ce fut elle qui saisit la casquette et l'enfila sur le crâne de Josie. Hannah se recula légèrement pour s'assurer que la visière était bien droite.

— C'est bon ? demanda Josie, touchée par cette attention.

Hannah acquiesça et toutes les deux restèrent assises en silence, les yeux tournés vers la prison.

— Josie ?

— Ouais.

— Je suis désolée pour ma mère. Je suis désolée pour tout.

— Ne t'en fais pas pour ça.

Josie sortit les clefs de sa poche. Mais Hannah ne voulait pas en rester là.

— Je ne pouvais pas vous dire ce qui s'était vraiment passé. Vous comprenez, n'est-ce pas ?

— Je crois que je ne comprendrai jamais. Je n'arrive pas

à imaginer sacrifier ma vie pour quelqu'un d'autre, pas même ma mère, répondit Josie.

Elle jouait avec les clefs, consciente que cette discussion devait avoir lieu mais prise d'une soudaine envie de passer à la suite, d'en avoir fini avant même de commencer.

— Mais si tu te demandes si je t'en veux, la réponse est non. On fait tous ce qu'on a à faire.

— Vous n'êtes même pas en colère pour ce qu'elle a essayé de vous faire ? s'étonna Hannah.

Josie se tordit sur son siège pour pouvoir la regarder dans les yeux.

— Je ne suis pas vraiment ravie. À vrai dire, j'en ai même gros sur la patate. On n'avait jamais essayé de me tuer jusqu'à maintenant. Mais, Hannah, c'est ce que ta mère a fait et tu n'es pas ta mère. Je ne suis pas ta mère. Comment pourrais-je t'en vouloir pour quelque chose qu'elle a fait ?

Hannah baissa les paupières.

— Parce que je suis comme elle. J'ai menti comme elle. Si je vous avais dit la vérité, vous n'auriez pas été blessée.

— Ça ne veut pas dire que tu es comme elle, Hannah, lui assura Josie. Tu n'as rien dit par amour pour elle. Ta mère voulait protéger son niveau de vie et sa sécurité matérielle. Elle était prête à jouer avec ta vie. Et pendant tout ce temps tu protégeais la sienne. Il y a une grosse différence.

Le regard d'Hannah était fixé sur le bâtiment trapu où elle avait failli passer le restant de ses jours.

— Je ne crois pas qu'elle ait eu l'impression de jouer. Avec ma vie, je veux dire. Elle avait un plan mais il n'a pas fonctionné comme prévu et elle a pris peur. Vous savez, l'effet boule de neige ? D'abord elle a pensé qu'elle ne se ferait pas prendre. Puis elle a cru qu'elle pourrait me faire libérer. Quand vous avez voulu aller au procès, elle s'est retrouvée coincée. Il faut que vous compreniez que ma mère a eu peur toute sa vie.

— Et toi non ? demanda doucement Josie.

— Pas comme elle. Je n'ai jamais eu peur comme ça.

Josie toucha la visière de sa casquette puis inclina la tête vers le ciel. Il faisait si chaud. C'était tellement agréable. Elle aurait voulu être sur le balcon de chez Archer. Au lieu de quoi elle était de retour à la fac, à partager une chambre avec Linda Rayburn. Lorsqu'elle reprit la parole, ce fut pour se parler à elle-même plus qu'à Hannah.

— Ta mère se comportait toujours comme si le monde lui appartenait, dit-elle. Je ne sais pas ce qui s'est passé.

— Il ne s'est rien passé, répondit Hannah. Elle a toujours eu peur d'être seule, de ne rien avoir. Quand elle n'avait personne pour prendre soin d'elle, elle se blottissait dans un coin pour pleurer. Alors je m'occupais d'elle. C'était mon boulot puisqu'elle m'avait donné la vie. Je me serais occupée d'elle indéfiniment.

Hannah renifla, un coude posé contre la fenêtre.

— Qui prendra soin d'elle là-dedans ? Qui s'occupera d'elle quand elle aura peur ?

— Je ne sais pas, ma chérie, répondit Josie avec sincérité.

— Je ne crois pas qu'elle mérite d'aller en prison, chuchota Hannah. Pas vraiment.

Josie se tourna à son tour vers le pénitencier. Elles restèrent silencieuses. Elles contemplaient cet endroit de la même manière qu'elles avaient regardé les étoiles à Malibu la nuit où Hannah n'avait compté que jusqu'à deux. La nuit où Hannah avait touché la main de Josie, en même temps que son cœur et son esprit. Finalement, Josie posa la question qui lui paraissait si évidente mais qui avait échappé à Hannah.

— Et toi, tu méritais d'y être ?

Hannah ferma les yeux et se mordilla la lèvre inférieure. Tellement semblable à sa mère… et en même temps dotée de sa propre et courageuse personnalité. Josie n'attendit pas la réponse parce qu'il faudrait un long, très long moment avant qu'Hannah soit assez honnête avec elle-même pour y répondre.

Josie mit le contact et démarra la voiture. Hannah rouvrit les yeux. Elle mit sa ceinture, le regard braqué droit devant elle. Josie se demanda si la jeune fille était suffisamment remise pour contempler l'avenir ou si elle dédiait simplement un dernier regard à cet endroit qu'elle espérait ne plus jamais revoir.

— Où va-t-on ? demanda Hannah tandis qu'elles prenaient la direction de l'autoroute.

— Je n'en ai aucune idée, répondit Josie. Mais on tâchera de trouver la réponse une fois arrivées chez moi.

Derniers titres parus chez MA éditions

Les Héritiers de Stonehenge, Sam Christer, Juin 2011

Francesca – Empoisonneuse à la cour des Borgia, Sara Poole, Novembre 2011

Francesca – La Trahison des Borgia, Sara Poole, Avril 2012

L'Évangile des Assassins, Adam Blake, Novembre 2011

Zéro Heure à Phnom Penh, Christopher G. Moore, Février 2012

Le Refuge, Niki Valentine, Février 2012

Le Sang du Suaire, Sam Christer, Mars 2012

Coeurs-brisés.com, Emma Garcia, Mai 2012

Tahoe, L'Enlèvement, Todd Borg, Mai 2012

Paraphilia, Saffina Desforge, Juin 2012

La Cinquième Carte, James McManus, Juin 2012

Le Cri de l'ange, C.E. Lawrence, Août 2012

Vertiges Mortels, Neal Baer et Jonathan Green, Septembre 2012

La Sage-Femme de Venise, Roberta Rich, Novembre 2012

Francesca – La Maîtresse de Borgia, Sara Poole, Novembre 2012

Dans la peau du diable, Luke Delaney, Octobre 2012

Chrambre froide, Tim Weaver, Janvier 2013

Tradeuse, Erin Duffy, Février 2013

Imprimé en France. - JOUVE, 1, rue du Docteur Sauvé, 53100 MAYENNE
N° 2061179T. - Dépôt légal : février 2013